# NULLPUNKT

# LINCOLN CHILD

# NULLPUNKT

THRILLER

Aus dem Amerikanischen von
AXEL MERZ

Weltbild

Die amerikanische Originalausgabe erschien 2009 unter dem Titel
*«Terminal Freeze»* bei Doubleday, New York.

Besuchen Sie uns im Internet:
*www.weltbild.de*

Genehmigte Lizenzausgabe für Verlagsgruppe Weltbild GmbH,
Steinerne Furt, 86167 Augsburg

Übersetzung: Axel Merz
Umschlaggestaltung: Johannes Frick, Augsburg
Umschlagmotiv: plainpicture, Hamburg (© KuS), Eiszapfen: (© Julie Weiss)
Gesamtherstellung: GGP Media GmbH, Pößneck
Printed in the EU
ISBN 978-3-8289-9000-5

2014 2013 2012 2011
Die letzte Jahreszahl gibt die aktuelle Lizenzausgabe an.

Für Veronica

Anfang des zwanzigsten Jahrhunderts wurde der Kadaver des Beresowka-Mammuts im östlichen Sibirien entdeckt. Das Tier war nahezu unverwest und wurde aufrecht sitzend aus dem Kiesschlamm ausgegraben. Es hatte ein gebrochenes Vorderbein, zweifellos verursacht durch einen Sturz von einer nahe gelegenen Klippe vor zehntausend Jahren. Der Mageninhalt war erhalten, und zwischen den Zähnen fand man Gräser und Butterblumen. Das Fleisch war noch essbar, doch, wie verlautbart, nicht wohlschmeckend.
Niemand hat je zufriedenstellend zu erklären vermocht, wie das Beresowka-Mammut und andere Tiere, die man in der Subarktis fand, einfrieren konnten, bevor sie von den Raubtieren und Aasfressern jener Zeit vertilgt wurden.

*J. Holland, Alaska Science Forum*

# DRAMATIS PERSONAE

| | |
|---|---|
| **Evan Marshall** | Paläoökologe, Northern Massachusetts University |
| **Wright Faraday** | Evolutionsbiologe, NMU |
| **Gerard Sully** | Klimatologe, NMU |
| **Ang Chen** | Aufbaustudent, NMU |
| **Penny Barbour** | Computerwissenschaftlerin, NMU |
| **Jeremy Logan** | Historiker, »Enigmaloge« |
| **Carradine** | Ice Road Trucker, Fahrer von Ashleigh Davis |
| **Usuguk** | Schamane des aussterbenden Volkes der Tunit |
| **Sergeant Paul Gonzalez** | kommandierender Offizier, Fear Base, U. S. Army |
| **Corporal Tad Phillips** | Fear Base, U. S. Army |
| **Corporal Marcelin** | Fear Base, U. S. Army |
| **Private First Class Donovan Fluke** | Fear Base, U. S. Army |

| | |
|---|---|
| **Wolff** | Repräsentant von Terra Prime TV und Blackpool Enterprises |
| **Emilio Conti** | Regisseur und Produktionschef, Terra Prime TV |
| **Kari Ekberg** | Field Producer, Terra Prime TV |
| **Ashleigh Davis** | Starmoderatorin, Terra Prime TV |
| **Jimmy Fortnum** | Erster Kameramann, Terra Prime TV |
| **Ken Toussaint** | Zweiter Kameramann, Terra Prime TV |
| **Hulce** | Filmtechniker, Terra Prime TV |
| **Neiman** | Produktionsassistent, Terra Prime TV |
| **George Creel** | Vorarbeiter am Set, Terra Prime TV |
| **Josh Peters** | Produktionsassistent, Terra Prime TV |
| **Percy Hunt** | Historiker, Old Rag Lodge |

# Prolog

In der Abenddämmerung, als die Sterne einer nach dem anderen in den gefrorenen Himmel stiegen, näherte sich Usuguk dem Schneehaus so leise wie ein Fuchs. Am Morgen war frischer Schnee gefallen, und der Dorfälteste starrte hinaus über die grau-weiße arktische Ödnis, die sich endlos in alle Richtungen erstreckte bis hin zu einem bleichen, eisigen Horizont. Hier und da ragten Stücke von dunklem Permaeis aus der Schneedecke wie die Knochen prähistorischer Tiere. Der Wind wurde stärker und zerrte am Fell seiner Parkakapuze, und Eiskristalle brannten auf seinen Wangen. Ringsum stand eine Ansammlung kleinerer Iglus, unbeleuchtet und dunkel wie Gräber.

Usuguk schenkte alldem keine Aufmerksamkeit. Er spürte nichts außer dem rasenden Hämmern in seiner Brust und einer überwältigenden Angst.

Als er das Schneehaus betrat, blickte die kleine Gruppe von Frauen, die sich um das Moosfeuer drängten, zu ihm auf. In ihren Gesichtern stand Anspannung und Sorge.

*»Moktok e inkarrtok«*, sagte er. »Es ist Zeit.«

Wortlos und mit zitternden Händen sammelten sie ihre wenigen Habseligkeiten ein. Sie legten Knochennadeln in Kästchen zurück und schoben Fellschaber und Flensmesser – *Ulus* – in ihre Parkas. Eine der Frauen, die auf Robbenfellstiefeln gekaut hatte, um sie weich zu machen, bündelte die Stiefel sorgfältig und wickelte sie in ein fadenscheiniges Tuch. Dann erhoben sich alle nacheinander und schlüpften durch die roh behauene Öffnung, die als Eingang diente. Nulathe begab sich als Letzte hinaus. Sie hielt den Kopf gebeugt vor Angst und Scham.

Usuguk wartete, bis das Karibufell wieder über die Öffnung gefallen war und den Blick nach draußen versperrte: das einsame Wirrwarr von Iglus, die trostlose eisige Landschaft, die sich über den gefrorenen See in Richtung der untergehenden Sonne erstreckte. Einen Augenblick lang stand er nur da. Er versuchte, die Beklemmung zu vertreiben, die sich auf ihn herabgesenkt hatte wie ein schwerer Umhang.

Dann wandte er sich ab. Es gab viel zu tun – und er hatte nur wenig Zeit.

Der Schamane bewegte sich behutsam in den hinteren Teil des Schneehauses, wo er eine Decke von einem kleinen Haufen Felle zog. Darunter kam eine Schachtel aus poliertem schwarzen Holz zum Vorschein. Vorsichtig nahm er sie in die Hand und stellte sie vor das Feuer. Als Nächstes zog er einen zeremoniellen, mit ritueller Sorgfalt zusammengelegten *Amauti* zwischen den Fellen hervor. Er streifte den Kapuzenparka über den Kopf, legte ihn zur Seite und zog den *Amauti* unter leisem Klimpern der kunstvollen Perlenbehänge an, bevor er sich im Schneidersitz vor der Schachtel niederließ.

Er saß eine Minute lang da und streichelte das Holz mit seinen alten, im Kampf gegen eine feindselige Umwelt krumm gewordenen Fingern. Dann öffnete er das Kästchen, entnahm ihm einen der Gegenstände, drehte ihn in den Händen und spürte seine Macht, lauschte, ob er ihm etwas zu erzählen hatte, um ihn anschließend wieder zurückzulegen. Das tat er der Reihe nach mit allen Objekten aus dem Kästchen. Er spürte die Angst in sich. Sie ruhte tief und schwer in seinem Innern wie unverdauter Tran. Er wusste nur allzu genau, was dieses Ding, das sie gesehen hatten, dieses grauenvolle Omen, zu bedeuten hatte. Es war erst ein einziges Mal vorher geschehen in der *lebendigen Erinnerung* des Volkes, vor vielen, vielen Generationen, obwohl das Geschehen, vor dem wärmenden Feuer im Schneehaus weitererzählt von Vater zu Sohn, so unheilvoll klang, als hätte es sich erst gestern ereignet.

Und doch – diesmal schien es in einem beängstigenden Missverhältnis zu stehen zu dem geringfügigen Vergehen, das es hervorgerufen hatte ...

Der Schamane atmete tief durch. Sie alle vertrauten darauf, dass er den Frieden wiederherstellen und die natürliche Ordnung der Dinge wieder ins Gleichgewicht rücken würde. Doch es war eine erdrückende Aufgabe. Das Volk war inzwischen so geschrumpft, dass nur eine Handvoll von den Seinen übrig gewesen war, um ihn in das geheime Wissen der Vorfahren einzuweihen. Und selbst sie waren jetzt gegangen, übergetreten in die Geisterwelt. Er war der Einzige, der noch übrig war vom geheimen Orden der Natur.

Er griff unter den *Amauti* und zog eine Handvoll getrockneter Kräuter und Pflanzenteile hervor, die sorgfältig mit Fasern von arktischem Springkraut zusammengebunden waren. Er nahm das Büschel in beide Hände, hob es hoch und legte es auf das Feuer. Wolken aus grauem Qualm stiegen auf und erfüllten das Schneehaus mit dem Geruch nach Wald. Langsam und ehrfürchtig nahm er die Gegenstände aus dem Kästchen und arrangierte sie vor dem Feuer in einem Halbkreis: die Stoßzahnspitze eines seltenen weißen Walrosses, das sein Ururgroßvater gejagt und getötet hatte. Einen Stein in der Farbe des Sommersonnenlichts, geformt wie der Kopf eines Vielfraßes. Ein Karibugeweih, feierlich zersägt in einundzwanzig Teile, verziert mit kunstvollen Mustern aus winzigen, eingestanzten Löchern, jedes einzelne gefüllt mit Ocker.

Als letzten Gegenstand nahm er die winzige Figur eines Mannes hervor, erschaffen aus Rentierhaut, Elfenbein und Stoff. Er legte die Figur in die Mitte des Halbkreises. Dann, indem er seine Handflächen flach auf den Boden des Iglus presste und das Kinn auf die Brust sinken ließ, verneigte er sich tief vor den Symbolen.

»Mächtiger Kuuk'juag«, inkantierte er. »Jäger der Gefrorenen Wüste, Beschützer des Volkes. Nimm deinen Zorn von uns. Gehe dahin im Mondlicht. Kehre zu den Wegen des Friedens zurück.«

Er setzte sich aufrecht hin. Dann streckte er die Hand nach dem ersten Gegenstand des Halbkreises aus, dem Walross-Stoßzahn, und drehte ihn im Uhrzeigersinn, bis er der kleinen Figur in der Mitte zugewandt war. Mit der Hand auf dem Stoßzahn sang er halb, halb betete er das Sühnegebet und flehte Kuuk'juag an, sich zu erbarmen und zu vergeben.

Die Verfehlung hatte sich am vorangegangenen Morgen ereignet. Während ihrer täglichen Arbeit hatte Nulathe unabsichtlich die Sehnen eines Karibus mit dem Fleisch einer Robbe in Berührung gebracht. Sie war müde gewesen und krank – nur so konnte man einen solchen Fehler erklären. Dennoch war die verbotene Tat begangen, das uralte Gesetz gebrochen. Die Seelen der toten Tiere, die in spirituellem Gegensatz zueinander standen, waren besudelt worden. Und Kuuk'juag der Jäger hatte ihren Zorn gespürt. Das erklärte, was Usuguks winzige Gruppe in der Nacht zuvor in der gefrorenen Ödnis gesehen hatte.

Das Gebet währte zehn Minuten. Dann – langsam, vorsichtig – bewegte Usuguk seine runzlige Hand zum nächsten Gegenstand und begann seinen Sprechgesang von Neuem.

Die vollständige Zeremonie dauerte zwei Stunden. Endlich, nachdem sich der alte Mann ein letztes Mal vor der Figur verneigt hatte, sprach er einen Abschiedssegen, bevor er die Beine unter dem Körper hervorzog und sich unter Schmerzen aufrichtete. Wenn alles gut gegangen war, wenn er das Gebet richtig aufgesagt hatte, in der Weise seiner Vorfahren, würde der Makel von ihnen gehen, und der Jäger würde seine Wut bezähmen. Der Schamane umrundete das Feuer, zuerst im Uhrzeigersinn, dann entgegengesetzt. Dann kniete er vor dem Kästchen nieder und legte die Gegenstände, beginnend mit der kleinen Figur, einen nach dem anderen zurück.

Während er dies tat, vernahm er von draußen Lärm: Schreie, Schluchzen, Stimmen, die vor Verzweiflung und Schmerz laut klagten.

Rasch erhob er sich, und Angst umklammerte seine Brust. Er schlüpfte in seinen Parka, schlug das Karibufell zurück und trat hinaus ins Freie. Dort waren die Frauen, rauften sich die Haare und zeigten hinauf zum Himmel.

Er hob den Blick nach oben und stöhnte auf. Die Angst und die Beklemmung, die während des beruhigenden Rituals ein wenig abgeklungen waren, überwältigten ihn nun aufs Neue und mit verdoppelter Wucht. Sie waren zurück – und schlimmer als in der Nacht zuvor. Sehr viel schlimmer.

Die Zeremonie hatte nichts genutzt.

In diesem Augenblick erkannte Usuguk mit einer schauerlichen Gewissheit noch etwas: Dies war nicht das Resultat von etwas, das Nulathe oder eine der anderen Frauen angerichtet hatte. Es war nicht der bloße Zorn von Kuuk'juag oder eine versehentliche Entweihung. Nur ein Bruch des größten aller Tabus konnte diese Art von spiritueller Wut erzeugen, die er nun mit ansehen musste. Und Usuguk war gewarnt gewesen – wie die zahllosen Generationen vor ihm auch –, was für ein Tabu das war.

Nicht nur gewarnt gewesen – er hatte es *gewusst.* Usuguk hatte es *gesehen* …

Er starrte die Frauen an, die seinen Blick aus geweiteten Augen angstvoll erwiderten. »Packt zusammen, was ihr braucht«, befahl er ihnen. »Morgen brechen wir nach Süden auf. Wir gehen zum Berg.«

# 1

»Hey, Evan. Mittagessen?«

Evan Marshall legte den Ziploc-Beutel zur Seite, erhob sich und massierte seinen Rücken. Die letzten neunzig Minuten hatte er mit dem Gesicht nur wenige Zentimeter über dem Boden verbracht und Proben des glazialen Sediments gesammelt. Es dauerte einen Moment, bis sich seine Augen wieder an die Umgebung gewöhnt hatten. Die Stimme, die ihn angesprochen hatte, war die von Sully, und jetzt konnte Marshall ihn auch erkennen: eine breite, leicht korpulente Gestalt in einem fellbesetzten Parka, die mit verschränkten Armen dreißig Meter weiter oben in dem steilen Tal stand. Hinter ihm erhob sich die Endzunge des Fear-Gletschers, ein sattes, mysteriöses Blau, durchzogen von zahlreichen weißen Bruchlinien. Große Eisbrocken lagen verstreut entlang der Basis wie monströse Diamanten, zusammen mit messerscharfen Splittern alter Lava. Marshall öffnete den Mund, um Sully zu warnen: Der Gletscher war genauso gefährlich wie schön, es war wärmer geworden, und die Eisfront kalbte mit ungeheurer Geschwindigkeit. Gewaltige Brocken lösten sich und stürzten herab, um alles unter sich zu begraben. Doch dann überlegte er es sich anders. Gerard Sully war stolz auf seine Position als nomineller Leiter der Expedition und mochte es überhaupt nicht, wenn ihm jemand sagte, was er tun sollte und was nicht. Also schüttelte Marshall nur den Kopf. »Ich denke, ich verzichte, danke.«

»Wie Sie meinen.« Sully wandte sich an Wright Faraday, den Evolutionsbiologen der Gruppe, der ein wenig weiter den Hang hinunter vor sich hin arbeitete. »Wie steht's mit Ihnen, Wright?«

Faraday blickte auf, und seine wässrigblauen Augen wirkten unheimlich vergrößert hinter der Schildpattbrille. Er trug eine Digitalkamera an einem breiten Trageriemen um den Hals. »Nein danke«, sagte er stirnrunzelnd, als wäre der bloße Gedanke, mitten während der Arbeit eine Essenspause einzulegen, eine unerhörte Häresie.

»Verhungert meinetwegen, wenn ihr es so wollt. Verlangt bloß nicht von mir, irgendetwas wieder mit zurückzunehmen.«

»Nicht mal einen Eiszapfen?«, fragte Marshall.

Sully lächelte dünn. Er war ungefähr so klein wie Napoleon und eine Kombination aus Egoismus und Unsicherheit, die Marshall als ganz besonders ärgerlich empfand. An der Universität, wo Sully nur einer von vielen arroganten Wissenschaftlern war, hatte Marshall ihn noch ertragen, doch hier draußen auf dem Eis – ohne jede Fluchtmöglichkeit – war er absolut lästig geworden. Vielleicht, sinnierte er, vielleicht war es ja doch eine Erleichterung, dass ihre Expedition nur noch wenige Wochen dauern sollte.

»Sie sehen müde aus«, stellte Sully fest. »Waren Sie gestern Nacht wieder unterwegs?«

Marshall nickte.

»Passen Sie lieber auf. Sie könnten in eine Lavaröhre fallen und erfrieren.«

»Schon gut, Mutter. Ich werde vorsichtig sein, versprochen.«

»Oder Sie laufen einem Polarbären über den Weg oder sonst irgendwas.«

»Kein Problem – ich sehne mich geradezu nach geistreicher Konversation.«

»Das ist kein Witz! Wenn Sie sich wenigstens nicht weigern würden, eine Pistole zu tragen!«

Marshall gefiel die Richtung nicht, die ihre Unterhaltung nahm. »Hören Sie, wenn Sie Ang begegnen, sagen Sie ihm, ich habe ein paar Proben fertig für den Transport ins Labor.«

»Mache ich. Wahrscheinlich ist er ganz außer sich vor Aufregung.«

Marshall sah dem Klimaforscher hinterher, wie er vorsichtig den Hang hinunter in Richtung der Basis am Fuß des Hügels kletterte. Er nannte sie »ihre« Basis, doch in Wirklichkeit gehörte sie natürlich der Regierung der Vereinigten Staaten und hieß offiziell »Mount Fear Remote Sensing Installation«. Sie war vor beinahe fünfzig Jahren in Betrieb genommen worden und bestand im Wesentlichen aus einem niedrigen, grauen, institutionell aussehenden Gebäude, auf dem es von Radarkuppeln und anderen Überbleibseln des Kalten Krieges nur so wimmelte. Hinter dem Camp lag eine eisige Landschaft aus Permafrost und Lavaablagerungen, die der Berg vor Ewigkeiten aus seinen Eingeweiden gespien hatte, von Gräben durchzogen und aufgebrochen, als hätte die Erde sich selbst in geologischer Agonie zerrissen. An vielen Stellen war die Oberfläche unter ausgedehnten Schneefeldern verborgen. Es gab keine Straßen, keine anderen Gebäude, keine Lebewesen. Die Umgebung war so feindselig, so abgelegen und so fremdartig wie der Mond.

Marshall streckte sich und ließ den Blick über die unwirkliche Landschaft schweifen. Selbst nach vier Wochen vor Ort fiel es ihm noch schwer, zu glauben, dass eine Gegend so karg und öde sein konnte. Andererseits hatte die ganze Expedition von Anfang an etwas Unwirkliches gehabt. Unwirklich die Tatsache, dass ein Medienriese wie Terra Prime ausgerechnet ihre Anträge auf Bezuschussung bewilligt hatte: vier Wissenschaftler von der Northern Massachusetts University mit keinerlei Gemeinsamkeit außer dem Interesse an der globalen Erwärmung. Unwirklich, dass die Regierung ihnen die Genehmigung zur Nutzung der Fear Base erteilt hatte, wenn auch für einen stattlichen Mietpreis und mit strikten Beschränkungen. Und unwirklich, dass die Erwärmung selbst mit solch atemberaubender, geradezu furchteinflößender Geschwindigkeit vor sich ging.

Er wandte sich mit einem Seufzer ab. Seine Knie schmerzten vom stundenlangen Kauern über der Endmoräne, in der er seine Proben gesammelt hatte. Fingerspitzen und Nase waren halb erfroren. Und um das Fass voll zu machen, war der Schnee einem Schneeregen gewichen, ungemütlicher Nässe, die langsam durch drei Lagen Kleidung zu seinen intimsten Stellen drang. Doch Tageslicht war rar in dieser Jahreszeit, und das Forschungsfenster schloss sich rasch. Er war sich sehr deutlich bewusst, wie wenig Zeit ihm noch blieb. Daheim in Woburn, Massachusetts, würde es mehr als genug zu essen geben, und dort würde er auch mehr als genug Zeit haben zum Essen.

Als er sich umwandte, um die Probenbeutel aufzuheben, hörte er Faraday sagen: »Vor fünf Jahren, ach, was sage ich – vor zwei Jahren hätte ich so etwas nicht für möglich gehalten. *Regen!*«

»Das ist kein Regen, Wright. Es ist Schneeregen.«

»Meinetwegen, dann eben Schneeregen. In der Zone, meine Güte, obwohl der Winter vor der Tür steht? Unglaublich!«

Die »Zone« war ein ausgedehntes Gebiet im nordöstlichen Alaska, am Arktischen Ozean, eingekeilt zwischen dem

Arctic National Wildlife Refuge auf der einen Seite und dem Yukon Ivvavik National Park auf der anderen. Es war eine so trostlose und kalte Gegend, dass niemand etwas mit ihr zu tun haben wollte. Die Temperaturen schafften es nur an wenigen Monaten im Jahr, null Grad zu übersteigen. Vor Jahren hatte die Regierung die Gegend zur Federal Wilderness Zone erklärt und in der Folge prompt vergessen, dass sie überhaupt existierte. Es gab, sinnierte Marshall, wahrscheinlich nicht mehr als zwei Dutzend Leute in dem achttausend Quadratkilometer großen Gebiet: ihr eigenes wissenschaftliches Team, bestehend aus fünf Personen, die Rumpfbesatzung der Station, vier Mann, eine kleine Gruppe eingeborener Amerikaner im Norden und ein paar Rucksacktouristen und Einzelgänger, die zu exzentrisch oder zu hart waren, um sich mit irgendetwas außer der abgelegensten Gegend der Welt zufrieden zu geben. Wie eigenartig der Gedanke doch war, dass sich kaum ein Mensch weiter nördlich auf dem Planeten aufhielt als ihre Gruppe.

Ein plötzlicher, gewaltiger Knall wie ein Kanonenschlag ließ das Gletschertal mit der Wucht eines Erdbebens erzittern. Das Geräusch hallte über die Tundra unter ihnen und erschütterte die tiefe Stille. Es wurde wie ein Tennisball hin und her geworfen und dann immer leiser, bis es in der endlosen Ferne verhallte.

Über ihnen hatte der Gletscher erneut gekalbt. Tonnen von Eis und Schnee waren herabgestürzt auf den gefrorenen Haufen Geröll entlang der vorderen Gletscherkante. Marshall spürte, wie sein Herz einen erschrockenen Satz machte. Ganz gleich, wie oft er das Geräusch auch hörte, seine schiere Wucht war jedes Mal ein Schock.

Faraday zeigte darauf. »Sehen Sie? Das ist genau, was ich meine. Ein Talgletscher wie der Fear sollte in einer hübschen, dünnen Gletscherzunge auslaufen, mit einem Minimum an Schmelzwasser und einer gesunden Perkolationszone, in der nur im Sommer vereinzelt Schmelzen auftreten. Aber das hier – als würde ein Wassergletscher kalben. Ich habe die basale Schmelze gemessen …«

»Das ist Sullys Job, nicht Ihrer.«

»Ich habe die basale Schmelze gemessen, und sie sprengt jede Vorstellung.« Faraday schüttelte den Kopf. »Regen, eine beispiellose Gletscherschmelze … und das ist noch längst nicht alles. Beispielsweise die Nordlichter in den vergangenen Nächten. Haben Sie sie auch bemerkt?«

»Selbstverständlich. Eine einzige Farbe – es war spektakulär. Und ungewöhnlich.«

»Ungewöhnlich …«, wiederholte Faraday nachdenklich.

Marshall sagte nichts. Seiner Erfahrung nach hatte jede wissenschaftliche Expedition, selbst eine so kleine wie die ihre, ihre ganz persönliche Kassandra. Wright Faraday mit seinem ungeheuren Lernvermögen, seinem pessimistischen Ausblick auf das Leben, seinen dunklen Theorien und seinen ungeheuerlichen Vorhersagen spielte die Rolle meisterhaft. Marshall warf einen verstohlenen Blick auf den Biologen. Obwohl er ihn von der Universität her flüchtig als einen Kollegen kannte, wurde er doch nicht schlau aus dem Mann.

Trotzdem, dachte Marshall, während er einen neuen Beutel füllte und verschloss und die Probennummer in einem Notizbuch vermerkte, trotzdem hatte Faraday nicht ganz unrecht. Und das war ein Grund, warum Marshall selbst mit beinahe panischem Fleiß Proben sammelte. Ein Gletscher bildete den perfekten Ort für seine Art von Forschung. Während seiner Entstehung, während er Schnee akkumulierte, fing der Gletscher zugleich organische Überreste ein: Pollen, Pflanzenfasern, Überreste von Tieren. Später, viel später, wenn der Gletscher sich wieder zurückzog und langsam schmolz, entließ er all seine Geheimnisse wieder in die Freiheit. Ein Paradies für einen Paläoökologen, eine Fundgrube aus der Vergangenheit.

Nur dass am Rückzug dieses Gletschers nichts langsam oder graziös war. Er fiel praktisch auseinander, mit erschreckender Geschwindigkeit – und riss dabei seine Geheimnisse mit sich.

Wie auf ein Stichwort hin gab es eine weitere ohrenbetäubende Explosion an der Gletscherfront. Eine zitternde Kaskade aus Eis regnete ins Meer. Marshall wandte den Kopf in Richtung des Geräuschs und verspürte eine Mischung aus Verärgerung und Ungeduld. Diesmal war eine viel größere Sektion des Gletschers heruntergebrochen. Mit einem Seufzer beugte er sich hinunter zu seinen Proben und starrte dann wieder zum Gletscher. Zwischen den geborstenen Eisbrocken an seiner Basis konnte er sehen, dass durch das Kalben ein Teil der Bergflanke unter der Eisdecke freigelegt worden war.

Er blinzelte einen Moment. Dann rief er Faraday zu: »Sie haben doch den Feldstecher dabei, oder?«

»Hier bei mir.«

Der Biologe zog den Feldstecher aus der Tasche und hielt ihn mit schwerer behandschuhter Hand. Marshall nahm das Fernglas, hauchte die Okulare an, um sie aufzuwärmen, dann wischte er die Kondensation ab und hob den Feldstecher an die Augen, um den Gletscher genauer zu inspizieren.

»Was gibt es denn?«, fragte Faraday. Die Aufregung ließ seine Stimme zittern. »Was sehen Sie?«

Marshall leckte sich über die Lippen, während er auf das starrte, was das herabstürzende Eis freigegeben hatte. »Eine Höhle«, antwortete er. »Es ist eine Höhle.«

# 2

Eine Stunde später standen sie vor den Eisträmmern am Fuß der Gletscherfront. Der gefrierende Regen hatte aufgehört, und eine schwache Sonne kämpfte darum, die metallgrauen Wolken zu durchdringen. Marshall rieb sich zitternd die Arme in dem Versuch, sich zu wärmen. Er blickte sich zu der versammelten Gruppe um. Sully war zurückgekehrt und hatte Ang Chen mitgebracht, den Aufbaustudenten des Teams. Mit Ausnahme von Penny Barbour, ihrer Computerspezialistin, war die gesamte Expedition vor dem Gletscherabbruch versammelt.

Die Höhle lag direkt vor ihnen. Die schwarze Öffnung des Eingangs hob sich deutlich ab vom klaren Blau des Gletschereises. Es kam Marshall so vor, als blickte er in den Lauf einer gigantischen Kanone. Sully starrte hinein und kaute geistesabwesend auf der Unterlippe.

»Ein beinahe perfekter Zylinder«, bemerkte er.

»Ohne Zweifel ein Abzweigkanal«, sagte Faraday. »Der gesamte Mount Fear ist durchlöchert von diesen Kanälen.«

»Die Basis vielleicht«, verbesserte Marshall ihn. »Aber in dieser Höhe sind sie doch sehr ungewöhnlich.«

Unvermittelt brach eine weitere Sektion des blauen Eises etwa einen Kilometer weiter im Süden von der Gletscherwand ab und stürzte in hausgroßen Brocken auf die Trümmerwüste darunter. Eine Wolke aus Eissplittern stob auf. Chen zuckte heftig zusammen, und Faraday hielt sich die Ohren zu. Marshall schnitt eine Grimasse, als der Berg unter seinen Füßen erzitterte.

Es dauerte einige Minuten, bis das rollende Echo verklungen war. Als endlich wieder Stille herrschte, stieß Sully ein Grunzen aus. Er blickte von der Eiswand zum Höhleneingang zu Chen. »Haben Sie die Videokamera dabei?«, fragte er.

Chen nickte und klopfte auf die Ausrüstungstasche, die er über der Schulter trug.

»Dann schalten Sie sie ein.«

»Sie haben doch wohl nicht vor, reinzugehen, oder etwa doch?«, fragte Faraday.

Anstelle einer Antwort richtete sich Sully zu seinen vollen einsfünfundsechzig auf, zog den Wanst ein und richtete die Kapuze seines Parkas, um sich für die Kamera bereit zu machen.

»Das ist keine gute Idee«, fuhr Faraday fort. »Sie wissen selbst, wie brüchig diese Lavaformationen sind.«

»Das ist noch nicht alles«, fügte Marshall hinzu. »Haben Sie nicht bemerkt, was gerade passiert ist? Jeden Augenblick könnte weiteres Eis herunterbrechen und den Eingang zur Höhle verschütten.«

Sully starrte unentschlossen zum Höhleneingang. »Sie würden es bestimmt wollen.«

Mit »sie« war Terra Prime gemeint, der Kabelsender, der sich Wissenschaft und Natur verschrieben hatte und die Expedition finanzierte.

Sully rieb sich mit einer behandschuhten Hand das Kinn. »Evan, Wright, Sie können meinetwegen draußen bleiben. Ang wird mich mit der Kamera begleiten. Wenn irgendwas passiert, sollen die Jungs von der Armee uns im Helikopter rausholen.«

»Zum Teufel damit!«, sagte Marshall, ohne zu überlegen, und grinste. »Wenn Sie vergrabene Schätze entdecken, will ich meinen Anteil daran.«

»Sie haben es selbst gesagt – es ist nicht ungefährlich.«

»Umso mehr Grund, dass Sie Hilfe brauchen«, entgegnete Marshall.

Sully schob aufsässig die Unterlippe vor, und Marshall wartete schweigend. Dann gab der Klimatologe nach. »Also schön, meinetwegen. Wir beeilen uns, so gut wir können, Wright.«

Faraday blinzelte mit seinen wässrigblauen Augen und schwieg.

Sully wischte ein paar Schneeflocken von seinem Parka und räusperte sich. Er warf einen vorsichtigen Blick die steile Eisfront hinauf, dann postierte er sich vor der Kamera. »Wir stehen hier vor der Gletscherzunge«, sagte er in gedämpftem, melodramatischem Tonfall. »Das zurückweichende Eis hat eine Höhle freigelegt, die sich in die Flanke des Berges schmiegt, und wir machen uns nun daran, sie zu erkunden.« Er legte eine dramatische Pause ein, dann signalisierte er Chen, die Aufzeichnung zu unterbrechen.

»Haben Sie gerade wirklich ›schmiegt‹ gesagt?«, fragte Marshall.

Sully ignorierte die Bemerkung. »Los, gehen wir.« Er zog eine große Taschenlampe aus seinem Parka. »Ang, halten Sie die Kamera auf mich gerichtet, während wir hineingehen.«

Er setzte sich in Bewegung, und der schlaksige Chen folgte ihm gehorsam auf dem Fuß. Einen Augenblick später zog Marshall seine eigene Taschenlampe hervor und schloss sich den beiden Männern an.

Sie bahnten sich langsam und vorsichtig einen Weg durch das Trümmerfeld aus Eis und Schnee. Manche Eisbrocken waren faustgroß, andere so gewaltig wie ein ganzes Haus. Im schwachen Tageslicht leuchteten sie so blassblau wie der Oktoberhimmel. Rinnsale aus Schmelzwasser plätscherten. Die drei Männer näherten sich der Eiswand und traten in den Schatten des Gletschers. Marshall blickte nervös zu der gewaltigen Mauer aus Eis hinauf, doch er sagte nichts.

Aus der Nähe sah der Höhleneingang noch schwärzer aus. Ein kalter Lufthauch schlug ihnen entgegen. Marshalls halb erfrorene Nase zwickte. Wie Sully bereits gesagt hatte, war der Querschnitt ziemlich rund: der typische Sekundärschlot eines nicht mehr aktiven Vulkans. Der Gletscher hatte den umgebenden Fels beinahe spiegelglatt geschliffen. Sully zeigte mit seiner Taschenlampe auf den Eingang, bevor er sich zu Chen umdrehte. »Schalten Sie die mal für einen Moment aus.«

»Okay.« Der Student senkte die Kamera.

Sully zögerte, dann sah er zu Marshall. »Faraday hat keine Witze gemacht. Dieser ganze Berg ist ein großer Haufen instabiler Lava. Halten Sie Ausschau nach Rissen. Sollte die Röhre instabil erscheinen, kehren wir augenblicklich um.«

Er wandte sich zu Chen um und bedeutete ihm, wieder mit Filmen anzufangen. »Wir gehen hinein«, sagte er, an die Kamera gewandt, dann drehte er sich um und betrat die Höhle.

Die Decke war nicht sehr niedrig – mindestens drei Meter hoch –, und trotzdem duckte sich Marshall instinktiv, als er Chen ins Innere folgte. Die Höhle führte geradewegs ins Innere des Berges und fiel dabei sanft nach unten ab. Vorsichtig tasteten sie sich voran und leuchteten mit ihren Taschenlampen die Lavawände ab. Im Innern der Höhle war es noch kälter als draußen auf dem Eisfeld, und Marshall zog die Kapuzenschnur seines Parkas eng zusammen.

»Warten Sie«, sagte er. Der Strahl seiner Taschenlampe war auf einen Haarriss in der Lava gefallen. Er ließ das Licht über seine gesamte Länge wandern, dann betastete er ihn vorsichtig mit der freien Hand.

»Sieht fest aus«, sagte er.

»Dann gehen wir weiter«, erwiderte Sully. »Vorsichtig.«

»Ich finde es erstaunlich, dass dieser Schlot nicht längst unter dem Gewicht des Gletschers eingestürzt ist«, sagte Chen.

Schritt für Schritt drangen sie tiefer in die Höhle ein. Wenn sie sprachen, dann ganz leise, beinahe im Flüsterton.

»Der Boden unter dem Schnee hier ist von einer Eisschicht bedeckt«, sagte Sully nach einer Weile. »Sie zieht sich über die gesamte Breite und ist bemerkenswert eben.«

»Und die Höhle führt immer tiefer in den Berg hinein«, sagte Marshall. »Irgendwann einmal muss dieser Schlot mit Wasser gefüllt gewesen sein.«

»Und es muss mit bemerkenswerter Geschwindigkeit gefroren sein«, sagte Sully. »Weil ...« In diesem Moment rutschte der Klimatologe aus. Er stieß einen Schreckenslaut aus und fiel der Länge nach schwer auf das Eis.

Marshall zuckte zusammen. Das Herz rutschte ihm fast in die Hose, und er wartete darauf, dass die Decke ringsum einstürzte. Als nichts geschah und er sah, dass Sully unverletzt war, wich sein Erschrecken Verwirrung. »Das haben Sie doch gefilmt, Ang, oder?«

Der Aufbaustudent war totenblass geworden, aber jetzt grinste er. »Sicher, hab ich.«

Sully erhob sich mühselig, verzog das Gesicht und wischte sich mürrisch den Schnee von der Kleidung. »Das ist ein ernster Moment, Evan. Bitte vergessen Sie das nicht.«

Sie kamen noch langsamer voran als zuvor. Es war unheimlich still in der Höhle; das einzige Geräusch war das Knirschen ihrer Schritte auf der dünnen Schneeschicht. Die Lavawände rechts und links waren fast schwarz. Sully führte die Gruppe behutsam tiefer, wobei er den Schnee mit den Stiefeln zur Seite wischte und den Lichtkegel seiner Taschenlampe immer wieder über den vor ihnen liegenden Pfad schwenkte.

Chen spähte in die Dunkelheit vor ihnen. »Sieht aus, als weite sich die Höhle weiter vorn ...«, sagte er.

»Das ist gut«, erwiderte Sully. »Weil die Eisschicht dicker wird und ...«

In diesem Moment fiel er erneut, doch nicht aus Unbeholfenheit: Marshall erkannte augenblicklich, dass der Wissenschaftler diesmal vor schierer Überraschung zu Boden gegangen war. Hektisch wischte Sully den Schnee von der Eisschicht und leuchtete mit seiner Taschenlampe auf das Eis darunter. Chen ließ sich neben ihm auf die Knie nieder. Er schien die Kamera vergessen zu haben. Rasch trat Marshall zu den beiden und spähte ihnen über die Schulter auf das Eis vor ihnen.

Mit einem Frösteln, das nichts mit der Kälte in der Höhle zu tun hatte, sah Marshall, was Sully entdeckt hatte. Dort, im Eis unter ihren Füßen, starrten zwei faustgroße Augen – gelb mit schwarzen, ovalen Pupillen – feindselig zu ihnen hinauf.

# 3

Den Weg den Berg hinunter legten sie schweigend zurück. Die Entdeckung würde grundlegend verändern, was bis zu diesem Augenblick eine unauffällige, unglamouröse, ja monotone wissenschaftliche Expedition gewesen war. Was all dies bedeutete, vermochte keiner der Teilnehmer zu sagen. Doch von diesem Moment an war nichts mehr wie vorher.

Zur gleichen Zeit stellte sich jeder Einzelne insgeheim die Frage: *Was zum Teufel ist das für ein Ding?*

Sully brach das Schweigen. »Wir hätten einen Eiskern zum Testen mitnehmen sollen.«

»Wie lange ist es schon dort, was schätzen Sie?«, fragte Chen.

»Der Fear ist ein Gletscher aus der letzten Kaltzeit, aus dem marinen Sauerstoff-Isotopenstadium zwei«, erwiderte Marshall. »Diese Höhle muss also seit mindestens zwölftausend Jahren verschüttet sein. Vielleicht auch schon viel länger.«

Erneut senkte sich Schweigen über die Gruppe. Die Sonne hatte sich endlich ihren Weg durch die tiefhängenden Wolken gebrannt. Während sie dem Horizont entgegen sank, ließ sie die Schneedecke in den leuchtendsten Farben glänzen.

Geistesabwesend nahm Marshall eine Schneebrille aus der Tasche und setzte sie auf. Er musste ständig an die unergründlichen toten Augen unter dem Eis denken.

»Wie spät ist es in New York?«, fragte Sully nach einer Weile.

»Halb acht vorbei«, antwortete Faraday.

»Dann sind wahrscheinlich längst alle zu Hause. Wir versuchen es gleich morgen früh. Ang, sorgen Sie bitte dafür, dass das Satellitentelefon noch vor dem Frühstück einsatzbereit ist?«

»Sicher. Aber ich werde Gonzalez um neue Batterien bitten müssen, weil …« Chen verstummte mitten im Satz. Marshall blickte auf und sah, was den Aufbaustudenten zum Schweigen gebracht hatte.

Die Basis lag mehrere Hundert Meter unterhalb. Das lange, niedrige Bauwerk wirkte rostig und abweisend im Licht der untergehenden Sonne. Sie waren dem Gletschertal in einem sanften Bogen gefolgt, und der Haupteingang der Basis war hinter dem Sicherheitszaun in Sicht gekommen. Die Computerspezialistin der Expedition, Penny Barbour, stand in Jeans und einem karierten Flanellhemd auf dem betonierten Vorfeld zwischen dem Wachhaus und der ins Gebäudeinnere führenden Doppeltür. Ihre kurzen, mausbraunen Haare hingen ihr schlaff in die Stirn. Neben ihr stand Paul Gonzalez, der diensthabende Sergeant des winzigen Außenpostens, der die Fear Base einsatzfähig hielt.

Vier Gestalten in schweren Parkas mit Hosen aus Polarbärenfell und Mukluks aus Tierhaut umringten die beiden. Eine der Gestalten hielt ein Gewehr, die anderen trugen Speere oder Bogen auf dem Rücken. Obwohl ihre Gesichter nicht zu sehen waren, war Marshall sicher, dass sie amerikanische Ureinwohner aus dem kleinen Lager weiter im Norden waren.

Marshall war nicht sicher, ob er Neugier oder Besorgnis empfinden sollte. Die Gruppe beschleunigte ihre Schritte. Schon seit einem Monat waren die Wissenschaftler vor Ort, ohne bisher Kontakt mit den Indianern gehabt zu haben. Tatsächlich wussten sie nur deswegen von ihrer Existenz, weil die Soldaten in der Basis sie einmal erwähnt hatten. Warum sollten sie ausgerechnet den heutigen Tag ausgewählt haben, um der Station einen Besuch abzustatten?

Als die Wissenschaftler den Zaun und das leer stehende Wachhaus passierten, wandte sich die Gruppe auf dem Vorplatz zu ihnen um. »Diese Bande hier hat vor nicht mal zwei Minuten angeklopft«, sagte Barbour in ihrem breiten Nordlondoner Akzent. »Der Sergeant und ich sind rausgegangen, um sie zu begrüßen.« Ihr freundliches Gesicht wirkte ein wenig verkniffen und besorgt.

Sully sah Gonzalez an. »Hat es so etwas schon einmal gegeben?«, fragte er.

Gonzalez war Mitte fünfzig und stämmig und strahlte den scharfsichtigen Fatalismus eines Berufssoldaten aus. »Noch nie«, antwortete er. Er hakte sein Funkgerät vom Gürtel, um die übrigen Soldaten zu alarmieren, doch Sully schüttelte den Kopf.

»Das wird nicht nötig sein, Sergeant«, sagte er, dann wandte er sich an Barbour: »Sie machen besser, dass Sie ins Warme kommen.« Er sah ihr hinterher, bis sie hinter der Tür verschwunden war, dann räusperte er sich und drehte sich zu den Gästen um. »Möchten Sie hereinkommen?«, fragte er, indem er jedes Wort sehr langsam und deutlich aussprach und zur Tür deutete.

Die Ureinwohner antworteten nicht. Es waren drei Frauen und ein Mann, bemerkte Marshall, und der Mann war sehr viel älter als die Frauen. Sein Gesicht war von den vielen Jahren in Kälte und Sonne verschrumpelt, und die Haut sah ledrig aus. Seine Augen aber waren von einem klaren, tiefen Braun. Er trug große Ohrringe aus Tierknochen, wunderbar detailliert geschnitzte Stücke, und im Fell seines Kragens steckten Federn. Seine Wangenknochen waren tätowiert, also musste er ein Schamane sein. Gonzalez hatte ihnen erzählt, dass die Gruppe ein Leben in ungewöhnlicher Einfachheit führte. Marshall warf einen Blick auf die Speere und Tierhäute. *So* einfach hatte er es sich nicht vorgestellt.

Für einige Sekunden senkte sich ein unbehagliches Schweigen über die Gruppe. Nur das Brummen der Generatoren ganz in der Nähe war zu hören. Dann sprach Sully erneut: »Sie kommen aus der Siedlung im Norden, richtig? Das ist ein weiter Weg, und Sie sind sicherlich müde. Können wir irgendetwas für Sie tun? Möchten Sie etwas zu trinken oder zu essen?«

Keine Antwort. Sully wiederholte seine Worte, langsam und nachdrücklich, als spräche er zu einem Schwachkopf. »Ihr mögen essen? Trinken?«

Als keine Antwort kam, wandte sich Sully mit einem Seufzer ab. »Wir kommen nicht weiter.«

»Diese Eingeborenen verstehen wahrscheinlich kein Wort von dem, was Sie sagen«, meinte Gonzalez.

Sully nickte. »Und ich spreche kein Inuit.«

»Tunit«, sagte der alte Mann.

Sully drehte sich hastig zu ihm um. »Wie bitte?«

»Nicht Inuit. Tunit.«

»Es tut mir sehr leid, aber ich habe noch nie von den Tunit gehört.« Sully klopfte sich leicht auf die Brust. »Mein Name ist Sully.« Er stellte Gonzalez und die Wissenschaftler ebenfalls mit Namen vor. »Die Frau von eben ist Penny Barbour.«

Der alte Mann berührte seine eigene Brust. »Usuguk.« Er sprach es U-*suuuu*-guhk aus. Die Frauen stellte er nicht vor.

»Erfreut, Sie kennen zu lernen«, sagte Sully. »Möchten Sie vielleicht hereinkommen?«

»Sie haben gefragt, ob Sie etwas tun können für uns«, sagte Usuguk, und Marshall stellte überrascht fest, dass der Alte ohne den geringsten Akzent sprach.

»Ja«, antwortete Sully genauso überrascht.

»Es gibt etwas, das Sie tun können. Etwas sehr Wichtiges. Sie können von hier fortgehen. Heute noch. Und kommen Sie nicht wieder.«

Diese Antwort machte Sully sprachlos.

»Aber warum?«, fragte Marshall nach einigen Sekunden.

Der alte Schamane deutete auf den Mount Fear. »Das dort ist ein Ort des Bösen. Ihre Anwesenheit hier ist eine Gefahr für uns alle.«

»Ein Ort des Bösen?«, fragte Sully, nachdem er sich von seiner Überraschung erholt hatte. »Sie meinen den Vulkan? Er ist erloschen, tot.«

Der alte Tuniq[1] sah ihn an. Die schräg einfallende Sonne hob die zahllosen Runzeln seines Gesichts scharf hervor. Es war eine Maske bitterer Angst.

»Was für ein Böses?«, fragte Marshall.

1 Tunit = die Tunits, das Volk der Tunits; Tuniq = ein Angehöriger des Volkes der Tunits

Usuguk verzichtete darauf, deutlicher zu werden. »Sie sollten nicht hier sein«, sagte er. »Sie sind Eindringlinge, die hier nichts zu suchen haben. Und Sie haben die Alten wütend gemacht. Sehr wütend sogar.«

»Welche Alten?«, fragte Sully.

»Normalerweise sind sie ...«, Usuguk suchte nach dem richtigen Wort. »Normalerweise sind sie gutmütig.« Er beschrieb eine halbkreisförmige Bewegung mit der Hand, die Handfläche nach oben. »In den alten Tagen blieben die Männer hier, all die Männer mit den Uniformen und den Waffen, innerhalb der Metallwände, die sie errichteten. Selbst heute noch dringen die Soldaten niemals an den verbotenen Ort vor.«

»Ich weiß nichts von einem verbotenen Ort«, brummte Gonzalez. »Aber ich bleib mit meinem Hintern hübsch hier in der Basis, wo es warm und freundlich ist.«

Usuguk schien ihn nicht zu hören. Er starrte unverwandt Sully an. »Ihr seid anders. Ihr habt Boden betreten, den kein lebender Mann betreten darf. Und jetzt sind die Alten wütend, wütender als jemals zuvor in der Erinnerung meines Volkes. Ihr Zorn malt den Himmel blutig rot. Der Himmel schreit vor Schmerz wie eine Frau in den Wehen.«

»Ich bin nicht sicher, was Sie damit meinen«, entgegnete Sully, »aber die eigenartige Farbe des Nachthimmels verursacht die Aurora borealis. Das Nordlicht. Es sind Sonnenwinde, die in das Magnetfeld der Erde eintreten. Ich räume ein, dass die Farbe recht ungewöhnlich ist, aber Sie werden das sicher schon früher hin und wieder gesehen haben?« Sully gab sich freundlich und familiär, lächelte, war gutmütig und geduldig, wie ein Mann, der versucht, einem kleinen Kind etwas zu erklären. »Atmosphärische Gase geben überschüssige Energie in Form von Licht ab. Unterschiedliche Gase emittieren Photonen unterschiedlicher Wellenlänge.«

Wenn diese Erklärung für Usuguk Sinn ergab, dann zeigte er es nicht. »Sobald wir sahen, wie zornig das Geistervolk ist, machten wir uns auf den Weg hierher. Seit jenem Augenblick sind wir unterwegs, ohne Pause und ohne Nahrung.«

»Ein Grund mehr, hineinzugehen«, sagte Sully. »Wir geben euch zu essen und etwas Warmes zu trinken.«

»Warum ist der Berg verboten?«, wollte Marshall wissen.

Der Schamane sah ihn an. »Verstehen Sie denn nicht? Sie alle haben meine Warnung gehört, und trotzdem weigern Sie sich, darauf zu hören? Der Berg ist ein Ort der Dunkelheit. Sie *müssen* von hier weggehen.«

»Wir können nicht von hier weg«, sagte Sully. »Noch nicht. Aber in zwei oder drei Wochen … werden wir abgeholt. Ich gebe Ihnen mein Wort, dass wir bis dahin …«

Doch der Schamane hatte sich bereits abgewandt. Er ging zu den drei Tunit-Frauen. *»Anyok lubyar tussarnek«*, sagte er. Eine der Frauen begann laut zu weinen. Usuguk drehte sich ein letztes Mal um und sah die vier Wissenschaftler der Reihe nach an. Sein Gesicht war erfüllt von einer Mischung aus Sorge und Angst, die Marshall die Nackenhaare zu Berge stehen ließen. Dann zog er einen kleinen Beutel aus seinem Parka, tauchte den Finger hinein und kleckste mit einer dunklen Flüssigkeit, die zu viskos war, um etwas anderes zu sein als Blut, eine Reihe von Zeichen auf den gefrorenen Boden der Tundra. Dann verfiel er in einen leisen, gebetsartigen Singsang, richtete sich auf und schloss sich den anderen Mitgliedern seiner Gruppe an, die sich bereits durch die eisige Abenddämmerung entfernten.

# 4

Während der beiden folgenden Tage wehte ein frischer Wind aus Norden, der einen klaren Himmel und bitterkalte Temperaturen brachte. Am dritten Tag um elf Uhr morgens verließen Marshall, Sully und Faraday die Basis und wanderten über die gefrorene Ebene, die sich vom Mount Fear aus endlos nach Süden erstreckte. Es war ein perfekter Morgen, der Himmel eine Kuppel aus arktischem Blau ohne jede Wolke. Der Permafrost unter ihren Füßen war so hart wie Beton. Die Temperaturen bewegten sich im Bereich um zehn Grad unter null, und zumindest vorläufig war die knallende, stöhnende, knackende Zerstörung des Gletschers aufgehalten.

Plötzlich ertönte ein dumpfes Dröhnen, das in der arktischen Kälte rasch lauter wurde. Am Horizont im Süden erschien ein dunkler Punkt. Langsam wuchs er zu einem Helikopter, der in geringer Höhe direkt auf sie zukam.

Faraday schniefte missvergnügt. »Ich denke immer noch, wir hätten ein paar Tage abwarten sollen. Warum mussten wir so schnell anrufen?«

»Weil das die Abmachung war«, entgegnete Sully und beobachtete den sich nähernden Helikopter aus zusammengekniffenen Augen. »Sie hätten schnell herausgefunden, wenn wir die Sache verzögert hätten.«

Faraday murmelte etwas Unverständliches. Er war eindeutig immer noch nicht überzeugt.

Sully sah den Biologen stirnrunzelnd an. »Wie ich schon sagte – wenn du einen Handel mit dem Teufel machst, darfst du dich nicht über die Konsequenzen wundern.«

Niemand antwortete. Es war auch nicht nötig.

Die Northern Massachusetts University versuchte nicht, so zu tun, als gehörte sie zur ersten Liga der Forschungs- und Bildungseinrichtungen des Landes. Weil Forschungsmittel knapp waren, hatte sie sich eine relativ neue Masche einfallen lassen: die Finanzierung ihrer Feldforschung durch Mediengesellschaften. Als Gegenleistung dafür bot sie ihnen exklusive Rechte und Zugang zu ihren Ergebnissen. Die globale Erwärmung war zwar kein besonders aufregendes Thema, doch sie war aktuell. Terra Prime hatte das Team finanziert, genau wie ein halbes Dutzend andere zuvor – eine Gruppe, die Eingeborenenmedizin im Amazonasdschungel studierte, eine weitere Gruppe, die das potenzielle Grab von König Arthur ausgegraben hatte –, alles in der Hoffnung, dass sich daraus wenigstens *eine* Wissenschaftsdokumentation ergab, die das Drehen wert war. Wochenlang hatte Marshall die Daumen gedrückt und gehofft, sie könnten ihre Arbeiten abschließen und verschwinden, ohne Terra Primes Aufmerksamkeit zu erregen. Diese Hoffnungen waren nun schlagartig zunichte gemacht.

Die Wissenschaftler drängten sich zusammen, als der Helikopter näher kam, das Lager einmal umrundete und schließlich mit laut schlagenden Rotoren auf einem relativ ebenen Abschnitt nur fünfzig Meter entfernt landete. Die Passagiertür öffnete sich, und eine Frau sprang heraus. Sie trug eine Lederjacke und Jeans. Langes schwarzes Haar floss über ihre Schultern und tanzte leicht im Luftzug der Rotoren. Sie war schlank, vermutlich etwa dreißig. Als sie sich umwandte und nach ihrem Gepäck griff, bemerkte Marshall eine ausgesprochen wohlgeformte Rückansicht.

»Was für ein hübscher kleiner Teufel«, murmelte er.

Die Frau schulterte ihr Gepäck, duckte sich unter den Rotoren hinweg und kam ihnen entgegen. Sie drehte sich ein letztes Mal um und winkte dem Piloten. Er antwortete mit in die Höhe gerecktem Daumen, die Turbinen heulten auf, und der Helikopter stieg rasch in die Höhe. Er legte sich in eine scharfe Kurve und jagte auf dem gleichen Weg davon, auf dem er hergekommen war.

Die Wissenschaftler traten vor, um den Neuankömmling zu begrüßen. Sully zog den Handschuh aus und streckte ihr die Hand entgegen. »Ich bin Gerard Sully«, sagte er. »Klimatologe und Leiter des Teams. Das dort sind Evan Marshall und Wright Faraday.«

Die Frau schüttelte jedem die Hand. Sie hatte einen professionellen, festen Händedruck. »Mein Name ist Kari Ekberg. Ich arbeite als Field Producer für Terra Prime TV. Meinen Glückwunsch zu Ihrer erstaunlichen Entdeckung.«

Sully nahm eine Tasche, Marshall die andere. »Producer?«, fragte Sully. »Dann haben Sie das Kommando?«

Ekberg lachte. »Wohl kaum. Sie werden bald feststellen, dass auf einem Set wie diesem jeder mit einem Klemmbrett unter dem Arm ein Producer ist.«

»Set?«, wiederholte Marshall.

»Das ist es für uns, ganz recht.« Sie blieb stehen, um sich aufmerksam umzusehen, als würde sie die Landschaft auf ihre Tauglichkeit für die Dramaturgie hin untersuchen.

»Sie sind ein wenig zu dünn angezogen für die Federal Wilderness Zone«, wandte Marshall ein.

»Das merke ich auch gerade. Ich habe den größten Teil meines Lebens in Savannah verbracht. Der kälteste Ort, an dem ich jemals gewesen bin, war New York City im Februar. Ich lasse mir von der Crew ein paar Sachen von Mountain Hardwear mitbringen.«

»Zu dünn angezogen oder nicht – Sie sind das bestaussehende Ding, das dieser Basis je begegnet ist«, bemerkte Sully süffisant.

Kari Ekberg unterbrach ihr Studium der Umgebung, um Sully von Kopf bis Fuß zu mustern. Sie antwortete nicht, doch sie lächelte leicht, so als durchschaute sie seine Persönlichkeit mit diesem einen Blick.

Sully errötete und räusperte sich. »Sollen wir in die Basis, ins Warme? Passen Sie auf, wo Sie hintreten – der Untergrund hier ist durchsetzt von alten Lavaröhren.«

Er führte den Tross an, während er mit Faraday über die morgendlichen Forschungsergebnisse sprach. Ekberg war nicht die Leiterin der Produktion, und sie war offensichtlich nicht empfänglich für seine plumpe Art zu flirten – das brachte sein Interesse an ihr zum Erliegen.

Ekberg und Marshall bildeten den Schluss.

»Sie haben mich neugierig gemacht mit dem, was Sie da gerade gesagt haben«, sagte Marshall. »Dass unsere Entdeckung nur ein Set ist.«

»Ich wollte nicht gefühllos erscheinen. Für Sie ist dies Ihr Arbeitsplatz. Es ist eben nur so, dass bei einer Produktion wie dieser Zeit alles ist. Wir haben nicht viel davon. Abgesehen davon denke ich, dass Ihre Gruppe uns so schnell wie möglich wieder los sein möchte, richtig? Und das ist mein Job. Die Gig voranbringen.«

»Die Gig voranbringen?«

»Locations erkunden und einen Zeitplan erstellen. Praktisch den Weg vorzeichnen, sodass alles vorbereitet ist, wenn Aufnahmeteam und Schauspieler eintreffen.«

Marshall war überrascht von ihren Antworten. Aufnahmeteam, Schauspieler! Er hatte angenommen, dass Terra Prime TV eine Person schicken würde, bestenfalls zwei: jemanden, der die Kamera hielt, und jemanden, der sich hin und wieder davorstellte und die Bilder kommentierte. »Dann machen

Sie also im Grunde genommen die ganze Arbeit, bis die wichtigen Leute kommen und den Ruhm für sich beanspruchen?«

Ekberg lachte mit einer klaren, vollen Altstimme, die über den Permafrost hallte. »Ich schätze, das bringt es so ungefähr auf den Punkt, ja.«

Sie hatten den längst nicht mehr benutzten Sicherheits-Kontrollpunkt erreicht, und Ekberg starrte in unverhülltem Staunen nach vorn. »Mein Gott! Ich hatte ja keine Ahnung, wie groß diese Basis ist!«

»Was hatten Sie denn erwartet?«, fragte Sully säuerlich. »Iglus und kleine Schutzzelte?«

»Eigentlich befindet sich der größten Teil der Basis unter der Erde«, erklärte Marshall, als sie die Einzäunung passierten und den betonierten Vorplatz betraten. »Die Station wurde in eine natürliche Senke gebaut. Man hat vorfabrizierte Sektionen herbeigeschafft und den freien Raum dazwischen mit gefrorenem Erdreich und Lava aufgefüllt. Die meisten der sichtbaren Bauten enthalten mechanische oder technische Systeme: Energieerzeugung, Radarkuppeln und so weiter. Die Erbauer wollten so wenig wie möglich in Erscheinung treten. Aus dem gleichen Grund wurde die Station im Schatten des einzigen Berges im Umkreis von Dutzenden von Meilen errichtet.«

»Wie lange ist es her, dass die Basis aktiv war?«

»Fast fünfzig Jahre«, antwortete Marshall. »Eine lange Zeit.«

»Mein Gott. Und wer kümmert sich darum? Sie wissen schon, wer sorgt dafür, dass die Toiletten weiter funktionieren, dass die Glühbirnen ausgewechselt werden und so weiter?«

»Es ist eine Minimalwartungsanlage, wie es offiziell heißt. Es gibt ein kleines Kommando von Soldaten, die die Anlage betriebsbereit halten, drei Mann vom Ingenieurkorps unter dem Befehl von Paul Gonzalez. Sergeant Paul Gonzalez, um genau zu sein. Sie kümmern sich um die Generatoren und die Stromversorgung, sie warten die Heizanlage, wechseln Glühlampen, kontrollieren den Wasserstand in den Zisternen … und betätigen sich nebenbei als unsere Babysitter.«

»Fünfzig Jahre …« Ekberg schüttelte den Kopf. »Schätze, deswegen haben sie auch nichts dagegen, ihre Basis an uns weiterzuvermieten.«

Marshall nickte.

»Auch wenn Uncle Sam nicht gerade ein billiger Vermieter ist. Wir zahlen hunderttausend Dollar Aufschlag für eine Woche Unterbringung unserer Filmcrew.«

»Der Lebensunterhalt ist kostspielig hier oben im Norden«, sagte Sully.

Ekberg sah sich erneut um. »Und die Soldaten *müssen* die ganze Zeit hier wohnen?«

»Sie werden alle sechs Monate abgelöst. Das heißt, die drei Mannschaftsdienstgrade. Der Sergeant, Gonzalez – ihm scheint es hier zu gefallen.«

Ekberg schüttelte den Kopf. »Wenn das nicht ein Mann ist, der vor etwas davonläuft, dann weiß ich es nicht.«

Sie traten durch die doppelte Außentür und durchquerten einen Warte- und Aufenthaltsbereich sowie einen langen Ankleideraum mit Spinden zu beiden Seiten für Parkas und Schneeausrüstung, bevor es durch eine weitere Tür in die eigentliche Basis ging.

Obwohl die Fear Base seit einem halben Jahrhundert nicht mehr in Betrieb war, herrschte hier immer noch eine militärische Atmosphäre: amerikanische Flaggen, Stahlwände, zweckmäßiges Mobiliar. Verblichene Poster an den Wänden listeten Verhaltensmaßregeln auf und warnten vor Sicherheitslücken. Rechts und links von der Eingangshalle erstreckte sich ein breiter Korridor, der rasch im Dunkeln versank. Der unmittelbare Eingang war erleuchtet, aber weiter entfernt brannte nur hin und wieder eine einzelne Glühlampe. Auf der anderen Seite der Eingangshalle saß ein Mann in einer militärischen Uniform hinter einem gläsernen Schalter und las in einem Taschenbuch.

Marshall bemerkte, wie Ekberg die Nase rümpfte. »Tut mir leid«, sagte er lachend. »Ich hab auch eine Woche gebraucht, um mich an den Geruch zu gewöhnen. Wer hätte auch damit gerechnet, dass es in einer arktischen Station riechen könnte wie in der Bilge eines Schlachtschiffs? Kommen Sie, tragen wir Sie in die Gästeliste ein.«

Sie durchquerten die Halle und traten vor den Schalter. »Hallo Tad«, sagte Marshall zur Begrüßung.

Der Mann hinter dem Paneel erwiderte den Gruß. »Hallo Dr. Marshall.« Er war jung und groß gewachsen und trug das karottenfarbene Haar in einem Bürstenschnitt. Auf seiner Uniform leuchteten die Streifen eines Corporals im Ingenieurkorps der U. S. Army.

»Das hier ist Kari Ekberg, die Vorhut des Dokumentarfilmteams.« Marshall wandte sich zu Ekberg um. »Darf ich vorstellen – Tad Phillips.«

Phillips musterte die Besucherin mit unverhohlenem Interesse. »Wir wurden erst heute Morgen informiert, Miss Ekberg. Wenn Sie sich bitte eintragen würden?« Durch einen Schlitz am Fuß der Glasscheibe schob er ihr ein Klemmbrett hin.

Sie unterschrieb auf der gezeigten Linie und gab es zurück. Phillips notierte Zeit und Datum, dann legte er das Klemmbrett beiseite. »Sie führen unseren Besuch herum und zeigen ihr die zugelassenen Bereiche?«

»Sicher«, antwortete Marshall.

Phillips nickte und richtete seine Aufmerksamkeit wieder

auf das Buch, in dem er gelesen hatte. Sully führte die Gruppe zu einem Treppenhaus, und sie stiegen in die Tiefe.

»Wenigstens ist es warm hier drin«, bemerkte Ekberg.

»Die oberen Etagen sind es zumindest«, erwiderte Sully. »Der Rest wird nur gerade so weit beheizt, dass er frostsicher ist.«

»Was hat er mit ›zugelassenen Bereichen‹ gemeint?«, fragte sie.

»Diese zentrale Sektion der Basis, wo die Offiziere untergebracht waren und ein Großteil der Überwachungsaktivitäten stattfand, ist zugelassen«, erklärte Marshall. »Wir haben unbeschränkten Zugang zu diesem Teil – nicht dass irgendeiner von uns bisher Zeit oder Lust gehabt hätte, sich genauer umzusehen. Darüber hinaus haben wir beschränkten Zugang zum südlichen Flügel, wo Computer und andere Ausrüstung gelagert und gewartet wurden. Die aktuelle Besatzung wohnt dort. Wir sind nicht autorisiert, den nördlichen Flügel zu betreten.«

»Was befindet sich in diesem Flügel?«

Marshall zuckte die Schultern. »Keine Ahnung.«

Sie erreichten einen weiteren Korridor, länger und heller erleuchtet als der vorhergehende. Entlang der Wände lagerten alle möglichen alten Apparate und Ausrüstungsteile, als wäre die Station in großer Hast verlassen worden. Es gab noch weitere Spinde, zusammen mit offiziell aussehenden Wegweisern zu den Einrichtungen der Anlage: *Radar-Mapping*, *RASP Command Post*, *Recording-Monitoring*. Türen mit kleinen vergitterten Fenstern säumten beide Seiten der Gänge. Sie waren nicht mit Namensschildern versehen, sondern mit Reihen von Buchstaben und Ziffern. »Wir haben unser provisorisches Labor hier auf der B-Ebene eingerichtet«, sagte Sully und zeigte mit dem Daumen auf die entsprechenden Türen. »Voraus liegen die Kombüse, die Offiziersmesse und ein Besprechungszimmer, das wir in einen provisorischen Gemeinschaftsraum umfunktioniert haben. Hinter der Biegung im Korridor liegen die Schlafsäle. Wir haben einen für Sie hergerichtet.«

Ekberg murmelte ein Dankeschön. »Ich verstehe immer noch nicht, warum man überhaupt eine Basis wie diese braucht«, sagte sie. »Ich meine, so weit oben im Norden und alles.«

»Sie gehörte zum ursprünglichen Frühwarnsystem«, erklärte Marshall. »Haben Sie schon mal von der *Pinetree Line* gehört oder der *DEW*?«

Kari Ekberg schüttelte den Kopf.

»Im Jahr 1949 führten die Sowjets ihren ersten Atomtest durch. Die Bombe funktionierte, und das trieb uns fast in den Wahnsinn. Wir hatten gedacht, wir hätten mindestens fünf weitere Jahre, um uns vorzubereiten. Stattdessen sagten unsere Eierköpfe voraus, dass die Sowjets innerhalb weniger Jahre über genügend Bomben verfügen würden, um die Vereinigten Staaten vollständig in Schach zu halten. Also gab es gewaltige Aufrüstungsbemühungen – Waffen, Flugzeuge, Soldaten – einschließlich eines Notprogramms zur Entwicklung eines Grenzverteidigungssystems. Die atlantische und die pazifische Küste waren damit abgesichert, und es wurde rasch klar, dass die größte Bedrohung in Form von feindlichen Bombern über den Pol hereinkommen würde. Das Radar damals war noch ziemlich primitiv und konnte keine niedrig fliegenden Maschinen orten oder etwas hinter dem Horizont erkennen.«

»Also mussten sie ihre Augen und Ohren so nah an die Bedrohung bringen wie möglich«, folgte Ekberg.

»Ganz genau. Die Militärs steckten die Köpfe zusammen und rechneten die drei wahrscheinlichsten Routen aus, die die russischen Bomber im Fall eines Angriffs nehmen würden. Sie errichteten ihre Frühwarnstationen so weit nördlich entlang dieser Routen wie nur irgend möglich. Das hier ist eine davon.« Marshall schüttelte nachdenklich den Kopf. »Die Ironie daran ist: Bis sie endlich fertiggestellt war gegen Ende der fünfziger Jahre, war sie bereits überflüssig. Raketen ersetzten Bomber als Trägersysteme für Atomwaffen, und wir brauchten ein schnelles, zentralisiertes Netzwerk, um dieser Art von Bedrohung zu begegnen. Also wurde ein neues System unter dem Namen SAGE errichtet. Diese Stationen wurde eingemottet.«

Sie hatten die Biegung umrundet und bewegten sich durch einen kasernenartigen Flur. Vor einer der Türen blieb Sully stehen, drehte den Knauf und drückte sie auf. Dahinter befand sich ein spartanisches Zimmer, ausgestattet mit einer Pritsche, einem Schreibtisch, einem Kleiderschrank und einem Spiegel. Chen, der Aufbaustudent, hatte am Morgen den gröbsten Staub beseitigt. »Das hier ist Ihr Quartier«, sagte Sully.

Ekberg warf einen raschen Blick hinein und nickte Sully und Marshall dankend zu, die ihre Taschen auf die Pritsche stellten.

»Es war eine lange Reise von New York hierher«, sagte Sully. »Und wenn es Ihnen ebenso geht wie uns, dann haben Sie unterwegs wahrscheinlich nicht viel geschlafen. Wenn Sie sich also ein wenig ausruhen oder erfrischen wollen: nur zu! Die Duschen und Toiletten sind geradeaus den Gang hinunter.«

»Danke für das Angebot, aber ich schätze, ich fange besser sofort mit der Arbeit an.«

»Anfangen?« Sully starrte sie verwirrt an.

Marshall begriff etwas schneller. »Sie meinen, Sie wollen es sehen.«

»Selbstverständlich! Das ist der Grund, aus dem ich hier

bin!« Sie blickte sich zu den Männern um. »Das heißt, wenn Sie kein Problem haben damit.«

»Ich fürchte, so einfach ist das nicht«, sagte Sully. »In den letzten Wochen wurden mehrere Polarbären gesichtet. Und diese Lavaschlote sind extrem gefährlich. Trotzdem dürfen Sie natürlich gerne alles aus sicherer Entfernung verfolgen, denke ich.«

Ekberg schien darüber nachzudenken. Dann nickte sie zögernd. »Also schön.«

»Evan wird Sie hinbringen – nicht wahr, Evan? Wenn Sie mich jetzt entschuldigen, ich muss noch eine Reihe von Tests abschließen.« Mit diesen Worten schenkte er ihr ein knappes Lächeln, nickte Marshall zu, wandte sich um und ging zurück in Richtung der provisorischen Labors.

# 5

»Erstaunlich!«, sagte Kari Ekberg, und ihr Atem kondensierte in der Luft. »Ich glaube nicht, dass ich jemals einen so klaren, intensiv blauen Himmel gesehen habe.«

Sie stiegen in strahlendem Sonnenschein das Gletschertal hinauf. Trotz verärgerter Hinweise auf die dringende Natur seiner Arbeiten hatte sich Faraday entschieden, sie zu begleiten, und er schnaufte und ächzte, je höher sie kamen. Faraday hatte diesen Weg seit einem Monat jeden Tag mindestens einmal zurückgelegt – die Tatsache, dass er ihm immer noch zu schaffen machte, verriet die vielen in Labors verbrachten Jahre in sitzender Haltung und ohne Bewegung. Ekberg auf der anderen Seite marschierte voran mit der mühelosen Leichtigkeit einer leidenschaftlichen Läuferin. Ihre Augen waren ununterbrochen in Bewegung und übersahen nichts. Hin und wieder murmelte sie ein paar Worte in einen digitalen Recorder. Sie trug Penny Barbours Reserveparka über ihrer Lederjacke.

»Ich weiß genau, was Sie meinen«, sagte Marshall. »Ich wünschte nur, es gäbe mehr davon.«

»Bitte was?«

»Die Tage werden schnell kürzer. Wir haben noch zwei, vielleicht drei Wochen mit brauchbarem Tageslicht, mehr nicht. Danach herrscht hier oben ewige Nacht, zwanzig Stunden am Tag und mehr, und wir sind dann nicht mehr da.«

»Kein Wunder, dass Sie es so eilig haben. Wie dem auch sei, Jimmy wird seine helle Freude haben mit diesem Himmel.«

»Jimmy?«

»Jimmy Fortnum. Unser Erster Kameramann.« Sie sah nach vorn zum Gletscher, der sich tiefblau vom strahlenden Azur des Himmels abhob. »Woher hat der Mount Fear eigentlich seinen Namen?«

»Von Wilberforce Fear, dem Forscher, der ihn entdeckt hat.«

»Wurde er damit berühmt?«

»Offen gestanden nein. Er starb hier draußen. Er erfror am Fuß der Caldera.«

»Oh.« Ekberg murmelte etwas in ihren Recorder. »Eine Caldera. Also handelt es sich um einen Vulkan.«

»Einen erloschenen Vulkan, ja. Ein ziemlich bizarres Gebilde, offen gestanden. Die einzige geologische Besonderheit in einem Tausende von Quadratkilometern großen Gebiet aus Permafrost. Die Wissenschaft streitet noch immer darüber, wie er entstanden sein könnte.«

»Dr. Sully hat gesagt, es wäre gefährlich. Was hat er damit gemeint?«

»Der Mount Fear ist im Grunde genommen nichts weiter als ein Kegel aus prähistorischer Lava. Die Witterung und der Gletscher haben ihn mürbe gemacht und brüchig.« Er deutete auf die messerscharfen Ränder des Gletschertals, dann auf eine der großen Höhlen, die den gesamten Fuß des Berges durchzogen. »Lavaröhren wie diese entstehen, wenn sich über einem aktiven Magmastrom eine Kruste bildet. Im Verlauf der Jahrtausende werden sie brüchig und stürzen sehr leicht ein. Der Berg ist wie ein riesiges Kartenhaus. Wir haben unsere Entdeckung tief im Innern einer dieser Röhren gemacht.«

»Und was ist mit den Polarbären, die er erwähnt hat?«

»Niedlich anzusehende Tiere, aber extrem aggressiv gegen Menschen, insbesondere heutzutage, denn ihr Lebensraum wird ständig kleiner. Wenn Ihre Leute eintreffen, stellen Sie besser sicher, dass niemand den eingezäunten Bereich verlässt, es sei denn, er ist bewaffnet. In der Basis gibt es ein Magazin mit großkalibrigen Gewehren.«

Sie kletterten schweigend weiter, bevor Ekberg erneut die Stille unterbrach. »Sie sind Paläoökologe, richtig?«

»Ja. Quartär-Paläokologe, um genau zu sein.«

»Und was machen Sie hier oben?«

»Paläoökologen wie ich rekonstruieren verschwundene Ökosysteme aus Fossilien und anderen uralten Spuren. Wir versuchen zu bestimmen, welche Tiere in der betreffenden Zeit auf der Erde gelebt haben, wovon sie sich ernährt haben, wie sie gelebt haben und wie sie gestorben sind. Ich versuche zu bestimmen, wie das Ökosystem hier ausgesehen hat, bevor der Gletscher entstand.«

»Und jetzt, da sich der Gletscher zurückzieht, kommen die Spuren – die Proben – wieder ans Tageslicht?«

»Ganz genau.«

Sie sah Marshall aus durchdringenden, fragenden Augen an. »Und was für Proben sind das genau?«

»Pflanzenteile. Lehmschichten. Ein paar makroorganische Überreste wie Holz.«

»Schlamm und Holz«, sagte Ekberg.

Marshall lachte. »Nicht sexy genug für Terra Prime, habe ich recht?«

Sie lachte ebenfalls. »Was können Sie damit anfangen?«

»Nun ja, bei Holz und anderen organischen Materialien können wir mit Radiokarbondatierung das Alter feststellen und auf diese Weise herausfinden, vor wie langer Zeit der Gletscher sie unter sich begraben hat. Schlammproben werden auf Pollen untersucht, die wiederum Hinweise auf die Pflanzenarten liefern, die vor der Vergletscherung in der Gegend wuchsen. Verstehen Sie, moderne Ökologen sind damit beschäftigt, die Welt zu analysieren, wie sie heute existiert, mit all den gewaltigen Einflüssen, die der Mensch im Verlauf der letzten hundert Jahrhunderte darauf ausgeübt hat. Doch mit den Proben und Beobachtungen und Analysen, die ich hier vor Ort durchführe, kann ich die Welt so rekonstruieren, wie sie war, *bevor* der Mensch alles dominierte.«

»Sie lassen die Vergangenheit wiederauferstehen«, sagte Ekberg.

»In gewisser Hinsicht, ja.«

»Das klingt ziemlich sexy, wenn Sie mich fragen. Und ich nehme an, ein Gletscher ist wie geschaffen für diese Art von Arbeit, weil er alles tiefgefroren und wie in einer Zeitkapsel konserviert hat?«

»Ganz genau«, sagte Marshall. Er war beeindruckt von ihrer Fähigkeit, ein ihr völlig unvertrautes Fachgebiet so schnell einzuschätzen und zu verstehen. »Ganz zu schweigen von der Tatsache, dass das Eis, wenn es schmilzt, seinen Inhalt einfach freisetzt. Keine Quälerei, kein Dreck – und keine Schaufeln und Meißel, um Fossilien und Subfossilien auszugraben.«

»Eine sehr pragmatische Sichtweise. Was sind Subfossilien? Ganz kleine Fossilien?«

Marshall lachte. »So nennen Paläontologen Fossilien, die noch keine zehntausend Jahre alt sind.«

»Ich verstehe.« Sie wandte sich an Faraday, der sich sichtlich mühte, Schritt zu halten. »Und Sie, Dr. Faraday, sind Evolutionsbiologe, ist das richtig?«

Faraday blieb stehen, um durchzuatmen, und die anderen warteten zuvorkommend. Er nickte und verlagerte seinen kleinen Rucksack von einer Schulter auf die andere.

»Und das bedeutet …?«

»Einfach ausgedrückt, ich untersuche, wie sich die Spezies im Verlauf der Zeit verändern«, schnaufte er.

»Und warum ausgerechnet hier, in einer so unwirtlichen Umgebung?«

»Meine Forschung untersucht den Effekt, den die globale Erwärmung auf die Entwicklung der Arten hat.«

Sie verzog das Gesicht zu einem Lächeln. »Sie arbeiten also tatsächlich daran, die globale Erwärmung zu stoppen, während Dr. Marshall hier die Erwärmung lediglich zu seinem Vorteil ausnutzt.«

Alarmglocken schrillten in Marshalls Kopf: Terra Prime hatte ihre Expedition finanziert in der Annahme, dass es ausschließlich um die globale Erwärmung ging. Doch Kari Ekbergs Lächeln war freundlich, und so lächelte er einfach freundlich zurück.

Sie blieben kurz stehen, sodass Ekberg ein paar weitere Notizen in ihren Recorder sprechen konnte. Marshall wartete und beobachtete den Horizont. Dann stockte er. Er nahm sein Fernglas hervor und reichte es Ekberg. »Hier, sehen Sie. Draußen auf dem Permafrost, im Südwesten.«

Sie spähte einige Sekunden lang durch das Glas. »Wenn man vom Teufel spricht«, sagte sie schließlich. »Zwei Polarbären.« Sie beobachtete die Tiere noch eine Minute, dann gab sie Marshall das Fernglas zurück. »Müssen wir jetzt umkehren?«

»Hier oben auf dem Berg müssten wir in Sicherheit sein. Normalerweise ist einer von uns bewaffnet.«

»Und warum sind wir das heute nicht?«

»Ich trage niemals Waffen. Und Wright vergisst immer wieder, ein Gewehr mitzunehmen. Kommen Sie, wir sollten lieber weitergehen.«

Als sie der Abbruchkante des Gletschers näher kamen, blickte Marshall nervös nach oben auf die eisige Wand, doch die tiefen Temperaturen der letzten Tage hatten den Tauprozess vorübergehend gestoppt, und die Eiswand sah mehr oder weniger ebenso aus wie drei Tage zuvor, als sie die Höhle entdeckt hatten.

»Dort hinten, das ist die Höhle«, sagte er und deutete auf die schwarze Öffnung in der Nähe der Basis des Gletschers.

Ekberg sah zu der bezeichneten Stelle. Obwohl sie sich nichts anmerken ließ, spürte Marshall ihre Enttäuschung darüber, dass sie nicht ins Innere sehen konnte. Er nickte Faraday zu. Der Biologe griff in eine Parkatasche und zog den glänzenden Abzug eines Fotos hervor, den er Kari Ekberg reichte.

»Das hier haben wir im Innern des Schlots gefunden«, sagte Marshall. »Es ist ein Ausdruck aus unserer Videoaufzeichnung.«

Sie nahm die Fotografie begierig entgegen und starrte darauf, während sie hörbar einatmete.

»Es starb mit offenen Augen«, hauchte sie.

Niemand antwortete.

»Mein Gott. Was für ein Tier ist es?«

»Das wissen wir nicht mit Bestimmtheit«, antwortete er. »Wie Sie an diesem Ausdruck erkennen können, ist das Eis sehr trüb, und wir können nur die Augen sehen und ein wenig Fell ringsherum. Aber wir glauben, dass es sich um ein Smilodon handeln könnte.«

»Ein *was*?«

»Ein Smilodon. Besser bekannt als Säbelzahntiger.«

»Die Bezeichnung ist technisch nicht korrekt«, verbesserte ihn Faraday. »Weil das Smilodon einer ganz anderen Linie entstammt als der Tiger.«

Doch Ekberg schien ihm nicht zuzuhören. Sie starrte aus weit aufgerissenen Augen auf das Foto. Ihr Digitalrecorder war für den Moment völlig vergessen.

»Die Augen deuten jedenfalls darauf hin«, erklärte Marshall. »Sie sind den Augen heutiger Großkatzen sehr ähnlich – aller Katzen, genau genommen. Es sind zweifellos Raubtieraugen, groß und nach vorn gerichtet. Eine weite Iris, vertikale Pupillen. Ich wette, eine Autopsie ergibt eine Schicht *Tapetum lucidum* hinter der Retina.«

»Wie lange war es im Eis eingefroren?«, fragte sie.

»Smilodons sind vor ungefähr zehntausend Jahren ausgestorben«, sagte Marshall. »Ob wegen der voranschreitenden Vereisung und des damit kleiner werdenden Lebensraums und Nahrungsmangel oder wegen eines Virus, das die Barriere zwischen den Spezies übersprang, vermögen wir nicht zu sagen. Angesichts des Zeitpunkts, zu dem diese Höhle vom Gletscher zugedeckt wurde, würde ich schätzen, dass es eines der Letzten seiner Art gewesen ist, als es starb.«

»Wir sind bisher nicht einmal sicher, wie es dazu kam, dass es im Eis eingeschlossen wurde«, fügte Faraday hinzu. Sein gewohnheitsmäßiges Blinzeln und die großen, wässrigen Augen verliehen ihm das Aussehen eines verblüfften Kindes. »Die Kreatur hat sich möglicherweise in die Höhle zurückgezogen, um Schutz vor einem Schneesturm zu finden, und ist dort erfroren. Vielleicht war sie verwundet oder am Verhungern. Oder vielleicht ist sie einfach an Altersschwäche gestorben. Eine weitere Analyse verschafft uns vielleicht Antworten.«

Kari Ekberg hatte ihre professionelle Gelassenheit schnell zurückerlangt. »Was ist das?«, fragte sie und zeigte auf ein sauberes, vertikales Loch von vielleicht anderthalb Zentimeter Durchmesser ganz in der Nähe des eingefrorenen Kadavers.

»Wie Sie sehen, ist die Sicht nicht sehr klar«, sagte Marshall. »Das Eis ist trüb und schmutzig und voller prähistorischen Sediments. Also hat unser Student Ang eine Sonde hergebracht. Sie sendet Schallimpulse aus, ganz ähnlich einem Sonar, und misst die zurückgeworfenen Echos.«

»Wie ein Fischfinder«, sagte Ekberg.

»Gewissermaßen, ja«, antwortete Marshall amüsiert. »Ein technisch sehr weit fortgeschrittener Fischfinder. Jedenfalls sind wegen der Verschmutzungen im Eis exakte Messungen nicht möglich, doch der Rumpf scheint knapp zweieinhalb Meter lang zu sein. Wir schätzen das Gewicht auf etwa vier- bis fünfhundert Kilogramm.«

»Was mehr auf *Smilodon populator* hinweisen würde als auf *fatalis*«, bemerkte Faraday.

Ekberg schüttelte langsam den Kopf, die Augen unverwandt auf die Fotografie gerichtet. »Erstaunlich«, murmelte sie. »Tausende von Jahren unter einem Gletscher begraben.«

Schweigen senkte sich auf die Gruppe herab. Sie stand reglos da, und Marshall spürte, wie die Kälte allmählich entlang der Ränder seiner Kapuze hereinkroch und wie sie in seine Fingerspitzen und Zehen biss.

»Sie haben eine Menge Fragen gestellt«, sagte er leise. »Irgendwelche Einwände, selbst eine zu beantworten?«

Ekberg sah ihn von der Seite an. »Schießen Sie los.«

»Wir wissen, dass Terra Prime eine Art Dokumentation

plant, aber keiner von uns kann sich vorstellen, wie sie aussehen soll. Wir nehmen an, Sie werden unsere Arbeit hier vor Ort erklären und vielleicht unseren ungewöhnlichen Fund beschreiben. Die Entdeckung quasi für die Nachwelt aufzeichnen. Können Sie uns vielleicht weitere Einzelheiten verraten?«

Auf ihren Lippen bildete sich ein ironisches Lächeln. »Offen gestanden, Dr. Marshall, ist es nicht die Nachwelt, die unseren Sender interessiert.«

»Sprechen Sie weiter.«

»Ich fürchte, die genauen Details müssen Sie sich von Emilio Conti geben lassen, unserem Produktionschef. Doch ich kann Ihnen eins versprechen: Er betrachtet dies als eine echte Chance, als etwas, worauf er während seiner gesamten beruflichen Laufbahn hingearbeitet hat.« Ihr Lächeln vertiefte sich. »Ihre kleine Expedition steht im Begriff, berühmter zu werden, als Sie es sich in Ihren wildesten Träumen ausgemalt hätten.«

# 6

Die Dämmerung erwachte in einer wilden Explosion aus Farben über den Blue Ridge Mountains. Die Sonne stieg hinter dem Mount Marshall hervor und erfüllte den Herbsthimmel mit brillanten Schattierungen von Farben, wie man sie höchstens auf der Palette eines Malers finden konnte: Naphthol und Cadmium, Magenta und Zinnober. Die verschlafenen Gipfel und Hänge waren überzogen mit dem tiefen Grün und Blau von Eichen, Hemlocktannen, Ahornen und Hickorybäumen. Die Berge selbst schienen die kalte

Luft auszuatmen, und in den dunklen Tälern kondensierte Nebel, während Dunstwolken die Gipfel umringten wie flauschige Wattekränze.

Jeremy Logan steuerte den Mietwagen vorsichtig hinauf zur Front Royal Station, zahlte die Gebühr für das Befahren des Nationalparks und setzte seine Fahrt fort. Es gab schnellere Wege, um ans Ziel zu gelangen – der Skyline Drive war so kurvenreich wie eine Schlange, und die Höchstgeschwindigkeit betrug fünfunddreißig Meilen pro Stunde, sechsundfünfzig Stundenkilometer –, doch Logan war früh dran und hatte diese Straße nicht mehr befahren, seit er ein kleiner Junge gewesen war und mit seinem Vater hier gecampt hatte. Geradeaus verschwand die Landschaft in einem samtenen Nebel und versprach eine Reise voller Nostalgie und Entdeckungen.

Im Radio spielte *La Bohème* – die Aufnahme von Toscanini aus dem Jahr 1946 mit Licia Albanese als Sopranistin –, und er schaltete es aus, um sich besser auf die vorbeigleitende Landschaft konzentrieren zu können. Der Shenandoah Valley Overlook: Hier hatten sie gehalten, erinnerte er sich, gefüllte Schinkensandwichs gegessen und ein paar Schnappschüsse mit der Kodak Instamatic gemacht. Als Nächstes kamen Low Gap, Compton Gap, Jenkins Gap, ein Aussichtspunkt nach dem anderen erschien vor seiner Windschutzscheibe und gab – beinahe widerstrebend – seinen phantastischen Ausblick auf den Shenandoah River und die gesprenkelten Hügel des Virginia Piedmont frei. Logan war im Flachland von South Carolina aufgewachsen und erinnerte sich deutlich, wie er als Junge beim Anblick dieser Landschaft überwältigt gewesen war. Niemals hätte er für möglich gehalten, dass es solch atemberaubende Ausblicke auf solch relativ engem Raum geben könnte.

Bei Meilenstein 27 passierte er den Abzweiger, der von der

Piste hinauf zum Knob Mountain führte. Hier hatten er und sein Vater ebenfalls gehalten und den drei Kilometer langen Aufstieg unternommen. Es war ein warmer Tag gewesen, erinnerte sich Logan, und das Kondenswasser an seiner kalten Feldflasche um seinen Hals hatte getropft. Sein Vater war Historiker gewesen, kein sportlicher Mensch, und der Aufstieg hatte ihm die Luft geraubt. Oben auf dem Gipfel hatte er Logan von seiner Erkrankung erzählt.

Logan kehrte in die Gegenwart zurück. Bei Thornton Gap verließ er den Skyline Drive und folgte dem State Highway am Fluss entlang und aus dem Nationalpark heraus. Bei Sperryville bog er nach Süden auf die Route 231 und folgte den Wegweisern zur Old Rag Lodge.

Zehn Minuten später befand er sich im Schatten des Berges. Mit seinen tausend Metern war der Old Rag ein relativ kleiner Berg, doch die Klettertouren zu dem kahlen Gipfel waren berüchtigt für ihre Schwierigkeit. Old Rag war allerdings nicht für seine Freizeitmöglichkeiten bekannt, sondern wegen des luxuriösen Hotels, das in einem runden Tal ganz in der Nähe lag. Die Old Rag Lodge, ein Entwurf von Richard Morris Hunt, war ein opulentes Bauwerk im Stil der französischen Renaissance. Sie erinnerte an ein weitläufiges Schloss und wirkte im wilden, ländlichen Virginia völlig fehl am Platz.

Als Logan in die private Einfahrt bog und die sanfte Steigung hinauf beschleunigte, kam das Hotel in Sicht – eine traumhafte Mischung aus monolithischen Kalksteinmauern und leuchtend buntem Bleiglas in Stabfenstern. Das ausladende Gebäude wurde gekrönt von extravaganten Türmen und Kuppeln aus Kupfer.

Logan fuhr an dem üppigen Golfplatz mit seinen sechsunddreißig Löchern vorbei und dann über den sorgfältig gepflegten weißen Kiesweg zur überdachten Wagenauffahrt.

Er übergab dem wartenden Hoteldiener die Wagenschlüssel und betrat das Gebäude.

»Sie möchten sich anmelden, Sir?«

Logan schüttelte den Kopf. »Ich bin hier wegen der Tour.«

»Die Besichtigung des Bunkers beginnt um zehn Uhr.«

»Ich habe eine private Führung arrangiert. Auf den Namen Logan.« Er schob eine Visitenkarte über den Marmor des Empfangsschalters.

Die Frau musterte die Karte, wandte sich ihrem Computer zu und tippte etwas ein. »Hier ist es. Dr. Logan«, sagte sie. »Wenn Sie so freundlich wären, kurz in der Lobby Platz zu nehmen?«

»Danke sehr.« Logan nahm seine Aktentasche, durchquerte den hallenden, weitläufigen Saal und nahm zwischen zwei hohen korinthischen Säulen Platz, die in rote Seide eingeschlagen waren.

Während die Lodge über sieben Dekaden populär gewesen war bei den jagenden und Golf spielenden Aristokraten des Old Dominion, verdankte sie ihren Ruf in den vergangenen Jahren einer ganz anderen Eigentümlichkeit – hier gab es nämlich seit 1952 einen großen, streng geheimen unterirdischen Bunker für die führenden Politiker der Vereinigten Staaten, dessen Existenz erst in jüngster Vergangenheit publik geworden war. Im Fall eines nuklearen Krieges hätten sich Kongressabgeordnete, Senatoren und andere Funktionäre in den Bunker unter der Old Rag Lodge zurückgezogen und von dort aus militärische Operationen koordiniert, neue Gesetze erlassen und ganz allgemein dafür gesorgt, dass Amerika nicht ohne funktionierende Regierung war – immer vorausgesetzt natürlich, dass es noch ein Amerika gab, das man regieren konnte. Beim Blick durch die opulente Lobby musste Logan lächeln. Es ergab Sinn, dass die Regierung einen Ort wie diesen ausgewählt hatte, um in Deckung zu gehen. Weit genug von Washington entfernt, um dem schlimmsten atomaren Holocaust zu entgehen, und bestens geeignet, um den Weltuntergang in Luxus und Komfort zu überstehen. Obwohl die Anlage seit Mitte der achtziger Jahre nicht mehr aktiv genutzt worden war, hatte die Geheimhaltung noch bis 1992 angedauert. Heute diente das Bauwerk als historisches Museum, war ein Magnet für Verschwörungstheoretiker – und eine ungeheure Touristenattraktion.

Logan hob den Blick und sah einen kleinen, leicht rundlichen Mann in weißem Leinenanzug und Panamahut durch die Lobby eilen. Er trug eine schwarze Brille mit runden Gläsern, und sein Gesicht war gerötet. Er streckte Logan die Hand entgegen. »Dr. Logan?«

»Das bin ich.« Logan erhob sich.

»Mein Name ist Percy Hunt. Ich bin der offizielle Historiker der Lodge. Ich werde heute Morgen als Ihr Besichtigungsmoderator fungieren.«

*Besichtigungsmoderator*, dachte Logan, als er die dargebotene Hand schüttelte. *Scheint das hiesige Äquivalent eines Fremdenführers zu sein.*

»Sie kommen aus Yale, ist das richtig?« Hunt warf einen flüchtigen Blick auf ein kleines gefaltetes Blatt. »Professor für mittelalterliche Geschichte an der University of Regina?«

»Richtig, auch wenn ich zurzeit beurlaubt bin.«

Hunt schob das Blatt in seine Jackentasche. »Sehr schön. Wenn Sie mir dann bitte folgen wollen?«

Er führte Logan zu einem breiten Durchgang am gegenüberliegenden Ende der Lobby. Dahinter erstreckte sich eine mit dicken Teppichen ausgelegte Halle mit Postern von Sportveranstaltungen an den Wänden. »Es gibt zwei Eingänge in den Bunker«, erzählte Hunt. »Ein großes Außentor in der Rückseite des Berges für die Benutzung durch schwere Fahrzeuge und so weiter – und einen Aufzug hinter dem großen Konferenzsaal des Hotels. Wir werden in den Bunker über den Aufzug gehen.«

Sie passierten ein mit falschem griechischem Marmor verziertes Hallenbad, einen Bankettsaal und einen Ballsaal, bevor sie den großen, gut besuchten Konferenzsaal betraten. Hunt eilte zielstrebig auf eine mit Tapete überzogene Doppeltür in der Rückwand zu. »Der Kongress hätte diesen Saal weiterbenutzt für seine Debatten, wenn er intakt geblieben wäre«, sagte er. »Sonst hätten sie die kleineren Räumlichkeiten unten benutzt.« Er deutete auf die Wand vor ihnen. »Dort befinden sich die Drucktüren, die den Bunkeraufzug schützen.« Er öffnete die Tür mit einiger Mühe, und ein kleiner Raum mit einer weiteren Tür auf der gegenüberliegenden Seite kam zum Vorschein. Er schloss sie mit einem Schlüssel auf, den er an einer Uhrenkette bei sich trug, und leitete Logan in einen großen Aufzug, der innen grün gestrichen war. Hunt benutzte den gleichen Schlüssel wie zuvor, um die Tür zu schließen und den Aufzug in Bewegung zu setzen. Es gab hier keinerlei Etagenknöpfe und keine Anzeigen.

Die Fahrt in die Tiefe dauerte überraschend lang. Nach vielleicht dreißig Sekunden wandte sich Hunt seinem Gast zu. »Nun, Dr. Logan, wofür genau interessieren Sie sich? Die Technikbereiche? Die Wohnquartiere? Die Krankenstation? Ich frage, weil Forscher, die eine private Führung vereinbaren, sich normalerweise für einen ganz speziellen Bereich interessieren. Je mehr Sie mir verraten, desto besser kann ich Ihnen behilflich sein.«

Logan erwiderte Hunts Blick. »Offen gestanden ist es nicht der Bunker *per se*, für den ich mich interessiere«, sagte er.

Hunt blinzelte überrascht. »Nicht der Bunker? Aber warum …?«

»Ich bin hier, weil ich das Omega-Archiv sehen möchte.«

Hunt riss die Augen auf. »Das Archiv? Es tut mir leid, aber … das ist völlig unmöglich.«

»Die Informationen in diesem Archiv unterliegen nicht mehr der Geheimhaltung seit …«, Logan warf einen Blick auf seine Uhr, »… acht Uhr heute Morgen. Also seit siebzig Minuten. Damit ist es nun ein öffentliches Archiv.«

»Ja, ja, aber die vorgeschriebenen Deaktivierungsprozeduren … Sicherheitsüberprüfung, Überkreuzprüfung, all das … muss trotzdem durchgeführt werden. Anfragen müssen den vorgeschriebenen Dienstweg nehmen.«

»Ich interessiere mich nur für eine einzige Akte. Sie können gerne dabei sein – ich lese sie in Ihrem Beisein. Was den vorgeschriebenen Dienstweg angeht, so denke ich, Sie werden dies hier ausreichend finden, um sämtliche Einwände zu zerstreuen.« Logan öffnete seine Aktentasche, entnahm ein gefaltetes Blatt, das auf der Oberseite mit dem Siegel der Vereinigten Staaten gestempelt war, und reichte es Hunt.

Der kleine Mann überflog den Brief, und seine Augen weiteten sich dabei. Er leckte sich über die Lippen. »Sehr wohl, Dr. Logan, sehr wohl. Ich brauche dennoch eine mündliche Autorisierung …«

»Wie Sie meinen.« Logan deutete auf die Unterschrift unter dem Brief. »Falls Sie ihn wirklich damit belästigen möchten, tun Sie, was Sie nicht lassen können – sobald wir wieder im Hotel sind. Ich brauche nur ein paar Minuten, wenn ich meine Nachforschungen ungehindert durchführen kann.«

Hunt setzte seine Brille ab, wischte sie an der Jacke sauber, setzte sie wieder auf und richtete seinen Panamahut. »Darf ich fragen …« Seine Stimme versagte, und er räusperte sich. »Darf ich fragen, welches Interesse ein Professor für mittelalterliche Geschichte am Omega-Archiv hat?«

Logan bedachte ihn mit einem Seitenblick. »Wie ich bereits sagte, Mr. Hunt, ich bin zurzeit beurlaubt.«

Der Aufzug hielt, und die Türen öffneten sich zu einer betonierten Tunnelröhre mit runder Decke und einem Boden aus Gitterrosten. »Folgen Sie mir bitte«, sagte Hunt, indem er sich rasch durch den Tunnel bewegte. Es war sehr kühl und unwirtlich hier. Glühlampen, die in runden Schirmen an dünnen Stangen von der Decke hingen, erhellten den Weg. Hoch an einer Wand entlang verliefen Bündel grün gestrichener Röhren und führten tiefer in den Bunker hinein. Hunt hatte anscheinend keine Lust mehr auf weitere Konversation und schlug eine forsche Gangart ein. Sie passierten mehrere abzweigende Tunnel, eine Halle, die nach Schlafsaal aussah, und einen großen Raum mit Fernsehkameras und einem Foto des Capitols zur Kirschblütenzeit an der Rückwand, bevor Hunt vom Haupttunnel abbog. Er führte Logan durch einen Raum voller elektrischer Kontrolltafeln zu einer dahinterliegenden Kammer. Dort schob er die falsche Wand an der Rückseite aus dem Weg, und eine massive Stahltür auf schweren Angeln kam zum Vorschein. Er nahm einen neuen Schlüssel aus der Tasche und schob ihn in das zentrale Schloss. »Das Archiv liegt hinter dieser Tür«, sagte er. »Bitte suchen Sie die Datei so schnell wie möglich und lesen Sie sie. Ich muss diese Sache sofort autorisieren lassen.«

»Ich beeile mich«, versprach Logan.

Hunt runzelte die Stirn und nickte. Dann drehte er den Schlüssel um und zog die Tür auf. Ein Luftschwall kam ihnen aus der Schwärze dahinter entgegen – abgestandene, staubgesättigte Luft. Allein der Geruch reichte, um Logans Puls zu beschleunigen.

Das Omega-Archiv war genau die Art von Entdeckung, für die Jeremy Logan lebte. Der Titel des Gelehrten für mittelalterliche Geschichte war nichts weiter als eine vornehme, wenngleich zutreffende Vernebelung. In den Jahren um den Zweiten Weltkrieg hatte die Regierung die inhärente Sicherheit des hochgeheimen Bunkers dazu benutzt, brisante militärische Aufzeichnungen zu archivieren. Auch wenn der Bunker bereits vor einer Dekade freigegeben worden war, hatte es viele weitere Jahre gedauert – und viel politischen Drucks von Historikern, Journalisten und anderen Fürsprechern für die Freiheit der Information bedurft –, um das rote Band um das Omega-Archiv zu durchtrennen. Und während rein technisch betrachtet die Geheimhaltung seit diesem Morgen aufgehoben war, so nahmen die Sicherheitsbehörden die Akten doch in Augenschein und entfernten dabei eine ganze Reihe von jenen, die immer noch als sensibel eingestuft wurden, bevor sie der Öffentlichkeit Zutritt gewährten.

Logan hatte gleich mehrere Gefälligkeiten zurückfordern müssen, um vor der letzten Sichtung Zugang zu erhalten.

Der Raum, den er nun betrat, war pechschwarz, doch irgendetwas verriet ihm, dass er groß sein musste, sehr groß. Er tastete die Wand neben der Tür ab und fand eine Batterie von wenigstens zwei Dutzend Lichtschaltern, von denen er willkürlich eine Reihe umlegte.

Unter leisem Brummen flackerten hier und da an der Decke Leuchtstofflampen auf und erzeugten kleine Inseln aus Licht in einem Meer der Dunkelheit. Er schaltete weitere Lampen ein, bis schließlich das gesamte Archiv sichtbar wurde: Reihe um Reihe um Reihe drei Meter hohe olivgrüne Metallschränke, peinlich exakt ausgerichtet in schier endlosen Kolonnen, die sich im Raum verloren. Logan stand blinzelnd in der Tür. Der Raum vor ihm war breiter als ein Football-Feld und mindestens genauso lang. Sein Blick glitt über die endlosen Reihen von Akten. Die Masse an potenziell faszinierenden Informationen, die hier abgelegt war –

Staatsgeheimnisse, wissenschaftliche Patente, konfisziertes kulturelles und nationales Erbe, Serien von eidesstattlichen Erklärungen, deren Widersprüche sich als höchst aufschlussreich erweisen konnten –, all das hätte ihm sicher für viele, viele Jahre interessante Arbeit verschafft.

Eine Bewegung neben ihm erinnerte ihn daran, dass er nicht viel Zeit hatte. Mit einem Lächeln und einem kurzen Nicken packte er seine Aktentasche fester und setzte sich entschlossen in Bewegung. Die Akte, die ihn speziell interessierte, betraf ein Ereignis, das 1944 in Italien stattgefunden hatte. Während der Schlacht um den Monte Cassino hatten Einheiten der Fünften Armee eine alte Festung besetzt gehalten, das Castello Diavilous. Das leer stehende Gemäuer war einst das Heim eines berüchtigten Alchimisten gewesen, der äußerst beunruhigende Experimente durchgeführt hatte. Im Anschluss an die Besetzung durch die Amerikaner war die Festung bis auf die Grundmauern niedergebrannt und das geheime Labor im Kellergewölbe geplündert worden. Logan war den Errungenschaften des Alchimisten und seinen bizarren Experimenten auf der Spur gewesen. Seine letzte Hoffnung, mehr in Erfahrung zu bringen, so viel hatte er herausgefunden, ruhte hier, mitten zwischen den vermodernden Akten des Omega-Archivs.

Rasch bewegte er sich zwischen den Reihen von Metallschränken hindurch und kontrollierte in unregelmäßigen Abständen die Beschriftung. Die Akten waren chronologisch abgelegt; die weitere Aufteilung erfolgte nach der jeweiligen Truppengattung. Es dauerte nur ein paar Minuten, das Jahr 1944 zu finden. Weitere fünf Minuten später hatte er die Akten gefunden, die mit der Fünften Armee in Zusammenhang standen. Noch einmal sechzig Sekunden später hatte er den italienischen Kriegsschauplatz und die damit verbundenen Operationen ausgemacht. Er zog die entsprechende Schublade heraus, so weit es ging. Vor ihm hing vielleicht ein Meter brauner, rosa- und khakifarbener Akten, die die Operationen am Monte Cassino betrafen. Sie waren staubig und stark vergilbt, wirkten aber ansonsten nahezu unberührt. Er blätterte die Titel durch und stieß beinahe augenblicklich auf eine dicke Akte mit der Aufschrift *Castello Diavilous – Taktik und Strategie*.

Er warf einen Seitenblick auf Hunt, der neben ihm stand und aussah wie eine missvergnügte Anstandsdame. »Schon gefunden«, sagte er. »Gibt es einen Lesetisch oder etwas in der Art, das ich für meine Studien nutzen kann?«

Hunt blinzelte und schniefte. »Es gibt ein Büro den Gang hinunter und an der elektrischen Verteilerstation vorbei«, sagte er. »Ich bringe Sie hin.«

Logan zog die Akte hervor und wollte die Schublade schon schließen, als er innehielt. Hinter der Akte war eine zweite Akte zum Vorschein gekommen, beinahe ebenso stark vergilbt wie die erste. Die Aufschrift bestand aus einem einzigen Wort: *Fear.*

Instinktiv griff Logan danach und zog sie an sich. Sie war sehr dünn. Dahinter hing eine weitere Akte, identisch, mit dem gleichen Titel.

*Beide Kopien einer geheimen Akte am gleichen Ort gelagert?* Hier ging etwas nicht mit rechten Dingen zu, ganz und gar nicht.

Er warf Hunt einen verstohlenen Blick zu. Der Mann entfernte sich bereits durch den Korridor zwischen den Metallschränken hindurch in Richtung Ausgang und hatte Logan den Rücken zugewandt. Logan wandte sich wieder der Schublade zu, nahm die erste der beiden Akten hervor, klappte sie auf und überflog das Deckblatt:

**STRENG GEHEIM**

United States Army

Bericht an: Internen Untersuchungsausschuss

Betreff: 1) Anomalie D-1, weitere Analyse

2) Begleitumstände des Todes der Wissenschaftler

3) Empfehlungen (dringend)

Von: H. N. Rose, kommandierender Offizier, Fear Base

Datum: 7. Mai 1958

**REFERENZ B2837 (a)**

Logans feine Instinkte erwachten zu voller Alarmbereitschaft. Das war die Gelegenheit, und er zögerte nicht eine Sekunde. So unauffällig wie möglich klappte er seine Aktentasche auf, schob eine der beiden dünnen Akten zwischen andere Papiere und schloss die Tasche wieder, bevor er die dicke Akte von Castello Diavilous oben auf das schwarze Leder legte. Dann erst schloss er die Schublade, setzte eine ausdruckslose Miene auf, wandte sich um und folgte Hunt aus dem stillen Gewölbe und durch den betonierten Korridor.

# 7

Innerhalb der nächsten fünf Tage veränderte sich das Leben auf Fear Base so stark, dass die ehemals militärische Installation kaum wiederzuerkennen war. Das betonierte Feld zwischen dem Eingang der Basis und der Einzäunung wimmelte nur so von Menschen. Tag und Nacht trafen Helikopter und kleine Transportflugzeuge ein und luden Arbeiter, Vorräte, Treibstoff und jede Menge exotisches Equipment aus. Die stillen, schwach erleuchteten Gänge des zentralen Abschnitts der Basis erinnerten an den Boulevard einer Großstadt. Tastaturen klapperten, Menschen sprachen durcheinander und zahllose Apparate und Maschinen surrten und brummten. Wohin man auch sah, überall lagen Stromkabel und warteten tückisch darauf, unaufmerksame Beschäftigte zu Fall zu bringen. Das Kraftwerk der Station, das bis zu diesem Zeitpunkt mit minimaler Last gearbeitet hatte, war auf fünfzig Prozent hochgefahren worden und erfüllte die arktische Stille mit seinem weithin vernehmlichen Brummen. Sergeant Gonzalez und seine drei Soldaten waren zuerst erstaunt und dann verärgert gewesen über die unerwartete Invasion, die ihre ehedem verschlafene Basis in einen Bienenstock aus anstrengenden, schwer zufriedenzustellenden Stadtmenschen verwandelte. Er und seine Männer arbeiteten Tag und Nacht, reparierten gebrochene Kabel, dichteten Lecks, öffneten Heizschächte und brachten mehrere Dutzend Räume, die seit fünfzig Jahren nicht mehr benutzt worden waren, in einen bewohnbaren Zustand.

Evan Marshall marschierte durch den Gletschertrog abwärts in Richtung Station, einen halb mit Proben gefüllten Kühlbehälter über der Schulter. Unterwegs hielt er kurz inne und musterte die kleine, in das Licht der frühen Nachmittagssonne getauchte Stadt, die dort unten quasi über Nacht aus dem Boden geschossen war. Das Filmteam hatte sich in der warmen Basis eingenistet – es gab jetzt zahlreiche Quartiere auf dem B-Level für die Kameraführer, Beleuchter, Drehbuchschreiber und Produktionsassistenten sowie eine Reihe von besser ausgestatteten Räumen auf dem C-Level für den Produzenten, den Regisseur und den Repräsentanten des Senders. Aber es gab auch noch viele Außengebäude, die sich auf dem Gelände drängten. Marshall erkannte eine Reihe von Fertigschuppen, Lagerhäusern und anderen provisorischen Bauten. Dort stand vor einem Treibstoffdepot, das eine Armeedivision mit Stolz erfüllt hätte, ein mächtiger Sno-Cat, ein Schnee-Geländefahrzeug mit vier Kettenantrieben, zweien auf jeder Seite, ähnlich einem großen Bagger. Hinter alledem und von allem abgeschieden unmittelbar hinter dem Zaun stand ein Metallwürfel, ein mysteriöses Gebilde, über dessen Zweck die Wissenschaftler bisher absolut nichts herausfinden konnten.

Mit dem Eintreffen von Emilio Conti an diesem Morgen, der die treibende Kraft hinter dem Projekt war, hatte der atemberaubende Rummel noch zugenommen. Conti war gelandet und hatte sofort losgelegt. Auf seine Anordnung hin blockierten nun riesige Maschinen den oberen Teil des Gletschertals und erschwerten den Wissenschaftlern den Zugang zu ihrer Arbeit. Nach allem, was Marshall gehört hatte, hatte der Produzent die ersten Stunden nach seiner Ankunft damit verbracht, mit einem Team von Fotografen auf der Basis und im umgebenden Permafrost umherzulaufen und die Art und Weise zu studieren, wie das Licht auf den Schnee fiel, auf die Lava, den Gletscher, und alles und jeden mit einer an einer Schnur um seinen Hals baumelnden Weitwinkel-Linse aus einem Dutzend verschiedener Blickwinkel zu begutachten. Kari war die ganze Zeit bei ihm, erklärte ihm, was sie in Erfahrung gebracht und veranlasst hatte, und notierte seine Anweisungen für die kommenden Tage.

Die versprachen ohne Frage sehr interessant zu werden.

Marshall hievte den Behälter über die andere Schulter und setzte seinen Weg ins Tal hinunter fort. Er war erschöpft bis in die Knochen; wie üblich hatte er in der Nacht vorher Schwierigkeiten gehabt einzuschlafen, und die lärmenden neuen Gäste der Basis hatten ihm nicht im Geringsten weitergeholfen.

Es fiel ihm schwer, zu glauben, dass seit der Entdeckung des Urtieres erst eine Woche vergangen war. Insgeheim wünschte er sich fast, sie hätten dieses Ding niemals gefunden. Die hektische Aktivität um ihn herum machte ihn unglücklich, sie unterschied sich so grundlegend von der vorsichtigen, besonnenen Vorgehensweise der Wissenschaftler. Er war unglücklich über die Heimlichtuerei des Filmteams, was die Einzelheiten ihres Projekts anging. Und er war ganz besonders unglücklich über die Ablenkung, die all das darstellte, und über die Art und Weise, wie seine Arbeit von so vielen Leuten behindert wurde, die ihm ständig im Weg herumsprangen. Das Zeitfenster der Expedition hier draußen auf dem Eis schloss sich. Das einzig Gute an der Hektik, sinnierte Marshall, war die Tatsache, dass das Filmteam desto schneller wieder von hier verschwinden würde, je schneller es seine Arbeit zum Abschluss brachte.

Er passierte den Sno-Cat und betrat das Lager. Ein Mitglied der Filmcrew kam mit einem langen Metallträger über der Schulter vorbei, und Marshall musste sich hastig ducken, um die Stange nicht gegen den Schädel zu kriegen. Der Eingang zur Basis war verdeckt von einer Traube Angestellter von Terra Prime, die ihm den Rücken zugewandt hatten. Als er den Kühlbehälter auf dem Boden abstellte und den Deckel öffnete, um seine Proben zu kontrollieren, konnte er ihre unzufriedenen Stimmen hören, die sich beschwerten.

»Das ist der schlimmste Set, an dem ich je gearbeitet habe!«, sagte eine Stimme. »Und ich habe schon auf jeder Menge Anlagen gearbeitet!«

»Ich friere mir noch den Arsch ab«, sagte eine zweite Stimme. »Buchstäblich. Ich schätze, ich habe schon Frostbeulen.«

»Was denkt sich Conti nur dabei? Einfach hierherauf zu kommen, mitten ins Nichts, und alles nur wegen eines toten Stücks Fell!«

»Und all diese Langweiler, die uns vor den Füßen herumlaufen und uns bei der Arbeit an unserem Set stören!«

*Unserem Set*, dachte Marshall mit einem freudlosen Lächeln.

»Wo wir gerade von Herumlaufen reden – habt ihr das Gerede von Polarbären gehört? Wenn wir uns hier nicht zu Tode frieren, fressen sie uns wahrscheinlich auf.«

»Wir sollten eine Gefahrenzulage verlangen.«

»Dieser Set stinkt zum Himmel. Der Wasserdruck ist furchtbar. Und der Küchenservice ist unter aller Kanone. Ich bin an frisches Essen gewöhnt. Ananasscheiben, Kanapees, Sandwichs, Sushi. Das hier sind doch nur Gefängnisrationen: Dosenbohnen, Hotdogs, tiefgefrorener Spinat.«

Auf der anderen Seite der Gebäude ertönten plötzlich Hochrufe. Einen Moment später noch einmal. Marshall schloss den Behälter wieder und trottete los, um nachzusehen.

Ungefähr ein Dutzend Personen hatten sich vor dem kleinen stählernen Würfel versammelt. Sie gratulierten einander, schüttelten sich die Hände, schlugen sich auf die Schultern und umarmten sich. Conti, der Regisseur und Produzent, stand ein kleines Stück abseits. Er war klein und dunkelhaarig und trug einen sorgfältig gestutzten Kinnbart. Er beobachtete die feiernde Gruppe mit verschränkten Armen. Neben ihm stand ein Mann namens Wolff, der »Verbindungsoffizier«, ein Repräsentant des Senders. Neben Wolff warteten zwei Kameraleute, einer mit einer großen Kamera auf der Schulter, der andere mit einer tragbaren Handkamera. Ein weiterer Mann – der gleiche, der Marshall ein paar Minuten zuvor beinahe verletzt hätte – stand ganz in der

Nähe und hielt ein Mikrophon an einem Ausleger. Kabel führten von den Kameras zu einem Apparat an seinem Gürtel.

Marshall musterte Conti neugierig. Der Ruf des Mannes war ihm vorausgeeilt: seine Dokumentation *Tödliche Meere*, bei der es um Forschungs-U-Boote ging, die bis in die tiefsten Tiefen der Ozeane vordrangen, hatte ein halbes Dutzend Preise und Auszeichnungen gewonnen und lief immer noch in den IMAX-Kinos und in Museen überall im Land. Conti hatte noch eine Reihe weiterer Dokumentationen gedreht, in denen es hauptsächlich um die Natur und Umweltkrisen ging, und alle waren bei Kritikern und Publikum erfolgreich gewesen. Mit seinem Kinnbart, seinem geschäftigen Gehabe und der Weitwinkel-Linse, die wie ein schwarzer Diamant an seinem Hals baumelte, sah er aus wie der Inbegriff des genialen und exzentrischen Regisseurs. Das Einzige, was noch fehlte, sinnierte Marshall, waren ein Megaphon und ein weißes Plastron. Andererseits war dieser Mann nicht nur weithin respektiert, sondern er besaß auch eine ganze Menge Einfluss.

»Noch einmal!«, rief Conti in abgehacktem, schwach italienischem Akzent. »Diesmal ein wenig mehr Begeisterung, wenn ich bitten darf. Vergessen Sie nicht: *Sie haben es geschafft!* Die Mission ist erfüllt. Ich will es in Ihren Gesichtern *sehen* und in Ihren Stimmen *hören.*«

»Film ab«, sagte der Mann mit der Handkamera.

»Und – *Action!*«, befahl Conti.

Erneut brachen die versammelten Komparsen in Jubel aus. Sie sprangen in die Luft, juchzten und schrien und schlugen sich gegenseitig ausgelassen auf den Rücken. Marshall beobachtete sie verwirrt. Wieder einmal wurde ihm schmerzhaft bewusst, wie wenig er und seine Kollegen über das Projekt wussten.

Kari Ekberg stand in der Nähe von Conti und verfolgte das Geschehen aufmerksam. Sie hatte in den letzten Tagen sehr viel zu tun gehabt, doch sie hatte jedes Mal höflich gelächelt, wenn sie Marshall begegnet war – im Gegensatz zur restlichen Crew, die in den Wissenschaftlern eindeutig ein Ärgernis sah, das sie tolerieren mussten, ob es ihnen passte oder nicht.

Marshall ging zu Kari herüber. »Was ist passiert?«, fragte er.

»Es ist vorbei«, antwortete sie. »Ein großer Erfolg.«

»Es ist vorbei? Was?«

»Nun, das ist die Filmszene, verstehen Sie? Es ist vorbei. Geschafft.«

»Aber …«, begann er. Dann dämmerte es ihm plötzlich: Conti filmte bereits die Reaktion der Mannschaft auf den erfolgreichen Abschluss des Projekts – was für ein Projekt auch immer das sein mochte. Es schien, als würde der Produzent alles filmen lassen, was er konnte, so schnell er konnte, ohne Rücksicht darauf, ob es real war oder gestellt. Es war nicht zu übersehen, dass die Zeit bei den Filmleuten nicht linear verlief. Und Marshall wurde bewusst, dass er noch eine Menge lernen musste über die Produktion von Dokumentationssendungen.

Conti nickte, offenbar zufrieden mit seiner letzten Einstellung. Er drehte sich zu dem Mann mit der kleineren Kamera um. »Haben Sie die B-Rollen?«

Der Mann lächelte und zeigte den erhobenen Daumen. Conti sah von ihm zu Kari Ekberg hinüber und bemerkte Marshall, der bei ihr stand. »Sie sind Marshall, richtig? Der Ökologe?«

»Paläoökologe, richtig.«

Conti warf einen Blick auf sein Klemmbrett und hakte mit einem Stift in einer dick behandschuhten Hand etwas ab.

»Gut. Das wäre das Nächste auf der Liste.« Er blickte erneut zu Marshall auf, sorgfältiger diesmal. Er musterte ihn von oben bis unten, als würde er eine Rinderhälfte begutachten. »Könnten Sie bitte den Rest Ihres Teams im Vorbereitungsraum versammeln und Schutzkleidung anziehen lassen? Fünfzehn Minuten, wenn Sie so nett wären. Sie alle dabeizuhaben erhöht zweifellos den Realismus der Einstellung.«

»Was für eine Einstellung ist das?«

»Wir steigen den Berg hinauf.«

Marshall zögerte. »Ich rufe die anderen gerne zusammen. Aber ich denke, zuerst sollten Sie uns erklären, was Sie hier eigentlich dokumentieren. Sie haben sich bisher nicht dazu geäußert. Ich will nicht halsstarrig erscheinen oder so, aber ich denke, Sie haben uns alle lange genug im Dunkeln gelassen.«

Conti holte geräuschvoll Luft. »Wir filmen, was wir können, bevor Ashleigh eintrifft«, sagte er.

»Das ist noch so etwas, das ich nicht verstehe«, sagte Marshall. »Warum muss eine Moderatorin den ganzen Weg hierherauf kommen? Warum kann sie den Hintergrundkommentar nicht in New York sprechen, wenn der Film geschnitten wird?«

»Weil es nicht nur um einen Hintergrundkommentar geht«, erwiderte Conti. »Wir reden hier von Doku-Drama. Von einem *gewaltigen* Doku-Drama.«

Marshall runzelte die Stirn. »Was hat ein Doku-Drama mit unserer Arbeit hier zu tun? Oder mit der Katze, die wir entdeckt haben?«

Bei diesen Worten lächelte Conti schwach. »Es hat alles mit der Katze zu tun, Professor Marshall. Verstehen Sie, wir steigen den Berg hinauf, um die Katze aus dem Eis zu schneiden.«

Marshall überlief ein ungläubiges Frösteln. »Haben Sie gesagt, Sie wollten *die Katze aus dem Eis schneiden*?«

»In einem einzigen Block, ja. Für den Transport in unserem eigens präparierten Behälter. Er wird versiegelt. Dann wird das Eis unter kontrollierten Bedingungen geschmolzen.«

Conti legte eine Kunstpause ein. »Wir schmelzen es live. Gleich hier – vor einem Publikum von schätzungsweise zehn Millionen Zuschauern.«

# 8

Einen Augenblick lang fühlte sich Marshall zu benommen, um etwas darauf zu erwidern. Dann verschwand das Gefühl von Ungläubigkeit genauso schnell, wie es gekommen war, wurde hinweggespült von aufwallendem Ärger, einem Zorn, von dem er bis zu diesem Moment nicht einmal gewusst hatte, dass er ihn mit sich herumtrug.

»Es tut mir leid …«, sagte er, überrascht von der Gelassenheit in seiner Stimme, »… es tut mir leid, aber das wird nicht geschehen.«

Conti lächelte unbeeindruckt weiter. »Nein?«

»Nein.«

»Und warum nicht?«

Als der Produzent diese Frage stellte, bemerkte Marshall, wie sich Sully vom Haupteingang der Basis näherte. Zweifellos hatte er den Lärm der letzten Einstellung gehört und kam her, um der Ursache auf den Grund zu gehen. Der Klimatologe hatte dem Produzenten bei jeder sich bietenden Gelegenheit die Stiefel geleckt, eifrig darauf bedacht, sich als gefällig zu erweisen und vielleicht eine tragende Rolle in der Produktion zu erhalten.

»Mr. Conti hat mir soeben den wirklichen Grund für die Anwesenheit der Filmcrew verraten«, sagte Marshall, als Sully zu der Gruppe trat.

»Oh«, sagte Sully. »Tatsächlich? Und was ist das für ein Grund?«

»Sie wollen das Smilodon aus dem Eis schneiden und vor Live-Kameras auftauen lassen.«

Sully blinzelte überrascht, doch er sagte nichts.

Marshall wandte sich wieder dem Produzenten zu. »Es ist eine Sache, wenn Sie herkommen und unsere Basis quasi übernehmen, unsere Forschung stören und unsere Leute behandeln, als wären wir Eindringlinge. Aber ich werde nicht zulassen, dass Sie unsere Arbeit gefährden.«

Conti verschränkte die Arme vor der Brust. Marshall war sich plötzlich bewusst, dass Kari Ekberg ihn von der Seite anstarrte.

»Dieser Kadaver ist eine wichtige – vielleicht sogar eine extrem wichtige – wissenschaftliche Entdeckung«, fuhr Marshall fort. »Das ist kein billiger Publicity-Stunt, den Sie zu Ihrem eigenen Vorteil nutzen können. Wenn das der Grund ist, aus dem Sie hierherauf gekommen sind, dann tut es mir leid – dann haben Sie Ihre Zeit und Ihr Geld verschwendet. Dann können Sie sofort packen und gleich wieder verschwinden.«

Sully hatte seine Überraschung in den Griff bekommen. »Ah, Evan, das ist jetzt wirklich nicht nötig …«, begann er.

»Noch eins!«, fuhr Marshall ihm über den Mund. »Wie ich Miss Ekberg hier bereits gesagt habe – diese Höhle ist nicht sicher. Die Vibrationen, die Ihre schwere Ausrüstung verursacht, könnten das ganze verdammte Ding über Ihren Köpfen einstürzen lassen. Selbst wenn wir keine Einwände gegen Ihre verrückten Pläne hätten, könnten wir Ihnen den Zutritt unter keinen Umständen gewähren.«

Conti schürzte die Lippen. »Ich verstehe. Sonst noch was?«

Marshall starrte ihn an. »Reicht das nicht? Sie kriegen die Katze nicht und basta. So einfach ist das.«

Er wartete auf Contis Reaktion. Doch statt einer Antwort warf Conti dem Repräsentanten des Senders, Wolff, einen bedeutsamen Blick zu.

Wolff räusperte sich und meldete sich zum ersten Mal zu Wort. »Sie haben tatsächlich recht, Dr. Marshall. Es *ist* ganz einfach. Wir können tun und lassen, was immer uns beliebt.«

Marshall wandte sich zu Wolff um und schob den Unterkiefer vor. »Was reden Sie da?«

»Wenn wir die Katze aus dem Eis schneiden möchten, dann tun wir das. Wenn wir sie zerteilen und grillen wollen, dann tun wir das ebenfalls.« Der Mann griff in die Innentasche seines Parkas und zog eine Reihe von Papieren hervor, die er Marshall entgegenhielt.

Marshall nahm sie nicht. »Was ist das?«, fragte er stattdessen.

»Das ist der Vertrag mit Terra Prime, den Ihr Dr. Sully und der Leiter der naturwissenschaftlichen Fakultät der Northern Massachusetts University unterschrieben haben.«

Als Marshall nicht antwortete, fuhr Wolff fort: »Als Gegenleistung für die Finanzierung Ihrer sechswöchigen Expedition erhält Terra Prime – und damit zugleich die Konzernmutter, Blackpool Enterprises – exklusiven und unbeschränkten Zugang nicht nur zu der Grabungsstelle, sondern zu sämtlichen Entdeckungen, die Sie machen, ganz nach unserem Ermessen.«

Zögernd nahm Marshall das Dokument entgegen.

»Paragraph sechs«, sagte Wolff. »Das entscheidende Wort lautet ›unbeschränkt‹.«

Marshall überflog den Vertrag. Es war, wie Wolff gesagt hatte: Terra Prime besaß effektiv die Kontrolle über jedes physische oder intellektuelle Eigentum, das ihre Expedition hervorbrachte. Er hatte nicht gewusst, dass Terra Prime eine Tochterfirma von Blackpool war, und es gefiel ihm nicht – Richard Blackpool war berüchtigt für seinen kommerziellen Sensationsjournalismus. Wolff hatte offensichtlich damit gerechnet, dass es zu dieser Konfrontation kommen würde. Das war der Grund, aus dem er den Vertrag mit sich herumtrug. Er musterte den Mann genauer. Selbst in einem Parka wirkte er dünn, beinahe ausgemergelt, mit kurz geschnittenem Haar und ausdruckslosem Gesicht. Er erwiderte Marshalls Blick, und in seinen hellen Augen regte sich keinerlei Gefühl.

Marshall wandte sich zu Sully um. »Das haben Sie unterschrieben?«

Sully zuckte die Schultern. »Es hieß entweder die Unterschrift oder keine Expedition. Wie hätten wir ahnen können, dass es so weit kommt?«

Marshall antwortete nicht. Mit einem Mal fühlte er sich erschöpfter als je zuvor. Ohne ein weiteres Wort faltete er den Vertrag wieder zusammen und gab ihn Wolff zurück.

# 9

Eine Viertelstunde später machte sich eine große Gruppe durch das Gletschertal auf den Weg zur Höhle. Neben den Wissenschaftlern gehörten Conti mit seinem kleinen Gefolge von Assistenten, der Tontechniker, die beiden Kameraleute sowie Kari Ekberg zu der Gruppe. Ihnen folgte ein

Dutzend zäh aussehender Arbeiter in Lederjacken und der Sno-Cat, der bis zum Rand mit Holzpaletten beladen worden war. Die Arbeiter gehörten nicht zum offiziellen Filmteam – sie waren Einheimische, eingeflogen aus Anchorage, um die schweren Arbeiten zu erledigen. Kari hatte bereits erklärt, dass es von großer Bedeutung war, die Live-Sequenzen möglichst schnell zu drehen, denn da der Produzent bereits vor Ort eingetroffen und die Starmoderatorin auf dem Weg war, schnellten die Kosten in die Höhe, und der Set sowie die Kulissen mussten so schnell hergerichtet werden wie nur irgend möglich.

Normalerweise dauerte der Marsch vom Lager zur Gletscherfront zwanzig Minuten – heute jedoch brauchten sie dreimal so lang. Ständig blieb Conti stehen, damit die Kameraleute Einstellungen vom Berg drehen konnten, vom Gletschertal und von der Filmcrew selbst. Einmal starrte er einfach zehn Minuten nachdenklich zum Gletscher hinauf. Eigenartigerweise ließ er später noch eine Reihe von Einstellungen von Kari Ekberg drehen – von allen Seiten, nur nicht von vorn.

»Wozu soll das gut sein?«, fragte Marshall nach der fünften Szene.

Kari schlug ihre Kapuze zurück. »Ich bin das Double für Ashleigh.«

Marshall nickte. Ashleigh Davis, die Moderatorin, wurde erst in zwei Tagen erwartet, doch das hinderte Conti nicht daran, sie trotzdem zu filmen. »Ich nehme an, Sie hatten recht, als Sie meinten, Zeit wäre alles bei einem Dreh wie diesem.«

»Ganz genau.« Sie sah ihn von der Seite an. »Hören Sie, es tut mir leid, was vorhin passiert ist. Ich wünschte, ich hätte Sie vorwarnen können, doch ich hatte strikte Order, den Mund zu halten. Wolff bestand darauf, es selbst zu tun.«

»Dann ist er also der Boss. Und ich Dummkopf dachte, es wäre Conti.«

»Emilio trägt die Verantwortung für die kreative Seite: die Dreharbeiten, die Beleuchtung, Regie, den endgültigen Schnitt. Aber der Sender bezahlt alles. Also hat der Sender das letzte Wort. Und hier oben, quasi am Ende der Welt, *ist* Wolff der Sender.«

Marshall blickte über die Schulter ins Tal hinunter. Wolff war nicht mitgekommen, doch er war immer noch zu sehen: Tief unten stand eine winzige, dürre, gespenstische Gestalt reglos vor der Einzäunung und beobachtete sie.

Marshall stieß einen Seufzer aus. »Ist das normal? Das ständige Anhalten, Umblicken, Filmen und wieder Filmen?«

»Nein, eigentlich nicht. Conti verbraucht das Dreifache der normalen Menge an Filmmaterial.«

»Warum?«

»Weil das hier seine ›Mona Lisa‹ werden soll. Sein Meisterwerk. Er hat eine Menge dafür getan, um diesen Dreh zu bekommen.«

»Und warum trottet der Große Meister dann zu Fuß mit dem Rest des ungewaschenen Gefolges den Berg hinauf? Ich hätte gedacht, dass er im Sno-Cat fährt.«

»Er will ›mit beiden Beinen auf dem Boden‹ gefilmt werden, wie wir es nennen. Das sieht besser aus im ›Making-of‹-Video, das später zum Zusatzmaterial der DVD gehören wird.«

Marshall schüttelte den Kopf in stillem Unglauben über den Zirkus, zu dem diese Veranstaltung eskaliert war.

Sie setzten sich wieder in Bewegung, und wie auf ein Stichwort hin kam Conti auf sie zu. »Gibt es etwas, das ich wissen sollte?«, fragte er Marshall in seiner abgehackten Aussprache.

»Worüber?«

Der Produzent machte eine weit ausholende Handbewegung. »Alles. Den Ort, das Wetter, die einheimische Fauna – alles, was zusätzliche Farbe in das Projekt bringen könnte.«

»Oh, da gibt in der Tat eine ganze Menge. Es ist eine faszinierende geologische Region.«

Der Produzent nickte ein wenig unschlüssig. »Ich werde ein Interview mit Ihnen führen, sobald wir zurück sind.«

Sully, der die Unterhaltung gehört hatte, eilte herbei. »Ich würde mich freuen – in meiner Eigenschaft als Leiter der Expedition –, Ihnen jede Hilfe zukommen zu lassen, die Sie benötigen.«

Conti nickte abwesend, die Augen bereits wieder auf den Gletscher geheftet.

Marshall fragte sich, ob er dem Produzenten von den amerikanischen Ureinwohnern erzählen sollte. Sie waren wahrscheinlich genau die Art von »Farbe«, nach der Conti suchte. Doch genauso schnell, wie ihm der Gedanke gekommen war, entschied er sich dagegen. Eine laute, ignorante Filmcrew, die über ihre Siedlung hereinbrach, war mit Sicherheit das Letzte, was die Tunit wollten – oder verdient hatten. Er konnte sich ihre Reaktion ausmalen, hätten sie gewusst, wie sich der Mount Fear im Verlauf der letzten Tage verändert hatte.

Er musterte Conti verstohlen. Es fiel ihm schwer, sich ein Bild von dem Regisseur und Produzenten zu machen. Trotz seines Künstlergetues zeigte er auch eine harte, kompromisslose Seite. Es war eine höchst sonderbare, eine unberechenbare Kombination.

Die Höhle lag nun vor ihnen, und ihr dunkler Eingang war verdeckt von schwerem Equipment: Ein niedriger, schwerer Tieflader auf Ballonreifen mit einem Kran und ein weiteres Fahrzeug, das Marshall nicht identifizieren konnte. Beide waren leuchtendgelb lackiert und wirkten grell vor der verschneiten Landschaft und dem blauen Eis des Gletschers. Während der Kameramann Objektive wechselte und der Tontechniker sein tragbares Mischpult vorbereitete, schwärmten die Handlanger in ihrer Lederkleidung um die Maschinen herum aus. Zwei von ihnen kletterten in die jeweiligen Führerhäuser, während andere die Paletten von der Pritsche des Sno-Cat luden und ihre Fracht auf dem mobilen Kran verstauten. Bei genauerem Hinsehen erkannte Marshall, dass es Säcke mit schweren Stahlstützen waren, deren Höhe hydraulisch verstellbar war.

Penny Barbour, die Computerspezialistin der Expedition, beobachtete die Männer aus zusammengekniffenen Augen bei ihrer Arbeit. Sie hielt in einer dick behandschuhten Hand einen Palmtop und einen Digitalrecorder in der anderen. Sie stand der Dokumentarfilmcrew noch misstrauischer gegenüber als Marshall. »Ich kann mir denken, wofür sie den verdammten Tieflader brauchen«, murmelte sie. »Aber wozu dient das andere Ding?«

Marshall musterte das zweite Fahrzeug. Es war voll gestopft mit altmodisch wirkendem Equipment. »Keine Ahnung.«

»Machen Sie eine Notiz«, sagte Conti in diesem Augenblick zu Kari Ekberg. »Ich will eine Palette aus diesen vier Farben: dem Weiß des Schnees, dem tiefen Blau des Himmels, dem Azur des Gletschers und dem Schwarz der Höhle. Ähnlich einem Nachtstück in Blau. Wir setzen diesen speziellen Prozess dafür ein, sobald wir zurück im Studio sind.« Er sah seine Kameraleute an. »Fertig?«

»Fertig«, antwortete Fortnum.

»Fertig, Mr. Conti«, sagte Toussaint, sein Assistent.

»Sie müssen sehr vorsichtig sein«, warnte Marshall. »Extrem vorsichtig. Der Boden besteht aus spiegelglattem Eis. Und wie ich bereits sagte, diese Lavaschlote sind sehr brüchig. Der ganze Plan ist irrsinnig riskant. Eine falsche Bewegung, und die gesamte Höhle stürzt ein.«

»Danke sehr, Dr. Marshall«, sagte Conti und drehte sich zu seinen Kameraleuten um. »Fortnum? Toussaint? Wenn Sie irgendwelche lauten knackenden Geräusche hören, während wir drin sind, schwenken Sie über die Gesichter der Leute. Suchen Sie die erschrockensten aus und halten Sie drauf.«

Die Kameramänner sahen sich nervös an und nickten.

Conti blickte sich ein letztes Mal um, dann nickte er Toussaint zu. »Ruhe am Set!«, bellte der Assistent. Schlagartig verstummten sämtliche Gespräche.

Conti hob den Blick zur Höhle. »Und – *Action!*«

Eine digitale Klappe fiel, und die Kameras liefen. Gleichzeitig starteten die schweren Maschinen mit ohrenbetäubendem Lärm. Mit knirschenden Lagern rollten sie auf den Gletscher zu. Conti und sein kleiner Stab von Helfern folgten. Die Kameraleute blieben zurück, schwenkten über die Szenerie und nahmen alles auf. Marshall folgte widerwillig der Prozession in Richtung Höhle. In ihm regte sich das furchtbare, deprimierende Gefühl, dass sie alle für Contis Überheblichkeit teuer würden zahlen müssen.

Am Eingang der Höhle blieben die Fahrzeuge stehen, und die Arbeiter zogen ein paar Säcke von der Pritsche. Oben auf den Kabinen der gelben Fahrzeuge flammten starke Scheinwerfer auf, Kupplungen schlossen sich, und die Maschinen rollten wieder vor, diesmal viel langsamer, und verschwanden unter der niedrigen Höhlendecke. Marshall und der Rest folgten. Die kalte Luft in der Lavaröhre roch nach schweren Dieselabgasen. Die Wände vibrierten, und der Lärm der Motoren war ohrenbetäubend. Ein Blick über die Schulter zeigte Marshall, dass die Arbeiter unter Anleitung eines stämmigen Vorarbeiters namens Creel hydraulische Stahlträger aus den zuvor abgeladenen Hüllen zogen und die Decke damit provisorisch abstützten. Viel sicherer fühlte sich Marshall nicht.

Er folgte der Prozession den Schlot hinunter. Eine Taschenlampe war unnötig – die Scheinwerfer auf den Fahrzeugen und auf den Kameras verwandelten die Höhle in eine Röhre aus leuchtendem Blau. Voraus erklang ein tiefes, schabendes Geräusch, als eines der Fahrzeuge sich den Weg unter der niedrigen Decke hindurchbahnte. Marshall bemerkte, dass selbst Sully erbleichte.

Dann weitete sich die Höhle, die Decke wich zurück, und die kleine Gruppe bildete rasch einen Kreis um den freigelegten Bereich im Eisboden. Man schaltete die Dieselmotoren einen nach dem anderen ab, und die plötzliche Stille war für einen Moment schier ohrenbetäubend. Ein leises stakkatoartiges Knistern echote durch die Kaverne, als das Eis unter den schweren Maschinen ein wenig nachgab. Die Arbeiter stützten die Höhle mit Trägern ab, dann zogen sie sich zurück und warteten.

Einen Moment lang sagte niemand ein Wort. Alle starrten hinunter auf die großen toten Augen, die so kalt zurückstarrten. Kari Ekberg hatte die Stirn gerunzelt und wirkte beunruhigt. Penny Barbour verfasste hastig Notizen auf ihrem Palmtop. Conti starrte hinunter auf das trübe Eis, seine Selbstgefälligkeit war unübersehbar erschüttert. Faraday blinzelte durch seine übergroße Brille, während er Messinstrumente aus den Taschen zog. Sully strahlte etwas aus, das Marshall an väterlichen Stolz erinnerte.

Schließlich riss sich Conti von dem Anblick los. »Fortnum, Toussaint – haben Sie das?«

»Positiv«, antwortete Fortnums Assistent.

»Haben Sie auch einen Schwenk über die Wissenschaftler gemacht?«

»Zweimal.«

»Sehr gut.« Der Produzent sah Sully an. »Markieren Sie bitte das Tier.«

Sully räusperte sich. »Markieren?«

»Den Eisblock, den wir aus dem Höhlenboden schneiden werden. Seien Sie bitte großzügig. Wir wollen schließlich nicht versehentlich einen Unterschenkel abtrennen.«

Sully zuckte zusammen, doch dann trat er tapfer vor und stellte nach kurzer, leiser Konsultation mit Faraday ein paar Berechnungen an, bevor er mit seinem Taschenmesser ein ungefähres Rechteck in das Eis ritzte.

»Wie tief?«, fragte Creel, der Vorarbeiter.

Sully sah Penny Barbour an, die ihren Palmtop zurate zog. »Zwei Komma sieben Meter«, sagte sie dann.

Creel wandte sich an den Mann an der Kontrollkonsole des zweiten, merkwürdig aussehenden Vehikels. »Du hast es gehört. Mach zwei Komma acht daraus.«

Erneut brüllte ein Dieselmotor auf, und dicke Rußwolken erfüllten die Luft. Die Kameraleute filmten, wie einer der Arbeiter eine Fernbedienung nahm und einen schweren mechanischen Ausleger vom Vehikel über dem Eis in Position brachte. Langsam senkte er ihn auf den von Sully markierten Umriss herab.

»Zurücktreten«, warnte Creel die Umstehenden.

An der Spitze des Auslegers erschien ein intensiv roter, dünner Lichtstrahl. Augenblicklich begann das Eis an der Stelle zu verdampfen, wo der Strahl auftraf. »Ein militärischer Laser«, bemerkte Conti. »Extrem stark und dennoch präziser als die Feile eines Juweliers.«

Alles beobachtete gespannt, wie der Laser langsam dem eingeritzten Umriss im trüben, schmutzigen Eis folgte. Einer der Arbeiter schaltete einen tragbaren Kompressor ein, der auf der Seite des Tiefladers montiert war. Mit einer Art

Schnorchel, den er an den immer länger werdenden Schnitt hielt, saugte er das Wasser mit einem dicken Gummischlauch ab und leitete es in die tieferen Bereiche der Eishöhle. Marshall fühlte sich an eine monströse Zahnbehandlung erinnert. Während der Wissenschaftler in ihm gegen die bloße Vorstellung einer derartigen Operation rebellierte – des hemmungslosen Herausschneidens eines einzigartigen Spezimens aus seiner Matrix –, war er dennoch erleichtert, als er sah, mit welcher Vorsicht man zu Werke ging.

Innerhalb von zwanzig Minuten war alles vorbei. Aus dem Rechteck, das Sully in das Eis gekratzt hatte, waren nun tiefe, drei Zentimeter breite Schnitte geworden. An den Längsseiten, wo die Hebemechanismen ansetzen würden, hatte der Strahl zusätzliche Aussparungen in das Eis geschnitten.

Eine kurze Pause entstand, als Ang vortrat und mit seinem Bildsensor überprüfte, ob die Schnitte tief genug reichten. Anschließend wurde der Laser zurückgezogen, und ein bizarrer Teleskoparm fuhr aus der Maschine. Etwas, das Marshall an eine Roboterhand erinnerte, war am Ende des Arms befestigt. Ein insektenähnliches Summen erklang, und die Hand erwachte zum Leben.

»Was ist das?«, fragte er Creel, den Vorarbeiter.

»Lateralbohrer«, dröhnte der Mann über den Lärm hinweg. »Mit einer Diamant-Siliziumkarbid-Spitze.«

Langsam senkte die Maschine das Gerät in einen breiten Schlitz. Das Summen wurde lauter, als sich der Bohrer in das vorzeitliche Eis fraß. Der Sauger folgte, und Schmelzwasser sprudelte durch den Gummischlauch in den tieferen Teil der Höhle. Ein weiterer mechanischer Arm schwebte in der Nähe, bereit, Stützen unter dem Eisblock in Position zu schieben.

Der laterale Schnitt benötigte weniger Zeit. Zehn Minuten später schon fuhr der Bohrer zurück. Auf ein Nicken des

Vorarbeiters hin schwangen die Arbeiter zwei Greifhaken nach vorn, senkten sie ab und fixierten sie auf den gegenüberliegenden Seiten des Eisblocks. Anschließend sicherten sie den Block mit dicken Baumwollstricken weiter.

»Ich will eine saubere Einstellung. Wir haben nur diese eine Chance, ist das klar?«, sagte Conti zu den beiden Kameramännern.

Fortnum justierte sein Objektiv, überprüfte seine Energiezellen und nickte.

Alles stand still, als Conti darauf bestand, sich auf Hände und Knie herunterzulassen, um den Block aus der Nähe zu untersuchen. Seine Nase befand sich nur wenige Zentimeter vom Eis entfernt. Fortnum filmte jede seiner Bewegungen. »Okay, fangen wir an«, sagte Conti schließlich, indem er sich erhob. Das Objektiv um seinen Hals baumelte wichtigtuerisch.

Der Vorarbeiter gab seiner Mannschaft ein Zeichen. Unter erneutem Aufbrüllen des Diesels startete eine Seilwinde auf dem Tieflader. Eisen klimperte, als sich die schweren Ketten strafften, an denen die Greifhaken saßen. Einen Moment lang starrten alle wie gebannt. Die Winde heulte, und die Haken zerrten am widerstrebenden Eis. Dann ertönte ein tiefes Knirschen, das den Berg zu erschüttern schien, und der gewaltige Block glitt nach oben.

»Langsam«, sagte der Vorarbeiter.

Conti sah Fortnum an. »Die Kamera jetzt auf die Winde halten. Es soll wie ein Streicheln wirken. Die Winde hebt unseren Schatz aus seinem eisigen Gefängnis.«

Langsam, ganz langsam erhob sich die gefrorene Katze aus dem Bett, in dem sie Tausende von Jahren gelegen hatte. Auch Marshalls Kollegen drängten vor, um alles ganz aus der Nähe zu verfolgen, und kritzelten hastig Notizen in ihre Kladden. Marshall stand zwischen ihnen und starrte den Eisblock aufmerksam an. Er war zum Verrücktwerden milchig, ein Wirbel aus Schlamm und Schutt, erstarrt in der Zeit, und hatte die Farbe von dichtem Rauch unter dem erbarmungslos grellen Licht der Scheinwerfer. Die Oberfläche war geriffelt von den parallel verlaufenden runden Kanälen, die das Laserlicht in das Eis geschmolzen hatte. *Meine Güte*, dachte Marshall, gegen seinen Willen fasziniert. *Dieser Block wiegt mindestens vier Tonnen, wenn nicht mehr*.

Der stieg höher und höher, bis der Kopf des Krans gegen die Höhlendecke stieß. Dann endlich schwang der Eisblock frei, kippte zur Seite und schleifte über den verschneiten Boden. Er verfehlte Faraday nur knapp, der darin vertieft gewesen war, das Gebilde mit seinem Sonarspektrometer zu untersuchen. Die Leute sprangen hastig auseinander und rannten sich gegenseitig um in ihrem Bemühen, aus dem Weg zu springen.

»Stabilisieren!«, brüllte Creel.

Die Winde kreischte protestierend. Der Block neigte sich zur Seite, drohte zu kippen, doch dann sank er langsam auf den Boden der Höhle, wo er zum Liegen kam. Der Mann an den Schalthebeln des Krans legte eine kurze Pause ein, dann hob er den Block erneut, langsam und vorsichtig, schwenkte ihn herum und hob ihn auf die Pritsche des Tiefladers. Die Hydraulik zischte. Unter den Augen der laufenden Kameras sicherten Arbeiter den Eisblock auf dem Fahrzeug und bedeckten ihn mit einer schweren, isolierenden Plane. Minuten später war alles vorbei. Die Maschinen waren auf dem Weg zurück an die Oberfläche. Hinter ihnen schlugen die Arbeiter die zahllosen Streben wieder ab und packten sie in ihren Transporthüllen auf das Ausrüstungsfahrzeug. Die Katze war zusammen mit dem Eisblock auf dem Weg zu einem klimakontrollierten Tresor, wo sie sicher unter Verschluss bleiben würde bis zu dem Moment, an dem man sie vor laufenden Kameras auftauen und in einer Live-Sendung einem staunenden Millionenpublikum präsentieren würde.

Conti musterte den Block selbstzufrieden. »Wir benutzen die abziehenden Vehikel als Schlüsseleinstellung«, sagte er zu Fortnum. »Wir machen eine Serie von Rückschnitten den Tunnel hinauf und springen von dort aus zur Basis. Ich will jede Menge Material. So, ich denke, das hätten wir.«

Er wandte sich Marshall zu. »So. Bereit für das Interview?«

# 10

Zurück in der überwältigenden Wärme der Eingangshalle, winkte Conti seinen Tontechniker und den Assistenzkameramann zu sich, dann wandte er sich an Marshall. »Wir können die Aufnahmen gerne in Ihrem Labor machen.«

»Schön«, sagte Marshall. »Hier entlang.« Er führte die drei Männer durch das zentrale Treppenhaus nach unten, durch den breiten Korridor, dann an einer Kreuzung nach rechts und blieb vor einer halb offenen Tür stehen. »Da wären wir.«

Conti beugte sich vor und warf einen raschen Blick in den Raum. »Das ist Ihr Labor?«

»Ja. Warum?«

»Es ist zu ordentlich. Wo ist die ganze Ausstattung? Die Proben? Die Reagenzgläser?«

»Meine Proben sind in einem Kühlraum den Gang runter. Wir haben verschiedene Räume für die wissenschaftliche Arbeit eingerichtet, aber die meisten schweren Sachen haben wir daheim in Woburn gelassen. Diese Expedition sollte in erster Linie Proben sammeln und Beobachtungen anstellen – die Analyse kann später erfolgen.«

»Und die Reagenzgläser?«

Marshall lächelte dünn. »Paläoökologen haben normalerweise keine Verwendung für Reagenzgläser.«

Conti überlegte einen Moment. »Ich habe eben auf dem Weg hierher ein geeigneteres Labor gesehen, ein paar Türen vor dieser«, sagte er schließlich.

»Geeigneter?«, fragte Marshall, doch Conti war bereits auf dem Weg zurück, Tontechniker und Kameramann im Schlepp. Marshall zuckte die Schultern und folgte ihnen.

»Hier.« Conti war vor einem Raum stehen geblieben, in dem jede waagerechte Oberfläche mit Journalen, Ausdrucken, Probenbehältern aus Kunststoff und Instrumenten bedeckt war.

»Aber das ist das Labor von Wright!«, protestierte Marshall. »Wir können da nicht so einfach rein.«

Conti hatte das vor seiner Brust baumelnde Objektiv ans Auge gehoben und sah Marshall nun durch das Glas hindurch an. »Warum nicht?«

Marshall zögerte. Ihm wurde bewusst, dass es tatsächlich keinen triftigen Grund gab, warum sie Faradays Labor nicht benutzen sollten. »Aber warum machen Sie das Interview dann nicht gleich mit ihm?«

»Weil, Dr. Marshall … vorsichtig ausgedrückt: Die Kamera ist Dr. Faraday nicht freundlich gesinnt. Sie hingegen machen einen ruppigen, akademischen Eindruck. Können wir nun weitermachen?«

Marshall zuckte erneut die Schultern.

Conti betrat das Labor und zeigte Toussaint – die Linse immer noch vor dem Auge – die Stelle, wo er die Kamera positioniert haben wollte. Der Kameramann ging in die andere Ecke des Raums, gefolgt vom Tontechniker. »Dr. Marshall«, begann Conti, »wir werden Sie dabei filmen, wie Sie hereinkommen und am Schreibtisch Platz nehmen. Sind Sie bereit?«

»Ich schätze, ja.«

Conti ließ das Objektiv fallen. »Und – *Action!*«

Die Kamera filmte, Marshall betrat das Labor – und blieb stehen, als er den riesigen Haufen Papiere bemerkte, der sich auf Faradays Laborsessel stapelte.

»Schnitt!« Conti wischte die Papiere mit einer Handbewegung beiseite und scheuchte Marshall zurück in den Gang. »Versuchen wir es noch einmal.«

Marshall betrat das Labor erneut und wollte zum Schreibtisch.

»Schnitt!«, bellte Conti und starrte Marshall stirnrunzelnd an. »Sie dürfen nicht so lässig sein! Zeigen Sie uns *Aufregung* in Ihren Schritten. Sie haben soeben eine große Entdeckung gemacht!«

»Und was für eine Entdeckung soll das sein?«

»Der Säbelzahntiger natürlich! Das Publikum soll Ihre Begeisterung sehen! Lassen Sie das Publikum den Nervenkitzel dieses Wunders *spüren*!«

»Ich verstehe nicht«, sagte Marshall. »Ich dachte, der ganze Zirkus würde sich um das Auftauen des Kadavers drehen, vor laufenden Kameras?«

Conti verdrehte die Augen. »Damit kriegt man doch keine vierundsiebzig Minuten zur besten Sendezeit gefüllt! Bitte versuchen Sie mitzumachen, Dr. Marshall. Wir müssen die gesamte Hintergrundgeschichte zeigen, die Geschichte aufbauen. Das Publikum zu einhundert Prozent fesseln. Wir werden den Tresor erst im allerletzten Segment öffnen, nicht vorher.«

Marshall nickte langsam. Er bemühte sich nach Kräften, zu tun, was Conti von ihm verlangte, nämlich mitzuspielen.

Er schluckte seine Verärgerung darüber herunter, dass alles so gestellt und künstlich war, er versuchte seine Entrüstung darüber zu vergessen, dass die Wissenschaft hier auf dem Altar der Theatralik geopfert wurde. Er rief sich ins Gedächtnis, dass Conti ein berühmter Regisseur war, der zahlreiche Preise gewonnen hatte. Dass seine Dokumentation *Tödliche Meere* ein Meilenstein der modernen Dokumentation war und dass ein Millionenpublikum seiner zukünftigen Forschung nur zuträglich sein konnte.

Er trat hinaus in den Gang.

»*Action!*«, rief Conti von drinnen. Marshall betrat forsch das Labor, setzte sich an den Schreibtisch und tat, als würde er an Faradays Laptop arbeiten.

»Schnitt und fertig. Das hätten wir im Kasten!«, sagte Conti. »So war es schon viel besser.« Er kam um den Schreibtisch herum. »Jetzt werde ich Ihnen eine Reihe von Fragen stellen, aus dem Off. Sie werden die Fragen in die Kamera hinein beantworten. Vergessen Sie nicht, dass in der fertigen Szene Ashleigh die Fragen stellt, nicht ich.« Er sah auf sein Klemmbrett. »Fangen wir damit an, dass Sie mir erklären, warum Sie überhaupt hergekommen sind.«

»Sicher. Wir sind eigentlich aus drei Gründen hier. Erstens wollten wir den Einfluss der globalen Erwärmung auf die subarktische Umwelt untersuchen, insbesondere an Gletschern. Zweitens brauchten wir eine von Menschen unberührte Gegend für unsere Analysen, und drittens musste das Unternehmen relativ preiswert sein. Fear Base erfüllte alle drei Bedingungen.«

»Aber warum speziell dieser Berg?«

»Wegen seines Gletschers. Die Untersuchung des Rückgangs der glazialen Vereisung ist eine ausgezeichnete Methode, um die globale Erwärmung zu messen. Ich sollte das vielleicht genauer erläutern. Der obere Teil eines Gletschers, auf den immer weiter neuer Schnee fällt, wird Akkumulationszone genannt. Der untere Teil, der Gletscherfuß, ist die Ablationszone. Dort verliert der Gletscher sein Eis durch Schmelze. Ein gesunder Gletscher hat eine große Akkumulationszone. Dieser Gletscher hier, der Fear, ist nicht gesund. Seine Akkumulationszone ist ungewöhnlich klein. Dr. Sully hat die Geschwindigkeit seines Rückgangs gemessen. Die Entstehung dieses Gletschers, bis er hier war, hat zehntausend Jahre gedauert. Das Alarmierende ist nun, dass er allein in den vergangenen zwölf Monaten um dreißig Meter zurückgewichen ist …«

Er hielt inne. Toussaint senkte die Kamera, und Conti las erneut in seinem Klemmbrett. *Zeit ist Geld*, rief sich Marshall ins Gedächtnis.

Conti blickte auf. »Wie lautet der wissenschaftliche Name für diese Katze noch einmal, Dr. Marshall?«

»Smilodon.«

»Und wovon haben sich Smilodons ernährt?«

»Das ist eine der Fragen, die wir mit größerer Genauigkeit zu beantworten hoffen. Der Mageninhalt sollte …«

»Danke sehr, Doktor, ich verstehe, worauf Sie hinauswollen. Versuchen wir doch, mehr allgemein zu bleiben. War diese Katze ein Fleischfresser?«

»Alle Katzen sind Fleischfresser.«

»Hat sie Menschen gefressen?«

»Ich nehme es an, ja. Wenn sie welche zu fassen bekam.«

Ein ungeduldiger Schatten huschte über Contis Gesicht. »Würden Sie das bitte noch einmal in die Kamera sagen?«

Marshall blickte in die Kamera und fühlte sich ziemlich albern, als er laut sagte: »Smilodons haben Menschen gefressen.«

»Ausgezeichnet. Wie haben Sie sich gefühlt, Dr. Marshall, als Sie die Katze entdeckten?«

Marshall runzelte die Stirn. »Wie ich mich gefühlt habe? Ich war überrascht. Schockiert.«

Conti schüttelte den Kopf. »Das können Sie so nicht sagen.«

»Aber warum nicht? Ich war wirklich äußerst überrascht.«

»Erwarten Sie vielleicht, dass unsere Sponsoren eine halbe Million Dollar pro Sendeminute zahlen, um sich anzuhören, dass Sie ›überrascht‹ waren?« Conti überlegte einen Moment. Dann drehte er das Klemmbrett um, zog einen auslöschbaren Marker aus der Hemdentasche und kritzelte etwas auf die Rückseite. »Ich möchte etwas versuchen. Ich möchte herausfinden, wie Sie sich anhören, wenn Sie das hier lesen. Für einen Tontest, weiter nichts.«

Er hielt das Klemmbrett hoch.

Marshall starrte auf die Handschrift. »Es war, als würde man mitten in das Herz der Dunkelheit sehen.«

»Noch einmal, bitte? Langsam, und dramatischer. Sehen Sie in die Kamera, nicht auf das Klemmbrett.«

Marshall wiederholte den Satz. Conti nickte zufrieden, dann sah er den Assistenzkameramann an. »Haben Sie das?«

Toussaint nickte. Conti wandte sich dem Tontechniker zu. »Sie auch?«

»Im Kasten, Boss.«

»Hey, warten Sie!«, protestierte Marshall. »Ich habe das nicht gesagt! Das waren *Ihre* Worte, nicht meine!«

Conti hob die Hände. »Na und? Es sind gute Worte.«

Marshall platzte der Kragen. »Sie sind nicht an wissenschaftlicher Wahrheit interessiert. Sie sind überhaupt nicht an der Wahrheit interessiert. Sie wollen nichts weiter als eine gute Show, das ist alles!«

»Dafür werde ich bezahlt, Doktor. Aber reden wir doch für einen Moment über Sie.« Conti blickte erneut auf sein Klemmbrett. »Ich habe meine Rechercheure ein paar Nachforschungen anstellen lassen über die Mitglieder Ihrer Expedition. Ihre Geschichte ist ganz besonders interessant, Dr. Marshall. Sie waren ein hochdekorierter Offizier. Sie wurden mit dem ›Silver Star‹ ausgezeichnet, und doch wurden Sie am Ende unehrenhaft aus der Army entlassen. Ist das richtig?«

»Wenn es so wäre, könnten Sie wohl kaum von mir erwarten, dass ich darüber reden will, oder?«

»Versuchen wir es erneut.« Conti drückte die Handflächen gegeneinander. »Die Northern Massachusetts University ist, wie soll ich es ausdrücken ... Sie ist nicht gerade bekannt für die Qualität ihrer Wissenschaftler. Wie kommt es, dass jemand wie Sie Forscher wird – insbesondere an einem Ort wie diesem?«

Marshall antwortete nicht.

»Sie sind ausgebildeter Scharfschütze. Wie kommt es, dass Sie sich als einziges Mitglied der Expedition standhaft weigern, ein Gewehr zu Ihrem eigenen Schutz zu tragen?«

Abrupt erhob sich Marshall von seinem Platz. »Wissen Sie was? Suchen Sie sich einen anderen Spinner zum Vorzeigen. Ich denke nicht, dass ich weitere Fragen von Ihnen beantworten werde.«

Conti öffnete protestierend den Mund, doch Marshall trat drohend einen Schritt näher. »Und falls Sie versuchen, noch eine zu stellen, prügle ich Ihren lästigen kleinen Arsch aus dem Raum.«

Eine unbehagliche Stille senkte sich herab. Conti musterte ihn – auf die gleiche taxierende Art und Weise wie in den Sekunden, bevor Wolff den Kontrakt aus der Tasche gezogen hatte. Schließlich, nach einem langen Augenblick, brach er das Schweigen. »Lassen Sie mich Ihnen etwas erklären, Dr. Marshall. Ich bin ein mächtiger Mann – und nicht nur in New York oder in Hollywood. Falls Sie beschließen sollten, sich mich zum Feind zu machen, so wäre das ein ziemlich großer Fehler.« Er wischte das Gekritzel mit der Handfläche von seinem Klemmbrett, dann wandte er sich an Toussaint. »Gehen Sie Dr. Sully suchen. Eine innere Stimme sagt mir, dass er kooperativer ist als dieser Dr. Marshall hier.«

# 11

Später an jenem Abend wanderte Marshall durch die mit Ausrüstung vollgestellten Gänge von Level B. In seinem Labor und seinem Quartier hatte er seine Gedanken nicht unter Kontrolle bringen können – die lauten Unterhaltungen und das Trampeln von Schritten draußen im Korridor hatten diesen Zustand nicht eben gelindert. Weil er wusste, dass er wieder nur unter Schwierigkeiten einschlafen würde, stieg er hinauf zur Oberfläche, um seinen nächtlichen Spaziergang zu absolvieren, der ihm in den letzten Wochen eine Art Gewohnheit geworden war.

Er stieg die Treppe hinauf und ging zur Eingangshalle. Seine Schritte hallten laut über den mit Linoleum ausgelegten Metallboden. Die Wachstation war besetzt, was Marshall nicht anders erwartet hatte. Seit dem Eintreffen der Filmcrew hatte Sergeant Gonzalez den Posten Tag und Nacht bemannt, trotz der anderen zeitaufwendigen Verpflichtungen, die die Soldaten hatten. Zu Marshalls Überraschung war es Gonzalez selbst, der hinter der Scheibe saß.

Der Sergeant nickte Marshall zu, als er ihn erblickte. Obwohl er weit über fünfzig war, strahlte der Mann eine nahezu unerschöpfliche Energie aus. »Hallo, Doktor«, sagte er. »Der abendliche Verdauungsspaziergang?«

»Ganz recht«, antwortete Marshall. Er war ein wenig verblüfft – er hatte nicht gewusst, dass Gonzalez seine Aktivitäten so gut im Auge behielt. »Ich kann nicht gut einschlafen ohne.«

»Überrascht mich nicht – angesichts dieser Verbindungsparty da unten.« Gonzalez runzelte die Stirn. Sein runder Kopf schien direkt auf den Schultern zu sitzen, und als er ihn nun missbilligend schüttelte, wölbten sich im Genick mächtige Muskeln.

Marshall lachte. »Sie sind ein wenig laut, zugegeben.«

»Verzeihung, Doktor, aber der Lärm ist noch das wenigste«, erwiderte Gonzalez mürrisch. »Es sind einfach zu verdammt viele von ihnen. Wir hatten nicht halb so viele erwartet, und meine Basis leidet unter diesem Ansturm. Die Anlage ist alt, und sie wird nur für schwache Nutzung erhalten und gewartet. Das hier ist alles andere als eine schwache Nutzung. Wir sind nur zu viert, wir können diese Leute unmöglich alle bemuttern. Heute Nachmittag hat Marcelin einen von ihnen im militärischen Operationsbereich angetroffen, weit außerhalb der freigegebenen Sektionen.« Das Stirnrunzeln vertiefte sich. »Ich hätte nicht wenig Lust, eine formelle Beschwerde aufzusetzen.«

»Die Dinge müssten sich bald beruhigen, Sergeant. Ich glaube, bereits morgen reist ein Dutzend von ihnen wieder ab.« Er hatte gehört, dass die meisten Arbeiter zurück nach Süden fahren würden, sobald die schweren Arbeiten abgeschlossen waren.

Gonzalez grunzte. »Kann mir gar nicht schnell genug gehen.«

Marshall sah ihn grübelnd an. *Meine Basis*, hatte Gonzalez gesagt. Der Mann hatte allen Grund, besitzergreifend zu erscheinen. Er stand kurz vor der Pensionierung und hatte vermutlich mehr als zwanzig Jahre auf der Fear Base verbracht, in völliger Isolation, über dreihundert Kilometer nördlich vom Polarkreis – nahezu unglaublich. Ohne Zweifel konnten es die anderen Soldaten kaum erwarten, dass ihre Abordnung vorüber war. Vielleicht, sinnierte Marshall, war Gonzalez schon so lange hier gewesen, dass er sich gar nicht mehr vorstellen konnte, woanders zu sein. Oder vielleicht war er – wie Kari Ekberg vermutet hatte – ein Mann, der seine Privatsphäre schätzte.

Marshall winkte Gonzalez zu und ging zum Haupteingang. Das große externe Thermometer in der Wetterkammer zeigte minus fünfzehn Grad Celsius an. Marshall öffnete seinen Spind, zog seinen Parka, seine Balaklava, Schneestiefel und Handschuhe an, bevor er den Sammelraum durchquerte und die Außentür in die Nacht hinein aufstieß.

Der betonierte Vorplatz lag unter einem riesigen Sternenzelt. Marshall wartete einen Moment, um sich an die beißende Kälte zu gewöhnen, dann wanderte er los, die behandschuhten Hände in den Taschen, den Blick zu Boden gerichtet, um nicht über die kreuz und quer verlegten Stromkabel zu stolpern. Der Wind war völlig zum Erliegen gekommen, und ein zunehmender Mond tauchte die Landschaft in ein spektralblaues Licht. Weil sich die Filmcrew im Innern der Basis aufhielt, herrschte eine ungewöhnliche Stille zwischen den Lagerschuppen und Fertighallen. Alles schien zu schlafen. Das einzige Geräusch kam aus dem Generatorschuppen, wo die Stromerzeuger unter der ungewohnten Last durch die stromhungrigen Besucher brummten.

An der Umzäunung blieb Marshall stehen und blickte aufmerksam nach rechts und links. Seit ihrer Ankunft in der Basis hatte es mindestens ein halbes Dutzend Sichtungen von Polarbären gegeben, doch in dieser Nacht streiften keine dunklen Schatten über die endlose Weite des Permafrosts oder über die erkalteten, schneebedeckten Lavaströme. Marshall zog seine Kapuze enger ums Gesicht und schlenderte am leeren Wachhäuschen vorbei nach draußen. Er wanderte ziellos umher und ließ sich einfach treiben.

Bald stieg er das steile Tal hinauf in Richtung Gletscher. Sein Atem kondensierte in großen Wolken hinter ihm. Allmählich wurden seine Muskeln durch die Anstrengung wärmer und seine Schritte länger, und die Arme holten schwungvoll aus. Eine gute Leibesertüchtigung. Vielleicht konnte er ja tatsächlich hinterher schlafen, trotz des Lärms, den die Filmleute erzeugten.

Fünfzehn Minuten später wurde der Anstieg ein wenig flacher. Die Maschinen waren beiseitegeschafft worden, und er hatte einen ungehinderten Ausblick auf die Gletscherfront, eine steile blaue Wand aus Eis, die im Mondlicht wie von einem inneren Feuer zu glühen schien. Und dort, in ihrem Schatten, lag die kleine schwarze Öffnung der Höhle …

Er hielt inne. Vor dem Eingang standen Gestalten. Drei Personen. Schatten in den Schatten.

Langsam näherte er sich. Die drei sprachen miteinander; er hörte ihre gedämpfte Unterhaltung. Beim Geräusch seiner knirschenden Schritte drehten sie sich um, und zu seiner Überraschung erkannte er seine Wissenschaftler-Kollegen: Sully, Faraday und Penny Barbour. Nur Ang, der Aufbaustudent, fehlte. Es war, als hätten sie sich zu einer geheimen Zusammenkunft an der Stelle ihrer großen Entdeckung verabredet.

Sully nickte, als sich Marshall zu ihnen gesellte. »Netter Abend für einen Spaziergang«, sagte er. Eines der Jagdgewehre der Expedition hing über seiner Schulter.

»Besser als der Irrsinn in der Basis«, antwortete Marshall.

Wenn er erwartet hatte, dass der stets berechnende Sully

protestieren würde, so hatte er sich geirrt. Der Klimatologe schnitt eine verdrießliche Grimasse. »Sie haben ein paar Einstellungen im taktischen Zentrum gefilmt, direkt neben meinem Labor. Sie haben so getan, als wären sie wir, das ist doch unmöglich! Mindestens ein Dutzend Einstellungen. Ich konnte mich überhaupt nicht mehr auf meine Arbeit konzentrieren.«

»Wo wir gerade vom Filmen reden – wie ist denn Ihr Interview gelaufen?«, fragte Marshall.

Die säuerliche Miene Sullys vertiefte sich. »Conti hat mittendrin aufgehört. Der Tontechniker hat sich beschwert und gesagt – stellen Sie sich das vor! –, ich würde meine Worte herunterschlucken.«

Marshall nickte.

Sully sah Barbour an. »Ich schlucke keine Worte herunter, oder?«

»Diese dämlichen Trottel haben den Server heute Abend zum Absturz gebracht«, sagte sie statt einer Antwort. »Als hätten sie nicht schon genügend eigene Laptops mitgebracht, nein, sie mussten auch unsere Rechenzeit in Beschlag nehmen! Haben irgendwas von ›speziellen Rendering-Anforderungen‹ erzählt. Ich hätte große Lust, ihnen die Meinung zu sagen!«

»Als ich zum Abendessen ging, war nur noch ein einziger Stuhl frei«, sagte Marshall.

»Wenigstens war einer frei«, sagte Barbour. »Ich habe zehn Minuten gestanden und gewartet, bevor ich mir dann mein Essen eingepackt und es mit ins Labor genommen habe!«

Marshall sah Faraday an. Der Biologe beteiligte sich nicht an der Unterhaltung. Stattdessen starrte er gedankenverloren in die Höhle.

Und obwohl Marshall es besser wusste, hörte er sich

fragen: »Und was halten Sie von der ganzen Sache, Wright?«

Faraday antwortete nicht, sondern starrte weiter unverwandt in den dunklen Rachen vor ihnen.

Marshall versetzte ihm einen sanften Schubs. »Hey, Faraday. Kommen Sie zurück ins Reich der Lebenden.«

Faraday wandte den Kopf und blinzelte. Im Mondlicht glänzten seine Brillengläser, und er starrte seine Kollegen an wie ein überraschtes, bebrilltes Alien. »Oh«, sagte er. »Entschuldigung. Ich war in Gedanken.«

Sully seufzte. »Schön, dann erzählen Sie mal. Wie lautet die heutige Schreckenstheorie?«

»Keine Theorie. Lediglich eine Beobachtung.« Als niemand etwas sagte, fuhr er fort: »Gestern, als die Filmleute das Smilodon aus dem Eis geschnitten haben.«

»Ja«, sagte Sully. »Wir waren dabei. Worauf wollen Sie hinaus?«

»Ich habe mit dem Sonarspektrometer ein paar Messungen durchgeführt. Sie wissen schon, die früheren Messungen mit dem Sensor, von oben nach unten, waren ziemlich ungenau, und weil ich Zugang zum Querschnitt hatte, wollte ich …«

»Wir verstehen, worauf Sie hinauswollen, Wright«, sagte Sully und winkte mit seiner behandschuhten Hand ab.

»Nun ja, ich hab den Großteil des heutigen Nachmittags damit verbracht, die Messdaten zu analysieren. Und sie passen einfach nicht.«

»Passen nicht wozu?«, fragte Marshall.

»Zu einem Smilodon.«

»Seien Sie nicht albern, Wright!«, sagte Barbour. »Sie haben es doch selbst gesehen, oder nicht? Wie wir anderen alle auch, denke ich.«

»Ich habe nur sehr wenig gesehen, in einem extrem trüben Medium. Das Sonarspektrometer hat mir viel mehr Daten geliefert, die ich analysieren konnte.«

»Und was wollen Sie uns sagen?«, fragte Marshall.

»Ich sage, was auch immer in diesem Eisblock eingeschlossen ist, es ist viel zu groß für einen Säbelzahntiger.«

Die Gruppe verstummte, während sie die Neuigkeit verdaute. Ein paar Sekunden später räusperte sich Sully. »Sie müssen sich täuschen, Wright. Irgendwelche Verschmutzungen, die Sie gesehen haben, vielleicht eine Linse aus Sand oder Steinen, eingefroren an einer Stelle, die den Kadaver größer erscheinen lässt.«

Wright schüttelte nur den Kopf.

»Wie viel größer genau?«, fragte Barbour.

»So genau kann ich das nicht sagen. Vielleicht doppelt so groß.«

Die Wissenschaftler wechselten Blicke.

»Doppelt so groß?«, rief Marshall aus. »Und wie sieht es aus? Ist es ein Mastodon?«

Wright schüttelte den Kopf.

»Ein Mammut?«

Faraday zuckte die Schultern. »Die Ergebnisse sind ziemlich eindeutig, was die Größe angeht. Was die Form angeht, sind sie nicht so definitiv.«

Erneutes Schweigen.

»Es waren Katzenaugen«, sagte Barbour leise. »Definitiv Katzenaugen, ich gehe jede Wette ein.«

»Schien mir eigentlich auch so«, stimmte Marshall ihr zu. Er sah zu Faraday. »Sind Sie sicher, dass diese neuen Ergebnisse genau sind?«

»Ich habe die Analyse zweimal berechnet. Ich habe alles doppelt überprüft.«

»Aber das ergibt keinen Sinn!«, sagte Barbour. »Wenn es

kein Smilodon ist, kein Mastodon und auch kein Mammut – was in drei Teufels Namen ist es dann?«

»Es gibt eine Möglichkeit, das herauszufinden«, sagte Marshall. »Ich bin es leid, mich auf meiner eigenen Forschungsexpedition herumschubsen zu lassen.« Mit diesen Worten machte er kehrt und marschierte den Hang hinunter in Richtung Basis.

# 12

Conti hatte nicht nur das Quartier des Basiskommandanten als private Suite für sich in Beschlag genommen, sondern das des stellvertretenden Kommandanten obendrein, drei Flure weiter auf der C-Ebene. Er schien verärgert über die Störung durch die Delegation der Wissenschaftler. Als sie den Grund ihres Kommens erklärten, nahm seine Verärgerung zu.

»Absolut nicht!«, sagte er mit vor der Brust verschränkten Armen. »Der Tresor ist klimakontrolliert und wird ständig auf einer ganz bestimmten Temperatur gehalten.«

»Wir wollen doch das Eis gar nicht schmelzen«, sagte Sully.

»Abgesehen davon liegen die Temperaturen draußen ein ganzes Stück unter dem Gefrierpunkt«, sagte Marshall. »Oder ist Ihnen das noch nicht aufgefallen?«

»Niemand darf das Tier sehen«, entgegnete Conti. »So lauten die Regeln.«

»Wir *haben* es bereits gesehen«, erinnerte ihn Barbour. »Schon vergessen?«

»Das spielt keine Rolle. Es geht nicht, und damit basta.«

Marshall fragte sich, warum sich der Regisseur so besitzergreifend verhielt. »Wir sind nicht gekommen, um das blöde Ding zu stehlen!«, sagte er. »Wir wollen nur einen genaueren Blick darauf werfen.«

Conti verdrehte die Augen. »Der Tresor ist verschlossen und bleibt verschlossen. Blackpool hat strikte schriftliche Instruktionen diesbezüglich hinterlegt. Es ist von entscheidender Bedeutung für die Publicity-Kampagne, dass er nicht vor der Live-Sendung geöffnet wird.«

»Publicity«, wiederholte Marshall. »Ihre Sendung soll doch ›Das Erwecken des Tigers‹ heißen, nicht wahr? Sie und Ihre Auftraggeber werden ziemlich dumm dastehen, wenn sie den Tresor zur besten Sendezeit öffnen, und auf dem Boden liegt kein Säbelzahntiger, sondern ein toter Bär.«

Conti antwortete nicht sogleich. Er sah von einem Wissenschaftler zum anderen, und auf seiner Stirn erschienen tiefe Falten. Schließlich lenkte er seufzend ein. »Also schön. Aber nur Sie vier. Keine Kameras, keine irgendwie gearteten Instrumente – Sie werden vor dem Betreten des Tresors durchsucht und aufmerksam beobachtet, während Sie drinnen sind. Und Sie dürfen mit niemandem über das reden, was Sie sehen. Vergessen Sie nicht, Sie haben Verschwiegenheitserklärungen unterschrieben, deren Bruch mit empfindlichen Strafen behaftet ist.«

»Wir haben verstanden«, sagte Sully.

»Sie haben fünf Minuten«, sagte Conti.

Es war noch kälter geworden – beinahe zwanzig Grad unter null –, und die Sterne glitzerten grell am schwarzen Nachthimmel. Der Tresor stand ein wenig abseits von allem anderen und nicht weit vom Zaun entfernt, umgeben von Flutlichtscheinwerfern auf hohen Masten: eine quadratische

Konstruktion, die einen Meter über dem Boden auf schweren Formsteinen ruhte. Dicke Bündel von Kabeln führten aus dem Tresor direkt in den Generatorschuppen. Auf der Rückseite des Tresors stand ein Notaggregat, bereit, die Kompressoren weiterzubetreiben, sollte die Hauptstromversorgung aus irgendwelchen Gründen ausfallen. *Nicht dass das nötig wäre*, dachte Marshall, während er seinen Parka in der arktischen Kälte enger um sich schlang.

Die kleine Gruppe blieb vor den Stufen zum Eingang des Tresors stehen. Marshall bemerkte, dass die Vorderfront mit großen Scharnieren auf der linken Seite angeschlagen war. Die gesamte Wand öffnete sich so wie die Tür eines Banktresors. An der rechten Seite waren drei schwere Vorhängeschlösser befestigt – zweifellos vor allem um des visuellen Eindrucks wegen –, und genau in der Mitte der Front befand sich eine Wählscheibe. Daneben stand ein mit einem eigenen Vorhängeschloss gesicherter Metallkäfig mit einer Konsole voller Messgeräte und Regler zur Überwachung der Temperatur im Tresor.

Einer von Contis Technikern, ein junger Bursche namens Hulce, näherte sich mit knirschenden schweren Schritten aus dem Gewirr von Schuppen und Außengebäuden. Er kontrollierte die Taschen sämtlicher Wissenschaftler und fand bei Faraday eine Digitalkamera.

»Die hat er immer dabei«, sagte Sully. »Manchmal denken wir, sie wurde ihm schon bei der Geburt chirurgisch implantiert.«

Hulce beschlagnahmte die Kamera und nickte Conti zu.

»Bitte drehen Sie sich um«, forderte der Produzent die Wissenschaftler auf.

Marshall tat es. Er hörte, wie die Nummernscheibe des Tresorschlosses gedreht wurde und wie ein schweres Schloss zurückschnappte. Drei deutliche Klicks verrieten ihm, dass auch die Vorhängeschlösser geöffnet wurden. »Sie dürfen sich wieder umdrehen«, sagte Conti schließlich.

Marshall drehte sich um und sah, wie Hulce die vordere Seite des Tresors aufzog. Ein Schaft aus brillantgelbem Licht flutete aus dem größer werdenden Spalt. Conti bedeutete den Wissenschaftlern einzutreten.

Marshall folgte Sully, Faraday und Barbour die Stufen hinauf und ins Innere des Tresors. Conti bildete mit dem Techniker den Schluss. Der zog die Tür hinter sich zu. Es gab hier drin nur wenig Platz zum Stehen: Der Eisblock nahm fast den gesamten Raum des Tresors ein. Die einzigen anderen Dinge im Tresor waren eine Batterie schmerzhaft greller Scheinwerfer in der Decke sowie ein tragbarer Heizstrahler an der Rückwand, der mit ziemlicher Sicherheit eingeschaltet werden würde, sobald die Zeit gekommen war, den Kadaver aufzutauen und ihn der Welt zu präsentieren.

Der Fußboden fühlte sich zu nachgiebig an, um aus Stahl zu sein. Marshall sah nach unten und bemerkte überrascht, dass der Boden, abgesehen von den beiden stählernen Doppel-T-Trägern, die in einem Abstand von etwa anderthalb Metern parallel verliefen, aus Holz bestand – Holz, das silbern angemalt worden war, damit es aussah wie Metall. Es war übersät von winzigen Bohrlöchern, die zweifellos bei der Drainage des Schmelzwassers helfen sollten, sobald der automatische Auftauprozess seinen Lauf nahm. Marshall schüttelte den Kopf. Noch so ein Hollywood-Kunstgriff, genau wie die unnötigen Vorhängeschlösser: Die Kameras wurden zu keiner Zeit auf den Boden gerichtet, also war es überflüssig, den Boden mit Stahl zu bedecken; es hätte nur überflüssige Kosten verursacht.

Conti nickte dem Techniker zu. Hulce zog die Plane vom Eisblock und ließ sie auf der Rückseite zu Boden gleiten. Als Marshall den Eisblock sah, verschlug es ihm fast den Atem.

»Jesses!«, murmelte er mit bebender Stimme.

Die Seiten des Blocks waren rau und milchig wie zuvor. Die Vorderseite hingegen war während des Transportes – wohl durch Einwirkung der Plane – spiegelblank poliert. Es war die Seite mit den riesigen, gelb-schwarzen Augen, die voll unversöhnlichen Hasses nach draußen starrten. Doch das war es nicht, was ihm einen so heftigen Schock versetzte.

Als Kind war er von einem wiederkehrenden Albtraum verfolgt worden. In diesem Traum wachte er zu Hause in seinem Bett auf. Er war allein: Seine Eltern, seine ältere Schwester, alle waren auf unerklärliche Weise verschwunden. Es war tief in der Nacht, der Strom war ausgefallen, und alle Fenster standen sperrangelweit offen. Das Haus war voller Nebel. Er schlug die Decke zurück und stand auf, immer und immer wieder, auch dann noch, als er es längst besser wusste. Alles an diesem Traum war schmerzhaft, unvergesslich real: der kalte Nebel auf seinem Gesicht, der harte kalte Holzboden unter seinen Füßen. Er trat aus seinem Zimmer in den Gang hinaus und stieg die Treppe hinunter. Der Absatz war voll dichter grauer Schwaden. Auf halbem Weg hielt er inne. Ein furchterregendes Ungeheuer kam die Treppe herauf und direkt auf ihn zu. Gewaltig, katzenhaft, mit brennenden Augen, scharfen Fängen und massiven Krallen. Er stand wie angewurzelt da, erfüllt von nacktem Entsetzen. Langsam, ganz langsam tauchte mehr von der Kreatur aus den Nebelschwaden auf: eine glatte, fettige Mähne, Schultern, unter denen sich die Muskeln abzeichneten. Die Kreatur starrte ihn unverwandt an, während sie näher und näher kam, und ein Laut kam tief aus ihrer Brust, ein Geräusch, das er mehr spürte als hörte: ein unbeschreibliches urtümliches Grollen aus Hass, Hunger, *Verlangen* … das war der Moment, in dem die Lähmung abrupt endete und er sich umwandte und rannte, schreiend, die Treppe hinauf und zurück in sein Zimmer, die Treppe schwankte unter dem Gewicht der nachsetzenden Bestie, unter der Wucht ihrer Sprünge, während die Kreatur näher und immer näher kam und er den Gestank ihres heißen Atems in seinem Nacken spürte …

Marshall schüttelte den Kopf und fuhr sich mit der Hand durch das Gesicht. Trotz der arktischen Kälte im Tresor spürte er, wie Hitze seine Gliedmaßen durchflutete.

Das tote Ding im Eis war von Größe und Gestalt her exakt die Kreatur aus seinem Albtraum. Das trübe Eis erinnerte ihn an den Nebel in seinem Traum. Er schluckte mühsam, während er das Gebilde aus aufgerissenen Augen anstarrte. Nur die obere Hälfte des Kopfes und die Vorderseite des Tieres waren zu sehen inmitten eines aufgewirbelten Sturms aus gefrorenem Schlamm, doch es war genug, um ihn augenblicklich zu überzeugen, dass dies hier kein Säbelzahntiger war.

Er drehte sich zu den anderen um. Sie alle starrten in das Eis, und auf ihren Gesichtern zeigten sich Schock, Unglaube und – im Fall von Hulce, dem Techniker – etwas, das nackter Angst am nächsten kam. Selbst Conti schien es die Sprache verschlagen zu haben. Er schüttelte wortlos den Kopf.

»Wir brauchen eine kürzere Brennweite«, murmelte er.

»Das ist ein unangenehmes Biest, keine Frage«, sagte Penny Barbour.

»Aber was *ist* es?«, fragte Sully.

»Ich kann Ihnen sagen, was es nicht ist«, meldete sich Faraday zu Wort. »Es ist kein Smilodon. Und es ist kein Mammut.«

Marshall bemühte sich, seine Kindheitserinnerungen zu verdrängen. Er nahm das, was von dem Kadaver zu sehen war, so klinisch distanziert wie möglich in Augenschein. »Das sind Haare auf den Vorderläufen«, sagte er. »*Haare.* Und die Vorderläufe sind viel zu muskulös. Die Krallen sind außerdem zu lang.«

»Zu lang wofür?«, fragte Conti.

»Für alles.« Marshall zuckte die Schultern. Die vorgetäuschte wissenschaftliche Unvoreingenommenheit fiel von ihm ab, und er wechselte bestürzte Blicke mit seinen Kollegen. Er fragte sich, ob sie das Gleiche dachten wie er. Auch wenn nur sehr wenig von der Kreatur zu sehen war – das wenige war *absolut nichts* auf der Welt ähnlich. Weder Vergangenem noch Gegenwärtigem.

Für einen langen Moment sagte niemand ein Wort. Schließlich durchbrach Sully die Stille. »Was sagen Sie da?«, fragte er. »Dass wir hier eine unbekannte Lebensform vor uns haben, die in den Fossilienkatalogen nicht existiert?«

»Vielleicht. Aber was immer das für eine Lebensform sein mag, sie ist meiner Meinung nach von allergrößter Bedeutung *für* die Fossilienkataloge«, sagte Faraday.

Marshall runzelte die Stirn. »Was meinen Sie?«

»Ich meine die Theorie evolutionärer Turbulenzen.« Faraday räusperte sich und fuhr fort: »Das ist ein Phänomen, das hin und wieder in der Biologie auftritt. Nach dieser Theorie erscheint immer dann eine neue Kreatur auf der Bildfläche, wenn Populationen zu groß werden, als dass die Ökosphäre sie tragen könnte, oder wenn eine Spezies sich zu gut anpasst und den evolutionären Druck nicht mehr spürt. Diese Kreatur drängt die Auswüchse zurück und erzwingt Veränderungen. Neue Anpassung.«

»Eine Tötungsmaschine«, sagte Penny Barbour mit einem schnellen Blick auf den Eisblock.

»Ganz genau. Und wenn die Tötungsmaschine zu effektiv ist, entvölkert sie die Umwelt, beraubt sich ihrer Nahrungsquelle und wendet sich damit ultimativ gegen die eigene Art.«

»Sie reden vom Callisto-Effekt«, stellte Marshall fest. »Der alternativen Theorie zur Frage, was den Untergang der Dinosaurier bewirkt hat.«

Faraday nickte, und seine Brillengläser blitzten im grellen Scheinwerferlicht.

»Es war die Theorie, die Frock vom New York Museum of Natural History verfochten hat«, sagte Marshall. »Aber seit seinem Verschwinden gibt es niemanden mehr, der diese Theorie verteidigt.«

»Vielleicht ist Wright der neue Champion?«, sagte Penny Barbour mit grimmigem Lächeln.

»Diese Theorie klingt jedenfalls höchst zweifelhaft in meinen Ohren«, bemerkte Sully. »Wie dem auch sein mag, selbst wenn Sie recht hätten, Wright – dieser Kadaver hier ist schon lange keine Bedrohung mehr für irgendjemanden. Und ganz bestimmt nicht für eine ganze Spezies.«

Conti rührte sich wieder. Der Schock war größtenteils von ihm abgefallen, und sein distanzierter, geringschätziger Gesichtsausdruck war zurückgekehrt. »Ich weiß überhaupt nicht, worüber Sie sich alle so aufregen«, sagte er. »Das Einzige, was man sehen kann, sind der Kopf und die Schultern – und eine einzelne Pfote.«

*»Ecce signum«*, entgegnete Marshall und zeigte mit dem Daumen auf das Eis.

»Nun, wir werden es früh genug herausfinden, nicht wahr?«, entgegnete Conti. »Für den Augenblick bleibt es nur ein Tiger. Davon abgesehen sind Ihre fünf Minuten vorbei.« Er drehte sich zu dem Techniker um. »Mr. Hulce, geben Sie Dr. Faraday seine Kamera zurück. Dann decken Sie das hier wieder zu und sorgen dafür, dass alles sicher verschlossen ist. Ich begleite unsere Freunde hier zurück ins Quartier.«

# 13

Marshall wurde von einem Klopfen an der Tür des kleinen Abteils – ehemals das Quartier eines Warrant Officer – geweckt, das ihm als Schlafstatt diente. Er rollte sich desorientiert herum, hin und her, und fiel prompt aus seiner Koje.

»Was denn?«, krächzte er.

»Ziehen Sie sich an, Süßer«, ertönte die Stimme von Penny Barbour. »Und beeilen Sie sich – das wollen Sie bestimmt nicht verpassen.«

Marshall setzte sich auf, rieb sich die Augen und warf einen müden Blick auf seine Uhr. Beinahe sechs. Wie üblich hatte er eine ruhelose Nacht verbracht und war erst vor zwei Stunden eingeschlafen. Er erhob sich, zog sich hastig an und trat hinaus auf den Gang. Barbour wartete ungeduldig auf ihn. »Los, kommen Sie«, sagte sie.

»Was ist denn?«

»Das müssen Sie sich selbst ansehen.« Sie führte ihn durch hallende Korridore die zentrale Treppe hinauf zum Eingang. In der Wetterkammer zogen sie ihre Schutzkleidung an – Marshall bemerkte, dass die Temperatur deutlich gestiegen war, seit er sich schlafen gelegt hatte –, durchquerten den Bereitschaftsraum und traten nach draußen.

Er blieb stehen und blinzelte müde in die Dunkelheit. Trotz der frühen Tageszeit waren die Arbeiten bereits in vollem Gange: Er hörte Hämmern, Rufe, das Surren eines Akkubohrers. Und es war noch ein anderes Geräusch im Hintergrund zu hören: vertraut und doch schwer zu fassen. Barbour führte ihn durch das Gewirr von Außengebäuden und blieb nicht weit vom Tresor stehen, wo sich bereits eine kleine Menge Schaulustiger eingefunden hatte. Mit schwachem Grinsen zeigte sie durch die Einzäunung nach draußen.

Marshall starrte in die Dunkelheit. Zuerst sah er nichts. Dann bemerkte er in der Ferne zwei Stecknadelköpfe aus Licht. Während er noch hinsah, wurden sie größer: wütend erscheinende gelbe Punkte, die ihn ungemütlich an die Augen erinnerten, die ihn aus dem Eis heraus angestarrt hatten. Sie kamen näher und näher, und ringsumher sah er plötzlich weitere, kleinere Lichter aufflammen. Das Hintergrundgeräusch, das ihm aufgefallen war, wurde ebenfalls lauter. Und jetzt erkannte er es auch: Es war ein Dieselmotor, und ein großer obendrein.

»Was zum *Teufel* …?«, begann er.

Ein riesiger Neunachser näherte sich durch den Schnee der Basis. Er wurde größer und größer, bis er schließlich jenseits der Einzäunung in einem Meer aus Scheinwerferlicht mit im Leerlauf drehendem Motor hielt. Die Reifen waren überzogen mit schweren Ketten, und die Führerkabine war dick vereist, genau wie die Windschutzscheibe, die Scheinwerfer und der mit einer Plane geschützte Kühlergrill, der hinter einer dicht gepackten Schicht aus Schnee und Eis nahezu unsichtbar war.

Barbour stieß Marshall einen Ellbogen in die Rippen und kicherte. »Ein Sattelzug. Das ist etwas, das man in der Zone nicht jeden Tag zu Gesicht bekommt.«

Marshall starrte voll Verwunderung auf das Monstrum. »Wie ist er hierhergekommen?«, fragte er. »Wir sind zweihundertfünfzig Kilometer von der nächsten Straße entfernt.«

»Er hat sich seine eigene Straße gemacht«, antwortete Penny Barbour.

Marshall sah sie fragend an.

»Ich habe die gleiche Frage gestellt. Diese Typen da drüben – die mir erzählt haben, dass er kommt – haben mich aufgeklärt.« Sie zeigte auf eine Gruppe von Zuschauern. »Wie es scheint, ist der Fahrer einer von den sogenannten Ice Road Truckern. Typen wie er fahren die nur in den kältesten Monaten existierende ›Winter Road‹, eine schnurgerade Linie über Tundra und gefrorene Seen hinweg. Auf diesem Eis-Highway werden Waren und Ausrüstung zu den abgelegenen Camps und Gemeinden geschafft, die keine ständige Verbindung mit der Außenwelt haben.«

»Über *gefrorene Seen?*«

»Kein Job für Angsthasen und Verzagte, wie?«

»Ich will verdammt sein«, sagte Marshall. Es schien so ungeheuer unpassend – ein schwerer Sattelzug *hier*, mitten in der Federal Wilderness Zone – er konnte es kaum glauben.

»Normalerweise verkehren sie zwischen Yellowknife und Port Radium«, fuhr Barbour fort. »Das hier war ein spezieller Trip.«

»Warum? Was ist so wichtig, dass man es nicht mit einem Flugzeug herbringen konnte?«

»Das.« Und Barbour deutete auf den Aufleger hinter der Zugmaschine.

Marshall hatte seine Aufmerksamkeit bis zu diesem Moment auf die Kabine der Zugmaschine konzentriert. Doch jetzt, als er zum Aufleger dahinter blickte, stellte er fest, dass dort nicht der übliche sperrige Container stand, sondern etwas, das aussah wie ein Airstream-Wohnwagen – nur viel größer. Die Sonne stieg jetzt über den Horizont, und der Trailer glänzte wie neu im rötlichen Licht. Er erinnerte ihn auf perverse Weise an die U-Boote, die er in der Themse sah, wenn er auf dem Weg zum Haus seiner Eltern in Danburry durch New London fuhr. Die glatten metallenen Flanken gingen in ein gerundetes Dach über, auf dem wiederum ein kleiner Wald von Antennen und Satellitenschüsseln stand. Die großen Fenster waren verhängt mit kostspielig aussehenden, sorgfältig zugezogenen Übergardinen. Auf halber Höhe ragte ein kleiner Balkon mit Deckstühlen aus der Rückwand, ein vollkommen bizarrer Anblick in dieser eisigen Umgebung.

Der Motor der Zugmaschine brüllte erneut auf und der Lastzug setzte sich mit rasselnden Ketten in Bewegung. Zwei kräftige Arbeiter in Lederjacken lösten sich aus der Gruppe von Zuschauern, trotteten zum Sicherheitstor und zogen die Torflügel auf. Der Sattelschlepper hielt an, legte den Rückwärtsgang ein und begann unter ohrenzerfetzendem Piepen des automatischen Warnsystems damit, seine Fracht in die Basis zu manövrieren. Eingewiesen von den beiden Arbeitern, kroch er rückwärts, bis der Trailer weit im Innern der Einzäunung stand. Dann sank die Drehzahl des Diesels; der Fahrer legte die Motorbremse ein und schaltete den Motor ab. Unter dem lauten Zischen der Luftbremsen erschauerte der Sattelschlepper ein letztes Mal, dann kehrte Stille ein. Die Fahrertür der Kabine öffnete sich, und der Ice Road Trucker – ein junger, schlaksiger Mann, tief gebräunt und nur bekleidet mit einem grellbunten Hawaiihemd – sprang heraus und machte sich daran, den Aufleger abzukuppeln. Dann öffnete sich die Beifahrertür, und ein weiterer Mann stieg aus. Er bewegte sich bedächtiger als der Trucker. Er war groß gewachsen, schätzungsweise fünfundvierzig Jahre alt, hatte blondes Haar und einen sorgfältig gestutzten Bart. Er sprang unübersehbar erleichtert auf den Permafrost hinunter, zog einen großen Seesack und einen Laptop aus der Kabine, warf sich den Seesack über die Schulter und marschierte mit steifen Schritten in Richtung Haupteingang davon. Im Vorbeigehen nickte er Marshall und Barbour zu.

»Ein wenig grün im Gesicht, der Bursche, wenn Sie mich fragen«, sagte Barbour kichernd.

Ein weiterer Arbeiter tauchte auf und spulte dicke orangefarbene Stromkabel von einer großen Rolle. Er befestigte die Anschlüsse an einem Paneel in der Seite des Trailers.

Marshall nickte in Richtung des silbernen Monstrums. »Was glauben Sie, wofür das ist?«, fragte er.

»Für Ihre Hoheit«, antwortete Barbour.

»Wen?«

Noch während Marshall sprach, hörte er ein neues Geräusch: das Brummen eines sich nähernden Helikopters. Als es lauter wurde, bemerkte er, dass es nicht das hohle, dünne Dröhnen der Lasthubschrauber war, die in den vergangenen Tagen Material herbeigebracht hatten. Dieses Dröhnen war dunkler, kräftiger, sanfter.

Dann kam der Hubschrauber in Sicht, flog in geringer Höhe vor dem heller werdenden Horizont, und Marshall begriff die Ursache für das andere Geräusch. Dieser Hubschrauber war kein gewöhnlicher Klapperkasten – es war ein Sikorsky S-76C++, das Luxuriöseste, was es an Helikoptern gab. Und er wusste augenblicklich, wer »Ihre Hoheit« sein musste.

Der Sikorsky näherte sich mit hoher Geschwindigkeit. Er schwebte für einen Moment über der Basis, dann sank er, eisige Wolken von Schnee und Eis aufwirbelnd, gefährlich nah beim Sicherheitstor auf den Permafrost hinunter. Hastig zogen sich die Zuschauer in sichere Entfernung zurück, bedeckten schützend ihre Gesichter mit den Händen oder suchten den Windschatten der nahe gelegenen Gebäude. Der Helikopter setzte auf und das Heulen der Turbinen ließ ein wenig nach. Der Eissturm wurde schwächer, und eine Luke öffnete sich im Bauch der Maschine. Darin erschien eine gertenschlanke Frau in einem Burberry-Trenchcoat. Sie stieg die Gangway hinunter, hielt kurz inne und warf mit undurchdringlicher Miene einen Blick auf die umstehenden Gebäude. Dann spannte sie einen Regenschirm auf, der vom Luftdruck der Rotoren umzuklappen drohte, und stieg die Gangway wieder hinauf. Eine zweite Gestalt in einem luxuriösen Hermelin erschien, und beide stiegen die Treppe hinunter. Marshall reckte den Hals, um einen Blick auf das Gesicht der Frau im Hermelin zu erhaschen, doch die Frau im Trenchcoat schirmte sie so geschickt vor dem Luftzug der Rotorblätter ab, dass es unmöglich war, irgendetwas zu sehen außer dem Saum des Pelzmantels, sehr ansehnlichen Beinen und glänzenden schwarzen Pumps, die elegant über den Permafrost stöckelten.

Inzwischen fuhr die Gangway wieder ins Innere des Sikorsky zurück, und die Luke schloss sich. Die Turbinen heulten lauter, und der Hubschrauber erhob sich unter lautem Rotorschlagen vom Boden. Während er höher und höher stieg und rasch an Geschwindigkeit gewann, rümpfte Barbour die Nase.

Marshall bemerkte plötzlich, dass Kari Ekberg ebenfalls unter den Zuschauern stand und die Ankunft verfolgt hatte. Jetzt trat sie vor, um die Neuankömmlinge in Empfang zu nehmen. »Miss Davis«, hörte Marshall sie sagen. »Ich bin Kari Ekberg, Field Producer dieser Produktion. Wir haben in New York miteinander gesprochen. Ich möchte nur sagen, dass ich mit dem größten Vergnügen alles in meiner Macht Stehende tun werde, um Ihren Aufenthalt …«

Doch wenn eine der beiden Frauen – die dünne im Trenchcoat oder die im Hermelin – Kari Ekbergs Worte gehört hatte, so ließ sie sich nichts anmerken. Stattdessen rauschten sie an Ekberg vorbei, stiegen die Stufen zur Tür des glänzenden Trailers hinauf, schlüpften hinein und warfen die Tür hinter sich ins Schloss.

# 14

Den ganzen Tag über wurde es beständig wärmer. Erst waren es minus zehn, dann nur noch minus fünf Grad Celsius, und Conti hetzte seine Filmcrew durch die schneebedeckte Landschaft, für den Fall, dass es anfing zu tauen. Es herrschte strahlender Sonnenschein, und als dick isolierte Parkas gegen Wollpullover und Daunenjacken getauscht wurden, besserte sich die Stimmung des Filmteams merklich. Aus Richtung des Mount Fear erklangen wieder die laut knallenden Geräusche, die anzeigten, dass die Gletscherfront kalbte. Gonzalez ließ seine Soldaten einen der Generatoren zerlegen, weil die Lager unter der hohen Last festgelaufen waren. Nach dem Essen wurden die meisten der einheimischen Arbeiter in zwei Frachthelikoptern zurück nach Anchorage gebracht. Sie wurden erst wieder gebraucht, wenn die Dreharbeiten abgeschlossen waren. Lediglich Creel, der massige Vorarbeiter, der aussah, als würde er zum Frühstück Stahlbolzen verspeisen, blieb auf der Basis. Gegen drei Uhr nachmittags trat Ashleigh Davis aus ihrem Monster-Wohnwagen, warf einen herablassenden Blick auf die Anlage mit all den Schuppen und provisorischen Aufbauten und betrat dann in Begleitung ihrer persönlichen Assistentin mit dem Trenchcoat die eigentliche Basis, allem Anschein nach, um sich von Conti instruieren zu lassen.

Nach dem Essen kehrte Marshall zurück in sein Labor, wo er den ganzen Tag über arbeitete und niemanden sah oder hörte. Weil der größte Teil der Filmcrew draußen war und alles für die Sendung am nächsten Tag vorbereitete, war es in der Basis relativ ruhig, und nichts lenkte ihn ab.

Er saß über einen Untersuchungstisch gebeugt und war so in seine Arbeit vertieft, dass er nicht einmal hörte, wie die Labortür leise geöffnet wurde. Er merkte erst, dass er Gesellschaft hatte, als eine leise Frauenstimme hinter ihm intonierte:

*»›Und tanzten leise vom Firmament,*
*schwebend in rotem Dunst.*
*Und hüpften flink auf silbernen Tatzen,*
*durchbohrend mit blendendem Schein.*

*Sie tanzten einen Kotillon am Himmel,*
*rosa und silbern beschuht.*
*War nicht gedacht für Menschenaugen,*
*sondern für die Augen von Gott.‹«*

Er richtete sich auf und drehte sich um. Hinter ihm stand Kari Ekberg an einen Tisch gelehnt, gekleidet in Jeans und einen weißen Rollkragenpullover. Um ihre Mundwinkel spielte ein Lächeln. Er vollendete die Strophe:

*»›Und wanden sich wie eine Schlangenbrut,*
*zischend und schwefelbleich,*
*verwandelten sich in einen Drachen groß,*
*der ausschlug mit gespaltenem Schweif.‹«*

»Sind wieder alle draußen?«, fragte er.

»Und wie.«

»Wissen Sie, seit ich hergekommen bin und dieses Polarlicht zum ersten Mal gesehen habe, warte ich darauf, dass jemand Robert W. Service zitiert. Ich hätte nicht geglaubt, dass es von Ihnen kommt.«

»Ich liebe seine Werke, seit mein älterer Bruder mich zu Tode erschreckt hat, indem er in einem kleinen Zelt im Schein seiner Taschenlampe laut *Die Einäscherung des Sam McGee* vorgelesen hat.«

»Schätze, meine Geschichte klingt mehr oder weniger genauso.« Er warf einen Blick auf seine Uhr. »Meine Güte, schon zehn.« Er streckte sich, dann sah er sie an. »Ich hätte erwartet, dass Sie voller Stress hin und her rennen und Änderungen in letzter Minute durchführen?«

Sie schüttelte den Kopf. »Ich bin Field Producer, schon vergessen? Ich mache die Vorarbeiten. Ich sorge quasi dafür, dass jeder seine Tanzschritte kennt. Sobald die Prominenz eintrudelt, lehne ich mich mehr oder weniger zurück und beobachte das Geschehen nur noch.«

*Die Prominenz*, dachte Marshall und rief sich die »Nicht-Begegnung« zwischen Ekberg und Ashleigh Davis ins Gedächtnis, die er an jenem Morgen miterlebt hatte.

»Und Sie?«, fragte sie. »Ich hab Sie den ganzen Tag lang nicht gesehen. Welche großartigen Entdeckungen haben Sie heute gemacht?«

»Wir Paläoökologen sind nicht auf großartige Entdeckungen aus. Wir versuchen lediglich, Fragen zu beantworten. Licht auf die dunklen Stellen zu werfen.«

»Und warum arbeiten Sie dann so lange? Es ist ja schließlich nicht so, als würde all das hier weglaufen, oder?« Sie winkte in die Richtung, in der sie den Gletscher vermutete.

»Ehrlich gesagt, es läuft sogar sehr viel schneller weg, als wir alle es bisher für möglich gehalten hätten.« Er wandte sich seinem Arbeitsplatz zu und nahm eine kleine gelbe Blume zur Hand. »Das hier habe ich heute Morgen unmittelbar hinter dem Zaun gefunden. Es lugte durch den Schnee. Vor zehn Jahren lag die nördliche Verbreitungsgrenze dieser Pflanze noch hundertfünfzig Kilometer weiter südlich. So sehr hat die globale Erwärmung die Dinge in nur einer einzigen Dekade verändert.«

»Aber ich dachte, die globale Erwärmung wäre nützlich für Ihre Arbeit?«

»Die Gletscherschmelze hilft mir, mehr Proben in kürzerer Zeit zu sammeln, zugegeben. Eine zurückweichende Gletscherfront ermöglicht mir bequemen Zugriff auf alles Mögliche – Pollen, Insekten, Samen von Nadelhölzern, selbst Luftblasen, die Rückschlüsse auf die Menge an Kohlendioxid in der damaligen Luft gestatten. Es ist überhaupt nicht zu vergleichen mit den mühseligen Kernbohrungen oben auf dem Eis. Aber das bedeutet noch lange nicht, dass ich erfreut wäre über die globale Erwärmung. Wissenschaft sollte immer objektiv sein.«

Sie sah ihn an. Ihr ironisches Grinsen vertiefte sich. »Und das ist es, was Sie sind? Objektiv?«

Er zögerte. »Wenn Sie die Wahrheit wissen wollen – nein«, seufzte er schließlich. »Die globale Erwärmung macht mir eine höllische Angst. Ich bin kein Aktivist – es ist nur so, dass ich die Konsequenzen besser verstehe als die meisten anderen. Wir verlieren schon jetzt immer mehr die Kontrolle über die Situation. Die Erde ist bemerkenswert widerstandsfähig und kann vieles selbst reparieren. Doch dieser Erwärmungstrend nimmt in zu raschem Maße zu, und schon jetzt sind Hunderte von Kettenreaktionen im Gange …«

Er unterbrach sich und lachte leise. »Ich sollte mich wirklich neutral zu diesem Thema äußern. Wenn Sully mich so reden hörte, würde mich das den Kopf kosten …«

»Keine Sorge, ich verrate nichts. Ich weiß es zu schätzen, dass Sie offen zu mir sind.«

Er zuckte die Schultern. »Offen gestanden finde ich das alles ziemlich ironisch. Kurzfristig profitiere ich beträchtlich von der Gletscherschmelze. Doch wenn der Gletscher erst verschwunden ist, sind auch alle Spuren vernichtet, die ich für meine Forschung benötige. Alles wird ins Meer gespült. Das hier ist meine eine, einzige und beste Chance, den Gletscher zu studieren und Proben zu sammeln.«

»Deswegen arbeiten Sie also bis spät in die Nacht. Tut mir leid, wenn ich hineingeplatzt bin und gestört habe.«

»Machen Sie Witze? Ich bin dankbar für Ihren Besuch. Abgesehen davon bin ich nicht der Einzige, der eine Menge zu tun hat. Sehen Sie sich an: Sie stellen jede Menge Fragen, machen die Laufarbeit, lassen den Star der Sendung gut aussehen – einen Star, der nebenbei bemerkt Ihre ganze harte Arbeit nicht besonders zu schätzen weiß.«

Sie verzog das Gesicht, doch sie ließ sich nicht auf den Themawechsel ein. »Wir Field Producer haben unser Kreuz zu tragen, genau wie Sie.« Sie blickte sich um. »Sie spielen?« Sie nickte in Richtung eines an der Wand lehnenden MIDI-Keyboards.

Marshall nickte. »Hauptsächlich Blues und Jazz.«

»Sind Sie gut?«

Er lachte. »Gut genug, schätze ich. Ich könnte vielleicht nicht davon leben, aber daheim in Woburn spiele ich in der Hausband eines Clubs. Am meisten Spaß macht mir das Spielen mit Synthesizern. Heutzutage macht es kaum noch jemand – die Klänge sind allesamt vorgefertigt, man wählt aus einem Menü im Computer nur noch die Wellenform aus und fertig. Aber als Jugendlicher habe ich das Spielen mit Oszillatoren und Filtern wirklich geliebt. Ich habe sogar meine eigenen gebaut.«

»Irgendwann müssen Sie uns etwas vorspielen.« Sie erhob sich. »Schätze, ich gehe besser wieder raus. Ich hab vorhin ein Segment über die Nordlichter vorbereitet. Ich schätze, Emilio ist draußen und filmt wie besessen.«

Marshall erhob sich. »Ich komme mit, wenn Sie nichts dagegen haben.«

Das Thermometer oben in der Wetterkammer zeigte zwei Grad unter null. Marshall schlüpfte in den leichteren seiner Parkas, dann führte er Kari Ekberg durch den Bereitschaftsraum nach draußen und in eine Szenerie, die wirkte wie ein kontrollierter Weltuntergang. Trotz der späten Stunde wimmelte es auf dem Vorplatz von Filmleuten, die im grellen Licht zahlreicher Scheinwerfer arbeiteten. Helfer rückten Kamerastative in Position, schoben große Gerüste rings um den Kältetresor und bereiteten alles für die Aufnahmen des nächsten Tages vor. Nicht weit von Ashleighs riesigem Mobile Home stellte ein Beleuchtungsassistent einen Flutlichtstrahler auf, um die Ausleuchtung des bevorstehenden Drehs zu verbessern. Der Tontechniker unterhielt sich lebhaft mit Fortnum, dem Kameramann. Wolff, der Verbindungsmann des Senders, stand mit den Händen in den Taschen wie ein Gespenst im Schatten des Sno-Cat und verfolgte schweigsam das Geschehen. Ein Dutzend andere Filmleute hing in kleinen Gruppen herum und starrten hinauf in den Nachthimmel.

Marshall folgte ihrem Blick nach oben. Was er dort sah, raubte ihm den Atem. Er hatte angenommen, dass die Helligkeit ringsum durch und durch künstlich war – stattdessen stammte sie jedoch von der spektakulärsten, bizarrsten *Aurora borealis*, die er je gesehen hatte. Der gesamte Himmel loderte in Schichten von wogendem Licht. Es schien beinahe greifbar, fast materiell – ein quecksilbriges Leuchten, das sich über das Firmament wand und schlängelte. Es hing so tief über seinem Kopf, dass Marshall den verrückten Impuls verspürte, sich zu ducken. Die Farbe war schwer zu beschreiben: ein unglaublich sattes, dunkles Purpur mit einem bedrückenden, schwach radioaktiven Leuchten.

»Gütiger Gott«, murmelte er.

Kari Ekberg sah ihn an. »Ich hätte gedacht, dass Sie diesen Anblick inzwischen satthaben«, sagte sie.

»Das sind keine gewöhnlichen Nordlichter. Normalerweise sieht man eine Reihe sich bewegender farbiger Bänder, doch heute Nacht gibt es nur ein einziges. Sehen Sie nur, wie intensiv es leuchtet!«

»Ja. Wie Wein, nicht wahr? Oder vielleicht Blut. Es ist unheimlich.« Sie beobachtete ihn. Ihr Gesicht leuchtete im reflektierten Schein von oben. »Und Sie haben diese Art von Nordlicht noch nie zuvor gesehen?«

»Nur ein einziges Mal – am Abend, bevor wir den Tiger entdeckt haben.« Er zögerte. »Aber heute Nacht ist der Effekt sicher doppelt so intensiv. Und das Licht hängt so tief am Himmel, dass man glaubt, man könnte es berühren.«

»Bilde ich mir das ein, oder macht es Geräusche?« Kari Ekberg hatte den Kopf zur Seite geneigt, als würde sie lauschen. Marshall tat es ihr gleich. Es war unmöglich, das wusste er – und doch meinte er, über den Lärm der Arbeiten und das Brummen der Generatoren hinweg etwas zu hören. In einer Minute grollte es wie ferner Donner, im nächsten stöhnte es wie eine Frau voller Schmerz, und stets genau im Takt zum An- und Abschwellen der Lichter. Die Worte des alten Schamanen fielen ihm ein: *Und jetzt sind die Alten wütend, wütender als jemals zuvor in der Erinnerung meines Volkes. Ihr Zorn malt den Himmel blutig rot. Der Himmel schreit vor Schmerz wie eine Frau in den Wehen …*

Marshall schüttelte den Kopf. Er hatte Geschichten gehört von stöhnenden und weinenden Nordlichtern, doch er hatte sie stets in das Reich der Fabeln verwiesen. Vielleicht lag es daran, dass das Nordlicht diesmal sehr viel tiefer hing – jedenfalls gab es definitiv ein damit zusammenhängendes akustisches Phänomen. Er wollte schon zurück in die Basis und seine Kollegen rufen, als er Faraday bemerkte. Der Biologe stand zwischen zwei provisorischen Schuppen, in der einen Hand ein Magnetometer, in der anderen seine Digitalkamera, beides nach oben gerichtet. Er hatte das Phänomen also ebenfalls bemerkt.

Aus den Augenwinkeln sah Marshall eine Bewegung. Der Ice Road Trucker und sein Beifahrer kamen auf ihn zu. Trotz der Kälte trug der Trucker immer noch nur sein buntes Hawaiihemd. »Höllischer Anblick, wie?«, sagte er.

Marshall nickte nur.

»Ich hab ja schon eine ganze Menge Nordlichter gesehen«, fuhr der Trucker fort. »Aber das hier schlägt alles.«

»Die Inuit glauben, dass es die Geister der Toten sind«, erwiderte Marshall.

»Stimmt«, sagte der Beifahrer. »Und zwar keine besonders freundlich gesinnten Geister. Sie benutzen den Himmel, um mit menschlichen Schädeln Fußball zu spielen. Es heißt, wenn man laut pfeift, während die Nordlichter tanzen, kommen die Geister herunter und reißen einem ebenfalls den Schädel ab.«

Kari Ekberg erschauerte. »Dann bitte ich darum, dass niemand pfeift. Ich hänge sozusagen an meinem Kopf.«

Marshall musterte die Neuankömmlinge neugierig. »Tatsächlich? Das wusste ich nicht.«

»Ich auch nicht, bis zu meinem Aufenthalt in Yellowknife.« Er nickte in Richtung des Truckers. »Der nette Bursche hier hat mich freundlicherweise von dort aus mitgenommen.«

Marshall lachte. »Sie wirkten ziemlich erleichtert, als Sie ausstiegen«, sagte er.

Der bärtige Mann lächelte dünn. Die Fahrt musste furchteinflößend gewesen sein. »Es schien mir zum damaligen Zeitpunkt eine gute Idee zu sein.« Er streckte die Hand aus. »Mein Name ist Logan.«

Der Trucker folgte seinem Beispiel. »Und ich heiße Carradine.«

Marshall stellte Kari Ekberg und sich selbst vor. »Mein Gefühl sagt mir, dass Sie nicht aus der Gegend hier kommen«, sagte er zu Carradine.

»Ihr Gefühl ist goldrichtig«, antwortete der Trucker. »Vero Beach, Florida. Die Bezahlung hier oben ist großartig, aber sonst hat Alaska reichlich von allem zu bieten, was ich absolut nicht brauche.«

»Und ist das, was Sie nicht brauchen, etwas, worüber Sie sprechen können?«, fragte Kari Ekberg.

»Schnee. Eis. Männer. Insbesondere Männer in roten Flanellhemden.«

»Männer«, wiederholte Ekberg.

»Jepp. Männer. Gibt viel zu viele davon hier oben. Das Verhältnis von Männern zu Frauen ist zehn zu eins. Es heißt, wenn eine Frau interessiert ist, hat sie große Chancen. Große Chancen auf eine Niete.«

Sie lachten.

»Ich muss zurück in die Basis«, sagte Logan. »Scheint, mein Empfehlungsschreiben ist nicht rechtzeitig eingetroffen, und der gute Sergeant Gonzalez verlangt eine Erklärung für mein Hiersein. War mir ein Vergnügen, Sie beide kennen zu lernen.« Er nickte ihnen nacheinander zu, dann wandte er sich ab und ging zum Haupteingang.

Sie sahen ihm hinterher. »Ich kenne ihn nicht«, sagte Kari Ekberg zu dem Trucker. »Gehört er zu Ashleigh Davis' Gefolge?«

»Er ist allein«, antwortete Carradine.

»Und was macht er hier?«

Carradine zuckte die Schultern. »Er hat erzählt, er sei Professor – Enigmaloge.«

»Er ist *was*?«, fragte Marshall.

»Enigmaloge.«

»Dann gehört er zu Ihnen?«, sagte Kari Ekberg zu Marshall.

»Absolut nicht«, antwortete er. »Er ist mir ein Rätsel.«

In der Luft hing eine spürbare Aufregung, die selbst das bizarre Schauspiel des Nordlichts nicht völlig zu erklären vermochte. Im ameisenhügelartigen Gewimmel schien alles genau nach Plan zu laufen. Das sorgfältig berechnete Auftauen des Eisblocks hatte bereits begonnen: Marshall konnte vereinzelte Tropfen Schmelzwasser sehen, die aus dem Boden des Kältetresors fielen. Am darauf folgenden Tag um sechzehn Uhr – zur besten Sendezeit an der Ostküste – würden die Kameras laufen und die Live-Dokumentation starten. Schließlich würde der Tresor geöffnet werden. Und dann, wie Marshall plötzlich bewusst wurde, würde das Filmteam zusammenpacken und verschwinden, und endlich würde sich wieder Ruhe über den Mount Fear senken. Und das würde hoffentlich für die beiden letzten Wochen der Expedition so bleiben.

Marshall konnte die Wiederkehr dieser Ruhe kaum erwarten – auch wenn er nicht abstreiten konnte, dass an dieser Nacht etwas Besonderes war, etwas Einzigartiges und Aufregendes, und er eine absurde Freude darüber verspürte, Teil dieses Ereignisses zu sein.

Jetzt trat Ashleigh Davis aus ihrem Wohnwagen, begleitet von Emilio Conti, ihrer persönlichen Assistentin und einem Agenten. Sie bewegten sich auf eine freie Stelle in der Nähe der ehemaligen Sicherheitskontrolle zu, wo Fortnum, Toussaint, der Beleuchter und der Chef der Bühnenarbeiter warteten. »Bist du auch sicher, dass du dich warm genug angezogen hast?«, hörte Marshall Conti fragen, als sie vorüber kamen.

»Keine Sorge, es geht schon, Darling«, antwortete

Ashleigh Davis im heldenhaft resignierten Tonfall einer Märtyrerin. Sie hatte ihren kostbaren Pelz gegen eine modische Daunenjacke von Marmot eingetauscht.

»Die Sequenz dürfte nicht länger dauern als zehn Minuten, höchstens«, sagte Conti in kriecherischem Tonfall. »Wir haben Hintergrund und Verfahrensweise bereits im Kasten.« Sie würdigten Marshall keines Blickes, als sie vorbeirauschten.

»Schätze, ich mache mich jetzt besser nützlich«, sagte Kari Ekberg. »Wir sehen uns dann später wieder.« Sie schloss sich der Agentin an, die den Abschluss der kleinen Prozession bildete.

Carradine grinste und schüttelte den Kopf Er kaute auf einem gewaltigen Stück Kaugummi, das seine Backe anschwellen ließ wie die eines Hamsters. »Was sagen Sie – bleiben wir hier und verfolgen diesen Affenzirkus?«

»Wenn Sie die Kälte vertragen«, erwiderte Marshall mit einem Kopfnicken auf das dünne Hemd des Truckers.

»Verdammt, das ist doch nicht kalt. Kommen Sie, suchen wir uns zwei Plätze in der ersten Reihe.« Mit diesen Worten nahm er zwei Holzkisten, stellte sie in den Schnee, setzte sich auf eine und bedeutete Marshall mit einer einladenden Handbewegung, auf der zweiten Platz zu nehmen.

Es gab ein letztes hektisches Durcheinander beim Kontrollpunkt, die Scheinwerfer flammten auf, Kari ließ den Teleprompter probehalber durchlaufen, der Ton wurde justiert und Ashleighs Nase gepudert, bevor sie die Maskenbildnerin mit einem Fluch wegjagte. Dann fiel die Klappe, Conti kreischte sein »Action!«, und die Kameras liefen. Augenblicklich wich das übellaunige Gesicht Ashleighs einem strahlenden Lächeln. Sie wirkte aufgeregt und dramatisch und verlockend zugleich.

»Es ist jetzt beinahe so weit«, hauchte sie atemlos in die

Kameras, als wäre sie die gesamte vergangene Woche mit vor Ort gewesen und hätte sich zusammen mit den anderen die Hände schmutzig gemacht. »In weniger als vierundzwanzig Stunden wird der Tresor geöffnet und das Rätsel des Urwesens gelöst. Und als hätte die Natur die Bedeutung dieses Moments verstanden, bekommen wir ein durch und durch atemberaubendes Schauspiel serviert: Nordlichter, wie sie in ihrer Großartigkeit und Pracht wohl noch niemand erlebt hat ...«

## 15

Obwohl es anschließend relativ ruhig wurde in der Basis – alle waren schlafen gegangen in Erwartung eines aufregenden nächsten Drehtags –, verbrachte Marshall wie üblich eine ruhelose Nacht und warf sich auf seiner spartanischen Pritsche hin und her. Sosehr er sich auch bemühte, es gelang ihm nicht, es sich bequem zu machen. Zog er die Laken bis zum Kinn, war ihm zu warm, warf er sie zur Seite, fing er bald darauf an zu frieren. Hin und wieder verkrampften sich die Muskeln in seinen Armen und Beinen spasmisch, als wären sie außerstande, sich zu entspannen. Er konnte das hartnäckige Gefühl einfach nicht abschütteln, dass – obwohl es nach außen hin ganz und gar nicht danach aussah – irgendetwas nicht stimmte.

Schließlich versank er in einen unruhigen Schlummer, und eine Folge beunruhigender Bilder zog in langsamer Prozession an seinem inneren Auge vorüber. Er befand sich draußen im Permafrost, allein, über sich diese eigenartigen, wütenden Nordlichter. In seinem Traum hingen sie noch tiefer als am Abend, so tief dass sie auf seine Schultern zu drücken schienen. Er starrte sie an in einer Mischung aus Ehrfurcht und Unruhe, während er weiterging. Dann blieb er plötzlich stehen und runzelte überrascht die Stirn. Vor ihm berührten sie das Land, viskose Tropfen, die wie Wachs von einer Kerze flossen. Während er hinsah, wurden die Formen größer, nahmen Gestalt an, verfestigten sich. Beine und Arme erschienen. Einen Augenblick lang herrschte eine furchtbare Starre, dann bewegte sich die Gestalt in seine Richtung, langsam zuerst, dann immer schneller. Es war etwas Grässliches an der Art und Weise, wie sie rhythmisch auf und ab schwebte, und an dem unübersehbaren Hunger, mit dem sie die gespreizten Hände nach ihm ausstreckte. Er wandte sich zur Flucht und stellte mit jener entsetzlichen, schleichenden Paralyse des Albtraums fest, dass seine bleiernen Füße sich nicht rührten …

Marshall kam mit einem Ruck wieder zu sich. Er war nass geschwitzt, und die Laken hatten sich um ihn gewickelt wie ein Leichentuch. Er starrte aus weit aufgerissenen Augen nach links und rechts in die Dunkelheit, während er darauf wartete, dass sich sein Atem beruhigte und die letzten Reste des Traums verflüchtigten.

Nach einer Minute warf er einen Blick auf seine Uhr. Viertel vor fünf. »Scheiße!«, murmelte er und ließ sich auf das durchgeschwitzte Kissen zurücksinken.

Er würde keinen Schlaf mehr finden, nicht mehr in dieser Nacht. Also setzte er sich auf, erhob sich von seiner Pritsche und schlüpfte in seine Kleider, dann trat er hinaus in den Korridor.

Die Basis lag so still, dass er sich an die ersten Nächte erinnert fühlte, die er hier verbracht hatte, als die kleine Gruppe von Wissenschaftlern noch überwältigt vor dem Labyrinth aus dunklen Gängen und lange verlassenen Räumen gestanden hatte. Seine Schritte hallten auf dem Stahlboden, und er verspürte den albernen Drang, auf Zehenspitzen zu laufen. Er verließ den Schlafbereich und passierte die Labors, die Messe, die Küche, bevor er in einen Gang einbog, der zu einem Bereich der Basis führte, den die Wissenschaftler noch nie benutzt hatten: ein Gewirr aus Lagerräumen und Überwachungsstationen. Er zögerte. In einiger Entfernung vernahm er ganz leise Musikfetzen – irgendjemand musste seinen CD-Player angeschaltet haben. Es gab im Umkreis von mehr als achthundert Kilometern keine Radiosender, und wenn, beschäftigten sie sich mehr mit den Preisen für Diesel und der alljährlichen Elchbrunft, als Musik zu senden.

Die Hände in den Taschen vergraben, wanderte er tiefer in das Labyrinth der Überwachungsstation. Sosehr er sich auch bemühte, es gelang ihm nicht, die bedrückende Vorahnung abzuschütteln. Wenn überhaupt, dann schien sie noch schlimmer zu werden: eine beharrliche, perverse Überzeugung angesichts der Aufregungen des heraufziehenden Tages, dass etwas Schreckliches passieren würde.

Er zögerte erneut. Die klaustrophobische Enge der Basis, die wachsame Stille, verschlimmerten seine Trübsal noch. Einem Impuls gehorchend, wandte er sich um, ging den Weg zurück, den er gekommen war, und stieg die Treppe in die oberste Ebene hinauf. Er bewegte sich in Richtung Ausgang, passierte den dunklen Wachposten, zog im Vorbeigehen seinen Parka an und erreichte den Bereitschaftsraum. Es war erst acht Stunden her, seit er zum letzten Mal draußen gewesen war, doch in seinem gegenwärtigen Zustand gab es nichts, das ihn noch länger in dieser dunklen, unheimlichen Basis halten konnte. Er packte eine Taschenlampe, schloss den Reißverschluss seines Parkas, öffnete die Außentüren und trat nach draußen.

Überrascht stellte er fest, dass das Nordlicht noch intensiver geworden war: ein tiefes, cremiges, pulsierendes Rot. Unheil verkündend. Es verwandelte das gesamte Vorfeld mitsamt den Schuppen und Fertigbauten, den Zelten und Lagern in eine monochrome, unwirkliche Landschaft. Marshall steckte die Taschenlampe ein – sie war überflüssig. Der Wind war stärker geworden und riss an losen Planen und nachlässig gebundenen Seilen, doch auch das vermochte das unheimliche Stöhnen und Knistern nicht zu erklären, von dem Marshall hätte schwören können, dass es von den Lichtern selbst herrührte.

Noch etwas schien eigenartig, doch es dauerte einen Moment, bevor er erkannte, was es war. Der Wind fühlte sich beinahe *warm* auf seiner Haut an. Als wäre abrupt ein vorzeitiger Frühling in der Zone angebrochen. Er öffnete den Reißverschluss seines Parkas – auf dem Weg nach draußen hätte er einen Blick auf das Thermometer werfen sollen.

Er bewegte sich zwischen den niedrigen Gebäuden hindurch. Die eine Hälfte war in blutig rotes Licht getaucht, die andere tief in schwarze Schatten versunken. Plötzlich hörte er ein leises Knarren aus dem Gewirr der Hütten vor sich.

Er blieb im roten Halblicht stehen. War außer ihm etwa noch jemand hier draußen?

Alle – Wissenschaftler, Filmcrew und der mysteriöse Neuankömmling Logan – hatten ihr Lager im Innern der Basis. Die einzigen Ausnahmen bildeten Ashleigh Davis in ihrem Mega-Wohnwagen und Carradine, der Trucker. Marshall sah in Richtung von Davis' Wohnwagen: Es war alles dunkel, kein Licht brannte.

»Carradine?«, rief er leise.

Wieder ein Knarren.

Marshall machte einen Schritt vorwärts und trat zwischen zwei Vorratszelten hindurch. Jetzt kam die Silhouette von Carradines Zugmaschine in Sicht. Marshall blickte zu der

Stelle hinter dem Führerhaus, wo die Schlafkabine lag. Die Bullaugen waren ebenfalls dunkel.

Er blieb still stehen und lauschte aufmerksam. Er hörte das klagende Heulen des Windes, das leise Rumpeln der Dieselmotoren in der Generatorstation, das Surren des kleinen Generators von Ashleighs Wohnwagen und – in unregelmäßigen Abständen – das leise und unheimliche Murmeln und Stöhnen, das von den Nordlichtern herzurühren schien. Doch das war alles.

Er schüttelte den Kopf und grinste unwillkürlich. Hier stand er nun, an der Schwelle dessen, was einer der denkwürdigsten Tage seines Lebens zu werden versprach, und war völlig außer sich wegen eines schlechten Traums. Er würde die Basis zweimal entlang der Einzäunung umrunden, und – nachdem er auf diese Weise genügend frische Luft geschnappt hatte – in sein Labor zurückkehren. Selbst wenn er dort nichts Nützliches zustande brachte, konnte er es zumindest versuchen. Er straffte die Schultern und machte einen weiteren Schritt.

Das Knarren. Schon wieder. Und von der Stelle aus, an der Marshall nun stand, konnte er auch hören, aus welcher Richtung es kam: des Kältetresors.

Langsam bewegte er sich auf den Tresor zu. Das Ding stand allein, teils eingehüllt in das unwirkliche Licht, der Rest in Dunkelheit. Auch ohne Taschenlampe konnte Marshall die große Wasserlache darunter erkennen. Offenbar war der automatische Tauprozess bereits weit fortgeschritten. Morgen würden dieser Stahlcontainer und sein Inhalt Stars einer Show sein. Marshall zog die Taschenlampe hervor und richtete sie auf das imposante silberne Gebilde. Außer der Pfütze hatte sich nichts verändert. Niemand war in der Nähe.

Da hörte er das Knarren erneut, noch lauter diesmal. Bewaffnet mit der Taschenlampe, gelang es Marshall, die Ursache zu identifizieren: ein Stück Holz, das lose in dem einen Meter hohen, nach allen Seiten hin offenen Kriechgewölbe unter dem Tresor schwang.

Marshall runzelte die Stirn. *Schlampige Arbeit*, dachte er. *Das muss gerichtet werden, bevor Conti und seine Kabaretttruppe auf Sendung gehen.* Oder war nur etwas von der Konstruktion abgebrochen? Es schaukelte jedenfalls im Wind, unmittelbar über der schmutzigen Lache aus Schmelzwasser …

… noch etwas stimmte nicht. Das hier war nicht so sehr eine Lache, sondern vielmehr ein richtiger Tümpel. Ein Tümpel voller Brocken schmutzigen, milchigen Eises. Woher kam so viel Wasser, so schnell? Und das Eis?

Er schlich geduckt näher und leuchtete mit seiner Lampe direkt auf den Tümpel. Stirnrunzelnd ließ er den Lichtkegel zu dem losen Stück Holz wandern. Es knarrte erneut, als der Wind mit ihm spielte. Das untere Ende war völlig zersplittert. Langsam leuchtete er mit der Lampe an dem Balken entlang nach oben, zur Unterseite des Tresors.

Ein Loch – groß, annähernd rund, unregelmäßig – war in den Holzboden geschnitten worden. Selbst im schwankenden Licht seiner Taschenlampe konnte Marshall klar erkennen, dass das Innere des Tresors leer war.

# 16

Innerhalb von dreißig Minuten war die gesamte Basis hellwach. Marshall saß in einem der alten Klappstühle im Kontrollzentrum der B-Ebene, wo sich alle eingefunden hatten. Es war der einzige Raum, der groß genug war, um alle Personen aufzunehmen. Marshall blickte sich unter den Anwesenden um. Einige, wie Sully und Kari Ekberg, wirkten fassungslos. Andere hatten unübersehbar gerötete Augen. Fortnum, der Kameramann, saß mit gesenktem Kopf auf seinem Platz und ballte und öffnete abwechselnd die Fäuste.

Sie hatten sich auf die Bitte von Wolff hier eingefunden, dem Vertreter des Senders. Eigentlich, dachte Marshall, hatte es nicht wie eine Bitte geklungen. Eher wie ein Befehl.

Emilio Conti hatte im ersten Moment benommen gewirkt, beinahe wie betäubt, als er von den Neuigkeiten erfahren hatte. Jetzt bemerkte Marshall etwas Neues, eine andere Regung im Gesicht des kleinen Mannes, der vor dem Halbkreis aus Stühlen auf und ab ging: verzweifelte Wut.

»Zunächst einmal die Fakten«, schnappte er, ohne stehen zu bleiben. »Irgendwann zwischen Mitternacht und fünf Uhr heute Morgen wurde der Tresor gewaltsam geöffnet und der *Aktivposten*«, er biss das Wort förmlich ab, »wurde entfernt. Gestohlen. Dr. Marshall hier hat den Diebstahl entdeckt.« Conti warf einen kurzen Blick zu Marshall. In seinen schwarzen Augen glitzerte Misstrauen. »Ich habe bereits mit dem Management von Terra Prime und von Blackpool gesprochen. Unter den gegebenen Umständen bleibt uns keine andere Wahl: Die für heute Abend geplante Live-Übertragung wurde gestrichen. Stattdessen wird eine Wiederholung von *Tödliche Meere* ausgestrahlt.« Er spie die Worte fast hervor. »Der Sender wird zwölf Millionen Dollar Werbeeinnahmen an die Auftraggeber zurückzahlen. *Zusätzlich* zu den acht Millionen Dollar heißt das, die er bereits ausgegeben hat, um das hier alles überhaupt erst zu ermöglichen.«

Er hielt für einen Moment inne und funkelte die Versammlung bitterböse an, dann setzte er sein rastloses Auf und Ab fort. »So weit die Fakten. Als Nächstes: Mutmaßungen. Es gibt einen Maulwurf unter uns. Jemanden, der auf der

Lohnliste eines Konkurrenzsenders steht. Oder vielleicht arbeitet er ja auch für einen Händler für exotische Waren – jemanden mit Verbindungen zu Museen oder reichen Sammlern im Ausland.«

Neben Marshall stieß Penny ein verächtliches Schnauben aus. »Wie dämlich ist denn das?«, murmelte sie.

»Dämlich?« Conti wirbelte zu ihr herum. »Es wäre nicht das erste Mal! Es handelt sich hier schließlich nicht um irgendein Fossil – es ist ein Vermögensgegenstand!«

»Vermögensgegenstand?«, fragte Barbour ungläubig. »Wovon reden Sie da?«

»Wir reden hier von einem sehr wertvollen Gegenstand«, antwortete Wolff an Contis Stelle. Der Verbindungsmann des Senders stand mit verschränkten Armen neben Sergeant Gonzalez im Hintergrund des Raums, einen Sektquirl aus Plastik zwischen den Zähnen. »Mehr jedenfalls als nur ein Stück Unterhaltung für einen Abend, sehr viel mehr. Eine unendlich oft verwertbare Ressource mit so vielen Verwendungsmöglichkeiten, dass wir sie noch gar nicht alle überschauen können. Wanderausstellungen in Museen beispielsweise, Leihgaben an Universitäten und Forschungsorganisationen, Nachfolgebeiträge und so weiter. Vielleicht sogar das zukünftige Symbol des Senders. Oder vielleicht ein Maskottchen.«

*Maskottchen!*, dachte Marshall. Bis zu diesem Moment hatte er keine Ahnung gehabt, wie ehrgeizig die Pläne von Blackpool mit der gefrorenen Katze waren.

Als Wolff nach vorn trat, unterbrach Conti seine Wanderung und stellte sich zu ihm. »Als Sender ist Terra Prime Teil einer sehr kleinen Gemeinschaft«, fuhr Wolff fort. »Trotz aller Mühe, die wir uns gegeben haben, die Dinge geheim zu halten, wussten wir von der Möglichkeit, dass Gerüchte über dieses Projekt nach außen dringen könnten. Doch wir waren zuversichtlich, mit unserem Auswahlverfahren jeden auszusortieren, der nicht zu einhundert Prozent loyal und zuverlässig ist.« Er hob eine Hand und nahm den Sektquirl aus dem Mund. »Offensichtlich war unsere Zuversicht unberechtigt.«

Marshall bemerkte, dass die meisten Mitglieder der Filmcrew mit gesenkten Köpfen lauschten. Lediglich seine Wissenschaftskollegen waren etwas überrascht von diesem Spionage-Gerede.

»Was genau wollen Sie damit ausdrücken?«, fragte Sully.

»Dazu komme ich sofort.« Wolff drehte sich zu Sergeant Gonzalez um. »Sind Sie fertig mit dem Durchzählen?«

Gonzalez nickte.

»Fehlt jemand?«

»Nur einer. Der Neuankömmling, Dr. Logan. Meine Männer suchen gegenwärtig nach ihm.«

»Alle anderen sind da? Filmcrew und Expeditionsteilnehmer?«

»Alle da.«

Erst jetzt wandte sich Wolff an Sully. »Was ich damit ausdrücken will? Wir haben Grund zu der Annahme, dass jemand in dieser Basis dafür bezahlt wurde, den Fund für eine dritte Partei zu entwenden. Entweder wurden die Vorkehrungen bereits vor unserer Ankunft getroffen, oder der Kontakt wurde zu einem späteren Zeitpunkt hergestellt. Wir werden jegliche Kommunikation während der vergangenen zweiundsiebzig Stunden kontrollieren, um das herauszufinden.«

»Ich dachte, Sie hätten all das unter strengster Kontrolle«, bemerkte Marshall. »Den Auftauprozess, die Sicherheit, einfach alles. Wie konnte das überhaupt passieren?«

»Das wissen wir noch nicht«, antwortete Wolff. »Es sieht so aus, als sei das Auftauen beschleunigt worden – offensichtlich durch den oder die Diebe. Der Prozess war vollautomatisch, und es gab einen Reservegenerator zur Sicherheit. Nichts hätte ohne Manipulation von außen schiefgehen können. Wir haben die Umgebung jenseits der Einzäunung der Basis kontrolliert. Es gibt keinerlei Hinweis darauf, dass während der Nacht ein Flugzeug oder ein Hubschrauber hier war. Was bedeutet, dass unser Aktivposten noch in der Basis ist.«

»Was ist mit Fußspuren?«, rief jemand in die Runde. »Gibt es keine Fußabdrücke?«

»Im Bereich um den Tresor, wo das Eis getaut ist, finden sich so viele Abdrücke im Boden, dass es unmöglich ist, einzelne zu identifizieren«, antwortete Wolff. »Jenseits davon ist der Boden zu hart gefroren, um Abdrücke aufzunehmen.«

»Wenn jemand das Fossil gestohlen hat – warum hat er es nicht genommen und ist damit im Sno-Cat geflohen?«, fragte Marshall. »Die Schlüssel sind doch in der Wetterkammer und jedem frei zugänglich?«

»Es wäre zu offensichtlich. Und das Sno-Cat ist zu langsam. Der Dieb würde ein Flugzeug benutzen.« Conti blickte sich um. »Wir werden jedes Quartier durchsuchen, sämtliche persönlichen Sachen, alles.«

Wolff richtete seine merkwürdig ausdruckslosen Augen auf Gonzalez. »Sie haben den Grundriss der Basis, Sergeant?«, fragte er.

»Für den zentralen Bereich und die südlichen Abschnitte, ja.«

»Was ist mit dem dritten Abschnitt, dem nördlichen?«

»Dazu haben wir keinen Zutritt; er ist hermetisch versiegelt.«

»Sie sind absolut sicher, dass sich niemand unbefugt Zutritt verschaffen könnte?«

»Absolut.«

Wolf schwieg einen Moment. Er starrte den Sergeant an, als wäre ihm soeben ein neuer Gedanke gekommen. »Bringen Sie mir bitte alles an Plänen, was Sie haben.« Er sah sich im Raum um. »Wenn dieses Treffen vorüber ist, möchte ich, dass sich jeder in sein Quartier begibt. Wir werden uns bemühen, die Suche so schnell wie möglich abzuschließen. Bis dahin halten Sie bitte die Augen offen. Wenn Ihnen irgendetwas Verdächtiges auffällt – eine Unterhaltung, eine Aktivität, eine Sendung, ganz egal, was –, kommen Sie zu mir.«

Marshall blickte zwischen Wolff und Conti hin und her. Er war nicht sicher, was ihn mehr überraschte: die wie selbstverständlich geäußerte Annahme, dass Verrat im Spiel war – oder die Geschwindigkeit, mit der Wolff dieses Problem anging.

Ashleigh Davis hatte bis zu diesem Moment untröstlich auf einem Stuhl in der ersten Reihe gesessen, ein Bein in scharfem Winkel über das andere geschlagen. Sie trug ein kostbares seidenes Nachthemd unter dem Pelzmantel, und ihr langes blondes Haar war unfrisiert und wirr. »Viel Spaß beim Detektivspielen«, sagte sie. »Emilio, Darling – würdest du bitte so bald wie möglich meinen Rückflug nach New York arrangieren? Wenn diese Tiger-Geschichte abgesagt ist, dann kann ich vielleicht wenigstens die Sondersendung über das Korallensterben im Great Barnacle Reef moderieren.«

»Barrier«, sagte Marshall.

Davis sah ihn fragend an.

»Great *Barrier* Reef«, wiederholte er.

»Ich habe bereits jemanden beauftragt, sich um den Transport zu kümmern«, sagte Wolff mit einem warnenden Seitenblick zu Marshall. »Bevor ich es vergesse, Miss Davis – Sie und Mister, äh, Carradine? Sie waren die beiden Personen, die vergangene Nacht dem Tresor am nächsten waren. Haben Sie etwas Ungewöhnliches gehört oder gesehen?«

»Nichts«, antwortete Ashleigh Davis, offensichtlich verärgert darüber, dass sie im gleichen Atemzug mit dem Ice Road Trucker erwähnt wurde.

»Und Sie?« Wolff sah zu Carradine herüber. Der Trucker kippelte gefährlich mit dem Stuhl, auf dem er saß. Er zuckte gleichgültig die Achseln.

»Ich möchte mit Ihnen beiden reden, sobald diese Zusammenkunft beendet ist.« Wolff sah Marshall an. »Mit Ihnen ebenfalls.«

»Wieso mit mir?«, fragte Marshall.

»Sie sind derjenige, der den Diebstahl entdeckt und gemeldet hat«, erwiderte Wolff, als reichte allein diese Tatsache, um ihn zu seinem Hauptverdächtigen zu machen.

»Moment mal«, warf Sully ein. »Was ist mit dem Neuankömmling, diesem Dr. Logan? Warum ist er nicht hier?«

»Das beabsichtigen wir herauszufinden.«

»Es ist eine Sache, willkürlich Befehle zu erteilen und jeden in sein Quartier zu schicken. Aber es ist eine ganz andere, meine Leute zu verhören, ohne vorher meine Genehmigung dazu eingeholt zu haben.«

»Ihre *Leute* …«, giftete Wolff zurück, »Ihre Leute werden im Gegenteil die Ersten sein, die wir befragen. Ihre Leute sind die Einzigen in der Basis, die nicht schon vor Beginn der Produktion durchleuchtet wurden.«

»Logan ist ja wohl auch nicht ›durchleuchtet‹ worden, oder? Abgesehen davon – was haben wir überhaupt mit allem zu tun?« Anscheinend hatte die abrupt verflossene Chance auf Fernsehberühmtheit zusammen mit der Tatsache, dass der Bürokrat des Senders sich auf Sullys Territorium vordrängte, dessen Revierinstinkte erweckt.

»Sie haben eine ganze Menge damit zu tun«, entgegnete Wolff. »Dieser Fund ist bedeutsam – nicht allein in wissenschaftlicher Hinsicht, sondern auch in Bezug auf akademische Karrieren.«

Sully öffnete den Mund, dann schloss er ihn wieder. Er lief dunkelrot an im Gesicht.

»Ich denke, damit ist fürs Erste alles gesagt.« Wolff wandte sich an Conti. »Möchten Sie vielleicht noch etwas hinzufügen?«

»Eine Sache«, sagte Conti. »Vor zwanzig Minuten habe ich mit dem Vorstandsvorsitzenden der Blackpool Entertainment Group telefoniert. Es war eine der eher unangenehmen Unterhaltungen in meinem Leben.« Sein Blick schweifte über den Raum. »Ich spreche jetzt zu den Personen, die das getan haben. Sie wissen es, wenn sie gemeint sind. Blackpool betrachtet den Wert dieses Fundes als unschätzbar. Aus diesem Grund erachtet der Konzern den Diebstahl als schweres vorsätzliches Verbrechen.«

Er hielt kurz inne. »Dieser Diebstahl wird nicht als Bagatelle abgetan werden. Das Fossil ist noch in der Basis, und Sie haben keine Chance, damit zu entkommen. Wir *werden* es finden, und wir *werden* unsere Dokumentation fortführen, und wir werden daraus ein *noch größeres* Kunstwerk machen!«

# 17

Marshall stieg sehr langsam die Stufen aus gestanztem Metall hinauf Das Treppenhaus war eng und dunkel und nur von einer einzelnen Fluoreszenzlampe erhellt. Glühlampen waren hier ein rarer Luxus – trotz der Filmcrew, die sich einquartiert hatte, blieb der größte Teil der Basis völlig dunkel.

Marshall fühlte sich erschöpfter als jemals zuvor in seinem

Leben. Doch es war keine körperliche Erschöpfung, es war ein emotionales Ausgebranntsein. Er hatte diese Erschöpfung auch in den Gesichtern der anderen bemerkt. Nach so vielen Anstrengungen, so vielen Vorbereitungen waren alle wie vor den Kopf geschlagen vom plötzlichen, unerklärlichen Verschwinden des Fossils. Und über der gesamten Basis hing die Frage wie eine Drohung: Wer hatte es getan?

Marshall erreichte die oberste Stufe und blieb vor einer geschlossenen, fensterlosen Tür stehen. Er sah auf seine Uhr. Fünf Minuten nach acht, abends. Fünfzehn Stunden waren vergangen, seit er das Verschwinden der Katze entdeckt hatte. Fünfzehn endlose, grausame Stunden voller Misstrauen, Verdächtigungen und Ungewissheit. Und jetzt, kurz nach dem Abendessen, ein Aufruf von Faraday per E-Mail. *RASP-Raum, jetzt sofort.*

Marshall fasste nach der Klinke und öffnete die Tür. Dahinter lag ein lang gestreckter, niedriger Raum, der aussah wie der Kontrollturm eines Flughafens. Fenster liefen an allen vier Wänden entlang und zeigten die grenzenlose eisige Einöde der Zone. Der Raum war so dunkel wie das Treppenhaus, und das spärliche Licht fiel auf die Oszilloskopschirme von einem Dutzend in ordentlichen Reihen aufgestellten veralteten Radarstationen. Altmodische Leinwände, jede mehr als anderthalb Meter hoch, hingen diagonal in den Ecken des Raums. Vor jeder stand ein verstaubter, seit einem halben Jahrhundert nicht mehr benutzter Projektor.

Dies war der *Radar Mapping and Air Surveillance Command Post*, kurz RASP-Raum genannt – die einstige Luft- und Radarüberwachungsstation des Frühwarnsystems. Es war das Nervenzentrum von Fear Base, und es war zugleich das höchste Gebäude innerhalb des Zaunes. Er ließ den Blick schweifen und bemerkte die drei düsteren Gestalten am Konferenztisch: Sully, Penny Barbour und Ang Chen, den wissenschaftlichen Mitarbeiter. Chen winkte lustlos. Sully, die Ellbogen auf den Knien und den Kopf in den Händen, blickte beim Geräusch der Tür auf erkannte Marshall und ließ den Blick wieder sinken.

Bis zum Eintreffen der Filmleute hatte sich das Team an drei Abenden der Woche ohne Ausnahme hier getroffen, um den Fortgang der Arbeiten zu besprechen. Wer den RASP-Raum ursprünglich vorgeschlagen hatte, wussten sie nicht mehr, doch die Treffen in dieser bizarren Umgebung waren innerhalb weniger Tage nach Ankunft der Expedition fester Bestandteil ihres Alltags geworden. Doch dies war keines der üblichen Treffen. Faraday hatte die Zusammenkunft einberufen, weil er dringend mit ihnen sprechen musste.

Wie auf ein Kommando hin öffnete sich die Tür erneut, und Wright Faraday trat ein, einen dünnen Hefter unter dem Arm. Der übliche gedankenverlorene Ausdruck war aus dem Gesicht des dünnen Biologen verschwunden. Rasch marschierte er an den Radarstationen vorbei und setzte sich zwischen Sully und Chen.

Einen Augenblick lang sagte niemand etwas. Dann räusperte sich Penny Barbour. »Was meinen Sie – müssen wir packen?«

Niemand antwortete.

»Das hat er mir nämlich gesagt, wissen Sie? Diese Schwuchtel Conti und sein SA-Mann.«

»Das Projekt dauert planmäßig nur noch zwei Wochen«, sagte Marshall. »Selbst wenn sie unsere Expedition für beendet erklären, die Bürokratie bewegt sich langsam. Wir können unsere Arbeiten in aller Ruhe abschließen.«

Penny Barbour schien ihn nicht gehört zu haben. »Hat meine sämtlichen Schubladen durchwühlt, das hat er! Er meint doch tatsächlich, wir wären es gewesen. Wir wollten das Fossil für uns selbst, für die Universität.«

»Penny, vergessen Sie's«, schnappte Sully. »Er beißt einfach um sich, wie ein angeschossenes Tier. Es trifft jeden, der in seine Reichweite kommt.«

»Er hat mich in die Mangel genommen ... Er hat überhaupt nicht mehr aufgehört ... o Gott!« Penny Barbour vergrub das Gesicht in den Händen und schluchzte herzergreifend.

Marshall beugte sich zur Programmiererin hinüber und legte ihr tröstend den Arm um die Schultern.

»So ein Bastard«, murmelte Sully.

»Vielleicht gelingt es uns, das Fossil zu finden«, sagte Chen. »Oder die Person, die es gestohlen hat. Beide müssen noch hier sein. Wir wären vom Haken, und sie könnten ihre Sondersendung retten.«

Penny Barbour schniefte und löste sich behutsam aus Marshalls Umarmung.

»Wir können überhaupt nichts tun, was Wolff nicht bereits tut«, sagte Sully. »Abgesehen davon traut er uns nicht über den Weg, das hat er bereits unmissverständlich zum Ausdruck gebracht. Ich habe keine Ahnung, warum er so auf uns fixiert ist. Dieser Dr. Logan ist meiner Meinung nach viel dringender verdächtig. Glauben Sie, sein Eintreffen ausgerechnet gestern war ein Zufall? Und warum war er nicht bei der einberufenen Versammlung?«

»Ja, warum nicht?«, pflichtete Marshall ihm bei. Er hatte genau den gleichen Gedanken gehabt.

»Während ich untätig in meinem Quartier gesessen und gewartet habe, bin ich online gegangen und habe ein wenig nach diesem Dr. Jeremy Logan gegoogelt«, sagte Sully. »Wie es aussieht, ist er Professor für mittelalterliche Geschichte an der Yale University. Im vergangenen Jahr hat er eine Monographie über irgendeine genetische Erkrankung publiziert, die die antiken ägyptischen Königshäuser heimsuchte. Im

Jahr davor eine Monographie über ein Geisterphänomen in Salem, Massachusetts. Eine *Geistererscheinung*!« Er spie das Wort hervor. »Klingt das vielleicht nach einem seriösen Geschichtsprofessor?«

Als niemand antwortete, seufzte Sully und blickte sich um. »Wie dem auch sei, mit derartigen Spekulationen kommen wir nicht weiter. Wright, weswegen wollten Sie, dass wir uns hier treffen? Geht es um Ihre jüngste Theorie *du jour*?«

Faraday sah ihn an. »Keine Theorie«, antwortete er. »Nur ein paar Fotos.«

Sully stöhnte. »*Schon wieder* Fotos? Deswegen sind wir hergekommen? Sie haben den falschen Beruf, wissen Sie das?«

Faraday ignorierte ihn. »Nachdem Evan den Diebstahl entdeckt hatte – nachdem die erste Aufregung und das erste Geschrei vorbei waren –, bin ich nach draußen zum Tresor gegangen. Die Tür stand weit offen, niemand scherte sich mehr um das Ding. Also hab ich ein paar Bilder gemacht.«

Sully runzelte die Stirn. »Warum?«

»Warum mache ich ständig Fotos? Um zu dokumentieren.« Er hielt inne. »Conti schien uns bereits die Schuld in die Schuhe zu schieben. Ich dachte, ich könnte vielleicht … na ja, ich könnte vielleicht ein paar Beweise finden, die uns entlasten. Ich hatte bis vor einer Stunde keine Gelegenheit, die Fotos auszudrucken.« Er klappte den Hefter auf und zog ein halbes Dutzend Bilder im Format zwanzig mal fünfundzwanzig Zentimeter hervor, die er Sully hinschob.

Der Klimatologe blätterte sie flüchtig durch, dann reichte er sie unbeeindruckt an Marshall weiter. Das erste Bild zeigte einen verwackelten Schnappschuss vom Innern des Tresors. Eisbrocken lagen auf dem Boden herum, ansonsten war der Raum leer. Nur der Heizlüfter stand im hinteren Teil, und zwischen den Doppel-T-Trägern klaffte das große Loch. Marshall wandte sich dem zweiten Bild zu. Dieses Foto war nicht verwackelt: eine Nahaufnahme des Lochs selbst.

»Und?«, fragte Sully.

»Alle gehen davon aus, dass der Dieb unter den Tresor gekrochen ist«, sagte Faraday. Er setzte seine Brille ab und begann die Gläser an seinen Manschetten zu polieren. »Und dass er den Eisblock mit einer Bügelsäge ausgeschnitten hat.«

»Ja. Das haben wir alle gehört. Und?«

»Haben Sie die Aufnahme vom Loch genauer betrachtet? Werfen Sie einen Blick auf das Sägemuster.«

»Das Sägemuster?«

»Ganz recht, das Sägemuster. Wenn jemand von unten in den Tresor eingebrochen ist, dann sollten die Fasern von unten nach oben ausfransen. Doch wie man auf der Nahaufnahme unschwer erkennen kann, fransen sie genau in die umgekehrte Richtung aus, von oben nach unten.«

»Lassen Sie mich mal sehen«, verlangte Sully und nahm Marshall die Bilder aus der Hand, um sie sich erneut anzusehen. »Ich kann nichts erkennen.«

»Darf ich?«, fragte Marshall und nahm die Fotos wieder an sich. Er betrachtete die Nahaufnahme. Obwohl die silberne Farbe des Bodens das helle Licht im Innern des Tresors reflektierte, sah er sofort, dass Faraday recht hatte: Die ausgefransten Holzfasern zeigten nicht nach oben. Sie zeigten definitiv nach *unten*.

»Wer auch immer das war, er ist nicht von unten in den Tresor eingebrochen«, sagte er. »Er hat sich einen Weg von drinnen nach draußen gesägt.«

Sully winkte ungeduldig ab. »Wolff hat Ihnen beiden zu sehr zugesetzt. Sie sehen Gespenster.«

»Nein. Es ist keine Einbildung. Ich kann es deutlich erkennen«, widersprach Marshall. Er sah Faraday an. »Sie wissen, was das bedeutet?«

Faraday nickte. »Wer auch immer die Katze gestohlen hat, er kannte die Zahlenkombination für den Tresor.«

# 18

Bis zu diesem Moment hatte Marshall die Schwelle zu Contis geräumiger Suite nicht überschritten. Doch als der Regisseur ihm nun bedeutete einzutreten, sah Marshall sogleich, aus welchem Grund Conti nicht nur das Quartier des Kommandanten für sich in Beschlag genommen hatte, sondern das des Stellvertretenden gleich mit: Die weitläufigen, doch spartanisch eingerichteten Räume waren in einen ausgedehnten, opulenten Salon umgewandelt worden. Ledersofas, samtbezogene Polsterbänke und Plüsch-Ottomanen bildeten auf kostbaren Perserteppichen ein geschmackvolles Arrangement. Die eintönigen Metallwände waren mit postmodernen Gemälden und Draperien bedeckt. Das Prunkstück des Raums jedoch war ein Hundert-Zoll-Flachbildschirm im hinteren Teil, dessen Basis nicht zu sehen war, weil Sesselreihen davor aufgebaut waren: ein Privatkino zum Sichten von Filmmaterial, zum Betrachten von Spielfilmen und zweifellos, wie Marshall annahm, von Emilio Contis Greatest Hits.

Der Regisseur war höflich, beinahe beschwingt, und der einzige Hinweis, dass er seit mindestens sechsunddreißig Stunden nicht mehr geschlafen hatte, waren die dunklen Ringe unter seinen Augen. »Guten Morgen, Dr. Marshall«, begrüßte er ihn lächelnd. »Guten Morgen. Kommen Sie herein, kommen Sie nur herein! Sieben Uhr dreißig – exzellent!

Ich schätze Pünktlichkeit.« Er hatte sich irgendetwas auf dem großen Bildschirm angesehen – schwarz-weiß, ein wenig körnig. Jetzt schaltete er es mit einem Knopfdruck aus. »Bitte nehmen Sie doch Platz.«

Er führte Marshall zu den Sitzreihen. Durch eine offene Tür konnte Marshall im Raum dahinter einen kleinen Konferenztisch mit ergonomischen Arbeitssesseln erkennen. In einer Ecke stand ein antiker Moviola, von den Spulen hingen Filmstreifen. Marshall starrte den altmodischen Apparat an und fragte sich, ob dieser Anachronismus Teil von Contis Arbeitsweise war oder einfach Affektiertheit.

Conti nahm vor dem riesigen Bildschirm Platz und bedeutete Marshall, sich ebenfalls zu setzen. »Was halten Sie von meinem kleinen Vorführraum?«, fragte er, immer noch lächelnd.

»Ich habe zugesehen, als dieses Ding mit dem Hubschrauber herbeigeschafft wurde«, sagte Marshall und nickte in Richtung des Bildschirms. »Ich dachte, es wäre irgendein wichtiger Bestandteil der Produktion.«

»Aber es *ist* ein wichtiger Bestandteil der Produktion«, erwiderte der Regisseur. »Nicht nur für das Schneiden meines Films, sondern um mich bei geistiger Gesundheit zu halten.« Er winkte in Richtung zweier Bücherregale voller DVDs rechts und links des Schirms. »Sehen Sie die? Das ist quasi mein Handapparat. Die größten Filme, die je gemacht wurden. Die schönsten, die bahnbrechendsten, die provozierendsten. *Panzerkreuzer Potemkin*, *Intoleranz*, *Rashomon*, *Frau ohne Gewissen*, *L'avventura*, *Das siebente Siegel* – sie stehen alle dort. Ich reise niemals ohne sie, nirgendwohin. Sie sind nicht nur mein Trost, Dr. Marshall. Sie sind mein Orakel, mein Tempel von Delphi. Manch einer wendet sich der Bibel zu, wenn er Führung sucht. Andere dem *I Ging*. Ich habe diese Filme. Und sie lassen mich niemals im Stich. Nehmen Sie beispielsweise diesen hier.« Conti drückte erneut auf eine Taste seiner Fernbedienung, und der Film lief weiter. Die ewig sorgenvoll dreinblickende Miene von Victor Mature füllte den Schirm. »*Der Todeskuss.* Kennen Sie den Streifen?«

Marshall schüttelte den Kopf

Conti drehte die Lautstärke auf ein Säuseln herunter. »Ein vergessenes Meisterwerk aus dem Jahr 1947, Henry Hathaways Durchbruch als Regisseur. Sie müssen Hathaways Arbeiten kennen, *Das Haus in der 92. Straße*, *13 Rue Madeleine*? Wie dem auch sei, der Held, Nick Bianco …«, bei diesen Worten zeigte Conti auf Mature, dessen übertrieben großes Gesicht nun von Gitterstäben eingerahmt wurde, »… Bianco wird wegen eines kleineren Vergehens nach Sing-Sing geschickt, wo der Rechtsverdreher von einem Anwalt ihn aufs Kreuz legt. Um Bewährung zu erhalten, muss er einen Handel mit dem Bezirksstaatsanwalt eingehen. Er erklärt sich bereit, den psychopathischen Killer Tommy Udo zu verpfeifen.«

»Klingt spannend.«

»Das ist noch gelinde ausgedrückt. Nicht nur, dass es ein brillanter Film ist – er zeigt mir ganz genau die Lösung für mein Problem.«

Marshall runzelte die Stirn. »Ich kann Ihnen nicht folgen.«

»Als wir merkten, dass das Fossil verschwunden ist, war ich einer Panik nahe. Ich fürchtete, dass meine Dokumentation – vielleicht sogar meine gesamte Karriere – gefährdet wären. Sie können sich vorstellen, wie ich mich gefühlt habe. Diese Dokumentation sollte mein Nonplusultra werden, mein Meisterwerk. Sie sollte mich auf eine Stufe mit Eisenstein stellen. Ich lief die halbe Nacht auf und ab, während ich hin und her überlegte, was ich tun könnte. Dann wandte ich mich meinen Filmen zu«, er zeigte auf die beiden Regale, »und sie lieferten mir die Antwort, die ich suchte.«

Conti nickte zum Bildschirm. »Verstehen Sie? *Der Todeskuss* ist eine *Docu noir*, ein Zwitter aus Dokumentarfilm und Film noir. Ein äußerst interessantes Konzept. Sehr revolutionär.«

Er drehte sich zu Marshall um. Das Licht vom Bildschirm zeichnete die Konturen seines Gesichts in kontrastierenden Schwarz-Weiß-Tönen. »Gestern, in der Hitze des ersten Augenblicks, war ich sicher, dass es sich um einen Diebstahl handeln müsste. Inzwischen hatte ich Zeit zum Überlegen. Und ich habe meine Meinung geändert. Jetzt bin ich überzeugt, dass es Sabotage war.«

»Sabotage?«, fragte Marshall überrascht.

Conti nickte. »So wertvoll diese prähistorische Katze auch sein mag, die Logistik, sie heimlich von der Basis wegzuschaffen – das funktioniert einfach nicht.« Er zählte die Argumente an den Fingern ab. »Erstens: Die Diebe – und ich gehe davon aus, dass es mindestens zwei waren, weil das Fossil einfach zu schwer ist für eine einzelne Person – benötigen eine Transportmöglichkeit. Völlig unmöglich, sie vor uns verborgen zu halten. Und wenn jemand vorzeitig von der Basis abreisen würde, würden wir es bemerken.«

»Was ist mit Carradine, dem Trucker? Er verfügt nicht nur über ein Transportmittel, er ist auch einer der Letzten, die auf der Basis eingetroffen sind.«

»Seine Kabine wurde gründlich durchsucht, und seine Bewegungen innerhalb der Basis wurden überprüft. Wie ich bereits sagte, die Katze zu stehlen wäre ungeheuer schwierig. Doch wenn jemand nur wollte, dass die Dokumentation nicht stattfindet, dass unser Team weggeht …« Er zuckte die Achseln. »Er müsste den Kadaver lediglich in eine Gletscherspalte werfen und hätte das Ergebnis, das er wollte.«

»Wer sollte so etwas tun?«, fragte Marshall.

Conti sah ihn an. »Sie beispielsweise.«

Marshall starrte ihn überrascht an. »Ich?«.

»Nicht Sie, aber Ihre Wissenschaftlerkollegen. Oder vielleicht auch Sie. Obwohl, wenn ich's genau bedenke, ist Dr. Sully der wahrscheinlichere Kandidat. Er scheint ziemlich verärgert darüber, dass ich nicht ihn als Star von *Das Erwecken des Tigers* ausgewählt habe.«

Marshall schüttelte den Kopf »Das ist verrückt. Die Dokumentation sollte gestern auf Sendung gehen – Sie wären heute bereits abgereist. Warum sollten wir uns da mit Sabotage aufhalten?«

»Zugegeben, ich wäre heute nicht mehr hier gewesen. Aber die Nachbearbeitung hätte noch einige Tage länger in Anspruch genommen, ganz zu schweigen vom Abbau der Sets und dem Abtransport des Equipments. Als ich Sully einen ungefähren Zeitplan nannte, schien er nicht sonderlich erfreut.« Conti sah Marshall forschend an. Das Lächeln war aus seinem Gesicht gewichen. »Sully scheint mir mehr der impulsive Typ zu sein. Sie nicht. Deswegen wende ich mich an Sie. Trotz unseres kleinen Streits vor ein paar Tagen denke ich, dass Sie ein vernünftiger Mann sind. Vor allen Dingen scheinen Sie mehr als Ihre Kollegen zu begreifen, was auf dem Spiel steht. Also, Dr. Marshall: *Wo zum Teufel ist diese verdammte Katze?*«

Marshall erwiderte Contis Blick. Der Regisseur kontrollierte seine Mimik sorgfältig, aber dennoch war nicht zu übersehen, dass Conti verzweifelt war. Er suchte nach einem Weg, ganz egal welchem, um die Situation zu retten.

»Was ist mit Logan?«, fragte Marshall, als ihm die Unterhaltung vom Vorabend im RASP-Raum in den Sinn kam. »Er ist aus dem Nichts hier erschienen. Niemand weiß, was er auf der Fear Base will. Man hat mir gesagt, er sei Professor an der Yale – Professor für Geschichte. Kommt Ihnen das nicht eigenartig vor – und höchst verdächtig?«

»Es ist eigenartig, in der Tat. Es ist tatsächlich so eigenartig, dass ich Dr. Logan als Verdächtigen ausschließen muss. Es wäre zu offensichtlich. Abgesehen davon sagte ich es Ihnen bereits: Ich setze auf Sabotage, nicht auf Diebstahl. Und Dr. Logan hat keinen Grund, meine Dokumentation zu sabotieren. Noch einmal – wo ist die Katze? Ich denke, Sully hat es Ihnen verraten. Können wir sie bergen?«

»Sully hat mir überhaupt nichts verraten. Sie bellen den falschen Baum hinauf, Conti. Sie sollten unter Ihren eigenen Leuten nach dem Schuldigen suchen.«

Conti sah ihn prüfend an, und langsam änderte sich sein Gesichtsausdruck in etwas, das sehr stark nach Bedauern aussah. »Das ist Wolffs Aufgabe«, seufzte er. »Hören Sie, ich habe ausgiebig darüber nachgedacht, und ich kann das hier auf zwei Arten erledigen. Wenn wir diese Katze finden, mache ich den Film, wie ich es ursprünglich vorgehabt habe. Mit meinen Fähigkeiten kann ich diese Verzögerung sogar in einen Vorteil verwandeln – die Dinge noch spannender machen, die Zuschauermenge vergrößern. Jeder gewinnt. Die Alternative – ich mache eine Kriminalgeschichte daraus.«

Er zeigte mit dem Daumen hinter sich auf den Schirm. »Ich wollte schon immer einen Film noir machen. Jetzt habe ich die Möglichkeit dazu. Und die Geschichte, die ich erzählen werde, ist sogar *wahr*. Eine große Geschichte, dokumentiert von mir selbst, eine Geschichte, die sich in Echtzeit entwickelt: die Sabotage, die Untersuchung, der Triumph der Gerechtigkeit. Eine Geschichte wie diese wäre unsterblich, Dr. Marshall. Stellen Sie sich die Folgen für die Porträtierten in der Öffentlichkeit vor, positiv oder negativ. Ich muss nichts weiter tun, als die Rollen zu besetzen. Den Helden finden … und den Schurken.«

Auf dem riesigen Bildschirm überquerte Victor Mature eine geschäftige Straße, und hinter ihm erhob sich die Silhouette der Stadt wie ein Wald aus Zähnen. »Sehen Sie sich ihn an«, sagte Conti. »Ein Durchschnittsmensch, der in etwas verwickelt wird, das größer ist als er. Erinnert Sie das nicht an jemanden?«

Marshall antwortete nicht.

»Also, Dr. Marshall – wie sieht es aus? Was werden Sie tun? Sich auf die richtige Seite schlagen, auf die Seite der Guten, und den Schurken verpfeifen? Oder etwas anderes … etwas sehr viel Dümmeres?«

Als Mature das Bild verließ, schwenkte die Kamera zu einer anderen Gestalt, die sich in einer dunklen Seitengasse versteckt gehalten hatte: bleich, hager, ganz in Schwarz mit einer hellen Krawatte, die Augen seltsam leer. Tommy Udo. Er trat aus seiner Deckung, blickte sich vorsichtig um, dann verschwand er in einem Hauseingang.

»Ich liebe Richard Widmark in dieser Rolle«, sagte Conti. »Er spielt den Psychopathen einfach großartig. Seine Eigenheiten, sein nervöses Hyänenlachen – absolut genial.«

Inzwischen schlich der Killer eine schmale Treppe hinauf.

»Ich hatte eigentlich gehofft, Sie als Mature zu besetzen«, sagte Conti. »Aber jetzt bin ich mir nicht mehr so sicher. Sie sehen mehr und mehr nach Widmark aus.«

Der Killer hatte sich unterdessen Zutritt zu einer Wohnung verschafft und bedrohte eine verängstigte alte Lady in einem Rollstuhl.

»Das ist Nick Biancos Mutter«, sagte Conti.

Die Kamera blieb mit schwarz-weißer Leidenschaftslosigkeit dabei, als die alte Frau verhört und durchgeschüttelt wurde. Widmark grinste jetzt, ein irres, schiefes Grinsen, packte den Rollstuhl an den Griffen und schob ihn aus der schäbigen Wohnung und hinaus auf die Galerie.

»Passen Sie auf«, sagte Conti. »Ein unvergängliches Stück Kino.«

Immer noch grinsend – ein bleicher, grinsender Totenschädel in einem schwarzen Anzug –, schob Widmark den Rollstuhl zum Treppenabsatz. Ein winziger Moment des Zögerns, dann stieß er ihn mit plötzlicher Wucht mitsamt seiner um ihr Leben kämpfenden Fracht nach vorn und auf direktem Weg in die Hölle.

Conti hielt den Film an, als die Kamera in Großaufnahme Widmarks verzerrtes Gesicht zeigte. »Der Sender meldet sich in sechs Stunden bei mir. Ich lasse Ihnen vier Stunden Zeit, um Ihre Wahl zu treffen.«

Marshall erhob sich schweigend.

»Und vergessen Sie nicht, Dr. Marshall – ich werde Sie besetzen. In der einen oder in der anderen Rolle.«

# 19

In den vergangenen Tagen war die Offiziersmesse ein Ort der lärmenden Geschäftigkeit gewesen und hatte die Art von Ausgelassenheit ausgestrahlt, die man eher auf einer Studentenparty vermutete als auf einer entlegenen Armeebasis. An diesem Morgen jedoch herrschte eher eine Leichenschauhaus-Atmosphäre. Leute saßen in Zweier- oder Dreiergruppen zusammen und stocherten lustlos in ihrem Frühstück. Kaum jemand sagte etwas. Verstohlene, misstrauische Blicke gingen hin und her, als könnte jeder der Schuldige sein. Marshall wurde bewusst, dass dies tatsächlich der Fall war: Jeder der Anwesenden konnte der Übeltäter sein.

Sein Blick ging zu einem abgelegenen Tisch, an dem ein einzelner Mann saß und in einem Buch las. Er war dünn und hatte helle Haare sowie einen sorgfältig gestutzten Schnurrbart: Logan, der merkwürdige Professor für Geschichte.

Marshall nahm sich eine Scheibe Vollkorntoast und eine Tasse Tee, dann – einem Impuls folgend – ging er zu Logans Tisch und nahm ihm gegenüber Platz. »Guten Morgen«, sagte er.

Logan legte sein Buch ab – *Illuminationen* von Walter Benjamin – und blickte Marshall über den Tisch hinweg an. »Das muss sich erst noch zeigen.«

»Zu wahr«, stimmte Marshall ihm zu. Er öffnete eine kleine Packung Marmelade und verteilte den Inhalt auf seinem Toast.

»Ich schätze, für sie ist es noch schlimmer als für uns«, sagte Logan und nickte zum nächsten Tisch, wo die Kameraleute Fortnum und Toussaint saßen und geistesabwesend Rührei über ihre Teller schoben. Die meisten Mitglieder der Filmcrew waren dazu eingeteilt worden, die Basis und die nähere Umgebung nach dem verschwundenen Fossil abzusuchen.

»Da haben Sie wahrscheinlich recht. Schließlich hat sich niemand mit meinem Lebensunterhalt davongemacht«, erwiderte Marshall im leichten Plauderton. »Wie sieht's mit Ihnen aus?«

Logan rührte in seinem Kaffee. »Unberührt von den Ereignissen.«

»Das freut mich zu hören. Professor, richtig? Für mittelalterliche Geschichte?«

Das Rühren wurde langsamer. »Das ist richtig.«

»Es ist ein faszinierendes Gebiet«, sagte Marshall. »Ich muss gestehen, ich lese gerade die Geschichte der Gegenreformation.« Das war nur die halbe Wahrheit – Marshalls nächtliche Lesestunde befasste sich zwar tatsächlich mit einem Buch über die Gegenreformation, allerdings nur in der verzweifelten Hoffnung, der unglaublich trockene Stoff würde ihm den herbeigesehnten Schlaf bringen.

Logan hob die Augenbrauen. Er besaß blaue Augen, die,

obwohl sie im ersten Moment beinahe schläfrig wirkten, in Wirklichkeit scharfsinnig und durchdringend waren. »Hmmm.«

»Ich habe gerade ein Kapitel über das Konzil von Trient gelesen. Ich finde den Einfluss erstaunlich, den es auf die katholische Liturgie hatte.«

Logan nickte.

»Und seit der vierten Zusammenkunft im Jahre 1572 – richtig? Seit dieser Zusammenkunft hat es kein derart einflussreiches Konzil mehr gegeben.«

Logan hörte auf zu rühren. Er nahm einen Schluck von seinem Kaffee und verzog das Gesicht. »Schauderhaft.«

»Sie sollten zu Tee wechseln. Hab ich auch getan.«

»Vielleicht tue ich das.« Logan setzte die Tasse ab. »Es gab nur drei Konzile in Trient, nicht vier.«

Marshall antwortete nicht.

»Und das letzte Konzil von Trient fand 1563 statt, nicht 1572.«

Marshall schüttelte den Kopf. »Ich schätze, ich muss müder gewesen sein, als ich dachte.«

Logan lächelte knapp. »Warum habe ich das Gefühl, dass Sie mich testen wollen?«

Ein kurzes, unbehagliches Schweigen entstand. Dann lachte Marshall verlegen auf. »Sie haben recht. Es tut mir leid. Das war wirklich nicht sehr geschickt von mir.«

»Kann nicht sagen, dass ich es Ihnen verdenke. Ich treffe aus dem Nichts auf dieser Basis ein, kann keinen guten Grund für mein Hiersein anführen und habe eine bizarre Berufsbezeichnung – und kaum bin ich da, bricht die Hölle los.«

»Trotzdem hatte ich kein Recht, so mit Ihnen zu spielen.« Marshall zögerte. »Nicht dass es eine Entschuldigung wäre, aber ich hatte eben eine höchst unangenehme Unterhaltung mit Conti.«

»Dem Regisseur? Er und dieser Pitbull vom Sender, dieser Wolff, haben mich gestern Nachmittag gemeinsam in die Mangel genommen. Ich habe noch nie so paranoide Leute erlebt wie diese beiden.«

»Ja, und das Schlimmste daran ist – es wirkt ansteckend. Ich habe mir eine gute Dosis davon eingefangen.« Das stimmte in der Tat. Einiges, was Conti speziell über Sully gesagt hatte, besaß sehr viel mehr Überzeugungskraft, als sich Marshall eingestehen wollte. Er warf einen Blick auf seine Uhr: Er hatte noch dreieinhalb Stunden Zeit, um seine Entscheidung zu treffen.

Er nahm einen Bissen von seinem Toast. »Schön. Warum sind Sie hier, wenn ich mir die Frage erlauben darf?«

Logan schob seine Tasse von sich. »Ärztliche Anordnung. Das Klima, wissen Sie?«

Marshall schüttelte den Kopf. »Das habe ich verdient.«

Erneut senkte sich Schweigen über den Tisch, doch diesmal war es weder besonders verlegen noch unbehaglich. Marshall aß seinen Toast auf. Er spürte, wie sein Misstrauen gegen Logan schwand. Es gab keinen logischen Grund dafür. Der Professor war so gut wie sicher der, für den er sich ausgab. Der Mann hatte etwas an sich – eine gewisse Geradlinigkeit –, die es Marshall schwermachte, ihn zu verdächtigen.

Logan seufzte. »Also schön, fangen wir noch mal von vorne an. Jeremy Logan.« Er streckte Marshall freundlich über den Tisch die Hand entgegen.

Marshall ergriff sie. »Evan Marshall.«

Logan lehnte sich zurück. »Wenn es um mein Forschungsgebiet geht, neige ich dazu, die Karten dicht vor der Brust zu halten«, sagte er leise. »Auf diese Weise mache ich bessere Fortschritte. Andererseits schätze ich, dass es keinen Grund gibt, weshalb ich es Ihnen nicht erzählen sollte. Tatsächlich könnten Sie mir möglicherweise sogar helfen – solange Sie nicht mit den anderen darüber reden.«

»Einverstanden.«

»Ehrlich gesagt, ich denke, Sie werden einsehen, dass es klüger ist, den Mund zu halten.«

»Jemand hat mir gesagt, Sie wären ein Enigmaloge. Ich habe noch nie von dieser speziellen, äh, Disziplin gehört.«

»Das hat auch sonst niemand, seien Sie ganz beruhigt. Meine Frau hat mich einmal so genannt, in einem neckischen Augenblick.« Logan zuckte die Achseln. »Es hilft mir, an sie zu denken.«

»Was hat das mit mittelalterlicher Geschichte zu tun?«

»Sehr wenig. Doch es ist recht nützlich, wenn man Professor für Geschichte ist. Es öffnet einem Türen und hält die Leute davon ab, Fragen zu stellen – meistens jedenfalls. Ich löse Rätsel, erkläre das Unerklärte – je eigenartiger und bizarrer, desto besser. Manchmal mache ich es beruflich, für andere. Zu anderen Zeiten – wie zum Beispiel jetzt – mache ich es für mich.«

Marshall trank von seinem Tee. »Würde nicht das Lehren von Geschichte regelmäßigere Einkünfte verschaffen?«

»Geld ist eigentlich kein Problem. Abgesehen davon werden die Arbeiten, die ich für andere mache, in der Regel extrem gut bezahlt. Insbesondere die, über die ich nicht in den einschlägigen Journalen schreiben darf.« Er stand auf. »Entschuldigen Sie mich. Ich hole mir eine Tasse Tee.«

Marshall wartete, bis Logan mit einer Tasse Tee an den Tisch zurückkehrte. Er bewegte sich mit einer lässigen Eleganz, die eher zu einem Sportler gepasst hätte als zu einem Gelehrten. »Wie viel wissen Sie über die Fear Base?«, fragte Logan, während er sich wieder setzte.

»Vermutlich genauso viel wie jeder andere auch. Eine ehemalige Frühwarnstation, die vor einem russischen Erstschlag warnen sollte. Ende der fünfziger Jahre stillgelegt, als das SAGE-System in Betrieb genommen wurde.«

»Wussten Sie, dass für kurze Zeit ein Team von Wissenschaftlern hier untergebracht war, als die Basis noch aktiv genutzt wurde?«

Marshall runzelte die Stirn. »Nein.«

Logan trank von seinem Tee. »Vergangene Woche hatte ich Zugang zu einem gerade freigegebenen Archiv von Regierungsdokumenten. Ich hatte eigentlich nach etwas anderem gesucht – mittelalterliche Geschichte, rein zufällig – und wollte Einsicht nehmen in die Army-Aufzeichnungen aus dem Zweiten Weltkrieg. Ich fand die entsprechenden Aufzeichnungen, schön und gut – aber ich fand noch etwas anderes.«

Er trank einen weiteren Schluck. »Genauer gesagt, ich fand einen Bericht von einem Colonel Rose, geschrieben an den Untersuchungsausschuss der U. S. Army. Rose war zum damaligen Zeitpunkt Kommandant der Fear Base. Es war ein kurzer Bericht – eigentlich nur eine Zusammenfassung. Er sollte einige Wochen später nach Washington fliegen, um persönlich vor dem Ausschuss eine detailliertere Aussage zu machen.«

»Erzählen Sie weiter.«

»Der Bericht war falsch abgelegt worden. Er steckte hinter der Akte, nach der ich gesucht hatte – ungelesen und offensichtlich seit einem halben Jahrhundert vergessen. Wie ich bereits sagte, er war sehr knapp. Es ging unter anderem darum, dass die auf der Basis stationierten Wissenschaftler sehr abrupt starben. Innerhalb eines Zeitraums von zwei Tagen im April 1958.«

»Das *gesamte* Team?«

Logan machte eine beschwichtigende Geste. »Nicht so laut. Nein, nicht das gesamte Team. Es waren acht Personen. Sieben starben.«

»Und die achte Person?«

»Aus Roses Bericht geht nicht hervor, was aus ihr wurde.«

»Was haben die Wissenschaftler hier oben gemacht?«

»Ich weiß keine Einzelheiten. In Roses Bericht stand lediglich, dass sie irgendeine rätselhafte Anomalie untersuchen sollten.«

»Anomalie?«

»So hat er es genannt. Und seine Empfehlung lautete, die Untersuchungen augenblicklich abzubrechen und auf keinen Fall ein Ersatzteam nach Fear Base zu schicken, das die Forschungen weitergeführt hätte.«

Marshall starrte nachdenklich in seine leere Tasse. »Haben Sie sonst noch etwas herausgefunden? Den Namen des überlebenden Wissenschaftlers beispielsweise?«

»Nichts. Ich habe gründlich nachgeforscht – und glauben Sie mir, Evan, ich habe eine Menge Übung darin, verloren gegangene oder versteckte Informationen wieder ans Tageslicht zu befördern. Wie dem auch sei, zwei Dinge faszinierten mich ganz besonders.« Er beugte sich vor. »Erstens, es waren *zwei* Kopien des Berichts hinter der erwähnten Akte – ich kann nur vermuten, dass eine davon für das Archiv gedacht war und die andere für das Pentagon. Zweitens: der Ton von Colonel Roses Bericht. Obwohl es sich nur um ein trockenes behördliches Memo handelte, konnte man die Hysterie beinahe *riechen.* Als er die dringende Empfehlung abgab, keine weiteren Wissenschaftler nach Fear Base zu schicken, hat er es ganz genau so gemeint: *dringend.*«

»Was ist mit dem detaillierten Bericht, den er später persönlich in Washington abgeliefert hat? Seine Aussage muss doch dokumentiert worden sein?«

»Er hat nie eine Aussage gemacht. Er starb zehn Tage später bei einem Flugzeugabsturz auf dem Weg von der Basis nach Fort Richardson.«

»Die zweite Kopie dieses Berichts …«, begann Marshall. Dann unterbrach er sich. »Die ganze Sache geriet einfach in Vergessenheit?«

»Das Geheimnis starb mit den Wissenschaftlern. Und mit Colonel Rose.«

»Sind Sie sicher? Dass niemand davon weiß, meine ich?«

»Wenn jemand etwas wusste, dann hielt er den Mund, und inzwischen sind alle längst tot. Oder glauben Sie ernsthaft, die Army hätte Sie und Ihr Team nach Fear Base gelassen, wenn sie etwas gewusst hätte?«

Marshall schüttelte den Kopf. »Daran hatte ich noch gar nicht gedacht.«

Logan lächelte schwach. »Verstehen Sie jetzt, was ich meine, wenn ich sage, dass es manchmal klug ist, sein Wissen für sich zu behalten?«

Marshall schwieg für einige Sekunden. Dann sah er Logan an. »Und warum genau sind Sie hier, Jeremy?«

»Um das zu tun, was ich am besten kann. Um das Rätsel zu lösen. Um herauszufinden, was mit jenen Wissenschaftlern damals passiert ist.« Er leerte seine Tasse. »Sie haben recht – der Tee ist gar nicht übel. Lust auf eine weitere Tasse?«

Doch Marshall antwortete nicht. Er war in Gedanken versunken.

# 20

Eine Tür fiel krachend ins Schloss, die Matratze wackelte, und jemand rüttelte ihn unsanft an der Schulter. Josh Peters streckte sich und nahm die Stöpsel aus den Ohren. Sein Traum und die Klavierimprovisationen von McCoy Tyner versanken im Nichts und die Geräusche der Realität kehrten zurück: das unablässige Knacken der Heizungsrohre, weit entfernte metallische Schläge, die ungeduldige Stimme seines Zimmergenossen.

»Josh! Hey, Josh! Wach endlich auf, verdammt noch mal!«

Peters schaltete seinen MP3-Player aus und öffnete blinzelnd die Augen. Blaines von der eisigen Kälte gerötetes Gesicht mit den gesprungenen Lippen tauchte aus dem Nebel auf.

»Was …?«, murmelte Peters.

»Was, *was*? Du bist an der Reihe, Mann! Ich war eine Stunde lang draußen in diesem Scheißwetter!«

Peters mühte sich in eine sitzende Haltung, dann ließ er sich rücklings zurück auf seine Pritsche fallen.

»Du solltest dich lieber beeilen. Es ist nach neun Uhr, und du solltest Wolff lieber nicht hier drinnen über den Weg laufen.«

Er war schlagartig hellwach, sprang aus dem Bett und rieb sich energisch mit den Händen das Gesicht.

»Die ganze Aktion ist totaler Schwachsinn!«, schimpfte Blaine aufgebracht. »Wir haben schon einen ganzen Tag lang nach diesem Ding gesucht! In diesem Sturm findet niemand irgendwas. Mach es genauso, wie ich es getan habe: Lauf im Kreis herum, tu, als würdest du eifrig suchen, und pass auf, dass du dir nicht den Arsch abfrierst.«

Peters antwortete nicht. Er zog sich ein Hemd über und schlüpfte in seine Stiefel. Vielleicht gelang es ihm irgendwie, das Ganze im Halbschlaf hinter sich zu bringen und zu seiner Koje zurückzukehren und da weiterzumachen, wo er aufgehört hatte: in dem wunderbaren Traum, in dem Ashleigh Davis mit Haselnuss aromatisiertes Massageöl – von der essbaren Sorte – über seinem …

»Das kriegt die Gewerkschaft zu hören, sobald wir zurück

sind, Mann. Hey, mein Job ist es, die digitalen Archive zu warten und die Einstellungen zu loggen – und nicht, nach diesem abscheulichen Yeti zu suchen«, schimpfte Blaine. »Abgesehen davon – wieso lassen sie *uns* draußen suchen? Warum können wir nicht wie Fortnum und Toussaint die Spinde durchsuchen?«

»Weil wir Arbeiter sind, Handlanger. Man muss kein Superhirn sein, um das zu begreifen.« Mit diesen Worten schlurfte Peters nach draußen, die Schuhbänder ungeschnürt, und ließ die Tür weit offen.

Schlaftrunken suchte er den Weg durch die langen Korridore und ein hallendes Treppenhaus hinauf zur Eingangshalle. Bis auf den Wachposten von der Army, der in der Sicherheitsstation saß, war niemand in der Nähe. Peters winkte beiläufig, als er in die Wetterkammer schlurfte, wo er seinen Spind öffnete und seinen Parka anzog. Blaine hatte recht: Es *war* Schwachsinn. Es fing schon damit an, dass sie zur halben Basis überhaupt keinen Zutritt hatten. Wenn er einen Kadaver hätte beiseiteschaffen wollen, dann hätte er mit Sicherheit einen Weg gefunden, ihn dort zu verstecken, wo die anderen nicht danach suchen durften. Oder vielleicht auch im Quartier der Soldaten – sie hatten bestimmt nicht die geringste Lust, sich ihre persönlichen Sachen von einer Bande schwuler Filmtypen durchwühlen zu lassen. Andererseits – nur ein Idiot würde den Kadaver in die Basis schaffen und dort verstecken. Nicht nur, dass es einfach überall viel zu viele Augenpaare gab – es war auch warm und feucht genug, um Orchideen zu züchten: Ein Kadaver, erst recht ein zehntausend Jahre alter, würde innerhalb weniger Stunden anfangen, bestialisch zu stinken. Nein, wenn der Dieb auch nur halbwegs Hirn in der Birne hatte, dann hatte er ihn draußen versteckt.

Und genau dorthin musste Peters.

Er blieb stehen, um seinen Namen und die Uhrzeit in das

Logbuch zu schreiben, das Wolff in der Wetterkammer ausgelegt hatte. Dann öffnete er die Schleusentür und trat nach draußen. Der erste eisige Windhauch wehte die letzten verbliebenen Spuren von Schläfrigkeit brutal davon. Jegliche Hoffnung, nach seiner einstündigen Schicht zurückzukehren in die Koje und zu seinem Traum, verflog. Er hatte gehört, dass eine Schlechtwetterfront heraufgezogen war, die sie auf der Basis festhielt und verhinderte, dass Flugzeuge landen, geschweige denn wieder starten konnten. Doch Hören war eine Sache – das Wetter zu erleben eine ganz andere. Er stolperte rückwärts gegen die Türen, senkte den Kopf, stemmte sich gegen den Wind. Eisig kalter Schnee brannte auf seinen Wangen, und er zog den Kopf so tief in das Fell der Kapuze, wie es nur ging. Durch die dichten Böen aus Eis und Schnee hindurch konnte er kaum mehr als die Umrisse der Außengebäude erkennen. Er machte einen zaghaften Schritt, dann einen zweiten. Es war stockdunkel. Gerüste mit Scheinwerfern und Aufbauten schwankten im Sturm wie Spielzeugkonstruktionen und knarrten protestierend unter den wütenden Böen.

Sie arbeiteten in Schichten: eine Stunde suchen, elf Stunden frei. Sechs Mann drinnen, sechs Mann draußen, wegen des stürmischen Wetters vorübergehend nur drei. Es fiel ihm schwer, zu glauben, dass außer ihm noch zwei arme Schweine bei diesem Wetter unterwegs waren und ihre Zeit mit der sinnlosen Suche verschwendeten. Das war doch mehr als Schwachsinn! Was hatten sich Wolff und Conti nur dabei gedacht?

Das Gesicht vom Wind abgewandt, trottete er ein Dutzend Schritte zu einem Lagerschuppen. Die Tür des Schuppens klapperte wütend im Sturm. Er zögerte kurz, dann ging er zu dem Außengebäude, in dem die provisorische Kulissenfertigung untergebracht war. Er spähte durch das Fenster ins

Innere: leer. Natürlich. War es tatsächlich erst zwei Tage her, dass er dort drin herumgelümmelt und *Chili Beef Jerky*, scharfes Dörrfleisch, gekaut hatte, während er sich über die Army-Typen und die lahmarschigen Wissenschaftler lustig gemacht hatte, die an diesem gottverlassenen Ort fest hingen? Jetzt waren genau diese Army-Typen und lahmarschigen Wissenschaftler drinnen, im Warmen und Trocknen – und er war hier draußen und fror sich den Hintern ab.

Fluchend bewegte er sich weiter, zählte seine Schritte, zehn, zwanzig, dreißig – bis zur Zugmaschine des Ice Road Truckers. Er drückte sich hinter einen der riesigen Reifen, um wenigstens ein bisschen Schutz vor Wind und Schnee zu finden. Er war noch keine fünf Minuten draußen und fühlte sich schon halb erfroren.

Wieder musste er an die beiden anderen denken, die dort draußen irgendwo suchten. Er schalt sich selbst, dass er nicht im Logbuch nachgesehen hatte, als er nach draußen gegangen war. Ein wenig Gesellschaft würde die Zeit vielleicht schneller vergehen lassen. Er öffnete den Mund, um zu rufen, doch der Wind riss ihm sofort den Atem weg, und er machte ihn wieder zu. Warum Energie verschwenden, wenn ihn sowieso niemand hören konnte?

Er schlurfte weiter, bis sich vor ihm das schwere Geflecht der Einzäunung aus der grauen Suppe materialisierte. Er blieb stehen und streckte die Hand nach dem Zaun aus. Man hatte ihn gewarnt, sich bei diesem Wetter nicht weit von der Basis zu entfernen, und weil Polarbären durch die Tundra streiften, hatte er vor, diesen Rat zu befolgen, wortwörtlich. Er ging einige Meter weiter bis zu den Wellblechwänden des leer stehenden Wachhäuschens und drückte sich daran vorbei. Er würde die Basis einmal umrunden, in Armeslänge vom Zaun – mehr konnte niemand von ihm erwarten. Dann würde er sich für den Rest der Stunde in einem der Außengebäude verstecken und versuchen, sich ein wenig aufzuwärmen.

Er umrundete die Wachstation, verließ den betonierten Bereich und trat hinaus auf den Permafrost. Der Sturm verdoppelte seine Wucht. Peters trottete schneller, einen Schritt, noch einen, noch einen. Er stolperte vorwärts wie ein Blinder, eine Hand immer am Zaun, die Augen fast geschlossen gegen die Eiskügelchen. Das Heulen des Windes übertönte jedes andere Geräusch und klingelte eigenartig in seinen Ohren. Schon jetzt kam es ihm vor, als wäre er seit einer Ewigkeit hier draußen unterwegs. Mein Gott, es war unerträglich! Blaine hatte recht: Er würde eine Beschwerde verfassen, nicht nur an die Gewerkschaft, sondern auch an den Sender. Er würde es tun, sobald er wieder online war – er würde nicht erst warten, bis sie zurück waren in New York. Es spielte keine Rolle, dass er nur ein einfacher Produktionsassistent war – seine Arbeitsplatzbeschreibung enthielt kein Wort von dem hier, und Wolffs dämliches Gefasel von einem Notfall war nichts weiter als …

Er stockte. Er nahm die Hand vom Zaun, blickte sich um, hatte für einen Moment die brutale Kälte und den eisigen Wind vergessen.

Warum war er stehen geblieben? Er hatte nichts gesehen. Und trotzdem waren all seine Sinne schlagartig hellwach, und das Herz hämmerte wild in seiner Brust. Das Leben ein gutes Stück weit östlich des Tompkins Square Park hatte seine Überlebensinstinkte geschärft, doch das hier war nicht New York. Das hier war die gottverdammte Mitte im gottverdammten Nichts.

Er schüttelte den Kopf, machte ein paar Schritte vorwärts – und blieb erneut stehen. Was war das für ein Geräusch, das von überall und nirgends zu kommen schien, das in seinem Kopf widerhallte, als hätte sich dort ein Bienenschwarm eingerichtet? Und was war das dort für ein dunkler, undeutlicher Umriss im Schnee und Hagel vor ihm?

»Wer ist da?«, rief er, doch der Wind wehte die Worte von seinen Lippen, sobald er sie ausgesprochen hatte.

Er blinzelte, spähte aus zusammengekniffenen Augen nach vorn – und wurde von plötzlichem, alles überwältigendem Entsetzen gepackt. Voller Panik wirbelte er herum, stolperte und wollte in Richtung des Wachhäuschens flüchten. Schreiend und erfüllt von nackter, grenzenloser Angst, schaffte Peters genau zwei Schritte, bevor ihn ein vernichtender Schlag von hinten traf. Er fiel auf die Knie, schnaufend, mit aus den Höhlen quellenden Augen – und dann brannte ein gewaltiger, unvorstellbarer Schmerz zwischen seinen Schulterblättern. Ein Abgrund aus Dunkelheit umfing ihn.

# 21

Das Labor für Physik und Biowissenschaften war eine ungenutzte Werkstatt auf der B-Ebene. Kein sonderlich beeindruckendes Labor, dachte Marshall, als er eingetreten war und den Blick über Laptops, Mikroskope und andere Labormittel schweifen ließ, die auf einem halben Dutzend Tische verteilt waren. Eigentlich reichte es kaum für mehr als für die täglichen Analysen und Beobachtungen, bis sie ihre Proben und Daten daheim in Massachusetts hatten.

Hinten im Labor steckten Faraday und Ang Chen die Köpfe über irgendetwas zusammen. Sie hatten ihm den Rücken zugewandt. Marshall ging zwischen den Tischreihen hindurch zu ihnen. Als er heran war, sah er, was sie so aufmerksam studierten: einen Ständer mit einem Dutzend kleiner Reagenzgläser darin.

»Hier also haben Sie sich versteckt«, sagte er.

Die beiden richteten sich auf und drehten sich hastig zu ihm um wie zwei auf frischer Tat ertappte Kinder. Marshall runzelte die Stirn.

»Was machen Sie da?«, fragte er.

Faraday und Chen wechselten Blicke.

»Wir analysieren etwas«, sagte Faraday nach kurzem Zögern.

»Das sehe ich.« Marshall betrachtete die Reagenzgläser. Sie waren gefüllt mit verschiedenfarbigen Flüssigkeiten: rot, blau, hellgelb. »Scheint ja ungeheuer interessant zu sein.«

Faraday sagte nichts. Chen zuckte die Achseln.

»Was ist es?«, fragte Marshall unverblümt.

In der sich anschließenden Stille sah er sich im Labor um, aufmerksamer diesmal, und musterte die Arbeitsflächen. Faradays Vergrößerungen vom Innern des Tresors lagen auf einem Tisch verstreut; sie waren mit Kreisen und Pfeilen markiert. Auf einem weiteren Tisch stand eine Plastikschale mit etwas, das aussah wie Holzsplitter, neben einem Stereomikroskop.

Endlich räusperte sich Faraday. »Wir untersuchen das Eis.«

Marshall sah ihn an. »Welches Eis?«

»Das Eis, in dem die Katze – die Kreatur – eingeschlossen war.«

»Wie? Das Eis ist längst geschmolzen. Und das Schmelzwasser ist kontaminiert und, vom wissenschaftlichen Standpunkt betrachtet, als Probe nutzlos.«

»Ich weiß. Deswegen habe ich die Proben ja auch vom Ursprungsort geholt.«

»Vom Ursprungsort?«, fragte Marshall und runzelte die Stirn. »Sie meinen – aus der Höhle?«

Faraday schob die Brille auf dem Nasenrücken hoch und nickte.

»Sie waren in der Höhle? Bei diesem Sturm? Das ist verrückt.«

»Nein. Ich war schon gestern Nacht dort. Nach unserem Treffen im RASP-Raum.«

Marshall verschränkte die Arme vor der Brust. »Das ist immer noch verrückt! Mitten in der Nacht! Diese Höhle ist schon bei hellem Tag gefährlich genug!«

»Sie klingen genau wie Gerard«, entgegnete Faraday.

»Sie hätten auf Polarbären stoßen können!«

»Ich war bei ihm«, sagte Chen. »Ich hatte ein Gewehr dabei.«

Marshall seufzte und lehnte sich rückwärts gegen eine Tischkante. »Okay. Verraten Sie mir auch, warum?«

Faraday blinzelte. »Es ist, wie wir es bereits bei unserem Treffen besprochen haben. Irgendetwas an der Geschichte erscheint mir einfach nicht richtig.«

»Das kann man wohl laut sagen. Wir haben einen Dieb in unserer Mitte.«

»Das meine ich nicht. Die Dinge passen einfach nicht zusammen. Das plötzliche Auftauen, die verschwundene Kreatur, die Schnittspuren im Holz ...« Er deutete auf den Plastikbehälter neben dem Mikroskop. »Ich habe ein paar Proben vom Rand des Lochs genommen und sie bei vierzigfacher Vergrößerung untersucht. Es besteht kein Zweifel: Dieses Loch wurde von *innen nach außen* gesägt.«

Marshall nickte. »Vor einer Minute sagten Sie, ich klinge wie Sully. Was haben Sie damit gemeint?«

»Als er hörte, dass ich oben in der Höhle war, ist er an die Decke gegangen. Er sagte, es wäre die reinste Zeitverschwendung, und ich könnte die Proben genauso gut wegwerfen.«

Marshall antwortete nicht sofort. Er rief sich ins Gedächtnis, wie ablehnend Sully dieser Theorie gegenübergestanden hatte – und den Fotografien ganz allgemein. Es mochte tollkühn von Faraday gewesen sein, diese Proben zu sammeln, doch es war ein wissenschaftliches Prinzip, dass man Proben, wenn man sie schon einmal hatte, auch analysierte. Er musste wieder an das denken, was Conti über Sully gesagt hatte.

Chen sah Faraday an, dann nickte er in Richtung der Holzstückchen. »Erzählen Sie von der anderen Sache.«

Faraday glättete seinen Laborkittel. »Als wir die Splitter unter dem Mikroskop untersucht haben, fanden wir außerdem Spuren von verfilzten Haaren und eine dunkle, angetrocknete Flüssigkeit, die an den spitzeren Kanten klebte.«

»Klebte?«, wiederholte Marshall. »War es Blut?«

»Ich habe sie noch nicht analysiert«, sagte Faraday. Er öffnete den Mund, um weiterzureden, doch dann schloss er ihn wieder, als hätte er es sich anders überlegt.

»Los«, munterte Marshall ihn auf. »Erzählen Sie mir auch noch den Rest.«

Faraday schluckte. »Diese Sägespuren …«, begann er. »Ich weiß nicht. Unter dem Mikroskop sehen sie nicht aus, als stammten sie von einer Säge.«

»Was dann?«

»Nun ja, sie scheinen … sie scheinen einen mehr natürlichen Ursprung zu haben.«

Marshall blickte von Faraday zu Chen und wieder zu Faraday. »Einen natürlichen Ursprung? Ich fürchte, ich kann Ihnen nicht ganz folgen.«

Jetzt war es Chen, der sprach. »Nicht durch*gesägt*«, sagte er. »Mehr durch*gebissen.*«

Diesmal folgte ein langes Schweigen.

»Wie um alles in der Welt können Sie erwarten, dass ich das glaube, Wright?«, fragte Marshall schließlich, bemüht, sich seine tiefe Skepsis nicht anmerken zu lassen.

Faraday räusperte sich zum wiederholten Mal. »Hören Sie«, sagte er mit gesenkter Stimme. »Sobald ich etwas mit Bestimmtheit weiß – *wenn* ich etwas herausgefunden habe –, sage ich es Ihnen. Ich werde es bestimmt nicht zurückhalten, versprochen. Ich will nur nicht noch mehr Störfeuer von Sully.«

»Sully«, wiederholte Marshall nachdenklich. »Wissen Sie, wo er ist?«

»Ich habe ihn seit Stunden nicht mehr gesehen.«

»Okay.« Marshall spürte, wie sich Sorgenfalten auf seiner Stirn bildeten. Er drückte sich vom Tisch ab. »Sie geben mir Bescheid, sobald Sie etwas wissen?«

Faraday nickte. Mit einem letzten, suchenden Blick auf die beiden Männer wandte sich Marshall ab und verließ mit langsamen Schritten das Labor.

# 22

Jeremy Logan schlich vorsichtig durch die schmalen Korridore der E-Ebene. Er hatte fast anderthalb Stunden gebraucht, um so weit vorzudringen, bis hinunter in die unterste Ebene der zentralen Sektion der Basis. Je tiefer er gekommen war, desto häufiger hatten Mengen von verstaubtem Sperrmüll das Vorankommen behindert: übereinander gestapelte Schreibtische, Werkzeuge, veraltete elektrische Gerätschaften, verrottende Kisten voller Vakuumröhren. Es war, als wäre all der überflüssige Schrott der Fear Base mit den Jahren buchstäblich nach unten gesunken.

Die C-Ebene hatte ursprünglich Wohn- und Aufenthaltseinrichtungen für die hier stationierten Soldaten beherbergt:

Kantinen, eine Wäscherei, Kleiderkammern. Auf der D-Ebene war das Büro des Quartiermeisters gewesen, zusammen mit zahllosen Lagerräumen und mehreren Werkstätten. Auf jeder Ebene verringerte sich die Zahl der funktionierenden Glühlampen. Im Gegensatz zu den erstickend warmen oberen Ebenen war die Kühle hier unten deutlich spürbar. Der unangenehme moschusartige Geruch, der die gesamte Basis erfüllte, war hier unten noch viel stärker. Logan rümpfte die Nase.

Die E-Ebene war ein Gewirr von technischen Systemen und Nebenräumen. Die Decken waren hier noch niedriger als überall sonst und übersät von Rohren und Kabeln. Die meisten Glühlampen waren aus den Fassungen gedreht, und die wenigen verbliebenen funktionierten längst nicht mehr. Logan bewegte sich langsam von Raum zu Raum, während er den Lichtkegel seiner Taschenlampe hin und her schwenkte. Viele Objekte, die hier lagerten, waren mit alten Planen abgedeckt und gut erhalten in der kalten, trockenen Luft. Logan fragte sich, wann jemand zum letzten Mal so tief im Innern der Basis gewesen war. Es fühlte sich an, als würde man in eine Zeitkapsel treten.

In einem Hilfs-Kontrollraum blieb er stehen, einer Sicherheitseinrichtung für den Fall, dass die Hauptsysteme weiter oben ausfielen. Die schwarzen Schirme der Monitore und Oszilloskope blinkten auf, als der Schein der Taschenlampe über sie huschte. Die Stille war hier vollkommen. Einem Impuls gehorchend, schaltete er die Taschenlampe aus. Sofort umgab ihn eine undurchdringliche Schwärze. Hastig schaltete er das Licht wieder ein. Er verließ den Kontrollraum und bewegte sich weiter den Gang hinunter. Inzwischen wünschte er sich, ein paar Ersatzbatterien mitgenommen zu haben oder, besser noch, eine zweite Taschenlampe. Nicht auszudenken, wenn diese hier ausfiel.

Er passierte noch einige weitere enge Räume. Die Türen waren gähnende schwarze Rechtecke. Dann endete der Gang in einer T-Kreuzung. Er blieb stehen und versuchte, sich in diesem verwirrenden militärischen Labyrinth zu orientieren. Falls er sich nicht täuschte, führte die linke Abzweigung mehr oder weniger genau nach Süden. Er wandte sich nach rechts und setzte seinen Weg fort.

Zwanzig Meter weiter endete der Gang vor einer massiven Metalltür – eigentlich eher einer Luke – ohne Fenster und fest verschlossen durch massive Keile. Eine rote Glühlampe in einem Sicherheitskäfig hing in der Decke über der Tür – dunkel, wie der Rest der Lampen auf Ebene E –, und ein Schild auf der benachbarten Wand verkündete: »ACHTUNG! EINTRITT FÜR UNBEFUGTE STRENGSTENS VERBOTEN. GENEHMIGUNG FUER PROJEKT F-29 ERFORDERLICH.«

Logan las das Schild einmal und dann noch einmal. Er schwenkte den Lichtkegel seiner Taschenlampe über die Metallluke, trat einen Schritt vor und legte die Hand auf einen der Keile, um probehalber daran zu ziehen. Er rührte sich nicht. Als Logan die Tür genauer untersuchte, stellte er fest, dass er selbst dann nicht weiterkommen würde, wenn es ihm gelänge, die Keile zu lösen – die Luke war auf einer Seite zusätzlich durch ein massives Vorhängeschloss gesichert.

Unvermittelt wirbelte Logan herum. Mit dem Rücken zur Luke leuchtete er den Gang entlang. Die Basis lag totenstill. Er hatte seit fast eineinhalb Stunden niemanden mehr zu Gesicht bekommen. Und doch war er sicher – absolut und vollkommen sicher –, dass er soeben etwas gehört hatte.

»Wer ist da?«, rief er in die Dunkelheit.

Keine Antwort.

Er stand dort, vollkommen reglos mit Ausnahme der Hand, die die Taschenlampe hielt. War jemand von der Filmcrew hier unten auf der Suche nach dem verschwundenen Kadaver? Niemand konnte so dumm sein, dieses Ding so weit hinunter in die Basis zu schleppen – oder, was das anging, die Suche bis hier unten auszudehnen.

»Wer ist da?«, rief er. Erneut Stille.

Er konnte genauso gut umkehren. Er hatte gefunden, wonach er gesucht hatte. Weiter ging es sowieso nicht – die Luke war verschlossen. Er atmete tief durch, setzte sich in Bewegung – und blieb erneut stehen, weil ihm schmerzlich bewusst wurde, dass er in einer Sackgasse war. Es gab keinen anderen Weg zurück an die Oberfläche – er musste durch diesen Korridor. Aus dem das Geräusch gekommen war.

Dann hörte er es erneut. Schritte. Das Geräusch von jemandem, der ging. Näher kam. Dann bog eine Gestalt um die Ecke, wo der Gang sich verzweigte. Wie von einem Magneten angezogen, zuckte Logans Taschenlampe in die Richtung. Es war Gonzalez, der kommandierende Sergeant der kleinen militärischen Abteilung, die auf Fear Base stationiert war.

Logan spürte, wie die nervöse Anspannung, die von ihm Besitz ergriffen hatte, ein klein wenig nachließ. Er setzte eine neutrale Miene auf und wartete.

Gonzalez kam ihm langsam entgegen. Er hielt seine eigene Maglite lässig in der kraftvollen Hand. »Netter Morgen für einen Spaziergang«, bemerkte er, als er heran war.

Logan grinste.

Gonzalez musterte Logan eingehend. »Sie sind Dr. Logan, ist das richtig?«

»Das ist richtig, ja.«

»Was machen Sie hier unten, Doktor? Suchen Sie ebenfalls nach diesem Kadaver?«

»Nein. Sind Sie mir gefolgt?«

»Sagen wir, ich war neugierig, was jemand hier unten zu suchen hat.«

Logan überlegte, ob er den Sergeant fragen sollte, wie er es überhaupt bemerkt hatte, doch Gonzalez würde wahrscheinlich nicht darauf antworten, also ließ er es.

»Wonach suchen Sie?«, fragte der Sergeant.

Logan zeigte mit dem Daumen über die Schulter auf die Luke.

Gonzalez runzelte die Stirn. »Warum?«

»Das ist der Nordflügel, richtig? Der wissenschaftliche Bereich?«

Gonzalez wurde unversehens misstrauisch. »Was wissen Sie darüber?«, fragte er.

»Nicht viel. Deswegen bin ich ja hier unten.« Logan machte einen Schritt auf Gonzalez zu. »Sie haben nicht zufällig einen Schlüssel, oder?«

»Wenn ich einen hätte, würde ich ihn nicht benutzen. Der Eintritt ist verboten, strengstens. Selbst für mich.«

»Aber es ist die ehemalige wissenschaftliche Abteilung, oder?«

»Ich fürchte, es steht mir nicht frei, diese Frage zu beantworten.«

»Hören Sie, Sergeant. Ich bin den ganzen Weg hierherauf gekommen, um mehr darüber in Erfahrung zu bringen, was hinter jener Tür passiert ist. Ich habe davon erfahren, als ich ein frisch freigegebenes Archiv durchgesehen habe. Es hat sofort mein Interesse geweckt. Ich bin kein Spion, und ich bin auch kein Journalist. Können Sie mir denn überhaupt nichts sagen?«

Gonzalez antwortete nicht.

Logan seufzte. »Okay. Was halten Sie davon, wenn ich Ihnen einfach erzähle, was ich weiß?« Er hielt kurz inne und fuhr dann fort: »In den fünfziger Jahren des letzten Jahrhunderts wurde diese Basis nicht nur als Frühwarnsystem genutzt. Hier fand auch wissenschaftliche Forschung statt. Welcher Art diese Forschung war, welche Experimente durchgeführt wurden, weiß ich nicht. Doch irgendetwas ging schief – was dazu führte, dass die Arbeiten sofort eingestellt wurden. Passt das mit dem zusammen, was man Ihnen erzählt hat?«

Gonzalez bedachte ihn mit einem langen, abschätzenden Blick, während er ihm mit seiner Taschenlampe ins Gesicht leuchtete. »Ich habe immer nur Gerüchte gehört, sonst nichts«, sagte er schließlich. »Von den Jungs, die vor mir hier stationiert waren.«

Logan nickte.

»Der Nordflügel ist tief in den natürlichen Hang hineingebaut, im Prinzip wie ein Anbau an die eigentliche Basis. Diese Luke führt in die oberste Ebene.«

»In die *oberste* Ebene?«

»Das ist richtig. Der Nordflügel befindet sich vollständig unter der Erde. Ich weiß nicht, was dort drin war – nur, dass es streng geheim war.« Gonzalez zögerte, dann fuhr er – trotz der Abgelegenheit ihres gegenwärtigen Aufenthaltsorts – mit gesenkter Stimme fort. »Es heißt, dass dort merkwürdige Dinge passiert sein sollen.«

»Was für merkwürdige Dinge?«

»Keine Ahnung. Die Jungs, die vor mir hier waren, wussten nichts Genaueres. Einer von ihnen hatte gehört, dass ein paar Wissenschaftler von einem Polarbären zerrissen worden wären.«

»Im Nordflügel?«, fragte Logan.

»Das hat er jedenfalls erzählt.«

»Aber wie kam ein Polarbär hier herunter?«

»Ganz genau.«

Logan schürzte die Lippen. »Sie wissen nicht rein zufällig,

ob sich irgendjemand mit diesen Wissenschaftlern unterhalten hat?«

»Keine Ahnung.«

»Wo war das Quartier dieser Leute?«

Gonzalez zuckte die Schultern. »Auf der C-Ebene, schätze ich. Jedenfalls gibt es dort Extrakojen, die nie vom Militär benutzt wurden.«

Logan dachte kurz nach, bevor er weiter sprach. »Meinen Hintergrundrecherchen zufolge hatte keine der beiden anderen Frühwarnbasen eine wissenschaftliche Abteilung.«

Anstatt einer Antwort deutete Gonzalez auf das Schild an der Wand neben der Luke.

»Was ist Projekt F-29?«, fragte Logan.

»Nie davon gehört. Könnten wir jetzt vielleicht wieder nach oben gehen?«

»Eine letzte Frage, Sergeant. Wie oft kommen Sie hier herunter?«

»So selten wie möglich. Es ist kalt, es ist dunkel und es stinkt.«

»Dann tut es mir leid, dass ich Ihnen die Mühe gemacht habe.«

»Und mir tut es leid, dass Sie für nichts und wieder nichts den ganzen Weg hierherauf gemacht haben.«

»Das wird sich zeigen.« Logan deutete nach vorn. »Nach Ihnen, Sergeant.«

# 23

Marshall stapfte durch den Gang in Richtung von Contis Unterkunft, Penny Barbour an seiner Seite. Er hatte noch mehr von seinen wissenschaftlichen Kollegen mitnehmen wollen, auch wenn es nur Kosmetik war und eine Solidarität demonstrieren sollte, die in Wirklichkeit nicht existierte – doch das hatte sich als unmöglich erwiesen. Sully blieb verschwunden, und Marshall hatte Faraday und Chen nicht bei ihren Analysen stören wollen. Aus diesem Grund waren nur er selbst und die Computerspezialistin für sein Vorhaben übrig geblieben.

Als sie vor der Tür stehen blieben, hörte Marshall ein leises Stimmengemurmel im Raum dahinter. Er bedachte Penny Barbour mit einem kurzen Seitenblick. »Sind Sie bereit?«

Sie erwiderte seinen Blick. »Sie werden das Reden besorgen, Schätzchen, nicht ich, damit das klar ist.«

»Aber Sie sind auf meiner Seite?«

Sie nickte. »Selbstverständlich.«

»Okay.« Marshall hob die Hand, um anzuklopfen.

In diesem Moment wurde eine der Stimmen im Raum abrupt lauter. »Das hat *nicht das Geringste* mit Anstand zu tun! Ich verbiete es, und damit basta!«

Marshall klopfte an die Metalltür.

Auf der anderen Seite herrschte schlagartig erschrockene Stille. »Herein!«, meldete sich Wolffs Stimme, diesmal beherrschter.

Marshall öffnete die Tür für Penny Barbour und folgte ihr

in den Raum. Drei Personen standen dort: Conti, Wolff und Kari Ekberg. Marshall hielt inne und blickte die drei an. Conti war sehr blass, und Karis Augen waren rot und verquollen. Beide hatten die Köpfe gesenkt. Nur Wolff erwiderte Marshalls Blick. Sein schmales Gesicht verriet keine Regung.

Marshall holte tief Luft. »Mr. Conti, die Frist, die Sie mir gesetzt haben, läuft zwar noch eine Stunde, aber ich benötige keine weitere Bedenkzeit.«

Conti sah kurz zu ihm auf, dann wandte er den Blick ab.

»Ich habe mit meinen Kollegen gesprochen, und ich bin überzeugt, dass keiner von ihnen irgendetwas mit dem Verschwinden des Fossils zu tun hat.« Das stimmte größtenteils: Penny Barbour hatte ihm fast den Kopf abgebissen, als er sie gefragt hatte, ob sie vielleicht etwas über den Verbleib der Katze wüsste. Und falls Faraday etwas damit zu tun hatte, würde er jetzt nicht in seinem Labor sitzen und ihr Verschwinden analysieren. Sully war noch immer verschwunden – der Klimatologe *hatte* sich in der Tat ein wenig seltsam verhalten, doch er konnte wohl kaum allein gehandelt haben.

Conti antwortete nicht, und Marshall fuhr fort. »Davon abgesehen, empfinde ich Ihre Einschüchterungstaktik als äußerst beleidigend. Ihr beharrlicher Verdacht, dass jemand Ihre Show sabotiert habe und dass es eine Verschwörung gebe mit dem Ziel, Sie zum Verlassen der Basis zu bewegen, grenzt an Paranoia. Nur zu, drehen Sie Ihre revidierte Version einer Dokumentation, wenn es Ihnen dabei hilft, Ihre Eitelkeit zu bezähmen. Doch falls Sie irgendetwas über mich oder einen meiner Kollegen sagen, andeuten oder behaupten, das *in irgendeiner Weise* von reinen, beweisbaren Tatsachen abweicht, können Sie und Terra Prime sich darauf einstellen, von einer großen und sehr wütenden Schar von Anwälten heimgesucht zu werden.«

»Schön«, sagte Wolff. »Sie haben sich klar und deutlich ausgedrückt. Noch etwas?«

Marshall antwortete nicht. Er sah von Conti zu Wolff und wieder zu Conti. Ihm wurde bewusst, dass sein Herz wild klopfte und dass sein Atem schwer ging.

Wolff sah ihn unverwandt an. »Würden Sie uns nun bitte wieder verlassen, falls es sonst nichts mehr gibt?«

Marshall blickte zu Conti. Endlich hob der Regisseur den Kopf und nickte beinahe unmerklich. Marshall konnte nicht sagen, ob er auch nur ein Wort mitbekommen hatte.

Offenbar war alles gesagt. Marshall sah Penny Barbour an und deutete zur Tür.

»Wollen Sie es ihnen etwa nicht sagen?«, fragte Kari Ekberg in diesem Moment leise.

Marshall sah sie an. Contis Field Producer blickte von Conti zu Wolff, einen gehetzten Ausdruck im Gesicht.

»Uns *was* nicht sagen?«, fragte Marshall.

Wolff runzelte die Stirn und gab ihr mit einer Geste zu verstehen, dass sie schweigen sollte.

»Sie können das nicht vertuschen!«, sagte Kari mit lauterer, entschiedenerer Stimme. »Wenn Sie es ihnen nicht sagen, tue ich es.«

»Uns was nicht sagen?«, wiederholte Marshall seine Frage.

Eine kurze Pause entstand. Dann wandte sich Kari Ekberg an ihn. »Josh Peters. Einer unserer Produktionsassistenten. Er wurde vor zehn Minuten draußen vor dem Sicherheitszaun gefunden. Tot.«

Der Schock durchbohrte Marshall wie eine Lanze. »Erfroren?«

Bei diesen Worten gab sich Conti endlich einen Ruck. »Zerrissen«, sagte er.

# 24

Das Krankenrevier der Fear Base, ein verwirrendes, klaustrophobisches Labyrinth aus kleinen grauen Räumen, lag tief im südlichen Flügel, inmitten der Militärunterkünfte. Marshall war erst einmal dort gewesen, um sich einen Verband und eine Tetanusspritze geben zu lassen, nachdem er sich an einer rostigen Verkleidung den Arm aufgerissen hatte.

Wie die restliche Basis sah auch das Krankenrevier aus wie die Kulisse eines alten Films. An den Wänden hingen alte Impfpläne und Poster mit Warnungen vor Läusen und Pilzerkrankungen. In den Vitrinen standen alte Jodtinkturen und Flaschen mit medizinischem Alkohol, ein halbes Dutzend neuer Flaschen Betadine und Wasserstoffperoxid. Über allem lag ein Schleier von Vernachlässigung, der wie der Staub auf Mobiliar und Armaturen klebte.

Marshall sah sich um. Im ehemaligen Wartezimmer drängelten sich die Leute. Wolff, Conti, Kari Ekberg, Gonzalez, der rothaarige Corporal namens Phillips – sie alle sorgten dafür, dass der kleine Raum noch klaustrophobischer wirkte. Sully war endlich wiederaufgetaucht – er hatte in einem abgelegenen Labor Wetterdaten studiert, wie er sagte, und die wenig verlockende Vorhersage mitgebracht, dass der gegenwärtige Schneesturm noch wenigstens achtundvierzig Stunden lang anhalten würde. Jetzt stand er mit gerötetem Gesicht abseits in einer Ecke. Niemand, so schien es, wollte durch die offene Tür in den nächsten Raum gehen. Es war das einstige Behandlungszimmer. Jetzt diente es als improvisierte Leichenhalle.

Sergeant Gonzalez befragte den unglücklichen Produktionsassistenten, der den Leichnam gefunden hatte, einen schlaksigen jungen Mann Anfang zwanzig mit einem flaumigen Kinnbart. Marshall wusste lediglich, dass sein Name Neiman lautete.

»Haben Sie sonst jemanden in der Umgebung gesehen?«, wollte Gonzalez wissen.

Neiman schüttelte den Kopf. Sein Gesichtsausdruck war glasig und benommen, als hätte er soeben einen Schlag an den Kopf bekommen.

»Was hatten Sie dort draußen zu suchen?«

Ein langes Schweigen. Dann: »Ich war an der Reihe.«

»An der Reihe? Womit?«

»Mit der Suche. Nach der verschwundenen Katze.«

Gonzalez verdrehte die Augen und wandte sich wütend an Wolff. »Geht das immer noch weiter?«

Wolff schüttelte den Kopf.

»Das ist auch besser so, sonst hätte ich Ihnen jetzt den Befehl erteilt, diesen Unsinn sofort abzubrechen! Hätten Sie Ihre Leute nicht in diesem Unwetter nach draußen geschickt, wäre Peters jetzt noch am Leben.«

»Das wissen Sie nicht!«, erwiderte Wolff.

»Selbstverständlich weiß ich das! Peters wäre nicht draußen gewesen. Er wäre keinem Polarbären begegnet.«

»Das ist reine Vermutung«, sagte Wolff.

Gonzalez funkelte ihn an.

»Sie vermuten, dass es ein Polarbär war. Der Mann könnte auch ermordet worden sein.«

Gonzalez seufzte angewidert und wandte sich geringschätzig zu Neiman um. »Haben Sie etwas gehört? Etwas gesehen?«

Neiman schüttelte den Kopf. »Nichts. Nichts als Blut,

überall Blut.« Er sah aus, als müsste er sich im nächsten Moment übergeben.

»In Ordnung, das reicht für den Augenblick.«

»Wer hat den Leichnam hierhergeschafft?«, fragte Marshall den Sergeant.

»Das war ich selbst. Zusammen mit Private Fluke.«

»Wo ist Fluke?«

»In seiner Koje. Es geht ihm gerade nicht so gut.« Gonzalez nickte Phillips zu. »Warum begleiten Sie Mr. Neiman nicht in sein Quartier zurück?«

Kari Ekberg trat vor. »Ich komme mit«, sagte sie.

»Sprechen Sie nicht mit den anderen darüber«, sagte Wolff. »Noch nicht.«

Kari sah ihn an. »Aber ich muss es ihnen sagen.«

»Es verursacht nur unnötige Aufregung«, entgegnete Wolff.

»Unnötige Aufregung wird durch Gerüchte und Geschwätz verursacht«, sagte sie. »Und die verbreiten sich jetzt schon.«

»Sie hat recht«, sagte Gonzalez. »Es ist besser, wenn die anderen es erfahren.«

Wolff starrte die beiden an. »Also schön, wie Sie meinen. Aber erzählen Sie nicht, in welchem Zustand er gefunden wurde.«

»Und sagen Sie allen, dass sie die Basis nicht verlassen sollen«, fügte Gonzalez hinzu.

Kari folgte Phillips und Neiman nach draußen. Marshall sah ihr hinterher. Sie hatte sich verändert. Bisher war sie Conti und Wolff gegenüber stets sehr respektvoll gewesen. Jetzt, nach Peters' Tod, war davon nicht mehr viel übrig. Nicht nur, dass sie aus der Reihe getanzt war und die Wissenschaftler über das Unglück informiert hatte – jetzt stellte sie Anordnungen sogar offen infrage.

Marshall bemerkte, dass Wolff ihn anstarrte. »Was denn?«, fragte er.

»Wenn Sie schon hier sind, wollen Sie keinen Blick darauf werfen?«

»Einen Blick worauf?«, fragte Marshall.

»Sie sind doch Biologe, oder?«

Marshall zögerte. »Paläoökologe.«

»Meinetwegen. Aber solange der Sturm wütet und bis ein Flugzeug hier landen kann, müssen wir den Leichnam in einem Kälteraum lagern. Warum werfen Sie nicht vorher einen Blick darauf und lassen uns Ihre Meinung hören?«

»Weil ich kein Pathologe bin. Und weil ich keine medizinische Ausbildung habe. Sie sollten Faraday fragen – er ist wenigstens ein richtiger Biologe.«

»Sie sollen ja nicht gleich eine Autopsie vornehmen«, sagte Wolff. »Ich möchte doch nur, dass Sie einen Blick auf die Wunden werfen und uns sagen, was Sie davon halten.«

»Wovon halten?«, meldete sich Sully zum ersten Mal zu Wort.

»Beispielsweise, ob sie von einem Menschen verursacht worden sein könnten.«

Gonzalez verzog ärgerlich das Gesicht. »Das ist reine Zeitverschwendung. Wir wissen, dass es ein Polarbär war.«

»Wir wissen überhaupt nichts. Abgesehen davon, war Peters ein Angestellter von Terra Prime – es ist unsere Entscheidung, was wir machen.« Wolff sah Marshall durchdringend an. »Wir sind alle zusammen hier oben gefangen – mindestens noch zwei weitere Tage, heißt das. Meinen Sie nicht, wir sollten erfahren, ob es in unserer Mitte einen Soziopathen gibt? Um unserer eigenen Sicherheit willen?«

Marshall warf einen Blick zu der offenen Tür. Er verspürte einen großen Widerwillen dagegen, sich das anzusehen, was dahinter lag. Doch er spürte auch, dass vier Augenpaare auf ihm ruhten.

Er nickte knapp. »Also schön.«

Wolff führte ihn in das Untersuchungszimmer. Es war ausgestattet mit einem einfachen Holzstuhl, einem Waschbecken, einem Regal mit Handtüchern und militärischen Erste-Hilfe-Kits sowie mehreren Schränken voll mit alten und neuen Medikamenten. Mitten im Raum stand eine Untersuchungsliege, auf der unter einem Laken der Leichnam lag. Das Laken war durchnässt von Blut, und ringsum hatte man zusammengerollte Handtücher platziert wie Sandsäcke auf einem Damm, um zu verhindern, dass Blut auf den Boden tropfte.

Marshall schluckte. Er hatte im Grundstudium Leichen seziert, doch das waren klinische Leichen gewesen, blutleer, gewaschen, anonym und fast mehr synthetisch als menschlich. Josh Peters' Leichnam war nichts von alledem.

Marshall blickte sich zu den anderen um, die schweigend gefolgt waren und nun um den Tisch herum standen. Wolff mit bemüht neutraler Miene. Gonzalez, der mit arbeitenden Kiefermuskeln auf das Laken starrte. Sully, der unbehaglicher dreinblickte als jemals zuvor. Und Conti, dessen Augen zu dem Toten zuckten, dann zur Seite, dann wieder hin in einer sich auf seinem Gesicht abzeichnenden Mischung aus Agitation, Gier und Ungeduld.

»Ich benötige ein paar Eimer und einen Schwamm«, sagte Marshall.

Gonzalez verschwand in einem Lagerraum und kehrte mit zwei weißen Plastikschüsseln zurück. Marshall stellte eine davon neben dem Untersuchungstisch auf den Boden und füllte die andere zur Hälfte mit Wasser aus dem Waschbecken. An einem Haken hinter der Tür hing ein staubiger Laborkittel, den er nun anzog. Dann öffnete er eines der Erste-Hilfe-Kits, nahm ein paar Latexhandschuhe hervor und zog sie über. Als er fertig war, drehte er sich zu Sully um.

»Gerry?«, fragte er.

Sully antwortete nicht. Er starrte auf das zusammengerollte Handtuch um Peters' abgedeckten Kopf herum. Es war völlig durchtränkt mit Blut.

»Gerry«, sagte Marshall ein wenig lauter.

Sully zuckte zusammen und hob den Blick.

»Würden Sie vielleicht protokollieren?«

»Hmmm? Oh. Ja, sicher.« Sully suchte in seinen Taschen nach einem Stift und Papier.

Marshall atmete tief durch. Dann griff er nach den zusammengerollten Handtüchern auf seiner Seite des Tischs und warf sie in die auf dem Boden stehende Schüssel. Es gab ein nasses, klatschendes Geräusch, als sie das Plastik trafen. Ein weiterer tiefer Atemzug, dann packte er eine Ecke des Tuchs und zog es langsam von der Leiche herunter.

Ein kollektives, unfreiwilliges Stöhnen entrang sich den Kehlen der Anwesenden. Marshall hörte es in seiner eigenen Kehle aufsteigen.

Die einzige Person, die still blieb, war Gonzalez. Seine Kiefermuskeln arbeiteten heftig.

Es sah noch schlimmer aus, als Marshall befürchtet hatte. Peters schien in eine Dreschmaschine gekommen zu sein. Seine Kleidung war völlig zerfetzt, und nahezu jede nackte Stelle seines Körpers war übersät von Schnitten, dünnen, geraden Linien, die wie von Rasierklingen gezogen durch das blasse Fleisch liefen. In der Brust hatte er eine riesige, klaffende Wunde, durch die die unteren Rippen zu sehen waren. Die Ränder waren sauber und glatt, als hätte ein Metzger sein Handwerk verstanden. Der Schnitt weitete sich in der Unterleibsregion und gab den Blick frei auf rote und graue

Schlingen von Eingeweiden. Schlimmer noch als dieser Anblick war das Schädeltrauma. Der Angriff hatte Peters' Gesicht vollkommen entstellt. Ein zerstörter, geborstener Schädel, der wie ein erschlaffter Ball an den Halswirbeln hing. Graue Hirnmasse leckte zwischen den zerschmetterten Überresten der Schädelplatten hervor.

Marshall wandte sich ab und blinzelte. Dann nahm er einige saubere Handtücher aus dem Regal, rollte sie eng zusammen und drückte sie dicht an den Leichnam, um zu verhindern, dass das Blut auf den Boden tropfte. Er zog eine Metallsonde aus dem Erste-Hilfe-Kit, dann drehte er sich wieder zu Peters um.

»Der Leichnam scheint jetzt vollständig ausgeblutet zu sein«, sagte er. »Beinahe die gesamte Körperoberfläche ist von Abschürfungen überzogen, zusammen mit zahlreichen, möglicherweise Hunderten schmaler Wunden mit sehr glatten, nicht gerissenen Rändern. Ich kann mir nicht erklären, was diese schmalen Wunden erzeugt haben könnte. Mindestens zwei der größeren Wunden könnten für sich allein genommen tödlich gewesen sein. Die erste hat die achte bis, Moment … zwölfte Rippe auf der linken Seite freigelegt und gebrochen. Das Rippenfell wurde perforiert, und es hat massive Blutungen gegeben. Die Wunde setzt sich fort bis in die Unterleibsregion, wo auch das Bauchfell perforiert wurde. Im Wundkanal gibt es Hinweise auf Verletzungen der Herzventrikel.

Die zweite Wunde ist schnell beschrieben. Massive Verletzungen von Schädel und Hals, von der rechten Halsschlagader aufwärts zum Großhirn, den seitlichen und den Frontstirnlappen, entlang beider Seiten der *Fissura interhemisphaerica.* Ansonsten sind die Patella und weitere Knochen des linken Knies zerschmettert sowie die Oberschenkelarterie perforiert.« Eine Pause. »Die Beschädigungen der Kleidung entsprechen den Verletzungen darunter. Eine professionelle toxikologische und forensische Analyse wird weitere Erkenntnisse bringen.« Er trat zurück.

Eine Sekunde lang sagte niemand ein Wort. Dann räusperte sich Gonzalez. »Wie ich bereits sagte: ein Angriff von einem Polarbären. Können wir ihn jetzt wieder zudecken und in eine Kältekammer legen?«

»Es könnte ein Mensch gewesen sein«, sagte Wolff. Seine Stimme war ruhig, doch beharrlich.

»Sind Sie verrückt?«, entgegnete Gonzalez. »Sehen Sie sich diese Wunden an!«

»Es hat schon früher Fälle gegeben, wo Leute unter dem Einfluss bestimmter Drogen in einen mörderischen Blutrausch gefallen sind. Mit der richtigen Ausrüstung – oder Waffe – könnte auch ein Mensch diese Verletzungen hervorgerufen haben.« Er sah zu Marshall. »Stimmt das nicht?«

Marshall sah zu dem Toten. »Die Brustwunde ist ungefähr zehn Zentimeter breit mit einer Tiefe von beinahe acht Zentimetern. Es ist ein gewaltiger Druck erforderlich, um eine solche Wunde hervorzurufen. Der Angreifer muss sehr stark gewesen sein und extrem schwer.«

»Wie beispielsweise ein Polarbär«, fügte Gonzalez hinzu.

»Offen gestanden, ich bin überrascht, dass ein Polarbär imstande ist, solche Wunden hervorzurufen.«

»Ein Killer könnte es«, beharrte Wolff. »Wenn er genügend Zeit hat für seine Schläge.«

»Und was ist hiermit?« Mit einer Sonde hob Marshall das linke Bein am Knie an. Der Fuß baumelte locker – viel zu locker – und hing in einem unmöglichen Winkel herab. »Es ist beinahe durchgebissen. Der Fuß hängt nur noch an ein paar Sehnen.«

»Simulierte Bissspuren«, sagte Wolff. »Erzeugt, um Angst und Nervosität hervorzurufen.«

»Aus welchem Grund denn?«, fragte Sully.

»Um Neugierige von der Stelle fernzuhalten, wo der Kadaver der gestohlenen Katze verscharrt wurde.«

Marshall stieß einen Seufzer aus. »Sie meinen also, dass, wer auch immer das Fossil gestohlen hat, bereit ist zu töten – auf die bestialischste, wildeste Art und Weise, die man sich nur vorstellen kann –, um seine Beute zu schützen?«

»Er oder sie war bereit und willens, hierherauf zu kommen«, konterte Wolff. »Er oder sie hat sich als einer von uns ausgegeben, die Zeit und das Geld aufgewendet und ist ein hohes Risiko eingegangen. Ja, warum nicht?«

Marshall starrte ihn ungläubig an. »Es ist mir völlig schleierhaft, warum Sie sich weigern, die weit einfachere, weit rationalere Erklärung zu akzeptieren. Dieser Mann ist einem Polarbären über den Weg gelaufen und wurde getötet. Polarbären sind aggressive Räuber, die dafür bekannt sind, Menschen anzufallen. Warum wollen Sie das nicht wahrhaben?«

Wolffs Augen glitzerten im grellen künstlichen Licht. »Dr. Marshall, Sie sprechen von einfachen, rationalen Erklärungen. Ich kann aus einem ganz einfachen, rationalen Grund nicht akzeptieren, dass ein Polarbär das getan haben soll: Wenn es keinen Dieb gibt – wenn ein Polarbär Peters getötet hat –, warum ist dann unsere Katze verschwunden, und wo ist sie hin?«

# 25

Während der Versammlung auf dem Krankenrevier hatte sich Conti still verhalten und es vorgezogen, seine Beobachtungen für sich zu behalten. Als die Gruppe aufbrach, blieb er für einen Moment zurück und sah dabei zu, wie Gonzalez und der zurückgekehrte Corporal Phillips den Leichnam sorgfältig einpackten, um ihn für die Lagerung vorzubereiten. Aus den Unterhaltungen der Soldaten hatte Conti erfahren, dass sie den Toten in ein unbenutztes Kühlhaus im Südflügel bringen wollten. Nun verließ auch Conti das Krankenrevier und kehrte langsam und nachdenklich zur Zentralsektion der Basis zurück.

Dort angekommen, sah er, wie ihm die beiden Kameraleute, Fortnum und Toussaint, entgegenkamen.

»Emilio«, sagte Fortnum. »Wir haben gehört, Sie wollen uns sprechen?«

Conti warf einen hastigen Blick in die Runde, bevor er antwortete. Die Eingangshalle lag verlassen, und selbst die Wachstation war vorübergehend unbesetzt. Trotzdem sprach Conti mit gesenkter Stimme.

»Ich habe einen Spezialauftrag für Sie beide«, sagte er. »Ich brauche besonderes Filmmaterial.«

Die beiden Kameraleute nickten.

»Betrachten Sie dieses Projekt als geheim. Unter dem Radar, quasi. Überraschungssegmente, die ich einzubauen gedenke, um die Dramatik zu erhöhen. Nehmen Sie niemanden sonst mit. Und niemand darf es erfahren – nicht Kari Ekberg und nicht Wolff.«

Die beiden Kameraleute sahen sich an, dann nickten sie erneut, ein wenig langsamer diesmal.

»Haben Sie schon die Neuigkeit gehört?«

»Welche Neuigkeit?«, fragte Fortnum.

»Josh Peters ist tot.«

»*Josh?*«, riefen die beiden Männer unisono.

»Wie das?«, fragte Toussaint.

»Die Wissenschaftler denken, dass er von einem Polarbären erwischt wurde. Es ist draußen passiert, vor der Einzäunung. Wolff glaubt, dass es der gleiche Kerl war, der die Katze mitgenommen hat.«

»Herr im Himmel!«, stieß Fortnum aus. Er war totenbleich geworden.

»Genau. Und wir müssen das ausnutzen, solange wir können.«

Die Männer sahen ihn verständnislos an.

»Kari geht gegenwärtig herum und informiert die Mannschaft über den Unglücksfall.« Conti wandte sich an Fortnum. »Allan, Sie müssen Kari finden. Sehen Sie zu, dass Sie die Emotionen der Mannschaft einfangen. Je extremer, desto besser. Aber bleiben Sie unauffällig, lassen Sie Kari nach Möglichkeit nicht merken, worauf Sie aus sind. Und falls Sie nicht die Reaktionen bekommen, die Sie brauchen, warten Sie, bis Kari weg ist, und schmücken dann Ihre Beschreibung aus, während die Kamera läuft. Ich will nacktes Entsetzen sehen. Hysterische Tränen wären noch besser.«

Auf Fortnums blasse Gesichtszüge hatte sich ein verwirrter Ausdruck geschlichen. »Wir reden hier von unserer eigenen Mannschaft, die Sie filmen wollen – richtig?«

»Aber natürlich. Sie sind die Einzigen im Bereich der Basis, die noch nichts von Peters gehört haben.« Conti winkte ungeduldig ab. »Sie müssen sich beeilen. Kari ist schon unterwegs und verbreitet die blutige Neuigkeit.«

Fortnum öffnete den Mund, als wollte er einen weiteren Einwand erheben, doch dann schloss er ihn wortlos wieder und ging mit einem letzten merkwürdigen Blick auf Conti in Richtung der Quartiere davon.

Conti sah ihm hinterher. Als der Kameramann außer Sicht war, drehte er sich zu Toussaint um. »Für Sie habe ich einen noch wichtigeren Auftrag«, sagte er. »Der Leichnam wird gegenwärtig im Krankenrevier aufbewahrt. Das ist im Südflügel, ich gebe Ihnen eine Wegbeschreibung mit. Man wird ihn in ein Kühlhaus bringen, aber ich habe gehört, wie sie gesagt haben, dass vorher ein paar Reparaturen durchgeführt werden müssen und dass es nicht vor morgen einsatzbereit und kalt ist. Das ist unsere Gelegenheit.«

»Unsere Gelegenheit«, wiederholte Toussaint ein wenig unsicher.

»*Verstehen Sie denn nicht?* Wenn der Leichnam erst im Kühlhaus ist, kommen wir nicht mehr an ihn heran!« Conti versuchte, seine beinahe fieberhafte Ungeduld und die Frustration im Zaum zu halten, die sich in ihm aufgestaut hatten, seit er vom Verschwinden der Katze erfahren hatte. »Es ist folgendermaßen. Wolff will nicht, dass wir den Leichnam von Peters filmen.«

»Natürlich nicht.« Toussaints Stimme klang geistesabwesend, weit entfernt.

»Aber wir *müssen* ihn filmen. Diese Situation ist in Bewegung, sie ändert sich ständig. Die Dokumentation muss sich anpassen, muss sich ebenfalls ändern.« Conti packte den Kameramann am Revers. »Unsere Existenzgrundlage und unsere Reputation stehen hier auf dem Spiel. Wir haben ein elend schlechtes Blatt in der Hand. Diese Katze war Herz und Seele unserer Produktion – und jetzt ist sie verschwunden. Dafür geschieht etwas Neues. Was heute Morgen als ein Rätsel angefangen hat, wurde zu einem Kriminalfall. Sehen

Sie das? Wenn wir es richtig anfangen, könnte die Dokumentation noch viel größer werden als *Das Erwecken des Tigers.* Wir werden viel mehr Zuschauer anziehen. Weil wir ihnen etwas geben können, das sie noch nie zuvor bekommen haben: eine Dokumentation, die sich plötzlich in etwas ganz anderes verwandelt. Ein Drama, ein Krimi, der sich in Echtzeit vor den Augen der Zuschauer abspielt!«

Toussaint blinzelte wortlos.

»Aber man kann keinen Krimi drehen ohne wenigstens eine Einstellung von der Leiche. An diesem Punkt kommen Sie ins Spiel. Ich möchte, dass Sie bis zum Abendessen warten. Bis dahin werden sich die Dinge ein wenig beruhigt haben. Ich kümmere mich darum, dass die Soldaten abgelenkt sind – niemand wird Sie belästigen. Es geht ganz schnell. Betrachten Sie es als eine Art Aufklärungsmission: Gehen Sie rein, filmen Sie die Einstellung, verschwinden Sie wieder. Machen Sie sich keine Sorgen um die Belichtung oder den Hintergrund oder sonst irgendwas. Die Einstellung selbst ist wichtig. Machen sie eine einzige lange Aufnahme, den Rest bearbeite ich daheim in New York auf der DataCine. Okay?«

Toussaint nickte langsam.

»Guter Mann. Und hören Sie – denken Sie daran, zu niemandem ein Wort. Nicht mal zu Fortnum. Es bleibt unser Geheimnis – bis zum letzten Schnitt und dem Applaus der Senderbosse. Verstanden?«

»Verstanden«, sagte Toussaint mit beinahe unhörbar leiser Stimme.

Conti nickte. Es war eine schnelle Bewegung, die an einen pickenden Vogel erinnerte. »Und jetzt gehen Sie und bereiten Ihre Ausrüstung vor. Ich skizziere in der Zwischenzeit den Weg.«

# 26

Die Räume waren klein und einfach wie Mönchszellen. Lediglich die Skelettrahmen von Pritschen und ein paar vereinzelten Metallspinde waren geblieben. Und doch wusste Logan, als er sich umsah, dass hier das Quartier der Wissenschaftler gewesen sein musste.

Es zu finden hatte sich als eine Herausforderung erwiesen: Die C-Ebene war mit so viel Plunder vollgestellt, dass es schwerfiel, alte Einrichtungsgegenstände von eingelagerten Möbeln zu unterscheiden. Doch hier in diesen Räumen standen genau acht Pritschen so angeordnet, dass es nach einem wohnlichen Arrangement aussah und nicht nach einem weiteren Lager. Vier Pritschen befanden sich im zentralen Raum, jeweils zwei übereinander, eine einzelne weitere Pritsche in einem großzügigen Raum an der Seite – zweifellos das Quartier des leitenden Wissenschaftlers. Zwei weitere Betten in einem Raum auf der anderen Seite. Und ein letztes in einer Kammer neben dem Badezimmer, kaum größer als ein Gäste-WC.

Logan schaltete jede verfügbare Lampe ein. Dann schlenderte er langsam, mit auf dem Rücken verschränkten Händen, durch die Räume, blickte sich um, spähte in die leeren Schränke und versuchte, die Geister der lange Verstorbenen dazu zu bewegen, ihm ihre Geheimnisse zuzuflüstern. Er hatte gehofft, etwas zu finden: Werkzeuge oder Ausrüstung vielleicht, oder Ausdrucke, oder Fotos. Doch es war offensichtlich, dass das Quartier vor vielen Jahrzehnten gründlich durchsucht, jeder Gegenstand von Interesse geräumt und –

falls man sich an die Standardprozedur der damaligen Zeit bei derart geheimen Operationen gehalten hatte – verbrannt worden war.

In einem Spind hingen verloren zwei Kleiderbügel, auf dem Boden lag ein Knopf mit einem Rest von Faden daran. Eine zerdrückte, vertrocknete Tube Zahnpasta stand auf dem Metallregal über dem Waschbecken im Badezimmer. Wie es schien, gab es nichts mehr, das ihm das Quartier verraten konnte.

Logan kehrte in den zentralen Raum zurück. Er hatte selbst früher einmal in einem so beengten Zimmer gewohnt, vor vielen Jahren, bei einer archäologischen Grabung in der Nähe von Massada. Die israelische Armee hatte der Gruppe von Wissenschaftlern und Historikern für die Dauer ihrer Arbeit vor Ort ein abgelegenes Barackenlager zur Verfügung gestellt. Logan schüttelte den Kopf, als er an die unfruchtbare Landschaft und die Einsamkeit dachte. Es hatte sich angefühlt, als wären sie eine Million Meilen von allem entfernt. Genau wie auf dieser Basis hier.

Langsam ließ er sich auf die Sprungfedern der nächsten Pritsche sinken. Leere Räume oder nicht – Forscher hinterließen ihre Spuren. Ihr Verstand arbeitete ununterbrochen. Sie führten Tagebücher. Sie sammelten Ideen und Beobachtungen – je weiter abseits der Zivilisation, von Telefonen oder Forschungsassistenten, desto fleißiger. Sie verfassten Notizen, schrieben Einfälle nieder, auf die sie später, in der vertrauten Umgebung ihrer Labors, zurückkommen konnten: Ideen für Experimente, Theorien und Thesen für Publikationen. Seine Frau Karen hatte ihn mehr als einmal wegen genau dieser Angewohnheit auf den Arm genommen und ihn einen Konzept-Messie genannt, eine geistige Packratte. »Andere Leute horten Geschirrtücher, Postkarten oder Toaster«, hatte sie einmal gesagt. »Du hortest Theorien.«

Die Wissenschaftler hier auf der Basis hatten sich bestimmt nicht anders verhalten.

Mit einer entscheidenden Ausnahme. Sie – und mit ihnen ihre Theorien – hatten die Basis nicht wieder verlassen.

Er erhob sich von der Pritsche und blickte sich erneut um. Vier Betten – in diesem Raum hatten die Geselligeren der Forscher gewohnt und miteinander Poker oder Bridge gespielt. Er bewegte sich langsam durch die anderen Räume und blieb schließlich in der winzigen, an einen Wandschrank erinnernden Kammer stehen. Dieser dunkle, höhlenähnliche Raum musste der am wenigsten begehrte gewesen sein – und doch war es der, den Logan für sich gewählt hätte: privat, abgeschieden und wie geschaffen, um sich auf die eigenen Gedanken zu konzentrieren.

Oder ein Tagebuch zu schreiben.

Als er dort stand in der absoluten Stille, sämtliche Sinne angespannt, durchlief ihn ein unerwartetes und zugleich eigenartig wohliges Erschauern. Ganz plötzlich fühlte er sich unglaublich lebendig.

*Selbst wenn ich hier keinen Erfolg habe*, dachte er, *selbst wenn sich das hier als Jagd nach Hirngespinsten herausstellen sollte, so sind es Augenblicke wie dieser, die all die Mühen wert machen.* Die Jagd selbst hatte etwas undefinierbar Wunderbares an sich: der Versuch, hier in diesem Raum tief unter der Erde und dem ewigen Eis die Gedanken und Anstrengungen dieser Männer zu rekonstruieren, die vor fünfzig Jahren gelebt hatten, sich in sie hineinzuversetzen und vielleicht – nur ganz vielleicht – etwas Wertvolles, eine Goldader zu entdecken.

Der Raum war völlig leer mit Ausnahme des nackten Bettgestells und eines Metallspinds. Logan kniete sich nieder und musterte das Gestell von unten. Nichts. Er zog den leeren Spind von der Wand und blickte dahinter. Blickte darunter, schob ihn zurück an seinen Platz.

Der hintere Teil des Raums war durch einen Vorhang abgetrennt. Er hob den Metallstab, der den Vorhang spannte, und spähte in das hohle Innere. Nichts. Ein schmales Sims verlief entlang der Wände dicht unter der Decke. Er griff nach oben und strich mit den Fingern darüber, doch er fand nichts außer Staub. Er wandte sich um und starrte auf die kahlen Wände und die Decke mit der einzelnen nackten Glühlampe.

*Wenn ich hier wohnen würde …*, dachte er … *wenn ich hier wohnen würde und Kopien meiner Entdeckungen behalten wollte – und das würde ich –, wo würde ich sie verstecken?*

Er zog das Bettgestell von der Wand. Die Metallfläche dahinter war so nackt und kahl wie der Rest von allem, bis auf eine Steckdose in der Nähe des Bodens. Mit einem leisen Seufzer schob er das Bett zurück gegen die Wand.

Dann stockte er. Er zog das Bett wieder nach vorn, kniete sich zwischen Bett und Wand, nahm ein Kombiwerkzeug und eine Taschenlampe hervor, schraubte die Blende der Steckdose ab und leuchtete mit der Lampe in das Innere. Was er dort sah, überraschte ihn dann doch. Die Steckdosenkontakte waren nicht mit dem Stromnetz verbunden und lösten sich mit der Blende. Dahinter war nichts außer einem großen, dunklen rechteckigen Hohlraum. Bei näherem Hinsehen bemerkte Logan ein Stück geschwärzte Schnur, das um den altmodischen Verteiler gewickelt war. Ein Ende der Schnur verschwand in der Dunkelheit hinter der Metallwand. Als er ganz behutsam an der Schnur zog, entdeckte Logan ein kleines schwarzes Notizbuch, das an das andere Ende gebunden war: die Seiten vergilbt, brüchig, der Einband bedeckt mit Stockflecken.

So behutsam, als wäre er ein Fabergé-Ei, löste Logan den Knoten der Schnur und klappte das Notizbuch auf. Die erste Seite war in einer kleinen, krakeligen Schrift vollgekritzelt.

Logan lächelte vor sich hin. »Karen, Liebste«, murmelte er, »ich wünschte, du könntest das hier sehen.« Doch Karen antwortete nicht.

# 27

Die Gänge des Südflügels waren schwach beleuchtet, und lange Schatten zogen sich über die nackten Metallwände. Es war sechs Uhr abends, und die gesamte Basis lag in absoluter Stille. Ken Toussaint wanderte den Hauptkorridor der Ebene A entlang, die tragbare Digitalkamera in der einen und Contis hastig hingekritzelte Wegbeschreibung in der anderen Hand. Er hatte bisher keinen der Soldaten zu Gesicht bekommen – Conti hatte versprochen, sie während der Essenszeit zu beschäftigen. Dennoch wanderte er unwillkürlich auf Zehenspitzen durch die Gänge. Diese absolute Stille machte ihn nervös.

Das waren die merkwürdigsten und unangenehmsten Dreharbeiten, an denen er je teilgenommen hatte. Er war schon zu einer ganzen Reihe abgelegener Orte auf der Welt geschickt worden. Er war in Kambodscha bei lebendigem Leib von Moskitos zerbissen worden, er hatte im Tschad Sand aus jeder denkbaren Körperöffnung gepult, er hatte in Paraguay Skorpione von seiner Ausrüstung geschnippt. Doch das hier setzte allem bei Weitem die Krone auf. Gestrandet am obersten Ende der Welt, Hunderte von Kilometern von allem entfernt, das an zu Hause erinnerte, bedroht von Eisstürmen und Polarbären, eingesperrt in eine altmodische, stinkende Militärbasis. Nicht nur das, sondern jetzt schien es auch noch so, als wären all die erlittenen Unbequemlichkeiten umsonst gewesen. Doch das war nicht das Schlimmste von allem. Was zunächst nur ärgerlich gewesen war, war plötzlich tödlich geworden.

Er erreichte eine Gabelung und hielt an, um die Skizze zu konsultieren, dann wandte er sich nach rechts.

Was machte er überhaupt hier? Warum schlich er in den Gängen herum? Als Conti ihm den Auftrag erteilt hatte, war er noch benommen gewesen von Peters' Tod, hatte noch versucht, das Geschehene zu verarbeiten. Die Bedeutung dessen, was Conti von ihm wollte, war ihm nicht so recht klar gewesen. Doch jetzt, während er durch diesen stillen Korridor schlich, wurde sie ihm dafür umso klarer. Mächtig klar. Jetzt, da es zu spät war für einen Protest.

Toussaint war erst einmal in diesem Abschnitt der Basis gewesen, nämlich gestern, als er halbherzig nach dem verschwundenen Kadaver gesucht hatte. Hier schien es eine Menge technischer Apparaturen und Instrumente zu geben, zumindest nach den verblichenen, mit Schablonen auf die Türen gemalten Beschriftungen zu urteilen, die er passierte. Einem Impuls gehorchend, blieb er vor einer Tür stehen, die mit *Transducer Array – Backup I* beschriftet war. Er streckte die Hand nach dem Türknauf aus. Drehte daran. Abgeschlossen. Also setzte er seinen Weg fort.

Was Conti von ihm verlangte, erschien ihm wie der reinste Kannibalismus: das unnötige, sensationslüsterne Filmen eines Mitglieds der eigenen Crew, das tot war und demzufolge keine Einwände erheben konnte. Es war ein dreistes Eindringen in die Privatsphäre eines anderen Menschen. Was würde Joshs Familie dazu sagen?

Auf der anderen Seite, rief er sich ins Gedächtnis, als er sich wieder in Bewegung setzte, war der Sender nicht dumm. Terra Prime würde dafür sorgen, dass nichts Geschmackloses, Blutrünstiges ausgestrahlt wurde. Außerdem wusste

Conti, was er tat. Er war ein brillanter Regisseur und Filmemacher, und er war zugleich Realist. Wenn es eine Möglichkeit gab, diesem Desaster eine glückliche Wendung zu geben und etwas Bemerkenswertes daraus zu erschaffen, dann würde Conti sie finden. Er hatte schließlich einen Ruf zu verteidigen. Genau wie Toussaint auch.

Es leuchteten hier immer weniger Neonröhren, und die Kreuzung voraus lag in durchbrochenem Schatten. Und noch etwas gab es zu bedenken: Das hier war eine wirklich einzigartige Aufgabe. Niemand wusste davon außer Conti und ihm selbst. Es konnte zu einem Meisterwerk werden, zu etwas, das er seinem Portfolio hinzufügen konnte. Während der gesamten Produktionsphase hatte er immer nur die zweite Kamera geführt und die Nebenschauplätze abgearbeitet. Er hatte stets in Fortnums Schatten gestanden. Das hier war seine Chance, daran etwas zu ändern. Er würde seine Aufnahme mit einem Audio-Kommentar versehen, so viel stand fest. Wenn er dem Sender gefiel, half ihm das noch weiter aus dem Schatten ins Licht.

Als er die Kreuzung erreichte, nahm er den Objektivdeckel von der Kamera, schaltete sie ein, aktivierte den Hilfsscheinwerfer, justierte die Brennweite, überprüfte Weißbalance und Belichtung und stöpselte das Mikrophon ein. Er würde diese Aufnahme in einer einzigen langen Einstellung drehen: hinein in das Krankenrevier, weiter zum Untersuchungsraum, einmal um den Leichnam herum, hereinzoomen zu ein paar Nahaufnahmen, vielleicht kurz die Laken wegziehen, in die Peters eingewickelt worden war, wie Conti gesagt hatte. Das war alles. Neunzig Sekunden, bis er drin und wieder draußen war, das Material sicher auf der eingebauten Harddisk der Kamera. Wie Conti gesagt hatte: rein, filmen, raus, fertig.

Toussaint bog um die Ecke. Dort war es. Die zweite Tür

auf der linken Seite. Er schob die Skizze in seine Tasche, hob den Sucher ans Auge und richtete die Kamera aus. Der Lichtkegel des Scheinwerfers tanzte im Takt zu seinen Schritten über die Wände des Korridors. Er zielte auf die Tür der Krankenstation. Sie war geschlossen.

Ein unangenehmer Gedanke durchzuckte ihn. Was, wenn die Tür abgesperrt war? Conti war nicht in der Stimmung, ein Nein als Antwort zu akzeptieren.

Hastig näherte er sich der Tür und filmte im Gehen weiter. Ein schnelles Drehen am Türknauf beruhigte seine angespannten Nerven wieder: Sie war nicht abgeschlossen. Er tastete nach dem Lichtschalter und drehte das Licht an.

Er nahm das Auge vom Sucher und blickte den Gang hinauf und hinunter mit den plötzlichen, schuldbewussten Bewegungen von jemandem, der nichts Gutes im Schilde führt. Doch da war niemand. Nichts. Nichts außer den feinen Haaren in seinem Nacken, die nervös zu Berge standen, und einem leisen, hohen Summen in den Ohren, das ihm verriet, dass er vielleicht zu lange gewartet hatte, seine Medikamente gegen den Bluthochdruck zu nehmen.

Es wurde Zeit, dass er die Sache hinter sich brachte. Er räusperte sich leise, drückte das Auge gegen das Okular, betätigte den Aufnahmeknopf und stieß die Tür weit auf. »Ich gehe jetzt rein«, murmelte er leise in das Mikrophon.

Er bewegte sich rasch durch das Krankenrevier und achtete darauf, die Kamera gerade zu halten, während er den beengten Raum filmte. Sein Herz schlug schneller, als ihm lieb war, und seine Bewegungen waren abgehackt und abrupt. Er verfluchte sich dafür, dass er nicht die Steadycam genommen hatte, doch dann überlegte er, dass ein amateurhafter Ansatz vielleicht genau das Richtige für diesen Exkurs war. Sie konnten im Labor ein paar digitale Filter einsetzen und die Bilder noch körniger machen, bis sie aussahen wie mit einer billigen Kamera improvisiert …

Der Durchgang zum nächsten Zimmer tauchte im Sucher auf. Dort lag der Leichnam von Peters, hatte Conti gesagt.

»Der Tote liegt im Nachbarraum«, murmelte er in das Mikro. »Hinter dem Wartezimmer.«

Er spürte, wie sein Atem schneller ging und sich seinem Herzschlag anpasste. *Neunzig Sekunden, das ist alles. Rein und wieder raus.*

Er setzte sich in Bewegung, schwenkte die Kamera im Gehen nach rechts und links, während er darauf achtete, nicht über irgendwelche im Weg stehenden Hindernisse zu stolpern. Der Durchgang zum Untersuchungszimmer war ein schwarzes Loch, perforiert vom kleinen gelben Lichtkegel seines Kamerascheinwerfers. Erneut tastete er an der Wand entlang und fand den Lichtschalter.

Augenblicklich wurde es massiv weiß im Okular. Dummer Anfängerfehler – er hätte das Licht vor dem Betreten des Raums einschalten und der Kamera ein paar Sekunden Zeit geben müssen, um die Belichtung nachzuregeln. Als das gesättigte Weiß schwächer wurde und die Konturen des Raums erschienen, sah er den Untersuchungstisch in der Mitte. Der Leichnam lag fest eingewickelt in Plastikfolie auf seiner blutverschmierten Unterlage.

Noch schneller atmend als zuvor, schwenkte er einmal durch den Raum, dann bewegte er sich langsam um den Tisch herum und führte die Kamera an der in Plastik gehüllten Leiche entlang. Das war gut. Contis Instinkte waren richtig gewesen. Sie würden den Inhalt bearbeiten und ein paar Sprungschnitte einfügen. Sollte die Phantasie des Zuschauers die Lücken füllen! Er lachte zwischen gehetzten Atemzügen und vergaß in seiner Aufregung, den Audiokommentar fortzusetzen. *Warte nur, bis Fortnum das hier zu sehen kriegt …*

In diesem Moment hörte er es. Obwohl »hören« nicht ganz der richtige Ausdruck war – es war vielmehr eine unerwartete Änderung des Luftdrucks, ein schmerzliches Gefühl von Völle, das er im Brustkorb spürte und deutlicher noch in den tiefsten Kanälen seines Gehörs und seiner Nebenhöhlen. Irgendetwas in der Nähe, etwas, von dem Toussaint instinktiv spürte, dass es gefährlich war, hatte ihn von einer Sekunde zur anderen in höchste Alarmbereitschaft versetzt. Er riss den Kopf vom Sucher und starrte mit dem Millionen Jahre alten Instinkt eines Beutetiers zum dunklen Ausgang am anderen Ende des Wartezimmers.

Irgendetwas lauerte dort draußen. Etwas *Hungriges.*

Sein Atem ging noch schneller: hechelnde Züge, die dennoch nicht ausreichten, um seine Lungen zu füllen. Die Kamera filmte munter weiter, doch er hatte sie vergessen. Sein Verstand arbeitete fieberhaft, als er sich einzureden versuchte, dass das alles verrückt war, nur ein Nervenflattern, vollkommen verständlich angesichts der Umstände …

Warum zum Teufel hatte er plötzlich eine solche Angst? Er hatte nichts gesehen, nichts gehört – nicht bewusst jedenfalls. Und doch war etwas an dieser perfekten Schwärze des Ausgangs, das all seine Instinkte in Alarm versetzte.

Er wich zurück, schwenkte die surrende Kamera wild umher, sodass der Scheinwerferkegel über Wände und Decke huschte. Er stieß gegen den Untersuchungstisch mit der inzwischen steif gewordenen Leiche, und Übelkeit drohte ihn zu überwältigen.

*Mach einfach, dass du hier rauskommst*, sagte er sich. *Du hast die Aufnahme im Kasten. Mach, dass du hier rauskommst. Verschwinde hier.*

Er wirbelte herum, machte Anstalten zu fliehen.

Und doch schaffte er es nicht, zu rennen. Irgendetwas in seinem Innern wusste, dass er, wenn er jetzt nicht hinsah, niemals wieder den Mut haben würde hinzusehen. Und irgendetwas noch viel tiefer in seinem Innern sagte ihm, dass Weglaufen nicht den geringsten Unterschied machen würde.

Er hob die Kamera, drückte das Okular ans Auge und drehte sich hörbar atmend um, während er – ganz langsam – den Lichtkegel des Kamerascheinwerfers auf die Dunkelheit jenseits des Ausgangs richtete.

Mitten auf das Antlitz des Albtraums.

# 28

»Ich habe Ihre Nachricht erhalten«, sagte Marshall, als er Faradays Labor betrat und die Tür hinter sich schloss. »Haben Sie etwas gefunden?«

Faraday blickte auf. Er sah Marshall an, dann Ang Chen, dann wieder Marshall. Die Augen des Biologen wirkten weit und nervös hinter dem runden Schildpatt-Brillengestell. Doch das war es nicht, was Marshall irritierte. Faraday wirkte selbst an einem ruhigen Tag nervös.

»Es ist mehr eine interessante Abfolge von Fakten«, sagte Faraday. Er stand hinter einem verwirrenden Wald aus Reagenzgläsern und Laborgeräten – fast schien es, als versteckte er sich dahinter.

»Kein Problem.«

»Ich kann nichts davon beweisen. Nicht hier vor Ort jedenfalls.«

Marshall verschränkte die Arme vor der Brust. »Ich verrate dem Dekanat der Universität nichts, wenn Sie nichts verraten.«

»Und ich muss Sie warnen. Sully wird an die Decke gehen …«

Marshall seufzte ärgerlich. »Schießen Sie einfach los, okay?«

Ein letztes Zögern. »Okay.« Faraday räusperte sich und straffte seine fleckige Krawatte, die er unter dem Laborkittel zu tragen pflegte. »Ich denke, ich habe das Rätsel gelöst. Was die Eisschmelze in diesem Tresor angeht, meine ich.«

Marshall wartete.

»Ich hatte Ihnen schon gesagt, dass wir noch einmal oben in der Höhle waren, um weitere Proben von diesem Eis zu holen. Nun, wir haben sie einer Röntgenstrukturanalyse unterzogen. Es ist ein sehr ungewöhnliches Eis.«

»Inwiefern?«

»Die Kristallstruktur ist völlig falsch. Für normalerweise vorkommende Gefrierprozesse, meine ich.«

Marshall lehnte sich gegen einen Tisch. »Fahren Sie fort.«

»Sie wissen, dass es viele verschiedene Formen von Eis gibt, nicht wahr? Ich meine, abgesehen von der Sorte Eis, die wir in unsere Limonade tun oder von den Scheiben unserer Autos kratzen?« Er begann, die verschiedenen Formen von den Fingern abzuzählen. »Da wären Eis-II, Eis-III, IV, V, VI, VII und so weiter, bis hin zu Eis-XIV. Jede Form hat ihre eigene Kristallstruktur und eigene physikalische Eigenschaften.«

»Ich erinnere mich, irgendetwas darüber in den Physikvorlesungen gehört zu haben. Man benötigt großen Druck oder extreme Temperaturen, damit die Festkörper-Transformationen stattfinden können.«

»Das ist richtig. Aber das wirklich Ungewöhnliche an einigen dieser Formen von Eis ist, dass sie – wenn sie sich erst einmal gebildet haben – bis weit über den Gefrierpunkt fest bleiben können.« Er reichte Marshall über den Wald von Reagenzgläsern hinweg ein Blatt Papier. »Hier, das ist das Strukturdiagramm von Eis-VII. Sehen Sie sich die Zelle an.

Genügend Druck vorausgesetzt, kann diese Form von Eis bei Raumtemperatur überdauern, *ohne zu schmelzen.*«

Marshall stieß einen Pfiff aus. »So warm? Wir hätten diese Sorte Eis gestern im Tresor gebrauchen können.«

»Das ist genau der Punkt«, fuhr Faraday fort. »Ich habe vergangenen Monat einen Artikel in *Nature* gelesen, nach dem es theoretisch eine weitere Zustandsform von Eis geben könnte, Eis-XV, mit genau den *entgegengesetzten* Eigenschaften.«

»Sie meinen …«, Marshall zögerte. »Sie meinen, dieses Eis würde *unterhalb* des Gefrierpunkts schmelzen?«

Faraday nickte.

»Das entscheidende Wort dabei lautet ›theoretisch‹«, bemerkte Chen.

»Und die ungewöhnliche Kristallstruktur unseres geschmolzenen Eises – sie entspricht Eis-XV?«

»Es gibt keinen Weg, das mit Sicherheit festzustellen«, sagte Faraday. »Aber es wäre möglich.«

Marshall drückte sich von dem Labortisch ab und begann auf und ab zu gehen. »Dann wäre es also möglich – rein hypothetisch -, dass das Eis von ganz alleine geschmolzen ist.«

»Sie haben die Temperatur im Tresor über Nacht langsam erhöht«, sagte Faraday. »Und in all der Aufregung wegen der verschwundenen Katze hat niemand daran gedacht, die Temperatur im Innern des Tresors zu kontrollieren. Sich zu überzeugen, ob sie tatsächlich *über dem Gefrierpunkt* lag.«

»Das ist richtig.« Marshall blieb stehen. »Niemand hat es für notwendig erachtet. Die Tür blieb weit offen, und alles rannte los, um nach dem Fossil zu suchen.«

»Wodurch die Temperatur im Innern des Tresors rasch wieder auf die Umgebungstemperatur zurückkehren konnte«, sagte Chen.

»Also hat es möglicherweise überhaupt keinen Saboteur

gegeben«, sagte Marshall. »Der Auftauprozess lief wie vorgesehen. *Das Eis selbst* war der Übeltäter.«

Faraday nickte.

»Und wie kann sich dieses ungewöhnliche Eis gebildet haben?«, fragte Marshall.

»Genau das ist die Frage«, sagte Chen.

Für einige Sekunden senkte sich Stille über das Labor.

»Das ist eine höchst interessante Hypothese«, sagte Marshall schließlich. »Aber selbst wenn Sie recht haben, Wright – selbst wenn es keinen Dieb und keinen Saboteur gab, bleibt die Frage bestehen: Wer hat das Fossil aus dem Tresor entwendet?«

Kaum hatte er die Frage formuliert, sah er auch schon, wie sich Faradays nervöser Gesichtsausdruck vertiefte. »Nein, sagen Sie nichts«, kam er dem Biologen hastig zuvor. »Lassen Sie mich raten: Es hat sich selbst befreit.«

»Sie haben meine Fotos vom Boden des Tresors gesehen. Das waren Spuren von etwas, das sich einen Weg von drinnen nach draußen geschaffen hat, nicht von draußen nach drinnen. Und es waren keine Sägespuren.«

»Zugegeben. Sie sahen nicht nach Sägespuren aus. Aber sie haben auch nicht nach Klauen ausgesehen. Sie waren viel zu kräftig, um ...« Marshall hielt unvermittelt inne. »Warten Sie. Es ist eine sehr schlaue Theorie, unterhalb des Gefrierpunkts schmelzendes Eis und alles. Aber es gibt ein enormes Problem bei der Sache. Damit sich die Katze aus dem restlichen Eis befreien und einen Weg aus dem Tresor bahnen konnte, musste – muss sie lebendig sein. Aber sie ist seit Tausenden von Jahren tot.«

»Über genau dieses Problem hatten wir geredet, als Sie das letzte Mal hier in dieses Labor kamen«, sagte Faraday. »Ich habe auch dafür eine Lösung – eine theoretische zwar, aber eine Lösung.«

Marshall sah ihn an. »In den Zellen hätten sich Eiskristalle gebildet, als das Tier erfror. Das wäre tödlich gewesen.«

»Vielleicht. Vielleicht aber auch nicht. Vergangenes Jahr war ich in Berkeley auf einem Kongress von Evolutionsbiologen. Ich habe mir einen Vortrag über das Beresowka-Mammut angehört.«

»Nie davon gehört.«

»Das Beresowka-Mammut war ein Wollmammut, das zu Anfang des zwanzigsten Jahrhunderts in Sibirien gefunden wurde. Steif gefroren, mit Resten von Butterblumen zwischen den Zähnen.«

»Und?«

»Nun, die Frage lautet: Wie konnte das Mammut so schnell erfrieren – an einem Ort, der warm genug war, dass Butterblumen blühen konnten?«

Plötzlich begriff Marshall. »Ein Fallstrom kalter Luft, verursacht durch eine Inversionswetterlage.«

Faraday nickte. »Superkalte arktische Luft.«

»Ich sehe, worauf Sie hinauswollen. Als das Mammut erfror, muss es Sommer gewesen sein. Doch hier – mitten im Winter ...« Marshall verstummte.

Für einen Moment herrschte Stille. »Schockfrosten«, sagte Ang Chen schließlich.

»Genau«, sagte Faraday. »Terminales Frosten.«

»Je schneller der Gefriervorgang stattgefunden hat – wenn beispielsweise noch Höhenwinde zum Wärmeentzug beigetragen haben -, desto kleiner die Eiskristalle, die in den Zellen entstanden sind. Wenn es schnell genug passiert ist, wäre es vorstellbar, dass die Kreatur lebendig eingefroren wurde.«

Marshall sah die beiden anderen Wissenschaftler an. »Glauben Sie, dass man dieses terminale Frosten umkehren könnte?«

Faraday blinzelte. »Umkehren? Wie?«

»Wenn es eine Inversionswetterlage im Sommer geben kann, einen Fallstrom superkalter Luft – könnte es nicht genauso gut einen Fallstrom *superwarmer Luft* im Winter geben?«

Faraday nickte langsam. »Das wäre theoretisch möglich, ja.«

»Und was, wenn dieses Phänomen tatsächlich eingetreten ist? Wenn es einen Fallstrom warmer Luft gegeben hat? Erinnern Sie sich, wie warm es draußen war in jener Nacht, bevor die Dokumentation live ausgestrahlt werden sollte?«

Faraday nickte erneut.

»Es muss nah am Gefrierpunkt gewesen sein.« Marshall ging wieder auf und ab. »Das Kälteaggregat des Tresors müsste sich eingeschaltet haben – aber wenn es sich um Eis-XV gehandelt hat, wäre das ohne Belang gewesen. Die Temperaturen wären immer noch hoch genug gewesen, um einen massiven Tauprozess einzuleiten.« Er zögerte. »Als Sie zurück zum Gletscher gegangen sind, um diese Proben zu holen – haben Sie in der Umgebung der Fundstelle Zeichen von Tauvorgängen bemerkt?«

»Nein.«

»Hmmm. Es ist natürlich kälter dort oben beim Gletscher …« Marshall hielt inne, schüttelte den Kopf »Ich weiß nicht, Roger. Ihre Theorie ist brillant – aber sie scheint mir trotzdem ziemlich weit hergeholt.«

Faraday hielt das Phasendiagramm hoch. »Die Kristallstruktur lügt nicht, Evan. Wir haben die Röntgenbeugung am Eis selbst vorgenommen.«

Alle schwiegen. Marshall betrachtete das Diagramm, dann legte er es wortlos auf den Tisch.

»Wenn Sie recht haben mit der Inversion, mit der superwarmen Luft …«, begann Faraday langsam, »… könnte das noch etwas anderes erklären.«

»Was?«, wollte Marshall wissen.

»Was wir in jener Nacht am Himmel gesehen haben.«

»Sie meinen die bizarre Aurora borealis? Glauben Sie, dass das ein Nebeneffekt war?«

»Entweder ein Nebeneffekt oder ein Auslöser«, sagte Faraday. »Oder ein erstes Zeichen.«

Erneutes Schweigen. Faraday dachte an die Warnung des alten Schamanen. *Ihr Zorn malt den Himmel blutig rot. Der Himmel schreit vor Schmerz wie eine Frau in den Wehen …*

»Was ist mit dem Blut?«, fragte er. »An den Holzsplittern des Tresorbodens?«

»Wir waren bis jetzt zu sehr damit beschäftigt, das Eis zu analysieren, um uns darum zu kümmern.«

Wieder Schweigen.

»Schön, Sie waren beschäftigt«, sagte Marshall schließlich. »Aber es bleiben immer noch zwei Fragen unbeantwortet: Wenn diese ungewöhnliche Form von Eis großen Druck oder extreme Temperaturen braucht, wie kam das eine oder andere hier am Gletscher zustande?«

Faraday nahm seine Brille ab, polierte sie an seiner Krawatte und setzte sie wieder auf »Ich weiß es nicht«, sagte er leise.

Die drei sahen einander für einen Moment an. »Sie sagten etwas von zwei Fragen?«, sagte Chen.

»Ja. Wenn Ihre Spekulationen richtig sind und die Kreatur noch am Leben ist und auf freiem Fuß – wo steckt sie jetzt?«

Die Frage hing in der Luft. Und diesmal nahm das Schweigen kein Ende.

# 29

Als sich die Nachricht von Peters' Tod innerhalb der Basis verbreitete, begannen die Leute beinahe unbewusst ihre Quartiere zu verlassen und sich in den größeren Räumlichkeiten der B-Ebene zu versammeln, um in der Gesellschaft anderer Trost zu suchen. Sie saßen in der Offiziersmesse an den großen Tischen und unterhielten sich mit gedämpften Stimmen, erzählten einander Anekdoten über die unerhörten Dinge, die Josh gesagt oder getan hatte, dumme technische Fehler, die ihm unterlaufen waren. Andere hingen im Operationszentrum herum, tranken lauwarmen Kaffee, spekulierten, wann der Blizzard wohl endlich abziehen würde, und schworen sich finster, ein Jagdteam zusammenzustellen, das nach draußen gehen und den Polarbären zur Strecke bringen würde, der den unglückseligen Produktionsassistenten zerrissen hatte. Die gedrückte Atmosphäre verstärkte das Gefühl noch weiter, in einer eisigen Einöde gestrandet zu sein, weitab von sämtlichen tröstlichen Annehmlichkeiten der Zivilisation. Der Abend zog sich in die Länge, und die Unterhaltungen verstummten nach und nach, doch die Leute blieben trotzdem sitzen – niemand wollte zurück in sein Quartier und allein sein mit sich und der beunruhigenden Stille seiner eigenen Gedanken.

Ashleigh Davis teilte diese Stimmung nicht. Sie saß an einem separaten Tisch in der Offiziersmesse, den elegant frisierten Kopf in die Hände gestützt, und starrte untröstlich auf die Wanduhr in ihrer Metallfassung. Dies hier war, wie sie feststellte, eine Hölle. Schlimmer als eine Hölle. Diese

Basis *stank.* Das Essen war mehr als ekelerregend. Sie war Millionen Meilen vom nächsten Wellness-Center entfernt. Überhaupt kein Gedanke an eine anständige Tasse Espresso mit Bergamotte, nicht einmal dann, wenn das Leben davon abhing. Am schlimmsten von allem jedoch war das Gefühl, in einem Gefängnis zu sitzen. Bis der Sturm nachließ, steckte sie daumendrehend auf dieser Basis fest, hatte ihre strahlende Karriere Pause. Es gab keinen Weg nach draußen, außer sie ging zu Fuß. Und wenn sie noch viel länger hier am Ende der Welt festsaß, dachte sie düster, würde sie vielleicht genau das tun: Einfach nach draußen gehen in den Schnee und die Dunkelheit, genau wie dieser Typ von Scotts Antarktis-Expedition ... sie hatte den Begleitkommentar zu einer Dokumentation über dieses Unternehmen gesprochen, doch sie brachte beim besten Willen nicht die Energie auf, sich den Namen des armen Burschen ins Gedächtnis zurückzurufen.

... und zu allem Übel verging die Zeit so langsam! Der Nachmittag hatte eine Ewigkeit gedauert! Sie hatte die Maske so lange drangsaliert, bis sie ihr eine Gesichtsbehandlung verpasst hatten, sie hatte sich die Finger- und Zehennägel machen und das Haar frisieren lassen, sie hatte das Kostümmädchen auf Trab gehalten und sich erst eins, dann noch eins und schließlich noch ein drittes Kleid zum Anprobieren bringen lassen und lange überlegt, was sie zum Abendessen tragen sollte.

*Abendessen!* Das war ein viel zu freundliches Wort für dieses Zeug. »Pampe« traf es schon besser. Oder vielleicht »Schweinefraß«. Ja, Schweinefraß. Und erst die Gesellschaft beim Essen! Sie war von Anfang an alles andere als unterhaltsam gewesen, doch an diesem Abend herrschte Totenstille am Tisch. Nur weil dieser Idiot Peters dumm genug gewesen war, einem Polarbären über den Weg zu rennen, benahmen sich alle, als sei das Ende der Welt gekommen. Sie hatten völlig vergessen, dass sie einen Star in ihrer Mitte hatten. Das war erbärmlich, wahrhaft erbärmlich – sie war eine Verschwendung für diese Bande.

Sie seufzte ärgerlich, zog eine Zigarette aus ihrer Hermès-Handtasche und zündete sie mit ihrem Platinfeuerzeug an.

»Hier in der Basis herrscht absolutes Rauchverbot, Ashleigh«, sagte Conti. »Militärische Vorschriften.«

Davis stieß ein wütendes Schnauben aus, nahm die Zigarette aus dem Mund, starrte sie an, steckte sie wieder zwischen die Lippen, nahm einen tiefen Zug und drückte sie dann auf einem Teller mit trockener Tapioka aus. Sie blies den Rauch durch die Nase und sah den Regisseur und Produzenten über den Tisch hinweg an. Sie hatte den größeren Teil der letzten Stunde damit verbracht, ihn anzubetteln, ihm zu drohen, ihn zu erpressen oder ihn zu bestechen, damit er ihr einen Flug von dieser grauenvollen Basis zurück nach New York verschaffte – alles vergeblich. Es wäre unmöglich, hatte er stur geantwortet. Sämtliche Flüge, öffentlich oder privat, wären auf unbestimmte Zeit eingestellt. Nichts, was sie gesagt hatte, hatte ihn umstimmen können. Tatsächlich hatte er kaum von ihr Notiz genommen, er schien mit den Gedanken ganz woanders zu sein. Sie hatte sich auf ihrem Stuhl zurückgelehnt und einen Schmollmund gezogen. Selbst Emilio kümmerte sich nicht um sie. *Unglaublich!*

Sie stieß ihren Stuhl zurück und erhob sich. »Ich gehe in meinen Wohnwagen«, verkündete sie. »Danke für den wunderbaren Abend.«

Conti – der schon wieder den Kopf gesenkt hatte und in seine Notizen vertieft war – blickte zu ihr auf. »Falls du Ken Toussaint begegnest«, sagte er, »schick ihn bitte zu mir. Ich bin entweder hier oder in meinem Quartier.«

Ashleigh hängte sich den Mantel über die Schultern, ohne Conti einer Antwort zu würdigen. Ihre persönliche Assistentin Brianna nahm ihren eigenen Mantel und erhob sich ebenfalls. Sie hatte während des gesamten Abendessens geschwiegen. Sie kannte Ashleigh lange genug, um zu wissen, wann es besser war, den Mund nicht aufzumachen.

»Bist du sicher, dass du in deinen Wohnwagen zurückwillst?«, fragte Conti. »Ich könnte hier unten eine Unterkunft für dich fertig machen lassen.«

»Eine Unterkunft? Was denn, mit gemeinsamem Waschraum vielleicht? Und einer harten Armeepritsche? Emilio, ich kann nur hoffen, dass das ein Witz gewesen sein soll!« Mit diesen Worten wandte sie sich verächtlich ab.

»Aber …«, setzte Conti zu einem Protest an.

»Wir sehen uns morgen früh. Und Emilio? Ich erwarte, dass bis dahin ein Helikopter bereitsteht.«

Als sie forschen Schrittes zur Tür marschierte, bemerkte sie aus den Augenwinkeln, wie sich jemand näherte. Es war der Mann, der ihren Wohnwagen auf seinem Sattelzug hergebracht hatte. Sie bedachte ihn mit einem flüchtigen Blick. Er sah nicht schlecht aus mit seinem gebräunten, schlanken Körper. Wie ein Surfer. Aber dieses abscheuliche pastellfarbene Hawaiihemd ließ sich geschmacklich wohl kaum noch unterbieten. Er hatte einen gewaltigen Kaugummi im Mund, den er bearbeitete wie ein Wiederkäuer.

»Ma'am.« Er lächelte sie an und nickte Brianna zu. »Wir wurden uns noch nicht offiziell vorgestellt.«

*Ich wurde meinen Chauffeuren noch nie vorgestellt*, dachte sie stirnrunzelnd.

»Mein Name ist Carradine, für den Fall, dass Sie ihn noch nicht gehört haben. Ich bin auf dem Weg in mein Führerhaus, deswegen komme ich mit den Ladys mit – falls Sie nichts dagegen haben, heißt das.«

Ashleigh sah ihre Assistentin an, als wollte sie fragen, ob ihr denn überhaupt nichts erspart bliebe.

»Wissen Sie«, sagte der Ice Road Trucker, während sie zur Treppe gingen, »ich hatte gehofft, mit Ihnen zu reden, Miss Davis. Als ich erfuhr, dass es Ihr Wohnwagen ist, den ich hier heraufschaffe, dass ich vielleicht Gelegenheit erhalte, mit jemandem in Ihrer Position zu reden … na ja, es war die Art von glücklichem Zufall, von der man hin und wieder mal liest. Wie Orson Welles bei seinem Treffen mit William Randolph Hearst.«

Ashleigh sah Carradine an. »William Randolph Hearst?«

»Hab ich da vielleicht was verwechselt? Na ja, wie dem auch sei, ich hoffe, Sie haben nichts dagegen, wenn ich Ihnen eine Minute von Ihrer Zeit nehme.«

*Das hast du bereits*, dachte Ashleigh.

»Verstehen Sie, ich bin nicht nur ein einfacher Trucker. Die Saison ist ziemlich kurz, wissen Sie? Vier Monate … normalerweise bin ich so früh noch nicht hier oben, weil das Eis auf dem See noch nicht dick genug ist … deswegen habe ich mehr als genug Zeit, andere Dinge zu tun. Oh, es ist nicht so, als hätte ich ständig alle Hände voll zu tun … die Zeit vergeht langsam unten in Cape Coral, und es passiert nicht viel. Aber ich habe die Zeit gut genutzt.«

Er schien darauf zu warten, dass sie ihn fragte, wie er die Zeit denn genutzt hatte. Sie schwieg entschlossen, während sie die Treppe hinaufstieg.

»Ich bin Drehbuchautor«, sagte Carradine.

Sie drehte sich zu ihm um. Ihre Überraschung war so groß, dass sie sie nicht verbergen konnte.

»Das heißt, ich habe *ein* Drehbuch geschrieben. Verstehen Sie, ich lasse beim Fahren Hörbücher laufen – das hilft, wach zu bleiben, und lenkt vom Eis ab –, und ich bin ganz verrückt nach den Stücken von William Shakespeare. Den Tragödien zumindest, heißt das, mit all dem Blut und den vielen Kämpfen. Mein Lieblingsstück ist *Macbeth*. Und darum geht es auch in meinem Drehbuch: meine Version von *Macbeth*. Allerdings ist mein *Macbeth* nicht die Geschichte eines Königs, sondern die Geschichte eines Ice Road Truckers.«

Ashleigh durchquerte hastig die Eingangshalle, während sie sich bemühte, ihre Distanz zu Carradine zu vergrößern. Carradine rannte fast, um nicht abgehängt zu werden. »Der König der Ice Road Trucker, verstehen Sie? Und da gibt es noch diesen anderen Trucker, der eifersüchtig ist auf unseren Helden und auf seinen Ruf unter den anderen. Und er ist auch auf sein Mädchen scharf. Also geht er hin und sabotiert die Route unseres Helden, zerstört das Eis, die Eisdecke … verstehen Sie, was ich meine?«

Sie passierten den Bereitschaftsraum und verließen das Gebäude durch den Haupteingang. Augenblicklich peitschten Wind und Eis wie mit gigantischen Fäusten auf sie herab. Die Außenbeleuchtung vermochte das dichte Schneetreiben kaum zu durchdringen, und man sah die Hand vor Augen nicht. Ashleigh zögerte, als ihr einfiel, dass es ein Polarbär gewesen war, der Josh Peters unmittelbar außerhalb der Einzäunung getötet hatte.

Carradine bemerkte das Zögern und lächelte. »Keine Sorge, Miss Davis«, sagte er und hob sein Hemd. In seinem Hosenbund steckte ein riesiger Revolver. »Ich fahre nie ohne ihn über das Eis.«

Ashleigh zuckte zusammen, schlang sich den kostbaren Pelz enger um die Schultern und gestattete Brianna, als Windschutz vor ihr herzugehen.

Langsam bewegten sie sich über den asphaltierten Vorplatz. Die Schuppen und Anbauten ringsum waren im aufgewühlten Schnee kaum zu erkennen. Ashleigh Davis hielt den Kopf gesenkt und suchte sich mürrisch ihren Weg über die

Massen von elektrischen Kabeln hinweg, die gefährlich unter einer Schicht von frisch gefallenem Weiß verborgen lagen. Carradine ging neben ihr her, offenbar ohne die Kälte zu spüren. Er hatte sich nicht einmal die Mühe gemacht, in der Wetterkammer einen der Parkas vom Haken zu nehmen. »Wie ich bereits sagte, der Sattelzug unseres Mannes bricht im Eis ein. Und der andere Kerl wird der neue König.«

»Schön, schön«, murmelte Ashleigh. *Mein Gott, nur noch ein Dutzend Schritte bis zum Wohnwagen.*

»Wie dem auch sei, es ist eine großartige Story, richtig gewalttätig. Der Trucker-Blickwinkel ist der helle Wahnsinn. Ich hab eine Kopie des Drehbuchs im Wagen, und ich … ich hatte überlegt, ob Sie mit Ihren Beziehungen und allem vielleicht willens wären, einen Blick hineinzuwerfen und es vielleicht zu empfehlen …«

Er unterbrach seinen Redeschwall so abrupt, dass Ashleigh ihn überrascht von der Seite ansah. Dann hörte sie das Geräusch ebenfalls. Ein gedämpfter Schlag, ähnlich einem schweren Klopfen, das aus der Dunkelheit vor ihnen kam.

»Was ist das?«, hauchte Ashleigh. Sie sah zu Brianna, die ihren Blick nervös erwiderte.

»Keine Ahnung«, sagte Carradine. »Vielleicht ein Stück Ausrüstung, das sich gelöst hat.«

*Klopf.*

»Es ist genau wie bei der Portierszene in *Macbeth!*«, rief Carradine aufgeregt. »Das Klopfen am Tor, nachdem sie Duncan ermordet haben! Ich hab diese Szene auch in meinem Stück, als der neue König der Trucker nach Yellowknife zurückkehrt, und der Sohn des alten Königs klopft an seiner Tür …«

*Klopf*

Carradine lachte. *»Weck Duncan mit deinem Klopfen«*, zitierte er. *»Das hättest du wohl gerne.«*

*Klopf*

Ashleigh machte einen weiteren Schritt vor, dann hielt sie inne. »Das gefällt mir nicht«, sagte sie.

»Es ist nichts, bestimmt nicht. Kommen Sie, wir sehen nach.«

Sie bewegten sich langsam durch das dichte Schneetreiben in die Richtung, aus der das Klopfen gekommen war. Der Wind pfiff traurig zwischen den Gebäuden hindurch, zupfte an Ashleighs Mantelsaum und brannte auf der nackten Haut ihrer Beine. Sie stolperte über ein Kabel, fing sich und richtete sich wieder auf.

*Klopf*

»Hinter Ihrem Wohnwagen«, stellte Carradine fest.

»Schön. Was auch immer es sein mag, binden wir es wieder fest! Bei diesem Lärm kriege ich sonst kein Auge zu!«

Jetzt ragte der gewaltige Wohnwagen vor ihnen auf, ein grauer Monolith im Schneetreiben, mit leise schnurrendem Generator. Carradine führte die beiden Frauen mit flatterndem, wehendem Hemd um den Wohnwagen herum. Dort, zwischen Einzäunung und Wagen, war es viel dunkler als auf der anderen Seite. Ashleigh leckte sich nervös über die Lippen.

*Klopf.*

*... und dann sahen sie es, direkt vor sich: Ein Mensch hing kopfüber an der Stütze für eine der Markisen. Er hatte keinen Mantel an, und seine Kleidung war an einigen Stellen zerfetzt. Die Arme hingen schlaff zu Boden. Der Kopf baumelte auf Augenhöhe und prallte vom Wind getrieben immer wieder gegen die Metallwand des Wohnwagens. Er war so stark zugeschneit, dass man nicht erkennen konnte, wer es war.*

*Klopf.*

Brianna schrie auf und wich einen Schritt zurück.

»Er ist tot!«, kreischte Ashleigh Davis.

Carradine machte einen raschen Schritt nach vorn und wischte den Schnee aus dem vor ihnen hängenden Gesicht.

»Oh Gott!«, rief Ashleigh. »Das ist Toussaint!«

Carradine streckte sich, um den Toten von der Stütze zu lösen. In diesem Moment riss Toussaint abrupt die Augen auf. Er starrte die drei der Reihe nach verständnislos an. Dann öffnete er ganz unvermittelt den Mund und fing an zu schreien.

Brianna fiel ohnmächtig zu Boden. Ihr Kopf prallte mit einem hässlichen Schlag gegen die Wand des Wohnwagens.

Toussaint schrie erneut – es war ein heiserer, heulender Laut. »Es spielt mit uns!«, schrie er. *»Es spielt nur mit uns! Und wenn es fertig ist mit Spielen – dann tötet es. Es wird uns alle töten!«*

# 30

Die Menschenmenge in der Einsatzzentrale war noch größer geworden. Das letzte Mal waren so viele Leute da gewesen, als Wolff nach der Entdeckung des leeren Tresors die Krisensitzung einberufen hatte, dachte Marshall grimmig. Bei jenem Treffen hatten Schock, Bestürzung und Unglauben die Stimmung beherrscht. Diesmal war es Angst, die schiere, nackte Angst. Sie war so stark, dass Marshall ihr metallisches Brennen in der Luft beinahe zu schmecken glaubte.

Er betrat den Raum, und sogleich kamen Wolff und Kari Ekberg auf ihn zu.

»Wie geht es Toussaint?«, fragte Wolff

»Er ist halb erfroren, er hat einen gebrochenen Knöchel, er hat zahlreiche üble Schnittwunden an Beinen und Armen.

Er wird es überleben. Er tobt in einem fort – wir mussten ihm starke Beruhigungsmittel aus den Vorräten des Militärs geben. Gonzalez hat ihn an seine Pritsche fesseln lassen – selbst mit den Beruhigungsmitteln war er kaum zu bändigen.«

»Er tobt?«, echote Wolff. »Warum denn das?«

»Es ist ziemlich zusammenhangloses Zeug. Er sagt, er wäre auf dem Krankenrevier von irgendetwas angegriffen und zusammengeschlagen und dann nach draußen geschleift worden.«

»Wer soll denn so etwas gemacht haben?«, hauchte Kari Ekberg.

»Nach Toussaints Worten war es kein Jemand, sondern ein Etwas«, antwortete Marshall.

Wolff runzelte die Stirn. »Das ist verrückt.«

»Irgendetwas hat ihn aufgehängt wie ein Stück Fleisch. Dieser Haken war gut drei Meter über dem Boden.«

»Ein Polarbär würde so etwas jedenfalls nicht tun«, sagte Wolff. »Und er könnte die Basis auch nicht unbemerkt betreten und verlassen. Der Mann leidet ohne Zweifel unter Halluzinationen. Was hatte er überhaupt im Krankenrevier zu suchen?«

»Wie es scheint, hat er versucht, heimlich den Leichnam von Josh Peters zu filmen.«

Wolff zuckte zusammen. »Und? Hat er es getan?«

»Schwer zu sagen. Sie haben eine Kamera im Krankenrevier gefunden – Gonzalez hat seine Männer eben nachsehen lassen. Allerdings ist die Kamera stark beschädigt und der Videoteil der Aufzeichnung schwarz. Lediglich der Ton ist zu hören: Toussaint, der immer wieder ›Nein, nein, nein!‹ murmelt«

»Hat er eine Beschreibung von seinem Angreifer gegeben?«, fragte Kari Ekberg.

»Keine detaillierte Beschreibung, nein.« Marshall hielt inne, während er sich an den ununterbrochenen Strom von zusammenhanglosem Gestammel zu erinnern versuchte, den er beim Stabilisieren von Toussaint gehört hatte. »Er hat nur gesagt, dass es riesig war – so groß wie ein Kombi.«

Wolff blickte skeptisch drein.

»Außerdem hat er gesagt, es hätte mehr Zähne gehabt, als man zählen könnte. Nicht groß, aber rasiermesserscharf. Und er meinte, sie hätten sich bewegt.«

Wolffs Skepsis nahm sichtlich zu. »Nicht sehr wahrscheinlich, meinen Sie nicht?«

»Ich weiß nicht. Rasiermesserscharfe Zähne würden diese Wunden auf Peters' Leichnam erklären.« Marshall verstummte erneut. »Und die Augen«, sagte er dann. »Er hat immer wieder von den Augen geredet.«

Kari erschauerte.

»Er hat gesagt, es hätte zu ihm *gesungen*«, fügte Marshall hinzu.

»Ich schätze, ich habe genug gehört.« Wolff wandte sich zum Gehen.

»Da ist noch etwas!«, rief Marshall ihm hinterher.

Der Vertreter des Senders blieb stehen, ohne sich umzudrehen.

»Peters' Leiche ist verschwunden.«

Marshall und Kari Ekberg sahen Wolff hinterher, als er den Raum verließ. Sie standen für einen Moment schweigend da. Die Menschen drängten sich in kleinen Gruppen und steckten die Köpfe zusammen. Sie unterhielten sich mit gedämpften Stimmen, nicht lauter als ein Flüstern. Ashleigh Davis, deren laute Proteste und Schuldzuweisungen wesentlich dazu beigetragen hatten, dass sich die Nachricht schnell wie ein Lauffeuer unter der Filmcrew verbreitet hatte, bot einen krassen Kontrast zu den anderen. Sie stand in einer Ecke des Raums und verlangte lautstark persönlichen Schutz durch das Militär.

Kari nickte in Richtung von Carradine, dem Ice Road Trucker, der allein an einem Tisch saß und heißen Kakao aus einem Styroporbecher trank. »Er hat angeboten, alle mit zurückzunehmen«, sagte sie.

»Sie meinen nach Yellowknife?«

»Wohin auch immer. Weg von der Basis. Er meint, er könne alle zusammen in Ashleighs Wohnwagen unterbringen.«

»Das wäre vielleicht gar keine so schlechte Idee – sofern er sich an eine sichere Route hält und keine Schlenker fährt.«

»Wolff hat es untersagt. Er meint, es wäre zu gefährlich.«

»Hier zu bleiben scheint mir ebenfalls von Minute zu Minute gefährlicher zu werden.« Marshall sah sie an. »Würden Sie mitfahren? Wenn Carradine grünes Licht erhielte, meine ich?«

»Kommt ganz darauf an, was Emilio tut.«

»Sie schulden ihm nichts. Abgesehen davon weiß ich inzwischen, was Sie in Wirklichkeit von ihm denken.«

»Was *ich* in Wirklichkeit von ihm denke?«

»Sie haben heute Morgen nicht gerade ein Geheimnis daraus gemacht.«

Kari lächelte reumütig. »Ich kann nicht abstreiten, dass er ein richtiges Arschloch ist. Aber das gilt für die meisten Regisseure, mit denen ich bisher gearbeitet habe. Man braucht ein aufgeblasenes Ego, wenn man etwas so Großem und Komplexem wie einer Dokumentation, die zur Hauptsendezeit ausgestrahlt werden soll, seinen Stempel aufdrücken will. Abgesehen davon habe ich nicht bei Conti unterschrieben – ich habe bei der Show unterschrieben. So funktioniert das in diesem Geschäft. Ich bin der Field Producer. Ich bleibe vor Ort bis zur letzten Klappe.«

Marshall erwiderte ihr Lächeln. »Sie sind eine sehr mutige Frau.«

»Eigentlich nicht. Höchstens eine sehr ehrgeizige.«

Marshall wurde gewahr, dass jemand neben ihm stand. Er blickte zur Seite und bemerkte, dass Professor Jeremy Logan sie beobachtet hatte. *Er mag ja ein Gelehrter sein*, sinnierte Marshall, während er ihm zunickte, *aber ich bin noch nie einem Professor wie ihm begegnet.*

»Es tut mir leid, wenn ich störe«, sagte Logan. »Ich hatte gehofft, mich auf ein paar Worte mit Dr. Marshall unterhalten zu können.«

»Kein Problem. Ich muss sowieso los, um die Filmcrew zu beruhigen. Wir reden später weiter, Evan.« Und mit diesen Worten ging Kari Ekberg davon.

Marshall wandte sich zu Logan um. »Was gibt's denn?«

»Eine ganze Menge, würde ich sagen. Suchen wir uns einen Ort, wo wir ein wenig ungestörter sind, wo wir uns unterhalten können.« Mit diesen Worten drehte sich Logan um und bewegte sich zum Ausgang.

# 31

Marshalls Labor war nicht mehr als ein halbes Dutzend Türen vom Einsatzraum entfernt, und trotzdem schien der Weg dorthin eine Ewigkeit zu dauern. Immer wieder musste Marshall an die zerrissene, leblose Gestalt von Josh Peters denken und an den tobenden Ken Toussaint mit den wilden Augen. Er musste sich zusammenreißen, um nicht ständig über die Schulter nach hinten zu sehen.

In seinem Labor angekommen, nahm Marshall das MIDI-

Keyboard vom Besucherstuhl, winkte Logan, Platz zu nehmen, und schloss sorgfältig die Tür. Dann setzte er sich selbst auf den Labortisch.

»Ungestört genug für Ihren Geschmack?«, fragte er.

Logan sah sich um. »Es wird reichen«, sagte er und zögerte. »Ich habe gehört, was passiert ist. Wie nehmen die Leute es auf?«

»Unterschiedlich. Viele haben Angst, große Angst. Einige stehen kurz vor dem Zusammenbruch. Eine Frau von der Maske wurde hysterisch und musste mit Beruhigungsmitteln versorgt werden. Wenn dieser Sturm nicht bald vorübergeht ...« Marshall schüttelte den Kopf. »Die Leute wissen nicht, was sie glauben sollen, sie wissen nicht, was vor sich geht – und das ist wahrscheinlich das Schlimmste von allem.«

»Was denken Sie darüber? Sie und die übrigen Naturwissenschaftler, meine ich. Ich habe so ein Gefühl, als wären Sie auf einer Spur ... und ich muss wissen, was für eine Spur das ist.«

Marshall musterte ihn nachdenklich, bevor er antwortete. »Ich sage Ihnen, was ich *nicht* glaube. Ich glaube nicht, dass ein Mensch Peters so zerrissen haben könnte. Und ich glaube auch nicht, dass ein Polarbär Toussaint kopfüber an einen Haken gehängt hat.«

Logan schlug ein Bein über das andere. »Damit bleibt ja wohl nicht mehr viel, oder?«

Marshall zögerte, doch dann rief er sich ins Gedächtnis, dass Logan ihn bereits ins Vertrauen gezogen und ihm erzählt hatte, dass er hier war, um das Rätsel der gestorbenen Wissenschaftler zu lösen. »Faraday hat eine Theorie«, begann er nach einem Moment.

In knappen Worten umriss er, was Faraday ihm erklärt hatte: die einzigartigen physikalischen Eigenschaften von Eis-XV, die Möglichkeit, dass die Kreatur im Eis schockgefrostet worden war, die – wenn auch winzige – Chance, dass sie nicht tot gewesen war, sondern in einem kryogenischen Kälteschlaf lebendig überdauert hatte.

Logan lauschte aufmerksam, und Marshall bemerkte, dass der Historiker dabei nicht ein einziges Mal skeptisch aussah. Als Marshall fertig war, nickte Logan langsam. »Das ist sehr interessant«, sagte er. »Aber es beantwortet immer noch nicht die größte Frage von allen.«

»Und welche wäre das?«

Logan lehnte sich zurück. »*Was* ist es?«

»Wir haben uns auch darüber unterhalten. Haben Sie schon einmal vom sogenannten Callisto-Effekt gehört?«

Logan schüttelte den Kopf

»Es ist eine Theorie in der Biologie, die evolutionäre Turbulenzen erklärt. Nach dieser Theorie erscheint immer dann eine neue Kreatur auf der Bildfläche, wenn eine Spezies es sich in ihrer Nische zu sehr bequem gemacht hat. Wenn sie aufhört, sich weiterzuentwickeln, oder wenn sie anfängt, die Ökosphäre zu sehr zu belasten. Diese neue Kreatur ist eine Tötungsmaschine, die die Population der anderen Spezies eindämmen und den Prozess der Evolution wieder anwerfen soll. Ökologisch gesehen eine perfekte Waffe.«

»Eine sehr faszinierende Theorie. Mit dem kleinen Makel: Es fällt schwer, sich hier oben in der arktischen Kälte eine Bevölkerungsexplosion vorzustellen, der Einhalt geboten werden müsste.«

»Vergessen Sie nicht, dass wir hier über eine Ökologie sprechen, die vor Jahrtausenden existierte – damals, als diese Kreatur ursprünglich eingefroren wurde. Und selbst damals war angesichts des Klimas sicher keine große Population notwendig, um ein so unfruchtbares Habitat wie dieses übermäßig zu belasten. Wie dem auch sein mag, die Theorie lautet weiter, dass der Callisto-Effekt im Großen und Ganzen eine evolutionäre Anomalie darstellt, weil eine solche Tötungsmaschine viel zu effektiv ist. Letzten Endes wird sie nämlich zu ihrem eigenen größten Feind. Sie tötet alles – und beraubt sich selbst auf diese Weise jeglicher Nahrung.«

Logan nickte erneut, langsamer diesmal, als würde er ein Steinchen in ein mentales Puzzle einfügen, an dem er arbeitete. »Sie haben es eine ›perfekte Waffe‹ genannt«, sagte er dann. »Interessant, dass Sie diese Worte benutzen. Ich bin heute schon einmal darauf gestoßen. Verstehen Sie, heute Morgen fand ich ein Notizbuch, das einer der Wissenschaftler damals zurückließ. Er hatte es in seinem Quartier versteckt.« Logan tätschelte mit einem schwachen Lächeln seine Brusttasche.

»Heute Morgen? Und das erzählen Sie mir erst jetzt?«

»Ich wusste nicht, dass ich Ihnen Rechenschaft schuldig bin.«

Marshall winkte beschwichtigend ab. »Entschuldigung.«

»Die Wahrheit ist, ich habe Ihnen vorher nicht davon erzählt, weil dieses Notizbuch ungefähr so schwer zu lesen ist wie die Linearschrift A der Hagia Triada. Es ist in einem Code verfasst.«

Marshall runzelte die Stirn. »Warum hätte der Mann seine Notizen verschlüsseln sollen?«

»Zweifelsohne war er der Meinung, dass es nicht reichte, das Notizbuch nur zu verstecken. Vergessen Sie nicht, das war in den Fünfzigern – mitten im Kalten Krieg. Die Sicherheit wurde damals sehr ernst genommen, und unser Mann wollte wahrscheinlich keine zwanzig Jahre in Leavenworth verbringen. Wie dem auch sei, ich habe den ganzen Tag an der Entschlüsselung gearbeitet.«

»Sie sind auch Kryptoanalyst?«

Logan lächelte erneut. »Kommt hin und wieder ziemlich gelegen bei meiner Arbeit.«

»Und wo haben Sie das Dechiffrieren von Codes gelernt?«

»Ich war früher bei einer, wie soll ich es sagen … Behörde für Informationsbeschaffung beschäftigt. Wie dem auch sei, ich hatte bisher nur beschränkten Erfolg. Ein paar Worte, den einen oder anderen Satz hier und da. Es ist polyalphabetisch, eine Variante der Vigenère-Verschlüsselung, aber mit einem listigen Dreh. Ich denke, er hat seinen Code außerdem mit einem Schlüsselbuch kombiniert, aber natürlich wurden sämtliche Bücher entfernt, als sie die Quartiere räumten.« Logan griff in die Tasche und zückte ein winziges Notizbuch, abgegriffen, staubig und überzogen von Moderflecken, und legte es neben Marshall auf den Labortisch. Dann klappte er es auf und zog ein gefaltetes Blatt Papier hervor.

»Hier ist, was ich bis jetzt entschlüsseln konnte.« Er entfaltete das Papier und überflog es. »Einige Einträge sind alltäglicher Natur, Genörgel über das schlechte Essen und die spartanische Unterbringung und die suboptimalen Arbeitsbedingungen – die lasse ich aus. Nur ein Beispiel: *Wir mussten extrem hastig arbeiten. Überall stand ausgepackte Sonarausrüstung herum.* Oder hier: *Die Geheimhaltung macht alles so schwierig. Einzig und allein Rose ist über alles im Bilde.*«

»Rose?«, fragte Marshall.

»Er war damals der leitende Offizier von Fear Base, Sie erinnern sich?« Logan überflog das Blatt. »Hier kommt's. *Es ist grauenhaft. Wunderbar und zugleich grauenhaft. Es ist wahrhaftig die perfekte Waffe – vorausgesetzt, es gelingt uns, seine Macht nutzbar zu machen. Das wird …*, hier kommen zwei Worte, die ich noch nicht entziffert habe, … *Herausforderung.* Zum Ende hin werden seine Aufzeichnungen hektischer, unleserlicher: *Es hat Blayne getötet. Mein Gott, es war furchtbar. So viel Blut …* Und dann hier noch ein Satz, aus dem ich nicht so richtig schlau werde: *Die Tunit haben die Antwort.* ›Tunit‹ ist offensichtlich eine Entstellung; ich muss noch daran arbeiten.«

»Keine Entstellung. Die Tunit sind die hiesigen amerikanischen Ureinwohner.«

Logan blickte überrascht von seinem Blatt auf. »Sind Sie sicher?«

»Absolut. Sie sind hier gewesen, um uns zu warnen, kurz nachdem wir die Entdeckung in der Eishöhle gemacht hatten. Sie haben uns gewarnt, so schnell wie möglich von hier wegzugehen, in sehr bestimmtem Ton.«

Logan kniff die Augen zusammen. »Ich habe noch nie von den Tunit gehört. Und ich kenne eine Menge Stämme in Alaska. Inuit, Aleut, Ahtena, Ingalik …«

»Sie sind die letzten Angehörigen der Dorset-Kultur, die eigentlich bereits vor tausend Jahren aufgehört hat zu existieren, als die Menschen ihr Land verloren und in die Wildnis gehen mussten. Im Verlauf der Jahrhunderte starben die verbliebenen Tunit weg oder gingen in der übrigen Bevölkerung auf. Wie ich erfahren habe, ist ihr Lager das allerletzte noch existierende.«

Logan kicherte. »Ich wusste, dass es kein Fehler war, zu Ihnen zu kommen. Sehen Sie, was das bedeutet?« Er klatschte auf das Blatt Papier. »Das ist vielleicht die Antwort, nach der wir gesucht haben!«

»Sie glauben, es gibt eine Verbindung zwischen den toten Wissenschaftlern und dem, was diese Basis in der Gegenwart angegriffen hat? Das kann nicht sein. Diese Kreatur, die wir entdeckt haben, war eingefroren. Unter einem Gletscher, mehr als tausend Jahre lang! Das ist absolut unstrittig bewiesen.«

»Das ist mir durchaus bewusst. Aber ich glaube nicht an Zufälle.« Er zögerte. »Es gibt nur eine Möglichkeit, die Wahrheit herauszufinden.«

Marshall schwieg für einen langen Augenblick. Schließlich nickte er langsam. »Ich nehme den Sno-Cat«, sagte er. »Es ist der einzige Weg durch diesen Schneesturm.«

»Sie können einen Sno-Cat fahren?«

»Sicher.«

»Wissen Sie denn, wo die Siedlung der Tunit ist?«

»Ich weiß die ungefähre Position, ja. Es ist nicht weit. Vielleicht dreißig Meilen nach Norden.«

Logan faltete das Blatt zusammen, schob es zurück in das kleine Journal und steckte es wieder in die Innentasche. »Ich komme mit.«

Marshall schüttelte den Kopf. »Es ist besser, wenn ich alleine fahre. Die Indianer haben sehr starke Vorbehalte gegen unsere Anwesenheit hier. Sie sind misstrauisch. Je weniger von uns zu ihnen fahren, desto besser.«

»Es ist zu gefährlich. Wenn Sie sich verletzen, ist niemand da, der Ihnen helfen kann.«

»Der Cat hat ein Funkgerät. Ich bin vorsichtig. Die Tunit kennen mich bereits. Sie hingegen sind ein Unbekannter. Sie nutzen Ihre Zeit besser hier und erzählen meinen Kollegen, was Sie herausgefunden haben.«

»Die Entscheidungsträger haben möglicherweise starke Vorbehalte, wenn Sie sich den Sno-Cat einfach so unter den Nagel reißen.«

»Deswegen fragen wir sie ja auch nicht. Ich mache so schnell, wie ich kann. Ich bezweifle, dass sie unter den gegebenen Umständen überhaupt merken, dass ich den Sno-Cat genommen habe.«

Logan runzelte die Stirn. »Ihnen ist hoffentlich klar, dass die Indianer möglicherweise für das verantwortlich sind, was hier passiert ist? Sie haben es selbst gesagt: Sie wollen, dass wir von hier verschwinden. Sie könnten geradewegs in eine Falle laufen.«

»Das stimmt. Aber wenn sie ein wenig Licht auf die Geschehnisse werfen können, und sei es noch so wenig, dann ist es das Risiko wert.«

Logan zuckte die Schultern. »Ich schätze, mir sind die Einwände ausgegangen.«

Marshall erhob sich. »Dann kommen Sie und bringen Sie mich nach draußen.« Er nickte in Richtung Tür.

# 32

Es schien, als hätte Conti bereits gerufen, noch bevor Fortnum Gelegenheit gefunden hatte, anzuklopfen. »Herein!«

Der Kameramann trat ein und schloss leise die Tür hinter sich. Conti war auf der anderen Seite des großen Raums, in seinem improvisierten Theater, versenkt in ein Video auf dem riesigen Bildschirm. Das Bild war verwackelt und verkratzt, doch die Szene dennoch sofort erkennbar: die *Hindenburg*, lichterloh in Flammen am Boden der Lakehurst Naval Air Station.

»Ah, Allan«, sagte der Regisseur. »Setzen Sie sich doch.«

Fortnum kam herbei und setzte sich in einen der bequemen Polstersessel vor dem Bildschirm. »Wie geht es Ken?«

Conti legte die Fingerspitzen zusammen. Er starrte unverwandt auf den Bildschirm. »Ich bin sicher, es geht ihm bald wieder gut.«

»Das ist nicht das, was ich gehört habe. Er soll den Verstand verloren haben.«

»Vorübergehend. Er hat einen üblen Schock erlitten. Das ist es auch, worüber ich mit Ihnen reden wollte.« Conti löste sich für einen Moment von dem alten *Wochenschau*-Bericht und blickte Fortnum an. »Wie kommen Sie voran?«

Fortnum hatte angenommen, dass Conti mit ihm über Toussaint reden wollte. Stattdessen hatte er nun den Eindruck, als wollte der Boss über die Arbeit reden. Er sagte sich, dass das vermutlich normal war: Bei so mächtigen Regisseuren wie Conti kam die Arbeit stets an erster Stelle. »Ich habe ein halbes Dutzend guter Reaktionen auf die Nachricht von Peters' Tod eingefangen. Ich bin gerade dabei, sie zu rendern.«

»Sehr gut, sehr gut. Das ist ein ausgezeichneter Anfang.«

*Anfang?* Fortnum hatte eigentlich geglaubt, »Making of«-Aufnahmen gedreht zu haben, die ziemlich geschmacklosen finalen Einstellungen für eine Dokumentation *über* eine Dokumentation – eine Studie über ein Projekt, das auf tragische Weise gescheitert war.

Das Bild auf dem Schirm wurde schwarz. Conti nahm eine Fernbedienung zur Hand, drückte eine Taste, und die *Wochenschau* begann von vorn: Die *Hindenburg* glitt feierlich zu ihrem Landemast, eine gigantische silberne Zigarre über den weiten Wiesen von New Jersey. Plötzlich schossen Flammen aus der Unterseite. Dunkle Rauchwolken stiegen himmelwärts. Der Zeppelin wurde langsamer, hing noch für einen schrecklichen Moment in der Luft, dann stürzte er dem Boden entgegen, während Feuer seine Hülle fraß und das Gerippe Stück für Stück sichtbar machte.

Conti deutete auf den Bildschirm. »Sehen Sie sich das an. Die Bildeinstellung ist grauenvoll, die Bewegungen der Kamera sind abgehackt. Es ist überhaupt kein *mise en scene* zu erkennen – und doch sind es wahrscheinlich die unvergänglichsten Bilder, die je auf Zelluloid festgehalten wurden. Erscheint Ihnen das gerecht?«

»Ich glaube nicht, dass ich Ihnen folgen kann«, gestand Fortnum.

Conti winkte. »Hier stehen wir, jahrein, jahraus, verfeinern unsere Technik, erschaffen immer subtilere, atemberaubendere Einstellungen, machen uns endlose Gedanken über die Beleuchtung und Einschübe und Rahmenhandlung. Und mit welchem Erfolg? Irgendjemand mit einer Boxkamera ist zufällig zur rechten Zeit am rechten Ort – und filmt in fünf Minuten etwas, das berühmter wird, als all unsere sorgfältig orchestrierten stundenlangen Filme zusammengenommen.«

Fortnum zuckte die Schultern. »So ist das eben.«

»Nicht unbedingt.« Conti fingerte an der Fernbedienung herum.

»Ich verstehe nicht, worauf Sie hinauswollen.«

»Es ist einfach so, dass das Schicksal dieses eine Mal vielleicht jemanden mit den richtigen Fähigkeiten und dem richtigen Werkzeug zur rechten Zeit an den rechten Ort versetzt hat.«

Fortnum runzelte die Stirn. »Sie reden von diesem Ding, das Josh Peters zerfetzt hat. Diesem Ding, von dem Ken ständig fabuliert.«

Conti nickte langsam.

»Sie glauben diese Geschichte also? Sie denken nicht mehr, dass es Sabotage war?«

»Sagen wir, ich halte mir meine Optionen offen. Und wenn sich hier eine Gelegenheit ergeben sollte, so bin ich fest entschlossen, sie zu ergreifen. Wir wären Dummköpfe, würden wir das nicht tun.«

Fortnum verschlug es die Sprache. *Er redet doch wohl nicht von … Nein. Natürlich nicht. Nicht einmal Conti ist kaltblütig genug für so etwas …*

Der Film endete, und Conti drückte auf seine Fernbedienung und startete ihn ein weiteres Mal. »James, lassen Sie mich Ihnen eine Frage stellen. Warum, glauben Sie, ist der Film über die *Hindenburg* so berühmt?«

Fortnum dachte nach. »Es war eine gewaltige Tragödie. So etwas bekommt man nicht oft zu sehen.«

»Ganz genau. Und Sie benutzen die richtigen Worte: So etwas bekommt man nicht oft zu sehen. Hat irgendjemand das Valentinstag-Massaker 1929 in Chicago gefilmt? Nein. Den Brand der Triangle Shirtwaist Fabrik in New York im Jahr 1911? Nein. Hätte es jemand getan, wäre sein Film heute eine genauso berühmte Ikone wie der *Hindenburg*-Film? Sehr wahrscheinlich.« Conti drehte sich zu Fortnum um, und Fortnum bemerkte mit wachsender Bestürzung, dass seine Augen vor Aufregung leuchteten. »Die wahre Tragödie ist, dass die wenigen Filme, die wir von solchen Katastrophen besitzen, ungeschliffen und primitiv sind. Wir haben diesmal eine Chance, daran etwas zu ändern. Verstehen Sie jetzt, was ich mit *Gelegenheit* meine?«

Fortnum traute seinen Ohren nicht. Seine schlimmsten Befürchtungen, was Contis Beweggründe und Absichten anging, erwiesen sich als wahr. »Sie erwarten also von mir, dass ich dieses Ding – was auch immer es sein mag – dabei filme, wie es jemanden *tötet?* Ist es das? Ich soll filmen, wie jemand *umgebracht* wird?«

Anstatt direkt zu antworten, drehte sich Conti wieder zu dem Bildschirm um. »Wissen Sie, welche Videos auf You Tube die beliebtesten sind? Angriffe von Tieren auf Menschen. Wissen Sie, welche Dokumentation im vergangenen Jahr die besten Nielsen-Werte erhielt? *Wenn Haie angreifen.* Menschen sind erfüllt von dem primitiven Drang, anderen beim Sterben zuzusehen. Ich kann es nicht erklären. Vielleicht ist es irgendeine reflexartige Form von Schadenfreude. Vielleicht ist es ein primitiver Instinkt, der in unseren Amygdalae sitzt. Aber wir haben eine Chance, dabei zu sein, eine Chance, die Filmemacher nur selten erhalten. Wir sind in einem Moment echter Krise zugegen. Ist es das, weswegen wir hergekommen sind? Nein. Haben wir es so geplant? Gewiss nicht. Aber wir sind es uns selbst schuldig – dem Sender – der Nachwelt –, es zu dokumentieren.«

Fortnum erhob sich. »Sie verlangen also nicht nur, dass ich mich selbst einem extremen Risiko aussetze, sondern auch, dass ich *filme*, wie diese Kreatur unsere eigenen Leute zerfleischt. Dass ich dabeistehe und filme, anstatt alles in meinen Kräften Stehende zu tun, um Leben zu retten.«

»Wer weiß? Vielleicht gibt es keine weiteren Angriffe mehr. Vielleicht gibt es diese Kreatur ja gar nicht. Vielleicht zieht der Sturm vorzeitig ab, und wir sind morgen schon hier raus. Aber wir müssen vorbereitet sein, James – *für den Fall der Fälle.*«

Fortnum spürte, wie Schock und Unglaube wichen und Ärger von ihm Besitz ergriff. »Wieso wurde Ken Toussaints Kamera im Krankenrevier gefunden, keine zehn Meter von der Stelle entfernt, wo Josh Peters' Leichnam gelegen hat? Das war der Auftrag, den Sie ihm in der Eingangshalle gegeben haben, nicht wahr? Joshs zerrissenen Leichnam zu filmen.«

»Eine Schande, dass die Videoaufzeichnung zerstört wurde.« Contis Blick ging wieder zum Bildschirm, wo das riesige Luftschiff einmal mehr langsam und eigenartig feierlich zu Boden sank, eingehüllt in Rauch und Flammen. »Primitiv«, murmelte er. »Amateurhaft. Aber nicht dieses Mal. Dieses Mal werde ich die Gelegenheit nutzen und diese Dokumentation – diese *Autobiographie*, diese sich entfaltende Tragödie auf Film bannen. Eine Krise, so unvergesslich wie die *Hindenburg* ... doch diesmal wird der Film ein Kunstwerk sein.«

Fortnum versteifte sich. »Peters' Tod für Betroffenheitsszenen auszunutzen war schlimm genug ... aber das hier? Ich will damit nichts zu tun haben. Und ich denke, Sie sind ein

Monster. Allein dafür, dass Sie es wagen, so etwas Widerwärtiges vorzuschlagen!«

Es dauerte einen Moment, bis sich Conti vom Bildschirm losgerissen hatte. Er sah Fortnum an. »Sie arbeiten für mich«, sagte er. »Wenn Sie nicht das Zeug haben, um zu tun, was in dieser Situation getan werden muss, dann sind Sie nicht als Dokumentarfilmer geeignet. Ich werde dafür sorgen, dass Sie in diesem Geschäft erledigt sind.«

»Irgendwie habe ich das Gefühl, dass der eine oder andere von uns längst erledigt ist. Er weiß es nur noch nicht«, entgegnete Fortnum. Mit diesen Worten machte er auf dem Absatz kehrt und stürmte aus Contis Quartier.

# 33

Private Donovan Fluke marschierte missmutig den Gang hinunter, der sich durch die B-Ebene des Südflügels zog. Auf seinen Schultern lastete das Gewicht von nicht weniger als drei schweren Seesäcken. Zuerst hatte er sein Glück kaum fassen können – ihm war der Auftrag zugefallen, Ashleigh Davis zu ihrem neuen vorläufigen Quartier zu begleiten. Sie mochte ein Miststück sein, aber sie war definitiv ein heißes Miststück – bei Weitem die heißeste Braut, die er in den letzten vier Monaten gesehen hatte. Tatsächlich war sie – wenn man von den Filmleuten absah – mehr oder weniger die einzige Frau, die er in den vergangenen vier Monaten gesehen hatte. Bevor er dem Ingenieurkorps beigetreten war, hatte er einen Ruf als Frauenheld genossen. Tatsächlich war er vor einem wütenden Ehemann geflohen, als er sich bei der U. S. Army verpflichtet hatte. Er wusste, wie man die Röcke klarmachte. Und Davis' persönliche Assistentin hatte ihr eigenes Quartier, wo sie sich von einer Gehirnerschütterung erholte. Er hatte definitiv das große Los gezogen – jetzt hatte er Ashleigh für sich allein. Sie hatte darum gebeten, in der Nähe der Soldaten untergebracht zu werden, um der zusätzlichen Sicherheit willen. Fluke hatte sich ausgemalt, wie er seinen Charme einsetzen würde, sein patentiertes Lächeln – und wenn das nicht reichte, ihr ein wenig Angst machen und die Gerüchte von diesem bösartigen Polarbären erzählen, der auf der Basis Amok lief. Auf die eine oder andere Weise – indem er ihr entweder Angst machte oder romantische Gefühle in ihr weckte – würde er einen Weg finden, sich in ihre Räume einladen zu lassen und ein wenig Zeit mit ihr zu verbringen. Vielleicht auch eine Menge mehr.

Es hatte nicht funktioniert. Die Davis hatte sich als unempfänglich gegenüber jeder Strategie erwiesen. Sie hatte geschwiegen, seine Annäherungsversuche ignoriert und sich geweigert, auf seine Andeutungen oder Suggestivfragen zu reagieren. Sie waren aus der Basis direkt zu ihrem Wohnwagen gegangen, wo er beinahe fünfzehn Minuten hatte warten müssen – draußen, in der Kälte –, während sie ein paar Dinge für ihre Übernachtung eingepackt hatte. Als er mit seiner Dienstpistole in der Hand auf den Stufen des Wohnwagens gestanden und an den blutigen, zerrissenen Leichnam von Josh Peters gedacht hatte, der keine hundert Meter von dieser Stelle entfernt gefunden worden war, war ihm bereits ein großer Teil seiner Inbrunst vergangen. Und wie um allem die Krone aufzusetzen, musste er die »paar Dinge« – drei Seesäcke voll! – ganz allein schleppen auf dem Rückweg in die Basis und den Südflügel.

Sie erreichten eine Kreuzung, und Fluke ließ die Seesäcke zu Boden gleiten.

»Was ist los?«, fragte Ashleigh Davis sofort.

»Nichts, Ma'am«, antwortete Fluke. »Ich muss mich nur ein wenig ausruhen.«

Ashleigh rümpfte verächtlich die Nase. »Wie weit ist es noch?«

»Noch zwei Minuten.« Der einzige geeignete Raum, den sie so kurzfristig hatten vorbereiten können, der Raum des diensthabenden Offiziers, befand sich ganz am anderen Ende der Ebene. Zu Anfang hatte sich Fluke darüber gefreut – mehr Gelegenheit zum Reden auf dem weiten Weg –, doch jetzt erschien ihm die Plackerei unerträglich.

Sein Funkgerät piepste, und er pflückte es von seinem Nylongürtel. »Fluke hier.«

*»Fluke, hier spricht Gonzalez. Wie ist Ihr Status? Kommen.«*

Fluke blickte auf die im Schatten liegenden Türen ringsum. »Wir sind vor dem Zentralen Abfang-Array«, berichtete er.

*»Melden Sie sich bei mir, sobald Sie Miss Davis untergebracht haben.«*

»Roger.« Er befestigte das Funkgerät wieder am Gürtel und wuchtete die Seesäcke hoch. »Wir müssen hier nach links«, sagte er.

Er führte Ashleigh durch die Sektion der Basis, in der die Truppenbetreuungseinrichtungen untergebracht waren: Sporthalle, Bücherei, Arzt und Zahnarzt. Die Räume waren in einem traurigen, verwahrlosten Zustand. Sie passierten die offene Tür zur Bücherei. Die langen, leeren Regalreihen bildeten schwarze Linien im eintönigen Grau. Fluke hatte bis jetzt geglaubt, dass er sich an die Stille bereits gewöhnt hatte. Doch an diesem Abend war sie bedrückender als sonst, beinahe spürbar. Er versuchte zu pfeifen, doch er traf nicht den richtigen Ton und gab seinen Versuch augenblicklich wieder auf.

Einen Schritt hinter ihm erschauerte Ashleigh Davis. »Es ist so dunkel hier.«

*Also zerrt es auch an ihren Nerven*, dachte Fluke. Er beschloss, noch einen letzten Versuch zu unternehmen. »Dort vorn liegt das Krankenrevier«, sagte er. »Unheimlich, nicht wahr, dass der Leichnam von diesem Peters verschwunden ist? Man fragt sich, wer oder was ihn weggenommen hat – und warum.«

Davis' Antwort war, dass sie ihren Pelzmantel fester um die schmalen Schultern zog. Fluke öffnete den Mund, um ein paar weitere Angst einflößende Geschichten zu erzählen, doch dann entschied er sich dagegen. Wenn er sie zu sehr in Panik versetzte, würde sie wahrscheinlich darauf bestehen, zu den anderen zurückzukehren, anstatt ihn mit auf ihr Zimmer zu nehmen ... und er verspürte nicht die geringste Lust, die drei Seesäcke den ganzen Weg zurück zum Einsatzraum zu schleppen.

Sie passierten die Tür zum Krankenrevier, und Fluke musste an Peters denken, den toten Produktionsassistenten. Der zerschmetterte Schädel, das freiliegende Gehirn, das Auge, das so abenteuerlich heruntergehangen hatte, die unglaubliche Menge Blut auf dem Permafrost ... trotz seiner Annäherungsversuche an Davis ließen sich die Bilder niemals ganz verdrängen.

Er warf einen Blick zur Tür. *Und wo zum Teufel steckt der Leichnam von Peters jetzt?*

Hinter dem Krankenrevier – den einzigen Räumen in dieser Sektion, die in letzter Zeit benutzt worden waren – wurde der lange Gang noch dunkler. Es war ungewöhnlich kalt hier angesichts der sonst üblichen Temperaturen im Innern der Basis, die sich eher wie in einem Treibhaus anfühlten. Fluke blieb stehen, um den obersten Knopf seiner Uniformjacke zu schließen. »Es ist nicht mehr weit jetzt«, sagte er in einem, wie er hoffte, dienstbeflissenen Ton. »Nur ein Stück geradeaus und eine Treppe hinunter. Ich besorge Ihnen Decken und Bettwäsche und sehe zu, ob ich nicht ein paar mehr von diesen Lampen zum Leuchten bringen kann.«

Davis antwortete mit einem einsilbigen Murmeln.

Die Treppe lag am Ende des Gangs in einem Kegel aus trübem Licht. Fluke versuchte, seine schmerzenden Arme zu vergessen, indem er im Kopf eine Liste der Dinge aufstellte, die er als Nächstes zu tun hatte: dafür sorgen, dass der Raum gelüftet und einigermaßen vorzeigbar war, die Bettwäsche und die Glühlampen aus dem Lager des Quartiermeisters holen, den Grundriss durchgehen, um …

Plötzlich blieb er wie angewurzelt stehen.

Davis sah ihn verblüfft an. »Was ist denn?«

»Irgendetwas stimmt da nicht.« Fluke deutete nach vorn, wo zur Linken eine schwere Stahltür halb offen stand. »Diese Tür hier führt zum Transformatorenraum – sie muss abgeschlossen sein.«

»Dann schließen Sie sie ab, und wir gehen weiter«, sagte sie nervös.

Fluke stellte die Seesäcke ab und nahm das Funkgerät vom Gürtel. »Fluke an Gonzalez, kommen.«

Ein statisches Knistern, und die Stimme des Sergeants drang aus dem Lautsprecher. *»Gonzalez hier. Was gibt's?«*

»Sir, die Tür zum Maschinenraum steht offen.«

*»Dann sichern Sie sie. Melden Sie sich sofort, wenn Sie etwas Verdächtiges sehen.«*

»Jawohl, Sir.« Fluke blickte zu Davis. »Ist jemand von Ihren Leuten in diesem Bereich herumgestiefelt?«

»Woher soll ich das wissen? Sie haben die Basis abgesucht. Kommen Sie, tun Sie, was er gesagt hat, und lassen Sie uns von hier verschwinden.«

Fluke näherte sich der Tür. Irgendetwas war seltsam an der Art und Weise, wie sie in den Angeln hing. Er zog eine Taschenlampe aus dem Gürtel, schaltete sie ein und leuchtete den Türrahmen ab. Dann zerrte er das Funkgerät hastig wieder hervor.

»Sergeant?«, rief er hinein. »Sergeant Gonzalez?«

*»Was gibt's, Fluke?«*

»Die Tür … es sieht so aus, als hätte jemand sie eingetreten. Das Schloss ist aufgebrochen.«

*»Sind Sie sicher, Private?«*

»Jawohl, Sir. Nicht nur das – es sieht so aus, als wäre sie von innen aufgetreten worden.«

*»Wir sind unterwegs.«*

»Roger, Sir. Ende.«

Fluke trat näher. Er bewegte den Lichtstrahl seiner Lampe über den Linoleumboden, entlang der beschädigten Tür und in den schmalen schwarzen Spalt, der in den Raum dahinter führte.

»Können wir jetzt gehen?«, fragte Ashleigh nervös. »Bitte?«

»Einen Moment noch.« Die Kälte, die ihm aufgefallen war – sie kam von hier. Er spürte, wie sie durch den Spalt in den Gang sickerte. So als würde der Raum ausatmen.

Er versetzte der Tür einen behutsamen Tritt. Sie bewegte sich widerstrebend auf den verbogenen Angeln. Er tastete an der Wand entlang, fand den Lichtschalter und schaltete ihn ein.

Die Fluoreszenzlampen an der Decke flackerten auf und erhellten den großen, karg möblierten Raum. Dutzende von Kabelkanälen kamen durch die Wand und endeten in Transformatoren, die die Spannung auf das in der Basis erforderliche Maß herunterregelten. Der Raum summte vor Energie; Fluke konnte sie auf der Haut spüren. Er sah sich stirnrunzelnd um. Dort musste er sein –, der Grund für die eisige Kälte.

»Was zum Teufel …?«, murmelte er leise.

In der Wand gab es ein Wartungspaneel. Es war quadratisch mit einer Kantenlänge von etwas mehr als einem Meter und befand sich knapp über dem Boden. Normalerweise diente es als Zugang zu dem Tunnel, in dem die Kabel von den Generatoren draußen gebündelt waren. Normalerweise war dieses Paneel fest verschlossen, doch jetzt war es heruntergerissen, und dahinter klaffte eine große schwarze Öffnung. Arktische Luft strömte durch die Öffnung ins Innere.

»Meine Ohren«, sagte Ashleigh Davis. »Meine Ohren tun weh!«

Rasch durchquerte Fluke den Transformatorenraum und kniete vor dem beschädigten Paneel nieder. Er packte es und versuchte, es vor die Öffnung zu schieben, doch es war verbogen und passte nicht mehr. Er versuchte es erneut, setzte all seine Kraft ein – vergebens. Er hielt inne, um seine Finger zu wärmen und Luft zu schöpfen. Dabei fiel sein Blick in den Kriechtunnel hinter dem Loch in der Wand.

Es war ein dunkles Loch, vielleicht drei Meter lang. Das Außenpaneel auf der anderen Seite war ebenfalls weggerissen worden, und Fluke konnte durch den Tunnel nach draußen sehen: zu den Umrissen eines Schuppens im wilden, eisigen Schneegestöber. Seine Ohren fingen ebenfalls an zu schmerzen. Doch es war kein Schmerz, wie er ihn jemals zuvor erlebt hätte – es war ein merkwürdiges, tiefes Summen, beinahe mehr zu spüren als zu hören, begleitet von einem unangenehmen Gefühl von Druck, als würden seine Innenohren im Schädel anschwellen …

Und dann, als er da hockte und nach draußen starrte, war da plötzlich kein Schneegestöber mehr, sondern nur noch ein dunkler Schatten.

Er spähte verwirrt durch den Tunnel. Hatte jemand das äußere Paneel geschlossen? Doch dann *bewegte* sich der Schatten, und ihm wurde klar, dass das, was da so unvermittelt seine Sicht blockierte, etwas Großes war, das lautlos durch den Tunnel auf ihn zukam.

Er stieß einen Laut des Entsetzens aus und fiel zurück auf den Boden. Er zerrte seine Dienstpistole aus dem Halfter, doch seine Finger waren plötzlich zittrig und kraftlos, und die Waffe fiel klappernd zu Boden. Er versuchte, sich zusammenzureißen, aufzuspringen und wegzurennen, doch er war erstarrt vor Schock und Unglauben. Das Ding kam unablässig näher, füllte den gesamten Tunnel aus mit seiner Masse, und während Fluke es anstarrte, spürte er, wie der Schmerz in seinem Schädel anschwoll, bis er beinahe unerträglich wurde. An seinen Oberschenkeln wurde es plötzlich warm. Seine Blase hatte nachgegeben.

Und dann war es im Raum. Davis schrie auf, ein scharfer, durchdringender Laut – und das Ding wandte sich gegen sie. Fluke stand nur da und starrte. Es gab absolut nichts in seiner Erfahrung und seinem Wissen, keinen Albtraum, keine Fieberphantasie, keine Schöpfung des Allmächtigen oder des Fürsten der Finsternis, die er mit dem hätte vergleichen können, was jetzt mit ihnen zusammen im Transformatorenraum war.

Davis schrie erneut. Es war ein wilder, angstvoller, kehlkopfzerfetzender Schrei, und im nächsten Moment war dieses Ding über ihr. Der Schrei wurde noch lauter und schriller, dann veränderte er sich zu einem verzweifelten, blubbernden Gurgeln, und Fluke spürte, wie er vollgespritzt wurde mit einer warmen, klebrigen Flüssigkeit. Abrupt wurde ihm bewusst, dass er sich wieder bewegen konnte. Er stolperte auf die Füße und wirbelte herum, sprang verzweifelt in Richtung Tür. Wie aus weiter Ferne meinte er Rufe zu hören, einen warnenden Schrei. Dann war es über ihm, und plötzlich gab es in seiner Welt nichts mehr außer Schmerz.

# 34

Die Frontscheiben des Sno-Cat 1643RE waren riesig. Sie nahmen die gesamte Vorderseite der Fahrerkabine ein, und von seinem Platz hinter den Armaturen hatte Marshall einen Panoramablick auf den Schneesturm draußen. Obwohl die dicke Scheibe und die Karosserie ihn vor dem Schlimmsten schützten, war er sich nur allzu bewusst, wie stark das mächtige Fahrzeug unter den heftigen Orkanböen schwankte und wie Schnee und Eis unablässig gegen die Seiten und auf das Dach prasselten. Der Wind brüllte und tobte ununterbrochen, als wäre er frustriert über seine vergeblichen Bemühungen, den Stahl zu zertrümmern und Marshall aus der Kabine zu zerren.

Marshall nahm den Blick gerade lange genug von der wirbelnden Landschaft draußen, um auf die Uhr zu sehen. Er war seit fast vierzig Minuten unterwegs. Sobald er die unmittelbare Umgebung der Basis und das Labyrinth von Lavafissuren hinter sich gelassen hatte, war er gut vorangekommen. Der Permafrostboden war relativ eben, und er hatte eine Durchschnittsgeschwindigkeit von fünfzig Stundenkilometern geschafft. Er wusste nicht, wie hoch die maximale Geschwindigkeit des Fahrzeugs war, aber er wollte auf Nummer sicher gehen. Er hatte Logan angelogen. In seinem ganzen Leben hatte er noch keinen Sno-Cat gesteuert, doch das Gerät hatte sich als wunderbar einfach zu handhaben erwiesen, mit Armaturen ähnlich einem Traktor oder Laster sowie zusätzlichen Schaltern für den Pflug, die Winde, das rotierende Signallicht und die Getriebeheizung. Am schwierigsten zu kontrollieren waren die vier unabhängig gefederten Laufketten, die von den Vorder- und Hinterachsen hydraulisch angesteuert wurden und die zusammen mit der ungemütlichen Menge an Glasscheiben ringsum ein schwankendes, schwindelerregendes Gefühl in ihm erweckten, so als hockte er viel zu hoch über dem Boden.

Die sechs Halogenscheinwerfer des Cat schafften es kaum, die Dunkelheit und das Schneetreiben zu durchdringen. Marshall spähte angestrengt nach vorn in den tobenden Sturm, dann wieder zu dem auf dem Armaturenbrett angebrachten GPS. Er wusste aus den Erzählungen von Sergeant Gonzalez, dass sich das Lager der Tunit in der Nähe eines zugefrorenen Sees befand. Es gab in einem Umkreis von fünfzig Kilometern nur einen See in der Datenbank des GPS-Empfängers, aber der war ziemlich groß. Das machte den Treibstoffvorrat zu seinem größten Problem. Der Tank des Cat war noch halb voll. Das bedeutete hundert Liter, um den See zu erreichen, das Lager der Tunit zu finden und zur Basis zurückzukehren. Und Marshall wusste nicht, wie viel Treibstoff die gewaltige Maschine verbrauchte.

Er fuhr weiter. Die Wischer arbeiteten unermüdlich, um die Scheiben von Schnee und Eis zu befreien. Er schüttelte benommen den Kopf, versuchte, sich wach zu halten, wünschte sich, wenigstens eine Thermoskanne voll Kaffee mitgenommen zu haben. War es tatsächlich erst sechsunddreißig Stunden her, seit er das Verschwinden der Kreatur entdeckt hatte?

Wieder einmal fragte sich Marshall, warum er eigentlich diesen Trip unternahm, der sich als fruchtloses Unterfangen, schlimmstenfalls sogar als fatal erweisen konnte. Wenn der Cat hier draußen mit einer Panne liegen blieb, bei diesem Wetter, würde man ihn niemals rechtzeitig finden.

*Die Tunit kennen die Antwort.* Ein unbekannter Wissenschaftler hatte diese Worte vor fünfzig Jahren niedergeschrieben. Die Antwort war ihm wichtig genug erschienen, um sie seinem Journal anzuvertrauen, sie zu verschlüsseln und in einem Versteck aufzubewahren. Und jetzt und heute war ein Mensch auf brutale Weise getötet und ein weiterer auf bizarre Weise angegriffen worden. Beinahe vierzig Personen schwebten in ernster Gefahr. Wenn nur die geringste Chance bestand, dass die Tunit etwas wussten – eine alte Legende, eine mündliche Überlieferung, *irgendetwas*, das Licht auf das zu werfen vermochte, was die Basis heimsuchte –, dann war es das Risiko wert.

Und es gab einen weiteren, persönlicheren Grund. Ganz egal, wohin er in den vergangenen sieben Tagen gegangen war oder was er gemacht hatte – er hatte das Gefühl, nie ganz allein gewesen zu sein. Es gab da etwas, was ständig da war, ihn ständig beobachtete: zwei gelbe Augen, groß wie Fäuste, mit Pupillen wie bodenlose schwarze Tümpel. Seit er diese Augen in der Höhle zum ersten Mal durch das Eis hindurch gesehen hatte, verfolgten sie ihn. Der Paläoökologe in ihm wollte, musste diese Kreatur besser verstehen. Selbst wenn Faraday recht hatte, selbst wenn dieses Monster wie durch ein Wunder noch am Leben war und hinter all diesen Ungeheuerlichkeiten steckte, verspürte Marshall das drängende Bedürfnis, sein Rätsel zu entschlüsseln. Und er würde noch sehr viel weiter als dreißig Meilen durch einen blendend weißen Schneesturm fahren, um das zu bewerkstelligen.

Die Fahrerkabine erzitterte einmal heftig, dann noch einmal. Der Untergrund wurde uneben. Marshall nahm die Geschwindigkeit zurück. Das GPS zeigte ihm den See jetzt direkt voraus, eine ausgedehnte blaue Fläche, die die gesamte obere Hälfte des winzigen Bildschirms ausfüllte. Und dort war er auch schon, gleich draußen vor der Scheibe: eine schmale Linie im tosenden Orkan, verdeckt von wirbelndem

Schnee, erkennbar als Wasserfläche nur an seiner schnurgeraden, konturlosen Horizontlinie.

Marshall verlangsamte den Cat. Er kurbelte am Lenkrad und fuhr am Ufer entlang, während er aufmerksam nach Anzeichen von menschlicher Besiedlung Ausschau hielt. Er hatte bereits vierzig Liter Treibstoff verbraucht, also hatte er für seine Suche nur noch zehn, höchstens fünfzehn Liter zur Verfügung. Der gefrorene Untergrund senkte sich steil zum Seeufer ab, und er musste das Steuer fest in der Hand halten und beständig Gas geben, um weiter voranzukommen.

Plötzlich scherte der Cat wild zur Seite aus. Marshall drehte hastig am Lenkrad und trat das Gaspedal durch, als ihm bewusst wurde, dass vor ihm eine Schlucht lag. Die Kabine erzitterte, als die Ketten auf dem Eis durchdrehten. Marshall versuchte, die Maschine vorwärts zu bewegen, ohne dass sie tiefer in die gähnende Schlucht rutschte. Das mächtige Vehikel schwankte gefährlich. Dann überwand es die Kante des vereisten Hangs und kippte schwer nach vorn – auf den nun wieder ebenen Grund.

Marshall ließ den Sno-Cat langsamer werden und schließlich stehen bleiben. Ein paar Sekunden saß er einfach nur da, während er darauf wartete, dass sich sein wild hämmernder Herzschlag wieder beruhigte. Schließlich gab er behutsam wieder Gas und entfernte sich vom steilen Ufer.

Dann sah er etwas durch den wirbelnden Schnee – oder zumindest glaubte er, etwas zu sehen: graue Umrisse im eigenartigen Zwielicht des späten Herbsttages. Er hielt den Sno-Cat an und starrte angestrengt durch die Scheibe. Dort war definitiv etwas, dahinten, ein Stück abseits vom See. Er drehte am Lenkrad und ließ den Sno-Cat behutsam anrollen. Als er näher kam, lösten sich aus den grauen Schatten einfach gebaute Iglus: zwei Stück, erbärmlich klein und zugeweht und umgeben von wirbelndem Schnee und Eis.

Marshall hielt den Sno-Cat an, schaltete den Motor ab und schloss den Reißverschluss seines Parkas.

Dann stieg er aus der Kabine, kletterte auf die Kette hinunter und sprang in den Schnee. Er wandte den Kopf vom Wind ab, als er sich dem ersten Iglu näherte. Es war dunkel und kalt, die Eingangsröhre ein schwarzes Loch. Er wankte zum zweiten Iglu und kniete vor dem Eingang nieder. Es war ebenfalls verlassen, die Decken aus Fell und Häuten in seinem Innern kalt und steif gefroren.

Marshall richtete sich auf und sah sich um. Ein wenig abseits entdeckte er drei weitere Iglus und ein größeres Schneehaus. Das war alles. Keine weiteren Behausungen in der Nähe, und Marshall wurde schlagartig klar, wie klein die letzte Gemeinschaft der Tunit bereits war.

Diese drei Iglus waren genauso verlassen wie die beiden ersten. Die Eiswände des Schneehauses jedoch schimmerten von innen in schwachem, orangefarbenem Licht. Ein Feuer brannte darin.

Für einen Augenblick ließ der Orkan nach, als wollte er sich von all dem Toben ausruhen. Als sich das Schneegestöber legte, konnte Marshall die merkwürdigen, blutroten Nordlichter tief am Himmel erkennen. Sie tauchten das winzige Dorf aus Schnee und Eis in ein unheimliches purpurnes Licht.

Marshall atmete tief durch und ging zum Schneehaus. Er zog das als Türklappe dienende Karibufell beiseite und trat vorsichtig ein. Das Innere war voller Qualm unter einer niedrigen Decke. Auf dem Boden lagen Felle und Decken im Überfluss. Marshall wischte sich Eis und Schnee aus dem Gesicht und blickte sich um. Als seine Augen sich an die Dunkelheit gewöhnt hatten, bemerkte er im Schneehaus nur eine einzige Person. Eine Gestalt in einem schweren Parka aus Karibufell kniete vor einem kleinen Feuer.

Marshall atmete ein weiteres Mal tief durch. Dann räusperte er sich. »Verzeihung«, begann er.

Einen langen Moment rührte sich die Gestalt am Feuer nicht. Dann drehte sie sich langsam zu ihm um. Ihr Gesicht war tief in der fellgesäumten Kapuze verborgen. Die Gestalt hob eine Hand und schlug die Kapuze mit einer gemächlichen, besonnenen Bewegung zurück. Ein runzliges Gesicht voller komplizierter Tätowierungen schaute zu Marshall hinauf. Es war der alte Schamane, der die Wissenschaftler gewarnt hatte. In einer Hand hielt er ein Rentiergeweih, dekoriert mit phantasievollen Linien und Kurven, in der anderen einen mit kunstvollen Schnitzereien verzierten Knochen. Vor ihm lag eine Rentierhaut, auf der mehrere Gegenstände verstreut waren: polierte Steine, winzige Fetische aus Fell, Tierzähne.

»Usuguk«, sagte Marshall.

Der alte Mann nickte leicht. Er wirkte keinesfalls überrascht, Marshall zu sehen.

»Wo sind die anderen?«

»Gegangen«, antwortete Usuguk. Seine Stimme war leise und monoton.

»Gegangen?«, fragte er.

»Geflohen.«

»Warum?«

»Euretwegen. Und weil ihr es geweckt habt.«

»Was haben wir denn geweckt?«, fragte Marshall.

»Usuguk hat bereits darüber gesprochen. *Akayarga okdaniyartok*. Der Zorn der Alten. Und *kurrshuq*.«

Eine Pause entstand, in der sich die beiden Männer im flackernden Schein des Feuers ansahen. Bei ihrer letzten Begegnung hatte der alte Mann einen verängstigten, nervösen Eindruck erweckt. Jetzt wirkte er nur noch resigniert.

»Warum bist du geblieben?«, fragte Marshall schließlich.

Der Schamane sah ihn unverwandt an, und seine schwarzen Augen glänzten im Schein des Feuers. »Weil Usuguk wusste, dass du kommen würdest.«

# 35

Das Weinen war nicht besonders laut, aber es wollte nicht aufhören: ein ununterbrochenes Hintergrundgeräusch, das sich in das Knacken der Heizungsrohre und das ferne Brummen der Generatoren mischte. Als Wolff die Tür zur Offiziersmesse hinter sich schloss, war es nicht mehr zu hören. Und doch blieb es beinahe fühlbar für Kari Ekberg – so real wie die Angst, die an ihr nagte und einfach nicht weggehen wollte.

Sie blickte sich in der Messe um und sah die anderen der Reihe nach an: Wolff, Gonzalez, den Corporal namens Marcelin, Conti, den Gelehrten Logan, den Klimatologen Sully, eine Handvoll Leute von der Filmcrew. Nach außen hin wirkten alle gelassen – und doch gab es etwas in ihren unbewussten Regungen, in der Art, wie sie bei einem unerwarteten Geräusch zusammenzuckten, das auf kontrollierte Panik deutete.

Gonzalez sah Wolff an. »Sie haben alle in ihre Quartiere gebracht?«

Wolff nickte. »Jeder ist in seinem Quartier und hat strikten Befehl, dort zu bleiben, bis wir etwas anderes sagen. Ihr Corporal Phillips steht Wache.«

Kari hatte ihre Stimme wieder gefunden. »Und Sie sind sicher, dass sie tot sind?«, fragte sie. »Alle beide?«

Gonzalez sah sie an. »Miss Ekberg, niemand könnte toter sein als diese beiden.«

Kari erschauerte.

»Haben Sie einen Blick auf sie werfen können?«, fragte Conti. Seine Stimme war nur ein monotones Murmeln.

»Ich habe nur Miss Davis' Schreie gehört«, antwortete Gonzalez. »Aber Corporal Marcelin hat etwas gesehen.«

Wortlos drehten sich alle zu dem Corporal um, der allein an einem Tisch saß, ein M-16-Sturmgewehr über der Schulter, und abwesend in einem Becher Kaffee rührte, dessen Existenz er längst vergessen hatte.

»Nun?«, drängte Conti.

Marcelins jugendliches Gesicht war rosig und wirkte gleichzeitig geschockt, so als hätte ihm soeben jemand den letzten Schneid abgekauft. Er öffnete den Mund, doch es kam kein Laut heraus.

»Komm, sprich, Sohn«, sagte Gonzalez.

»Ich habe nicht viel gesehen«, sagte der Corporal. »Ich kam um eine Biegung des Korridors, als ich ...« Er stockte erneut.

Im Raum herrschte absolute Stille. Alles saß da und wartete.

»Es war groß«, begann Marcelin wieder. »Und es hatte einen Kopf mit ...«

»Reden Sie weiter!«, drängte Wolff.

»Es hatte einen Kopf mit ... mit ... *zwingen Sie mich nicht, das zu sagen!*« Die Stimme des jungen Corporal klang schrill und überschlug sich, und dann verstummte er wieder.

»Ganz ruhig, Corporal, ganz ruhig«, sagte Gonzalez schroff.

Marcelin schnappte nach Luft, und die Hand, die den Plastikbecher hielt, wurde steif. Nach einigen Sekunden hatte er sich wieder im Griff. Doch er schüttelte den Kopf und weigerte sich beharrlich, noch etwas zu sagen.

Die anderen Personen im Raum schwiegen abwartend.

Schließlich meldete sich Wolff zu Wort. »Und was machen wir jetzt?«

Gonzalez runzelte die Stirn. »Ich sehe nicht, dass wir viele Möglichkeiten hätten. Warten, bis das Wetter aufklart. Vorher können wir weder evakuieren noch Verstärkung anfordern.«

»Sie schlagen vor, dass wir in aller Seelenruhe darauf warten, dass einer nach dem anderen zerrissen wird?«, fragte Hulce, einer der Filmtechniker.

»Niemand wird hier zerrissen!«, schnappte Wolff. Er drehte sich zu Gonzalez um. »Wie sieht es mit der Bewaffnung aus?«

»Reichlich Handfeuerwaffen«, antwortete der Sergeant. »Ein Dutzend M-16, ein halbes Dutzend Karabiner mit größerem Kaliber, zwanzig Seitengewehre, fünftausend Schuss Munition.«

»Die wissenschaftliche Expedition hat drei großkalibrige Jagdgewehre mitgebracht«, sagte jemand. Es war Gerard Sully, der Klimatologe. Er lehnte an der Wand neben der Essenstheke und trommelte nervös mit den Fingern auf das Edelstahlgeländer. Er war sehr blass.

Wolff sah sich um. »Wir müssen dafür Sorge tragen, dass von jetzt an nur noch bewaffnete Gruppen unterwegs sind.«

»Selbst das reicht möglicherweise nicht«, grunzte Gonzalez.

»Nun, haben wir eine Wahl?«, konterte Wolff. »Wir können uns schließlich nicht einfach hinter verschlossene Türen ducken.«

»Wir können meinen Truck nehmen«, ließ sich eine weitere Stimme vernehmen.

Es war Carradine, der Ice Road Trucker. Er kippelte gefährlich mit seinem Plastikstuhl hin und her. Kari hatte ihn vorher gar nicht bemerkt. Sie konnte nicht mit Bestimmtheit sagen, ob er schon die ganze Zeit da gewesen war und zugehört hatte oder ob er erst im Verlauf der Besprechung hinzugekommen war.

»Mein Angebot vom letzten Mal gilt immer noch«, fuhr Carradine fort. »Der Sattelzug ist die einzige Möglichkeit, die Leute in diesem Orkan von hier wegzuschaffen.«

Wolff stieß einen ärgerlichen Laut aus. »Das hatten wir doch bereits geklärt. Es ist nicht sicher.«

»Tatsächlich?«, entgegnete Carradine. »Hier zu bleiben ist also besser?«

»Sie können nicht alle auf einmal mitnehmen.«

»Ich kann sie in den Wohnwagen von Miss Davis verfrachten.« Der Trucker senkte die Stimme. »Es ist schließlich nicht so, als würde sie ihn noch benötigen.«

»Er hat recht«, sagte Gonzalez. »Sie haben eine Crew von dreiunddreißig, vierunddreißig Leuten? Zusammen mit den Wissenschaftlern von der Expedition sind das immer noch weniger als vierzig. Alle passen in diesen Trailer.«

»Was, wenn Sie sich verfahren?«, fragte Wolff.

»Ich verfahre mich nie«, entgegnete Carradine. »GPS, Baby.«

»Oder eine Panne haben? Einen platten Reifen?«

»Wir Ice Road Trucker haben immer jede Menge Ersatzteile und Ausrüstung für Notfälle dabei. Und selbst wenn ich den Truck nicht reparieren kann – für diesen Fall hat Gott den CB-Funk erfunden, oder?«

»Es ist einfach zu gefährlich«, beharrte Wolff. »Ich habe bereits Nein gesagt, und ich sage noch einmal Nein.«

»Die Situation hat sich geändert«, grollte Gonzalez.

Wolff drehte sich zu ihm um. »Inwiefern?«

»Weil ich Sie diesmal überstimme.«

Wolff lief dunkel an. »Sie …«

»Das, womit wir es hier zu tun haben, ist etwas ganz anderes als das, was für Ihren Aufenthalt hier vereinbart war. Ihre Dokumentation ist geplatzt. Drei Menschen sind tot. Es gibt nicht den geringsten Grund, die Tragödie noch schlimmer zu machen.« Er wandte sich an Carradine. »Wie lange brauchen Sie, um den Sattelzug vorzubereiten?«

Der Trucker erhob sich. »Eine halbe Stunde, höchstens.«

Gonzalez sah zu Marcelin. »Ich möchte, dass Sie Mr. Carradine zu seinem Truck begleiten, Corporal. Gehen Sie kein Risiko ein – kommen Sie beim ersten Anzeichen von Ärger hierher zurück.«

Marcelin nickte.

»Anschließend möchte ich, dass Sie und Phillips anfangen, die Filmcrew zu evakuieren. Wir werden diese Messe hier als Bereitstellungsraum benutzen. Bringen Sie alle her, jeweils ein halbes Dutzend auf einen Schlag. Gehen Sie vorsichtig vor, nach Vorschrift.«

»Jawohl, Sir.« Marcelin nahm sein M-16-Gewehr von der Schulter und nickte Carradine zu. Der Trucker stand auf und zog dabei einen riesigen Revolver aus dem Hosenbund. Marcelin ging zur Tür, überzeugte sich, dass die Luft auf dem Gang rein war, und schlüpfte nach draußen. Carradine folgte ihm und schloss sorgfältig die Tür hinter sich.

Gonzalez griff in eine der tiefen Taschen seiner Montur und zückte zwei Funkgeräte. Eines davon warf er Wolff zu, das andere Sully. »Damit können Sie mich jederzeit erreichen. Ich habe die Notfrequenz bereits eingestellt.« Er erhob sich und nahm sein eigenes M-16. »Schließen Sie hinter mir ab. Ich bin in fünf Minuten zurück.«

»Wohin gehen Sie?«, fragte Wolff.

»Zur Waffenkammer. Ich brauche mehr Feuerkraft.«

»Warum?«

»Weil ich auf die Jagd gehe.«

Nachdem Gonzalez die Messe verlassen hatte, schloss

Wolff hinter ihm die Tür ab. Dann stand er einen Moment schweigend da und starrte die Tür an. Schließlich drehte er sich abrupt um und kehrte in die Mitte der Messe zurück. »Nun?«, fragte er in die Runde, ohne jemanden anzusehen.

»Ich kann nicht weg.« Das war Sully, der Klimatologe. Seine Stimme zitterte leicht. »Ich bin der Leiter der Expedition. Ich kann nicht einfach all unsere Experimente im Stich lassen. Abgesehen davon ... Evan ist verschwunden.«

Kari zuckte zusammen. »Verschwunden? Aber ich habe vor nicht mal zwei Stunden noch mit ihm geredet.«

Sully nickte grimmig. »Seitdem wurde er nicht mehr gesehen. Er ist nicht in seinem Labor. Und er ist nicht in seinem Quartier.«

»Er kommt bald zurück«, sagte Logan.

Alle drehten sich zu dem Gelehrten um.

»Was soll das heißen?«, fragte Sully.

»Er hat sich den Sno-Cat ausgeliehen.«

»In einem Blizzard?«, fragte Kari. »Wohin wollte er?«

»Zur Siedlung der Tunit, im Norden.«

»Warum?«, fragte Sully.

Logan blickte seine Inquisitoren der Reihe nach an. »Um Antworten zu erhalten. Hören Sie, suchen wir Faraday und reden wir. In Ihrem Labor.«

Sully seufzte. »Also schön«, sagte er kopfschüttelnd. »Sobald Gonzalez mit seinen stärkeren Waffen zurück ist.«

»Und wenn er erst zurück ist, wird er wohl auch etwas zu Ihren Plänen zu sagen haben.« Wolff blickte sich um. »Was ist mit den anderen?«

»Machen Sie Witze?« Das war Hulce, der Filmtechniker. »Ich bin raus hier.« Ringsum erhob sich zustimmendes Gemurmel.

Wolff sah Conti an. »Emilio?«

Conti antwortete nicht. Seit er nach der Kreatur gefragt hatte, war er stumm geblieben, den Blick in weite Ferne gerichtet.

»Emilio?«, fragte Wolff erneut.

Man konnte zusehen, wie Conti langsam in die Gegenwart zurückkehrte. »Wie bitte?«, fragte er.

»Können Sie in einer halben Stunde fertig sein zur Abfahrt?«

Conti blinzelte und runzelte die Stirn. »Ich fahre nirgendwohin.«

»Haben Sie nicht gehört, was Gonzalez gesagt hat? Er hat unsere Evakuierung befohlen. Wir sollen mit Carradine nach Süden fahren.«

Der Regisseur schüttelte entschieden den Kopf. »Ich muss eine Dokumentation abschließen.«

Wolff kniff ungläubig die Augen zusammen. »Wie bitte? Es gibt keine Dokumentation mehr.«

»Sehen Sie, und genau in diesem Punkt irren Sie sich.« Conti lächelte schwach wie über einen Witz, den nur er verstand.

»Emilio, Ashleigh ist tot. Und in einer halben Stunde ist Ihr gesamter Stab unterwegs in Richtung Fairbanks.«

»Ja«, murmelte Conti. »Ich muss jetzt sehen, wie ich zurechtkomme.«

Wolff hob ärgerlich den Arm. »Haben Sie nicht gehört? Sie haben *keine Crew mehr*!«

»Ich mache es allein. Auf die altbewährte, klassische Art. Wie Georges Méliès, Edwin Porter oder Alice Guy-Blaché. Fortnum fährt mit den anderen zurück, ich weiß, dass er fahren wird.« Er sah Kari an.

Sie begriff die Bedeutung dieses Blickes, verstand, was er von ihr wollte. Trotz allem, was sie Marshall im Operationszentrum gesagt hatte, trotz ihrer kompromisslosen Loyalität gegenüber Conti und ihrem Ehrgeiz spürte sie, wie sie beim bloßen Gedanken daran, zu bleiben, von einer eisigen Klinge der Angst durchbohrt wurde. Und dennoch erwiderte sie seinen Blick, hielt ihm stand und nickte langsam.

# 36

Der alte Schamane deutete auf einen Stapel Karibufelle auf der anderen Seite des Feuers. »Setz dich«, sagte er.

Marshall war sich schmerzlich bewusst, dass die Zeit ablief, doch er wusste auch, dass er in dieser Begegnung – was immer sie hervorbringen mochte – nicht drängeln durfte. Er setzte sich auf die Felle.

»Woher wusstest du, dass ich kommen würde?«, fragte er.

»Auf die gleiche Weise, wie ich erfahren habe, dass ihr die Altvorderen ärgert. Mein Geistführer hat es mir verraten.«

Der Schamane hob die vor ihm verstreuten Gegenstände auf und verstaute sie in einem kleinen Lederbeutel, dann zog er die Schnur zu.

»Die anderen – wo sind sie hin?«

Usuguk deutete mit der Hand nach Norden. »Zu unseren Brüdern am Wasser.«

»Es gibt noch ein weiteres Lager der Tunit?«, fragte Marshall.

Usuguk schüttelte den Kopf. »Inuit. Wir sind die Letzten unserer Art.«

»Du meinst, es gibt keine anderen Tunit mehr?«

»Keine anderen Tunit.«

Marshall blickte den alten Schamanen über das Feuer hinweg an. *Dann stimmt es also*, dachte er. »Wann werden sie zurückkehren?«

»Vielleicht niemals. Das Leben ist einfacher am Meer. Es war schwierig, sie hier zu ernähren, seit ihre Väter und Mütter gestorben sind.«

Marshall saß für einen Moment still da und sammelte seine Gedanken. Es fiel ihm schwer, zu glauben, dass dieses kleine Lager das letzte traurige Überbleibsel eines eingeborenen amerikanischen Volkes sein sollte. Besonders bitter war der Gedanke, dass die Ankunft der Wissenschaftler am Gletscher zumindest einen Teil dazu beigetragen hatte, dass dieser Stamm sich verstreut hatte, und sei es nur vorübergehend.

»Diese Zeichen, die du bei der Basis gemacht hast«, sagte er schließlich. »Wozu dienen sie?«

»Ein Talisman des Schutzes. Es soll die *kurrshuq* bewegen, euch zu verschonen.« Der Schamane erwiderte Marshalls Blick. »Deine Anwesenheit hier verrät mir, dass das Zeichen nicht gewirkt hat.«

Marshall zögerte erneut. Er war den ganzen Weg hierhergekommen und wusste doch nicht, wie er anfangen oder welche Fragen er dem alten Schamanen stellen sollte. Er atmete tief durch. »Hör zu. Usuguk. Ich weiß, dass wir dir Scherereien und Sorgen gemacht haben, und das tut mir wirklich sehr leid. Es lag nie in unserer Absicht.«

Der Tuniq schwieg.

»Jetzt sind wir in Schwierigkeiten. Sehr ernsten Schwierigkeiten. Und ich bin hergekommen, weil ich hoffe, dass du uns helfen kannst.«

Usuguk schwieg noch immer. Sein Gesichtsausdruck war gleichmütig, beinahe verschlossen.

»Der Berg«, fuhr Marshall fort. »Ich meine den Berg, von dem du gesagt hast, er sei böse. Wir haben im Verlauf unserer Experimente dort etwas gefunden. Ein Wesen, größer als ein Polarbär, gefangen im Eis. Wir … wir haben es aus dem Eis geschnitten. Und jetzt ist es verschwunden.«

Noch während Marshall sprach, veränderte sich der Gesichtsausdruck des Schamanen. Tiefes Erschrecken stand auf den verwitterten Zügen des Alten.

»Wir wissen nicht genau, was für ein Wesen es ist. Ich kann dir nur so viel sagen: Es hat Verletzte gegeben. Sogar Tote.«

Der Schock verging und wich der gleichen Mischung aus Angst und Sorge, die Marshall von ihrer ersten Begegnung in Erinnerung hatte. »Warum bist du zu mir gekommen?«, fragte der Tuniq.

»Vor fünfzig Jahren gab es eine wissenschaftliche Abteilung in der Basis. Ihre Mitglieder fanden ein tragisches Ende. Die meisten Wissenschaftler starben, doch wir konnten eines ihrer Journale bergen. Es enthielt die folgenden Worte: *Die Tunit haben die Antwort.*«

Usuguk saß reglos da und starrte ins Feuer. Marshall wartete. Er wusste nicht, ob er weitersprechen sollte oder schweigen. Nach ungefähr einer Minute beugte sich der Schamane zur Seite, kramte in einer Auswahl ritueller Gegenstände und packte etwas, das wie eine Art Trommel aussah, einen dünnen Ring mit einem Durchmesser von vielleicht dreißig Zentimetern, straff mit Leder bespannt und mit einem Knochenstiel versehen. Langsam begann er das Instrument gegen die Handfläche der anderen Hand zu schlagen, wobei er es zwischen den Schlägen am Stiel drehte, sodass er beim Trommeln abwechselnd die Vorder- und die Rückseite traf. Er sang zu diesem Rhythmus, leise zuerst, dann lauter und lauter, bis der Gesang das Schneehaus erfüllte wie der Rauch des Feuers. Endlich, nach mehreren Minuten, endete der Gesang, und das Gesicht des Schamanen drückte wieder Frieden aus. Er legte die Trommel beiseite, öffnete den Lederbeutel, tauchte die Hand hinein und brachte zwei schmierige Kugeln aus weichem Material zum Vorschein, die eine blau, die andere rot. Vorsichtig ließ er sie ins Feuer fallen, eine nach der anderen. Zweifarbiger Rauch stieg zur Decke hinauf und wurde an den Rändern violett.

»*Tashayat kompok*«, murmelte der Alte und beobachtete den Rauch. »Wie du es bestimmst.« Marshall nahm nicht an, dass der Schamane mit ihm redete.

Er unterdrückte den Impuls, auf die Uhr zu sehen. »Weißt du, was der Wissenschaftler damit gemeint hat?«, fragte er schließlich. »Als er schrieb, die Tunit hätten die Antwort?«

Usuguk schwieg. Seine Augen waren unverwandt auf das Feuer gerichtet.

»Ich weiß, dass du etwas von der Welt gesehen hast«, fuhr Marshall fort. »Dein Englisch verrät es mir. Wenn du uns helfen kannst, wenn du etwas darüber weißt, dann bitte sag es mir.«

»Es geht mich nichts an. Ihr habt diese Dunkelheit selbst über euch gebracht. Ich habe bereits getan, was ich konnte. Ich habe eine lange Reise unternommen – eine Sonne, einen Mond und wieder eine Sonne –, um euch zu warnen. Ihr habt nicht auf meine Warnung gehört.«

»Wenn das so ist, dann bitte ich dich dafür um Entschuldigung. Ich denke allerdings, dass gewaltsamer Tod ein zu hoher Preis für unsere Ignoranz ist.«

Usuguk schloss die Augen. »Der Zirkel, den ihr angefangen habt, muss von euch vervollständigt werden. Selbst der Zirkel des Todes besitzt eine eigene Schönheit.«

»Am Tod von Josh Peters war nichts Schönes. Wenn du etwas weißt, ganz gleich, wie unbedeutend oder zusammenhanglos es dir erscheinen mag – schuldest du es deinen Mitmenschen, es zu teilen.«

»Ihr seid weltliche Wesen. Ich bin Geist«, erwiderte Usuguk langsam. »Ich habe euer Leben lange hinter mir gelassen. Ich kann nicht wieder zurück.«

Marshall saß da und fragte sich, was er sonst noch sagen konnte. Nach einer Weile räusperte er sich. »Lass mich dir etwas erzählen. Ich habe vor langer Zeit ein Leben hinter mir gelassen. Das Leben meines besten Freundes.«

Langsam öffnete Usuguk die Augen.

»Es war vor zwölf Jahren. Ich war Ranger bei der Army und in Somalia stationiert. Meine Einheit wurde drei Tage lang von Rebellen beschossen. Es war ein Kampf von Haus zu Haus, von Zimmer zu Zimmer. Mein Freund sollte einen Posten weit vorne bemannen. Die Befehle waren kaum zu verstehen. Er ging vor unserem Trupp her. Ich sah, wie er einen Platz überquerte. Es war dunkel, und ich dachte, er wäre ein feindlicher Heckenschütze. Ich erschoss ihn.« Marshall zuckte die Schultern. »Nach diesem Tag schwor ich mir, niemals wieder eine Waffe anzufassen.«

Usuguk nickte langsam. Erneut senkte sich Schweigen auf das Schneehaus herab, durchbrochen nur vom Knistern des Feuers und dem klagenden Heulen des Blizzards draußen.

»Du hast ihn nicht ermordet«, sagte der Schamane und öffnete die Augen.

Marshall starrte ihn überrascht an. »Du warst beim Militär?«

Usuguk ignorierte die Frage. »Es war kein Mord. Es war ein Unfall.«

»Meine Einheit hatte noch nie einen Kameraden durch freundliches Feuer verloren, durch Schüsse aus der eigenen Einheit. Man befahl mir, zu lügen, die Wahrheit zu verheimlichen. Als ich mich weigerte, sorgte mein kommandierender Offizier dafür, dass ich unehrenhaft entlassen wurde. Ich … ich musste seiner Frau die Nachricht von seinem Tod überbringen.«

Usuguk grunzte leise. Er glättete das vor ihm liegende Leder, griff in seinen Beutel und zog mehrere kleine Artefakte hervor, um sie wie Würfel zu werfen. Dann beugte er sich vor und untersuchte die Art und Weise, wie sie gefallen waren. »Du hast gesagt, du hättest geschworen, nie wieder eine Waffe anzufassen. Solch einen Schwur bricht man nicht ohne Weiteres. Aber was ist jetzt? Was wirst du jetzt tun?«

Marshall atmete tief durch. »Wenn es dort draußen etwas gibt – irgendein Wesen, das wild entschlossen ist, uns alle zu töten – dann tue ich mein Bestes, um es vorher zu erwischen.«

Usuguk starrte ins Feuer. Dann hob er den Kopf und sah Marshall aus seinen rätselhaften, unerforschlichen Augen an. »Ich werde dich begleiten«, sagte er. »Aber die einzigen Leben, die ich nehme, sind die, die erforderlich sind, um mein eigenes zu erhalten. Meine Tage als Jäger sind vorbei.«

Marshall nickte. »Dann werde ich für uns beide jagen.«

# 37

Penny Barbour hatte eigentlich sämtliche für die Expedition kritischen Daten mitnehmen wollen: ein Abbild des Netzwerks, die Datenbank mit den Neuzugängen und Proben, die Online-Laborjournale ihrer Kollegen. Am Ende hatte sie überhaupt nichts mitgenommen. Die beiden Soldaten, Marcelin und Phillips, waren trotz ihrer M-16 extrem nervös gewesen und hatten ihr keine Zeit gelassen. Barbour, Ang Chen und die vier anderen, die ihrer Gruppe zugeteilt worden waren, mussten ihre wärmsten Sachen anziehen und etwas mitnehmen, aus dem ihre Identität hervorging. Dann wurden sie zur Offiziersmesse geführt, wo man ihre Namen auf einer

Liste abhakte. Von der Messe brachte man sie zum Bereitschaftsraum. Phillips ging vorneweg, Marcelin bildete den Abschluss. Sie bewegten sich rasch und in völliger Stille durch die Korridore und blieben vor jeder Ecke stehen, bis Phillips die vor ihnen liegenden Gänge ausgekundschaftet hatte. Sie erreichten die zentrale Treppe, schlichen hinauf und durchquerten die Eingangshalle – gespenstisch im nächtlichen Zwielicht gelegen – zur Wetterkammer. Die Kammer war ebenso überfüllt, wie der Rest der Basis verlassen war: Als sie die Tür öffneten, wandte sich ihnen ein Meer angespannter Gesichter zu.

Gonzalez stand ganz vorn. Er hatte einen Handwagen voll Waffen und Munition – genug für eine kleine Armee – und war damit beschäftigt, die Pistolen und Gewehre zu überprüfen. Er nickte Phillips und Marcelin zu, ließ den Schlitten der Pistole, die er zuletzt kontrolliert hatte, nach vorn schnappen und steckte die Waffe ins Halfter.

»Waren das die letzten?«, fragte er.

»Jawohl, Sir!«, antwortete Marcelin. Er reichte dem Sergeant die Liste. Gonzalez kontrollierte die Namen, grunzte seine Billigung und legte die Liste zur Seite. Er warf einen Blick auf seine Uhr. »Noch fünf Minuten, bis Carradine fertig ist mit den Vorbereitungen.« Er drehte sich zur Gruppe um. »Alles herhören!«, befahl er. »Ich möchte, dass Sie jetzt Ihre Schlechtwetterausrüstung anziehen. Wir teilen zusätzliche Handschuhe, Schals und Balaklavas aus – Sie finden sie in dieser Kiste. Wenn ich das Signal gebe, gehen wir nach draußen. Sie werden mir alle folgen; wir begeben uns auf direktem Weg zum Wohnwagen. Ich möchte, dass völlige Stille herrscht. Niemand redet. Noch Fragen?«

Niemand meldete sich.

»Dann los, Bewegung.«

Es klapperte metallisch, als drei Dutzend Spinde gleichzeitig geöffnet wurden. Penny Barbour schlüpfte in ihren Parka, wickelte sich einen Schal um den Hals und nahm dann eine Balaklava aus der großen Kiste in der Mitte des Raums, die sie sich über die Ohren zog. Anschließend stopfte sie einen zweiten Schal in eine Tasche und ein Paar zusätzliche Handschuhe in eine andere.

»Ich habe eine Frage«, meldete sich jemand mit rauer Stimme zu Wort. Es war Creel, der Vorarbeiter. Er hatte keinen Parka angezogen und lehnte mit vor der Brust verschränkten muskulösen Armen an der Wand.

Gonzalez musterte den Mann und nickte schließlich.

»Was haben Sie vor, wenn der Truck abgefahren ist?«

»Wir haben vor, diesem Blutvergießen Einhalt zu gebieten.«

»Sie meinen, Sie wollen diese Bestie jagen.«

»Was auch immer dieses Ding ist, ich denke, es hat mehr als genug gejagt. Jetzt sind wir an der Reihe.«

»Sie drei allein«, sagte Creel.

Gonzalez starrte auf seinen Vorrat an Waffen und grinste freudlos. »Warum? Glauben Sie, wir drei sind zu wenig?«

»Angesichts dessen, was wir über den Gegner wissen? Je größer die Streitmacht, desto besser.«

Der Sergeant musterte den Mann ein wenig genauer. »Haben Sie gedient, Mister?«

Creel drückte die Brust heraus. »Dritte gepanzerte Kavallerie, Sir, Desert Storm.«

Gonzalez strich sich über das Kinn. »Sie gehören nicht zu dieser kleinen Gruppe, stimmt das? Sie sind der einheimische Vorarbeiter.«

Der Mann nickte. »George Creel, Sir, aus Fairbanks.«

»Schon mal gejagt?«

Der Vorarbeiter grinste verschlagen. »Nur uniformierte Gegner, Sir.«

»Das muss reichen. Sie möchten sich der Party anschließen, Mr. Creel?«

Creels Grinsen wurde breiter. »Ich darf mitmachen, ohne etwas dafür zu bezahlen? Ist das ein Witz?«

»Sehr schön.«

Penny Barbour hörte ihre eigene Stimme, noch bevor ihr bewusst wurde, dass sie sprach. »Ich halte das für einen Fehler.«

Gonzalez drehte sich zu ihr um. »Was genau halten Sie für einen Fehler, Ma'am?«

»Sie jagen diese Kreatur fast ohne Informationen. Sully und Faraday sind im Labor, analysieren ihr Blut, finden heraus, was es herauszufinden gibt. Je mehr Sie über dieses Wesen wissen, desto besser sind Sie imstande, es zur Strecke zu bringen.«

Gonzalez kniff die Augen zusammen. »Was könnten sie denn schon für uns Nützliches herausfinden?«

»Sie könnten eine Schwachstelle entdecken. Seine verwundbare Seite finden. Beobachtungen machen.«

»Sie können herzlich gerne so viele Beobachtungen machen, wie sie wollen – an seinem Kadaver.« Gonzalez sah zu den übrigen Personen in der Wetterkammer. »Also schön, Leute – folgen Sie mir.«

Sie gingen in den Bereitschaftsraum, wo Gonzalez sie in einer Dreierreihe aufstellte. Dann wurden die Außentüren geöffnet, und sie marschierten hinaus in den Sturm. Die kleine Prozession drängte sich dicht zusammen, als sie durch den wirbelnden Schnee zu ihren Füßen stapfte. Gonzalez führte sie, das M-16-Sturmgewehr im Anschlag, und Corporal Marcelin bildete den Abschluss. Er zog einen improvisierten Schlitten mit Wasserkanistern und Notvorräten hinter sich her.

Penny Barbour hörte den Sattelzug, bevor sie ihn sah: das

tiefe Schnarren eines Dieselmotors im Leerlauf drang unüberhörbar durch die Dunkelheit. Sie stolperte weiter durch den Sturm, mit gesenktem Kopf, bis sie schwer gegen die Person vor ihr prallte. Sie blickte auf und erkannte, dass die Prozession angehalten hatte. Dort stand der Sattelzug, eingerahmt von winzigen gelben Lichtern wie ein geschmückter Weihnachtsbaum. Starke Scheinwerfer durchdrangen das glitzernde Schneetreiben. Carradine hatte den riesigen Wohnwagen von Ashleigh Davis angehängt und stand nun in der breiten Tür, eine hagere, Kaugummi kauende Comicfigur in einem grellen Hawaiihemd. Er war damit beschäftigt, Gegenstände aus dem Wohnwagen in den Schnee zu werfen: Hutschachteln, Ständer mit teuren Designerkleidern, einen Schminktisch. Gerade segelte ein kleiner Lederkoffer durch die Luft. Er landete auf dem hart gefrorenen Boden und sprang auf, und eine Wolke von Kosmetika flog in alle Richtungen davon. Der Wind erfasste ein dünnes Negligé und wirbelte es hoch hinauf in die Luft, wo es flatterte und wehte wie ein seidener Drachen. Es verfing sich kurz in der Antenne des Anhängers, bevor es endgültig davongeweht wurde und im dunklen Himmel verschwand.

Carradine richtete sich auf und rieb sich zufrieden die Hände. »Das ist schon besser«, sagte er über das Rumpeln des Diesels hinweg. »Okay, bringen Sie sie rein.«

Gonzalez zählte ein letztes Mal durch. »Steigen Sie ein«, sagte er zur ersten Reihe. »Suchen Sie sich eine Ecke und machen Sie sich's gemütlich.«

»Drängen Sie sich nicht alle zusammen«, fügte Carradine hinzu. »Verteilen Sie Ihr Gewicht so gleichmäßig wie möglich.« Er sprang in den Schnee hinunter. »Ich habe ein CB-Funkgerät mit einer Reservebatterie in den Anhänger gelegt, damit Sie mit mir in der Führerkabine reden können. Einer muss sich darum kümmern.«

Jemand hob nervös die Hand. »Das kann ich machen.« Es war Fortnum, der Kameramann.

Penny beobachtete, wie die beiden Verletzten in den Wohnwagen verfrachtet wurden: der unentwegt leise vor sich hin plappernde Toussaint, zusammengesunken und unter dem Einfluss starker Beruhigungsmittel, und die einstige persönliche Assistentin von Ashleigh Davis, still, verängstigt und mit einem dicken Kopfverband. Als die Reihe langsam näher rückte, spürte Penny die Wärme, die aus der offenen Tür strömte. Zweifelsohne hatte Carradine die Heizung im Anhänger bis zum Anschlag hochgedreht. »Ich brauche jemanden vorne bei mir«, sagte er. »Jemanden, der mir Richtungen ansagen kann, falls es brenzlig werden sollte.«

»Das mache ich«, sagte Penny.

Carradine sah sie zweifelnd an. »Können Sie ein GPS programmieren?«

»Ich bin Informatikerin.«

»Das wird reichen, einverstanden. Ich will oben nur noch die Kühlerabdeckung und den Alkoholverdunster überprüfen, dann können wir los.«

Penny trat aus der wartenden Reihe und in den relativen Schutz unterhalb des Führerhauses. Als der Letzte aus der Gruppe in den Anhänger gestiegen war, reichte Marcelin die Kanister mit Wasser und die Notvorräte nach oben. Carradine inspizierte den Sattelzug ein letztes Mal von allen Seiten, kletterte in den Wohnwagen, warf einen kurzen Blick in die Runde und zeigte Fortnum die Bedienung des Funkgeräts. Dann stieg er aus, schloss die Tür und ging nach hinten, um die Versorgungsanschlüsse zu lösen. Augenblicklich wurde es rings um den Anhänger dunkel, nur noch die Rücklichter brannten.

»Fertig?«, fragte Gonzalez.

Der Ice Road Trucker antwortete, indem er den Daumen hob.

»Dann viel Glück, mein Freund, und gute Reise.«

Carradine half Barbour hinauf in die Kabine, dann trottete er vorn um die Zugmaschine herum und kletterte auf den Fahrersitz. Er überprüfte die Instrumente mit Hilfe einer Checkliste, die hinter ihm an der Kabinenwand hing, legte den Sicherheitsgurt an und nahm das Handteil seines Funkgeräts vom Armaturenbrett. »Alles klar dahinten?«, fragte er.

*»Wir sind bereit«*, antwortete Fortnum.

»Zehn-vier.« Er hängte das Mikrophon wieder an den Haken und sah Penny Barbour an. »Fertig?«

Sie nickte.

»Dann los.« Er löste die Luftbremse, legte den Gang ein und ließ die Kupplung langsam kommen. Der Lastzug erzitterte und rollte langsam los.

Penny Barbour starrte nach draußen in das Schneegestöber. Sie fuhren hinaus in die Ödnis und die Dunkelheit. Das Letzte, was sie von Fear Base sah, waren drei Soldaten – Gonzalez, Marcelin und Phillips –, die neben dem leeren Schlitten standen, die Waffen im Anschlag, und ihnen hinterher blickten.

# 38

Zuletzt war die Offiziersmesse ein Ort hektischer Aktivität gewesen. Eine nach der anderen hatten sich die Gruppen versammelt und bereit gemacht, um anschließend von den Soldaten in die Wetterkammer geführt zu werden. Gonzalez hatte den Regisseur angefunkt und einen letzten Versuch unternommen, ihn zur Vernunft zu bringen und zu überreden, die Basis zusammen mit den anderen zu verlassen. Conti hatte ihm kaum zugehört. Er hatte Rohmaterial gesichtet auf der digitalen Videokamera, die Fortnum ihm zurückgelassen hatte. Schließlich war es Gonzalez zu bunt geworden. Er murmelte etwas wie er sei »die Zeit nicht wert, die es dauert, ihn gewaltsam zum Truck zu bringen«, und warnte ihn davor, allein durch die Basis zu laufen. »Sie wollen unbedingt etwas filmen? Filmen Sie den Kadaver, sobald wir das Biest erledigt haben.« Marcelin und Phillips kamen zurück, um die letzte Gruppe von sechs Personen nach oben zur Wetterkammer zu eskortieren.

Damit waren sie nur noch zu dritt.

Kari Ekbergs Blick ging zu den beiden Männern. Conti war fertig mit dem Begutachten des rohen Filmmaterials und nun fieberhaft damit beschäftigt, Notizen auf dem Klemmbrett zu verfassen, ohne das er nie anzutreffen war. Wolff hatte sich zwei großkalibrige Pistolen aus dem Militärvorrat geholt und spielte damit. Nach der Art und Weise zu urteilen, wie er mit dem Daumen Patronen in die Ersatzmagazine schob wie in einen überdimensionierten PEZ-Spender, wusste er, wie man mit Waffen umging.

Kari fühlte sich deswegen nicht viel besser. Im Gegenteil, sie war mehr und mehr von Zweifeln geplagt, ob ihre Entscheidung, zu bleiben, wirklich klug gewesen war. Loyalität gegenüber einem Projekt war eine Sache, Ehrgeiz eine andere, doch mitten in der eisigen Wildnis gestrandet zu sein mit einer Bestie, die nur auf Blutvergießen aus war, erschien ihr inzwischen zumindest fragwürdig.

Andererseits: Immerhin waren zwei der Wissenschaftler mitsamt ihren Daten und Proben geblieben. Logan hatte sich ebenfalls entschieden, bei ihnen zu bleiben. Und Marshall – Marshall war irgendwo dort draußen im Sturm unterwegs. Er würde ebenfalls zur Basis zurückkehren. Abgesehen davon waren auch die Soldaten noch da, kampferprobte Männer mit einem beeindruckenden Arsenal an Waffen, bereit, die Kreatur zu jagen und zu erlegen, sobald der Sattelzug mit den anderen erst losgefahren war. Sie sagte sich, dass ihre Chancen hier besser standen, im Warmen, Trocknen, als draußen auf dem Eis in einem Sattelzug.

Conti legte seinen Stift nieder, überflog die soeben verfassten Notizen und blickte dann hinauf zur Wanduhr. »Der Truck ist inzwischen wahrscheinlich losgefahren«, sagte er. »Es ist Zeit.«

Wolff nahm die Pistolen herunter. »Zeit wofür?«

»Die Jagd zu filmen natürlich. Sie fängt jeden Moment an. Ich kann das Risiko nicht eingehen, sie zu verlieren.«

Wolff runzelte die Stirn. »Emilio, das kann nicht Ihr Ernst sein.«

Conti nahm die Videokamera hoch und kontrollierte die Einstellungen. »Ich hätte gerne die Abfahrt der anderen gefilmt, aber Gonzalez hätte mich vielleicht gezwungen einzusteigen. Aber wir können die Abfahrt auch jederzeit nachstellen.« Er legte die Kamera hin. »Die Jagd allerdings nicht. Sie kann nicht nachgestellt werden. Das ist der Moment, auf den wir gewartet haben, auf den alles hingeführt hat.«

»Das ist doch verrückt!« Die Worte waren heraus, bevor Kari Zeit hatte, zu überlegen.

Der Regisseur drehte sich zu ihr um. »Was wollen Sie damit sagen? Ich bleibe schön weit weg von den Soldaten. Ich beschatte sie, folge ihnen nach Gehör – sie werden gar nicht merken, dass ich da bin, bis die Action anfängt und es zu spät ist, etwas gegen meine Anwesenheit zu unternehmen.«

»Aber Sie begeben sich in Gefahr …«, begann Kari.

»Glauben Sie vielleicht, wir wären hier sicherer? Ich persönlich bin lieber in der Nähe der Maschinengewehre.«

»Trotzdem, Kari hat recht«, sagte Wolff. »Die Soldaten begeben sich mit voller Absicht in die Gefahr. Was bedeutet, dass Sie ebenfalls der Gefahr ausgesetzt sein werden.«

»Dann kommen Sie doch mit.« Conti nickte in Richtung von Wolffs großen Pistolen. »Nehmen Sie die mit. Es ist auf jeden Fall besser, wenn wir zusammenbleiben.«

Wolff antwortete nicht.

»Hören Sie«, beschwor Conti ihn. »Wir sind hierhergekommen, um diese Kreatur zu filmen. Sehen Sie denn nicht, was für eine phantastische Gelegenheit uns geschenkt wurde? Das ist eine neue Story, eine viel größere, als wir je erwartet hätten. Erwarten Sie wirklich von mir, dass ich in dieser Messe sitzen bleibe und Däumchen drehe, während sich draußen die großartigste Szene meines Lebens – vielleicht die großartigste Szene *aller Zeiten* – keinen Steinwurf weit entfernt abspielt?«

Als niemand etwas erwiderte, erhob er sich und marschierte in der Messe auf und ab. »*Selbstverständlich* gibt es ein gewisses Maß an Gefahr. Genau das ist der Grund dafür, dass diese Dokumentation die aufregendste sein wird, die es jemals gegeben hat. Wir erleben die Ereignisse so, wie sie sich entfalten; das Rohmaterial ist rings um uns. Wir drei – Regisseur, Field Producer und Sender – wir *sind* die Dokumentation. Es ist eine Erfahrung, wie kein Film, sei es Spielfilm oder Dokumentation, sie bisher je vermittelt hat. Es ist organisch auf eine Weise, wie kein geskriptetes, nach Drehbuch verfasstes Projekt es jemals sein könnte. Verstehen Sie denn nicht? Wir erleben hier die Entstehung eines *vollkommen neuen Genres* von Filmen!«

Während Conti sprach, lief sein Gesicht rot an, und seine Augen glitzerten aufgeregt. Eine beinahe messianische Überzeugung ließ seine Stimme zittern. Trotz ihrer Angst spürte Kari, dass seine Aufregung mitreißend war. Wolff lauschte schweigend und verfolgte mit den Augen den Regisseur, der immer noch auf und ab ging.

»Und noch etwas«, sagte Conti. »Ashleigh ist tot. Sie hat ihr Leben gegeben für dieses Projekt. Wir sollten es für Ashleigh tun. *Ich* werde ihre Stelle als Erzähler einnehmen.«

Einen Moment lang herrschte Stille. Dann sprach Wolff. »Glauben Sie wirklich, dass Sie das hinkriegen?«, wollte er wissen.

»Ich bin schließlich ausgebildeter Kameramann, oder? Ich kann Einstellungen drehen, die Fortnum seine Kamera verschämt in die Ecke stellen lassen.« Conti drehte sich zu Kari um. »Ich werde das Filmen besorgen, aber es läuft sicher glatter, wenn Sie die Tonaufzeichnung besorgen.«

Kari atmete tief durch. »Also schön. Ich übernehme das tragbare Mischpult.«

Conti nickte. »Ich kümmere mich um den Rest. Kari, nehmen Sie das Funkgerät. Wir brechen in fünf Minuten auf.«

## 39

Marshall steuerte den Sno-Cat, so schnell er konnte, durch die Gischt aus Schnee und Eis. Der Schneefall hatte ein wenig nachgelassen, doch der Sturm tobte schlimmer als je zuvor. Er kreischte und pfiff um den Kabinenaufbau des großen Fahrzeugs. Es konnte nicht mehr lange dauern bis zur ersten Morgendämmerung, doch Zeit schien etwas merkwürdig Irrelevantes zu sein in diesem Niemandsland aus eintönigem Grau. Manchmal fühlte es sich an wie unter Wasser, als wären Erde und Himmel durch die Gewalt des Sturms verschmolzen zu einem fremdartigen neuen Element, einer physikalischen Suspension, durch die sich der Sno-Cat seinen Weg bahnte.

Er warf einen Blick in den Rückspiegel. Usuguk saß mit untergeschlagenen Beinen im hinteren Teil der Kabine, das Medizinbündel im Schoß. Er hatte seinen alten Karabiner zurückgelassen und war unbewaffnet. Sein wettergegerbtes Gesicht in der großen Kapuze wirkte winzig. Obwohl Marshall mehrere Male versucht hatte, ihn in eine Unterhaltung zu verwickeln, hatte der Tuniq während der Fahrt nach Süden wenig geredet. Er schwankte sanft hin und her, vor und zurück in einem Rhythmus, der nichts mit dem Rumpeln des Sno-Cat zu tun hatte, und sang dabei leise vor sich hin.

Marshall unternahm einen letzten Versuch. »Vorhin in deinem Dorf hast du gesagt, deine Tage als Jäger seien vorüber. Du warst früher ein Jäger?«

Usuguk wandte sich zu ihm. »Das war ich. Ich war ein großer Jäger. Doch das ist viele Jahre her. Damals war ich noch ein kleiner Mensch.«

*Kleiner Mensch?* »Etwas verstehe ich nicht. Warum lebt ihr so weit im Landesinnern, so weit weg vom Meer? In diesem Klima könnt ihr nichts anbauen. Es gibt nichts zu ernten und kein Wild außer gelegentlich einem Polarbären. Du hast es selbst gesagt: Würdet ihr in der Nähe der Küste leben, wäre das Leben sehr viel bequemer.«

Wie schon zuvor nahm sich Usuguk einen Moment Zeit, bevor er antwortete. »Ich habe kein Interesse an einem bequemeren Leben.«

»Willst du damit sagen, dass du allein hier in der Wildnis bleiben willst, falls die anderen nicht zurückkehren?«

Eine lange Pause. »Es ist mein *rokalyik*.«

Marshall musterte den alten Schamanen im Rückspiegel. Der Mann wusste offensichtlich etwas, so viel schien klar – doch war es auch von Nutzen? Würde es sich als ein Geflecht aus Mythen, Geschichten und Ritualen herausstellen, interessant, doch ansonsten vollkommen nutzlos? Er konnte nur hoffen, dass es nicht so war.

Schweigend setzten sie ihre Fahrt nach Süden fort. Marshall behielt das GPS im Auge, während er das Schneegestöber vor der Scheibe zu durchdringen versuchte. Sie waren bereits kurz vor dem Mount Fear. Marshall verringerte die Geschwindigkeit und hielt nach Lavaröhren und Magmaspalten Ausschau, die unter der Schneedecke lauerten. Nach zehn Minuten tauchte in der Dunkelheit ein stecknadelkopfgroßer heller Punkt zur Linken auf, dann ein zweiter, schließlich ein halbes Dutzend. Marshall korrigierte die Richtung, und Momente später tauchte der Zaun wie ein großes Gerippe im Licht der Scheinwerfer auf. Anstatt den Sno-Cat auf seinem vorgesehenen Platz zu parken, lenkte Marshall das schwere Fahrzeug vorsichtig durch das Tor und an den Außengebäuden vorbei zum Haupteingang der Basis. Zu seiner großen Überraschung stellte er fest, dass sowohl Carradines Sattelschlepper als auch Ashleigh Davis' riesiger Wohnwagen verschwunden waren. Nur ein kahler Fleck gleich innerhalb der Umzäunung verriet die Stelle, wo sie geparkt hatten. Fußspuren und alles andere waren längst vom Wind verweht.

Marshall parkte so dicht bei der Doppeltür wie nur irgend möglich, dann schaltete er den Motor ab und nickte Usuguk zu. Der Tuniq kam nach vorn, und die beiden Männer kletterten aus der Kabine in den eisigen Sturm hinaus. Marshall öffnete die Tür und betrat den Bereitschaftsraum. Nach kurzem Zögern folgte ihm Usuguk.

Die Wetterkammer sah aus, als hätte hier ein Krieg getobt. Ein Dutzend Spinde weit aufgerissen, Kaltwetter-Schutzkleidung und Verpackungen von Rationen waren überall auf dem Boden verstreut. In einer Ecke lagen Waffen und Munition auf einem großen Haufen. Marshall ging hin und nahm –

gegen starken inneren Widerstand – ein M-16 und ein paar 30-Schuss-Magazine. Er stopfte sich die Magazine in die Parkataschen und schlang sich das halbautomatische Gewehr über die Schulter.

Die Eingangshalle lag dunkel und verlassen. Marshall hielt kurz inne und lauschte. Die Basis schien beinahe übernatürlich still; kein hallendes Echo von Schritten, kein fernes Gemurmel, nichts. Er führte Usuguk zum zentralen Treppenschacht und in Richtung der Unterkünfte auf der B-Ebene. Usuguk folgte ihm in einigem Abstand, ohne nach rechts oder links zu blicken. Der Tuniq schien sich nicht für seine Umgebung zu interessieren. Tatsächlich wirkte es, als versuche er absichtlich, so wenig wie nur irgend möglich davon zur Kenntnis zu nehmen. Sein Gesicht wirkte entrückt wie in einem schmerzhaften inneren Widerstreit.

Die B-Ebene lag ebenfalls verlassen. Als sie die Räume passierten, in denen es in den vorhergegangenen Tagen vor Aktivität nur so gewimmelt hatte – das Operationszentrum, die Büros, die Wohnquartiere –, wurde Marshall zunehmend unruhig. Was war geschehen? Wo steckten sie alle? Hatten sie sich tief ins Innere der Basis zurückgezogen, in einen sicheren Hafen – oder eine letzte Bastion?

Es gab einen Raum, von dem er ganz sicher wusste, dass er nicht verlassen war: das Labor für Physik und Biowissenschaften. Und tatsächlich, als er sich näherte, stellte er fest, dass er sich nicht geirrt hatte. Aus dem Innern drangen leise Stimmen. Er öffnete die Tür und fand nicht nur Faraday, sondern auch Sully und Logan. Alle drei zuckten bei seinem Eintreten zusammen. Logan erhob sich hastig und musterte Usuguk neugierig. Sully, der an einem benachbarten Tisch saß, nickte ihm nur zu und trommelte mit den Fingern nervös auf die Tischplatte. Neben ihm lehnte eines der großkalibrigen Gewehre, die sie zum Schutz vor Angriffen von

Polarbären benutzt hatten. Faraday sah von Marshall zu Usuguk und wieder zu Marshall.

»Sie haben es geschafft«, sagte Logan. »Guter Mann.«

»Wo sind die anderen alle?«, wollte Marshall wissen.

»Geflohen. Im Wohnwagen von Ashleigh Davis.«

»Das Biest hat Ashleigh und einen der Soldaten erwischt«, berichtete Sully. »Es hat sie förmlich geschlachtet.«

Marshall durchlief ein Frösteln. »Mein Gott. Damit hat es jetzt bereits drei Menschen getötet.«

»Gonzalez und seine Jungs sind unterwegs und jagen es«, fügte Sully hinzu.

»Ich habe Sully und Faraday von dem Tagebuch erzählt«, sagte Logan. »Und warum Sie zum Dorf der Tunit gefahren sind.«

»Was ist mit dem Tagebuch?«, fragte Marshall.

»Ich habe einige neue Textstellen entschlüsselt. Nichts, das uns nützen könnte.«

Marshall drehte sich zu dem Schamanen um. »Wir wissen von dem Team von Wissenschaftlern, das vor fünfzig Jahren auf der Basis stationiert war. Es waren insgesamt acht. Sieben starben ganz plötzlich und unter, wie es scheint, gewaltsamen Umständen. Ich habe dir erzählt, dass jemand geschrieben hat, dein Volk wüsste die Antwort. Worauf, das wissen wir noch nicht. Kannst du uns helfen?«

Als Marshall sprach, schien eine Veränderung über Usuguk zu kommen. Der gequälte Ausdruck verschwand von seinem Gesicht und wich etwas, das Marshall an Resignation erinnerte. Mehrere Sekunden lang schwieg der alte Tuniq. Dann nickte er langsam.

»Du kannst?«, fragte Logan aufgeregt. »Dann weißt du etwas darüber, was passiert ist?«

»Ja«, sagte Usuguk und nickte erneut. »Ich bin der, der davongekommen ist. Der achte Wissenschaftler.«

# 40

Als er seine erste Dienstzeit in der Fear Base ableistete, als unerfahrener Gefreiter im Jahr 1974, hatte Gonzalez an gelegentlichen Anti-Infiltrationsübungen teilgenommen. Man hatte ihnen – sie waren zu sechst gewesen – gesagt, eine russische Sabotageeinheit sei in die Basis eingedrungen und ihre Aufgabe sei es, den Gegner abzufangen. Es war nur ein Kriegsspiel gewesen, weiter nichts – Fear Base war zu diesem Zeitpunkt bereits seit zwanzig Jahren geschlossen gewesen. Doch es war ein gutes Training, insbesondere für diejenigen, die aus dem Ingenieurkorps in die reguläre Army versetzt worden waren. Und es war eine bleibende Erfahrung: Gonzalez erinnerte sich noch heute lebhaft an die geflüsterten Befehle, die schussbereiten Waffen, die mit plötzlicher Wucht aufgetretenen Türen.

Das hier fühlte sich mehr oder weniger genauso an.

Nachdem die Zugmaschine mitsamt dem Anhänger abgefahren war, hatte das Team seine Waffen bereit gemacht und sich – nach einem kurzen Briefing und ein paar warnenden Worten von Gonzalez – in den Südflügel begeben. Sie bewegten sich in nahezu völliger Stille. Gonzalez dirigierte sie mit einzelnen Worten oder Gesten. Sie hatten die Krankenstation passiert und näherten sich der Stelle, wo Private Fluke und Ashleigh Davis angegriffen worden waren. Es war das zweite Mal innerhalb einer Stunde, dass er durch diesen Gang kam. Beim letzten Mal war er nur Sekunden zu spät gekommen. Fluke war bereits tot, buchstäblich in Stücke gerissen, während Davis noch ein paar Minuten durchgehalten hatte. Es war kein schöner Anblick gewesen. Beide Leichen lagen jetzt im Untersuchungsraum der Krankenstation, eingewickelt in Plastikplanen wie schon zuvor der verschwundene Leichnam von Peters.

»Okay«, murmelte er. »Wir gehen vor dem Transformatorraum in Stellung. Phillips, Sie erkunden rasch die Lage.«

Phillips, der an der Spitze ging, winkte mit erhobenem Daumen. Gonzalez blickte sich nach Marcelin um. Der Corporal nickte zum Zeichen, dass er verstanden hatte.

Insgeheim war Gonzalez erleichtert, dass sich Marcelin so gut hielt. Er war der Einzige, der einen Blick auf die Kreatur erhascht hatte, und es hatte ihm fast jeden Mumm geraubt. Doch entweder hatte er sich wieder gefangen, oder er schauspielerte gut. Ein Außenposten wie dieser hier, am hintersten Arsch der Welt, zog ganz allgemein nicht die Besten an. Trotzdem war Gonzalez mit seinem gegenwärtigen Team zufrieden. Zugegeben, es waren lahme Schnecken und Bastarde aus dem Ingenieurkorps ohne Kampferfahrung darunter. Aber sie waren keine Jammerlappen oder Primadonnen. Er hatte Männer gesehen, die von der Kälte, der Einsamkeit und der Monotonie in den Wahnsinn getrieben worden waren. Doch diese Bande hier war im Grunde in Ordnung. Diese Jungs hatten begriffen, dass ein Tag in Fear Base genauso wie der andere war.

Bis zu diesem Tag, heißt das.

Gonzalez blickte über Marcelin hinweg zu Creel, dem Vorarbeiter der Filmgesellschaft. Der stämmige Bursche grinste wie ein Idiot. Er hatte sich zwei Pistolen in den Hosenbund gerammt und schwang seinen mit einem M-4-Granatwerfer ausgerüsteten Karabiner, als wäre er der gottverdammte John Rambo persönlich. Creel war ein unberechenbarer Faktor: Gonzalez war ein wenig skeptisch, was seine Behauptung anging, bei der Third Cav gewesen zu sein. Immerhin wusste der Mann, wie man eine Waffe hielt. Und obwohl drei Maschinenpistolen mehr als ausreichend schienen, war Sergeant Gonzalez ein konservativer Soldat. Ein zusätzlicher Finger am Abzug war immer eine gute Vorsichtsmaßnahme.

Er hatte kurz überlegt, ob er den Vorfall melden und auf weitere Befehle warten sollte. Doch es hätte Stunden gedauert, bis eine Antwort die Befehlskette entlang zurückgekommen wäre, vielleicht noch länger, und Gonzalez war nicht in der Stimmung, zu warten. Abgesehen davon verspürte er keine große Lust zu erklären, womit genau sie es zu tun hatten. Es hatte bereits drei Tote auf seiner Basis gegeben, und er war hier, so weit weg von allen höheren Stellen, mit umfassender Befehlsgewalt ausgestattet. Sollte der von Kugeln durchsiebte Kadaver seine Erklärungen doch selbst abgeben.

Der Transformatorraum lag jetzt direkt vor ihnen. Im schwachen Licht aus dem Korridor sah Gonzalez die Tür schräg in den verdrehten Angeln hängen. »Nicht vergessen, Corporal«, sagte er zu Phillips. »Langsam und tief.«

»Jawohl, Sir.« Phillips entsicherte sein M-16, schob sich zum Türrahmen vor und schlüpfte in den Raum dahinter. Zehn Sekunden später signalisierte er den anderen, dass die Luft rein war.

Gonzalez winkte seinen Leuten einzutreten, dann folgte er ihnen. Der Transformatorraum war im selben Zustand, in dem sie ihn zurückgelassen hatten: Überall klebte Blut in phantastischen Bogen und Spritzern, auf dem Boden, den Plattformen, den Transformatoren. Es war ihnen gelungen, das Zugangspaneel zu dem nach draußen führenden Wartungs-Kriechgang zu verschließen, doch es war hier immer noch ungemütlich kalt.

Gonzalez sah zu Marcelin herüber. Der Corporal vermied es, das Blut anzuschauen. Er sah ein wenig grün im Gesicht aus.

»Corporal?«, redete Gonzalez ihn über das Summen der Transformatoren hinweg an.

Marcelins Blick zuckte zu Gonzalez. »Sir?«

»Alles in Ordnung?«

»Ja, Sir.«

Gonzalez nickte. Ströme und Nebenströme aus Blut überall, Dutzende von Fußspuren zeichneten verzweifelte Linien, Zeichen des hektischen Kampfes, der sich vor weniger als einer Stunde hier ereignet hatte. Einige Spuren führten in den Gang hinaus und zurück in die Richtung, aus der sie gerade gekommen waren, zur Krankenstation. Eine weitere Serie von Fußabdrücken jedoch – wenn »Fußabdrücke« überhaupt das richtige Wort war – führte tiefer ins Innere der Basis hinein. Gonzalez zog seine Taschenlampe aus dem Halfter, schaltete sie ein und untersuchte die Abdrücke. Es waren riesige, verzerrte Rosetten mit großen Ballen. Jedem Ballen entsprang eine krumme, gefährlich aussehende spitze Klaue.

Er starrte lange Zeit auf die blutige Fährte.

Gonzalez betrachtete sich als einfachen Menschen mit wenigen Bedürfnissen und noch weniger Ansprüchen. Er hatte nie viel von der Gesellschaft anderer gehalten, und der einzige Stolz, den er kannte, war der Stolz, gute Arbeit zu leisten. Das war auch der Grund, warum er nie nach einer Beförderung gestrebt hatte, warum er nie das Verlangen gespürt hatte, über den Rang des Sergeants hinaus aufzusteigen. Sergeant, das war seine ideale Position: hoch genug, um seiner eigenen beschränkten Sicht der Dinge Nachdruck zu verleihen, doch nicht so hoch, als dass sie unerwünschte Verantwortung nach sich gezogen hätte. Es war auch der Grund, warum er der einzige Soldat war, der länger als achtzehn Monate auf Fear Base geblieben war. Tatsächlich war er inzwischen seit mehr als dreißig Jahren hier. Er würde den Ausdruck im Gesicht des Majors in Fort McNair nie vergessen, als er bei seiner Rückkehr aus dem Urlaub im Anschluss an seine erste Dienstzeit auf Fear Base darum gebeten hatte, gleich wieder dorthin geschickt zu werden. Gonzalez hätte schon vor Jahren in den Ruhestand gehen können, doch er konnte sich nicht vorstellen, irgendetwas anderes im Leben zu tun als dafür zu sorgen, dass diese Anlage, eingemottet und längst vergessen, instand gehalten wurde. Gonzalez hatte keine Familie und nur wenige Besitztümer außer einer Bibel und dem großen Stapel von Kriminalromanen, die er an den langen Abenden wieder und wieder las, geordnet nach Titeln in alphabetischer Reihenfolge. Er hatte so viel Zeit allein mit sich und seinen Gedanken verbracht, dass er sich selbst längst seine bevorzugte Gesellschaft geworden war. Es war eine einfache Existenz, doch sie war wohl organisiert, rational und vorhersehbar – ganz genau so, wie Gonzalez es am liebsten hatte.

Einer der Gründe dafür, dass die blutigen Abdrücke im Lichtkegel seiner Taschenlampe ein so unangenehmes Gefühl von Unruhe in ihm auslösten.

Creel riss ihn aus seinen Gedanken, indem er eine Granate in den Werfer seines M-4 lud. »Mein Onkel hat einmal eine Safari in Afrika gewonnen«, sagte er. »Kein Witz. Erster Preis bei einer Tombola von Elks. Er hat einen Kaffernbüffel geschossen damals. Er hat noch jahrelang mit dieser verdammten Jagd geprahlt, das kann ich Ihnen sagen.«

*Das hier ist eine Jagd, mit der du später ganz bestimmt nicht prahlen darfst*, dachte Gonzalez. Er schaute zu seinen Männern hinüber. Phillips leuchtete mit seiner eigenen Taschenlampe über Boden und Wände. Der Lichtkegel tanzte über Blutflecken. Marcelin stand im Eingang und hielt den Kopf nach draußen in den Gang, den Kopf geneigt, so als lauschte er.

»Sind wir so weit?«, fragte Gonzalez.

»Verdammt, und ob!«, antwortete Creel. »Erledigen wir dieses Ding.«

Sie traten nach draußen in den Gang. Phillips war wieder an der Spitze. Im Licht seiner Taschenlampe folgten sie den bestürzend großen, blutigen Spuren. Hin und wieder sahen sie einzelne Tropfen am Boden, die nicht durch die Spuren verursacht worden sein konnten. War die Kreatur verwundet worden?

»Jesses!«, murmelte Phillips leise. »Was für ein Biest hat so riesige Pfoten?«

Der Korridor mündete in einen Quergang. Zur Linken lag eine Reihe unbenutzter, leerer Büros, nach rechts ging es zu den Nebenräumen der Radarüberwachung. Sie warteten, während Phillips mit seiner Taschenlampe den Boden ableuchtete. Die Abdrücke waren hier weniger deutlich, die Blutstropfen seltener, doch beides führte eindeutig nach rechts.

Gonzalez' Zuversicht sank. Die Radarüberwachung war ein Labyrinth aus kleinen Erkern und Galerien voller Maschinen und Apparate. Falls sich dieses Ding hierher verkrochen hatte, war es verdammt schwierig aufzuscheuchen.

»Gehen wir«, befahl er. »Waffen schussbereit halten. Niemand spricht, es sei denn, es ist absolut erforderlich.«

Er sah seine Männer der Reihe nach an. Die grüne Farbe war aus Marcelins Gesicht verschwunden und durch einen Ausdruck ängstlicher Beklemmung ersetzt worden.

Gonzalez hatte ebenfalls Angst. Nicht davor, getötet oder verletzt zu werden, sondern vor dem Unbekannten, vor diesem Ding. Der Kameramann, dieser Toussaint, hatte laut und schrill getobt, ohne Atem zu schöpfen, bis man ihm Beruhigungsmittel einflößen konnte. Und dann die panisch schrille Stimme von Marcelin in der Messe: *Zwingen Sie mich nicht, das zu sagen ...!* Gonzalez war einfach zu alt und zu gesetzt, als dass sich sein Verständnis von der ihn umgebenden Natur noch groß hätte verändern lassen.

Der Gang vor ihnen lag größtenteils im Dunkeln. Nur hin und wieder verbreiteten Glühlampen an der Decke ihr spärliches Licht. Phillips hielt seine Maglite auf die Spuren gerichtet, die anderen schwenkten ihren Lichtstrahl nach rechts und links. Sie passierten die Treppe zur C-Ebene und den Wohnquartieren der Soldaten und erreichten die Räume für Datenakquisition und Identifikation. Alle vier Türen waren abgeschlossen, und es gab keine Hinweise auf Beschädigung oder Manipulation. Die kleinen vergitterten Fenster waren unberührt.

»Wohin zielen wir eigentlich?«, rief Creel von hinten. Er klang, als könnte er es kaum erwarten. »Auf den Kopf? Das Herz? Den Bauch?«

»Schießen Sie einfach so lange, bis es umfällt«, antwortete Gonzalez.

Vor ihnen lag der schmale Durchgang zu den Radarnebenräumen. Es war stockdunkel dort. Phillips trat als Erster ein und schwenkte nach links. Gonzalez folgte ihm, streckte die Hand aus und schaltete die Beleuchtung ein.

Die Radarunterstützung war in drei großen, hintereinanderliegenden Räumen untergebracht, die gefüllt waren mit Metallregalen voller technologisch völlig veralteter Hardware. Das erste Regal lag vor ihnen wie eine Wand, und in den Fächern lagerten dunkle, verstaubte Monitore, Oszilloskope, Platinen voller Röhren und vielfarbene Bündel dünnen Drahtes.

»Wohin geht es von hier aus weiter?«, fragte Creel flüsternd.

»Nirgendwohin«, antwortete Gonzalez. »Das ist eine Sackgasse.«

»Prima. Wenn sich dieses Ding hier drin versteckt hat, haben wir es in der Zange.«

Niemand antwortete.

Gonzalez spähte entlang des Metallregals nach rechts und links, dann drehte er sich zu Phillips und Marcelin um. »Sie beide gehen nach rechts«, befahl er. »Achten Sie auf Ihre Rückendeckung.«

Die beiden nickten, wandten sich zur Seite und schlichen mit schussbereiten Waffen den schmalen Gang zwischen Wand und erster Regalreihe entlang.

Gonzalez winkte Creel. »Wir gehen links runter. Wir treffen uns an der hinteren Tür wieder. Wenn Sie etwas sehen – irgendetwas –, geben Sie Laut.«

»Verstanden.«

Gonzalez bewegte sich an den Regalen entlang bis zur linken Wand des Raums. Dann bog er um die Ecke und suchte hastig den Bereich vor sich ab. Die schmalen Räume zwischen den langen Regalreihen lagen dunkel und leer da. Zur Linken gab es in der Wand zusätzliche Nischen zum Lagern von Gegenständen. Gonzalez atmete einmal tief durch, dann setzte er sich an der Wand entlang in Bewegung. In jeden Regalgang warf er einen prüfenden Blick. Am anderen Ende der Gänge sah er Marcelin und Philips, die ebenfalls zum hinteren Teil des Raums vorrückten.

Es dauerte kaum mehr als eine Minute, bis sie die rückwärtige Wand erreicht hatten. Sie trafen sich in der Mitte. Dort führte eine Tür in den nächsten Lagerraum. »Und?«, fragte Gonzalez. »Irgendwas bemerkt?«

Phillips schüttelte den Kopf.

Gonzalez nickte. Der Raum hatte nicht nur leer ausgesehen, er hatte sich auch so *angefühlt.* Die Radarräume zu durchsuchen, war offenbar Zeitverschwendung. Die Kreatur hatte sich wahrscheinlich die Treppe hinunter in die C-

Ebene zurückgezogen. Warum sollte sie sich auch ausgerechnet hier verstecken, in dieser Sackgasse?

»Nehmen wir den nächsten in Angriff«, sagte Gonzalez, als er durch die Tür trat und das Licht einschaltete. »Gleiche Prozedur.«

Der zweite Raum war fast identisch mit dem ersten: hohe Regale voll mit längst vergessenem Equipment. Er wirkte so tot und verlassen wie der vorhergehende, bis auf ein leises summendes Geräusch, so dumpf, dass sie es mehr spürten als hörten – Luft im Heizungssystem, kein Zweifel. Erneut übernahmen Gonzalez und Creel die linke Seite, Phillips und Marcelin die rechte. Langsam und methodisch arbeiteten sie sich entlang der Regalreihen nach hinten. Sie erreichten die rückwärtige Wand, die dank einer ausgefallenen Glühlampe im Halbdunkel lag, und trafen sich vor der Tür zum dritten Raum.

Gonzalez spähte in die vor ihnen liegende Schwärze. »Wir sehen auch hier nach, um auf Nummer sicher zu gehen. Anschließend kehren wir zur Treppe 12 zurück und durchsuchen die C-Ebene. Also los, Männer, gleiche Prozedur wie bisher.«

»Riechen Sie das?«, fragte Creel unvermittelt.

»Riechen wir *was?*«, fragte Phillips.

»Ich weiß nicht. Hamburger oder so was.«

Gonzalez griff um die Ecke und schaltete das Licht ein. Ein paar Fluoreszenzröhren erwachten flackernd zum Leben. Sekunden später erlosch die nächstgelegene unter leisem Brutzeln wieder.

Gonzalez runzelte die Stirn. *Scheiße, nicht schon wieder. Einen schlechteren Zeitpunkt dafür hätte es nicht geben können.* Nun lag der hintere Teil des Raums im Zwielicht, und der vordere war nahezu völlig dunkel.

»Sie haben sich aber einen merkwürdigen Zeitpunkt ausgesucht, um hungrig zu werden«, schnaubte Phillips, an Creel gewandt.

Gonzalez trat in den nächsten Raum, und die anderen folgten ihm.

»Nein, Mann. Ich meinte nicht *gegrillte* Hamburger. Ich meinte *rohe.*«

Gonzalez wandte sich nach links, um sich wie in den vorhergehenden Räumen an den Regalreihen entlang zu arbeiten, Creel dicht hinter ihm. Dann hielt er abrupt inne.

Ein Stück voraus konnte er im Halbdunkel die erste von mehreren Nischen erkennen. Nur dass diese Nische keine Ausrüstung enthielt wie die anderen. Stattdessen lag etwas am Boden, das im schwachen Licht stumpf glänzte.

»Ich habe Kopfschmerzen«, sagte Marcelin.

Gonzalez griff nach seiner Taschenlampe und leuchtete in die Nische. Der Lichtkegel erfasste ein Stück transparente Plastikplane mit etwas darin, das aussah wie getrocknetes Blut.

*Peters.*

Genau in diesem Moment begann Marcelin zu wimmern.

Gonzalez wirbelte herum.

*Irgendetwas* starrte sie vom entgegengesetzten Ende des Regals her an. In dem kurzen Moment, in dem er es sehen konnte, registrierte Gonzalez einen dichten, zottigen dunklen Pelz, ein großes Ohr seitlich am Kopf und herzförmig wie das einer Fledermaus und ein einzelnes gelbes Auge.

Und noch etwas. Der Kopf zu weit oben. Zu hoch über dem Boden …

Hinter ihm feuerte Creel seinen Granatwerfer ab. Das Geschoss pfiff an Gonzalez vorbei und explodierte anderthalb Meter von der Stelle entfernt, wo der Kopf gewesen war. Der gesamte Raum erzitterte. Roter und gelber Rauch wirbelte ihnen entgegen, und Splitter von Metall und Elektroröhren regneten auf sie herab.

»Zurück!«, brüllte Gonzalez.

Sie hasteten zurück in den zweiten Raum.

»In den Ecken Stellung beziehen!«, befahl Gonzalez. »Phillips, Marcelin, Sie decken die Tür. Achten Sie auf Kreuzfeuer!«

Er zog sich in die hintere linke Ecke zurück und kauerte sich hinter das letzte Regal, das M-16 im Anschlag und auf die Tür gerichtet. Sein Herz raste schneller als jemals zuvor in seinem Leben.

Neben ihm stammelte Creel sinnloses Zeug. »O Gott. O Gott o Gott.«

»Los, hinter mich«, befahl Gonzalez. »Wenn es rauskommt, zielen Sie auf die Tür. Die Tür, hören Sie? Wenn Sie aus Versehen meine Männer erschießen, erschieße ich Sie!«

Creel schien ihn nicht zu hören. »O Gott. O Gott *o Gott …*«

»Fertigmachen!«, befahl Gonzalez seinen Soldaten. Er erhielt keine Antwort von der anderen Seite des Raums, abgesehen von einem leisen Wimmern, das wahrscheinlich von Marcelin stammte.

Er zielte über den Lauf seines M-16 hinweg auf die Tür und hatte Mühe, die plötzliche, unvertraute Panik unter Kontrolle zu halten, die ihn zu überwältigen drohte. Eine Minute verging, die sich ewig hinzog. Gonzalez versuchte den Schweiß wegzublinzeln, der ihm über die Stirn in die Augen troff. Das dunkle Geräusch, das er zuvor bereits bemerkt hatte, war nun lauter, erfüllte seine Ohren und seinen Kopf mit einem dumpfen Schmerz, der …

Kopfschmerz. Marcelin hatte den Kopfschmerz ebenfalls erwähnt …

Gonzalez versteifte sich. In der Dunkelheit des Durchgangs bewegte sich etwas.

Er blinzelte erneut und fuhr sich mit der Hand über die

Augen. Es war eine optische Täuschung, es hatte etwas mit der schlechten Beleuchtung zu tun. Doch nein – da war tatsächlich Bewegung in den Schatten. Grau in grau. Für einen Moment verharrte es … dann bewegte es sich erneut. Langsam, ganz, ganz langsam schob es den Kopf heraus. Es war schwierig, im schwachen Licht Einzelheiten zu erkennen – nichtsdestotrotz entwich Creels Kehle ein leises Gurgeln, das an einen ertrinkenden Mann erinnerte. Gonzalez starrte zur Tür, paralysiert wie die anderen. Gütiger Himmel, es schob sich immer weiter, dunkel und groß mit einem massiven Knochenkamm, der in gewaltige, hoch sitzende Schultern mündete. Es ähnelte nichts, das Gonzalez jemals zuvor gesehen hatte. Es war grandios. Es war furchteinflößend.

Der Kopf war jetzt durch die Tür; es starrte in Richtung von Phillips und Marcelin. Dann bewegte sich der Kopf erneut und wandte sich mit einer qualvollen, unendlich anmaßenden Bewegung zu ihm. Die gelben Augen schienen Gonzalez' Augen zu fesseln. Dann öffnete es die Kiefer, und Gonzalez' Blick ging hinunter zum Maul und … *Gütiger Himmel, was zur Hölle ist denn das?*

Seine Welt geriet aus den Fugen. Seine Finger schlossen sich spastisch zuckend um den Abzugsbügel.

Das Gurgeln aus Creels Mund wich einem hohen Wimmern, dann verwandelte es sich in einen schrillen Schrei.

Und dann sprang das Ding auf sie zu.

Alles passierte gleichzeitig. Creel schrie zusammenhangloses Zeug, während er instinktiv zurückwich und seine Waffe hochriss. Phillips und Marcelin eröffneten aus der anderen Ecke das Feuer. Ihre Kugeln prallten als Querschläger von der Wand und surrten zischend über Gonzalez' Kopf hinweg. Gonzalez wurde brutal zur Seite gestoßen, als sich das Ding auf Creel stürzte. Es gab ein leises Knirschen, ähnlich dem Geräusch eines ausgerissenen Hähnchenschenkels, und der Vorarbeiter stieß einen grauenvollen Schrei aus, diesmal vor Schmerz. Gonzalez sprang auf die Beine, und der Raum drehte sich vor seinen Augen. Er packte sein Gewehr, hob es und zielte ... er sah sofort, dass es längst zu spät war, um Creel zu retten. Die Kreatur zerriss ihn wie eine Stoffpuppe. Blut und Eingeweide spritzten durch die Luft. Die anderen hatten aufgehört zu schießen. Plötzlich hob die Kreatur den Kopf und starrte Gonzalez an, das Gesicht eine blutig rote Maske. Im schwachen Licht glaubte der Sergeant zu erkennen, wie es die Mundwinkel zu etwas hob, das nur ein Grinsen sein konnte. Und dann wandte er sich ab und rannte, rannte, rannte vorbei an den Lagerregalen und durch die Tür, Phillips und Marcelin hinterher, durch den ersten Raum und in den Gang und weiter und weiter und immer weiter ...

# 41

Die Luft im Labor für Biowissenschaften schien zu gefrieren. Einen langen Augenblick starrten alle nur schweigend Usuguk an. Der Tuniq stand reglos in der Nähe der Tür. Seine Stiefel aus Robbenfell und sein Parka aus Karibuhaut und Deckengewebe bildeten einen grellen Kontrast zu den langweilig grauen Metallwänden und der nüchternen Einrichtung.

»Du ...?«, fragte Marshall, nachdem er die Sprache wieder gefunden hatte. »Du warst der achte Wissenschaftler?«

»So nannten sie mich jedenfalls«, antwortete Usuguk.

Auf der anderen Seite des Labors runzelte Logan die Stirn. »Was hat das zu bedeuten?«

Usuguk schwieg erneut lange Sekunden, bevor er antwortete. Er blickte jeden der Reihe nach aus dunklen Augen an, dann starrte er auf eine Stelle hinter ihnen, die weit, weit entfernt zu sein schien. »Ich bin ein alter Mann«, sagte er schließlich. »Darf ich mich setzen?«

»Selbstverständlich.« Marshall brachte ihm rasch einen Stuhl. Der Schamane ließ sich darauf nieder und legte seinen Medizinbeutel auf den Schoß.

»Ich war ein Spezialist«, sagte er. »Army-Spezialist. Ich wuchs keine zweihundert Kilometer von hier auf. In den alten Tagen lebte mein Volk in einer Siedlung in der Nähe von Kaktovik. Ich wohnte bei der Familie meines Cousins, denn meine Mutter starb bei meiner Geburt, und als ich sechs Jahre alt war, verhungerte mein Vater draußen auf dem Eis, auf der Jagd nach Karibus. Ich wuchs in Unwissenheit auf, doch ich war voll von … von *quiniq*. Ich gab mich nicht damit zufrieden, stundenlang an einem Eisloch zu verharren und darauf zu warten, dass sich eine Robbe zeigte, die ich aufspießen konnte. Es war nicht genug für mich. Ich hatte keinen Respekt für die alten Wege. Ich verstand nichts von der Schönheit des Eises, vom Glanz des Schnees. Einmal im Jahr kam ein Anwerber der Army durch Kaktovik und erzählte von weit entfernten Orten. Ich hatte eure Sprache gelernt, und ich war stark. Also schrieb ich mich ein.« Usuguk schüttelte langsam den Kopf. »Doch weil ich die Sprache meines Volkes beherrschte und außerdem die der Inuit, wurde ich nach sechs Monaten Ausbildung in Fort Bliss hierher zurückgeschickt, auf diese Basis.«

»War die Basis denn damals noch in Betrieb?«, fragte Marshall.

*»Ahlyah.«* Der Tuniq nickte. »Die ganze Basis, bis auf den Nordflügel. Der war noch nicht fertig gebaut. Er musste unter den Schnee gegraben werden.«

»Warum das?«, fragte Logan.

»Ich weiß es nicht. Es war geheim. Für Tests. Irgendwelche Experimente mit Sonar.« Usuguk hielt kurz inne. »Die Army ließ die Arbeiten von Männern aus meinem Volk durchführen. Fast alle hatten sie dafür rekrutiert, nur die Frauen und Kinder nicht. Die Tunit gruben die Tunnel für den Nordflügel aus dem Eis und bauten die Stützen ein. Alle Tunit wussten, dass der Berg ein schlimmer Ort war, an dem die bösen Götter wohnten. Doch wir waren nur wenige, und wir waren arm, und es war schwer, dem Geld der *kidlatet* – der weißen Männer – zu widerstehen. Mein Onkel war einer der Arbeiter. Er war derjenige, der es gefunden hat.«

»*Was* gefunden hat?«, fragte Marshall.

*»Kurrshuq«*, antwortete Usuguk. *»Maul der Götter. Verschlinger der Seelen.«*

Die anderen wechselten Blicke.

»Was genau ist *kurrshuq*?«, fragte Logan.

»Das, was ihr geweckt habt.«

»Was denn?«, meldete sich Sully zu Wort. »Die gleiche Kreatur? Unmöglich.«

Der Tuniq schüttelte den Kopf. »Nicht das gleiche Wesen. Ein anderes.«

*Ist das möglich?*, fragte sich Marshall überrascht.

Die Gruppe verstummte, während sie über das Gesagte nachdachte. »Fahre doch bitte fort«, bat Sully den alten Schamanen schließlich.

»Es war gefangen im Eis in einer kleinen Gletscherspalte am Fuß des Nordflügels«, berichtete Usuguk.

»Wahrscheinlich durch das gleiche Phänomen schockgefroren «, murmelte Faraday.

»Mein Onkel war sehr aufgeregt. Er kam zu mir. Und ich ging zu Colonel Rose.«

»Dem damaligen Kommandeur der Basis«, erklärte Logan.

Usuguk nickte. »Niemand sonst durfte davon erfahren. Mein Onkel ließ dem Colonel durch mich sagen, dass die Army die Basis sofort verlassen musste. Es war verbotenes Land. Und *kurrshuq* war sein Wächter.« Er hielt inne. »Doch sie gingen nicht fort. Stattdessen ließ der Colonel die Gletscherspalte versiegeln und rief die anderen.«

»Die anderen?«, fragte Marshall.

»Die Wissenschaftler. Die Spezialisten. Alles war streng geheim. Sie kamen vor Anbruch des neuen Mondes. Zwei Frachtflugzeuge vollgeladen mit eigenartigen Instrumenten und Apparaten. Sie wurden alle in den Nordflügel geschafft, im Schutz der Dunkelheit.«

»Also wurde der Nordflügel umgewidmet«, stellte Logan fest. »Sein ursprünglicher Zweck wurde zurückgestellt, während diese Wissenschaftler die Entdeckung untersuchten.«

»Ja.«

»Was wurde aus deinem Onkel?«, fragte Logan. »Aus den anderen Tunit?«

»Sie verließen die Basis sofort.«

»Aber du bist geblieben.«

Usuguk senkte den Kopf. »Ja. Zu meiner ewigen Schande. Ich sagte euch bereits, ich konnte nichts anfangen mit der Lebensweise meines Stammes. Und die Wissenschaftler brauchten einen Helfer. Jemanden, der wusste, wie die Basis funktionierte. Jemanden, der außerdem als … als Schutz fungieren konnte. Und weil ich bereits von der Existenz von *kurrshuq* wusste, wurde ich ausgewählt. Die Wissenschaftler waren freundlich zu mir. Sie schlossen mich nicht von ihrer Arbeit aus. Sie nannten mich den ›kleinen‹ Wissenschaftler. Einer von ihnen, der *weiße Mann* namens Williamson, interessierte sich für … für …« Er stockte und suchte nach dem richtigen Wort. »Soziologie. Ich erzählte ihm einige der Legenden meines Volkes, von unserer Geschichte und unserem Glauben.«

»Und was wurde aus der … der Kreatur?«, fragte Marshall.

»Sie wurde vorsichtig aus dem Eis geschnitten und aus der Gletscherspalte geborgen. Man brachte sie in einen Gefrierschrank im Nordflügel. Die Wissenschaftler wollten sie studieren, vermessen und anschließend auftauen. Doch es dauerte nicht lange, bis sie sich selbst auftaute.«

*»Sich selbst auftaute?«*, fragte Sully ungläubig.

»Ganz recht.« Usuguk zuckte die Schultern, als könnte er Sullys ungläubigen Ton nicht begreifen.

Marshall und Faraday wechselten Blicke. »Sie war *am Leben*?«, fragte Marshall.

»Ja.«

»Und feindselig?«

»Nein – nicht von Anfang an. *Kurrshuq* ist ein verschlagener Dämon. Er spielt mit seinen Opfern wie ein Fuchswelpe mit einer Wühlmaus. Die Wissenschaftler waren fasziniert. Sobald sie sich von ihrer Angst erholt hatten, waren sie fasziniert.«

»Ihrer Angst?«, fragte Marshall.

»*Kurrshuq* ist ein furchteinflößender Anblick.«

Logan zückte ein ledernes Notizbuch. »Kannst du ihn beschreiben?«

»Nein.«

Erneut kurzes Schweigen.

»Erzähl uns doch bitte, was passiert ist«, sagte Marshall. »Was den Wissenschaftlern zustieß.«

»Wie ich bereits sagte, zuerst tat *kurrshuq* so, als wollte er uns geduldig ertragen. Tat freundlich. Die Wissenschaftler setzten ihre Beobachtungen und Tests fort. Sie prüften seine Kraft und seine Geschwindigkeit. Sie wurden von Stunde zu Stunde aufgeregter – insbesondere angesichts *kurrshuqs* Fähigkeit, sich zu verteidigen. Sie planten, seine Intelligenz zu testen und nach einem Weg zu suchen, wie sie es als ... als Waffe benutzen konnten. Doch am dritten Tag beschloss *kurrshuq*, den Willen der bösen Götter zu erfüllen. *Kurrshuq* war das Spielen mit den Wissenschaftlern leid. Einer der Spezialisten, der *kidlatet* namens Blayne, testete *kurrshuqs* Jagdinstinkte. Was *kurrshuq* für sie jagen sollte, verrieten sie mir nicht. Blayne hatte ein Tonbandgerät mit den Geräuschen von Tieren in Not – Präriehunden, Schneekaninchen und so weiter. Als Blayne das Band abspielte, wurde *kurrshuq* wütend. Es riss Blayne in Stücke. Wir hörten seine Schreie und rannten herbei. Als wir in seinem Labor eintrafen, war sein zerfetzter Leichnam über den gesamten Raum verteilt, und *kurrshuq* schlief friedlich auf dem Fußboden, Blaynes Kopf zwischen den Vorderpfoten. *Kurrshuq* hatte seine Seele gefressen.«

Marshall warf einen Blick zu Logan. Der Historiker hatte ein kleines ledernes Notizbuch aufgeschlagen und schrieb wie besessen hinein.

»Die Wissenschaftler verließen das Labor, ohne den Leichnam anzurühren. Sie gingen in ihr Quartier, um zu reden. Jemand schlug vor, die Kreatur augenblicklich zu töten. Andere widersprachen, weil sie meinten, sie sei ein zu wertvoller Fund. Vielleicht, so sagten sie, sei der Tod Blaynes nur ein Unfall gewesen. Vielleicht sei das Wesen verwirrt und habe sich verteidigt. Sie kamen überein, ihre Studien fortzusetzen.«

»Der Wissenschaftler, der sich für Soziologie interessierte – Williamson?«, sagte Logan und blickte von seinen Notizen auf. »Hat er mit dir darüber geredet?«

Usuguk nickte. »Er hat mir viele Fragen gestellt. Was mein Volk über *kurrshuq* wisse, warum es hier sei, was es wolle.«

»Und was hast du ihm gesagt?«

»Ich habe ihm die Wahrheit gesagt. Dass es der Wächter

des verbotenen Berges sei. Dass der Verschlinger der Seelen nicht getötet werden kann.«

»Wie hat er reagiert?«

»Er hat alles sorgfältig in sein kleines Buch geschrieben.«

Logan kramte in seiner Tasche. Er zog das verblasste Tagebuch hervor und reichte es Usuguk. Der Tuniq öffnete es vorsichtig, blätterte die vergilbten Seiten durch und gab es mit einem Nicken zurück.

*»›Die Tunit haben die Antwort‹«*, zitierte Logan. »Vielleicht war es eine Frage und keine Feststellung.«

»Was geschah als Nächstes?«, wollte Sully wissen.

»Am nächsten Tag, als wir in den Nordflügel zurückkehrten, war ich bewaffnet. *Kurrshuq* verhielt sich ... anders. Es war unkooperativ. Feindselig. Als die Wissenschaftler es bedrängten, griff es sie an.«

»Es hat sie getötet? Alle?«, fragte Sully.

»Nein. Nicht ... nicht sofort.«

»Wie dann?«

Der Tuniq hatte die ganze Zeit mit gesenktem Kopf gesprochen. Jetzt blickte er unvermittelt auf und starrte einen nach dem anderen aus von der Erinnerung gehetzten Augen an. »Fragt mich nicht«, sagte er mit bebender Stimme. »Ich will mich nicht daran erinnern.«

Im Labor kehrte Stille ein. Langsam kehrte Usuguks Blick in weite Ferne zurück. Seine Gesichtszüge entspannten sich, und erneut breitete sich Resignation darauf aus.

»Hast du auf *kurrshuq* geschossen?«, fragte Marshall beinahe zaghaft.

Usuguk nickte, ohne ihn anzusehen.

»Was geschah dann?«

»Die Kugeln machten es wütend.«

»Wie bist du ihm entkommen?«, meldete sich Logan zu Wort.

»Es hat … es hat uns belauert. Diejenigen von uns, die überlebt hatten, versuchten, aus dem Nordflügel zu entkommen. Es schnitt uns den Weg ab, einmal, zweimal. Schließlich waren nur noch Williamson und ich übrig. Wir versteckten uns im Elektroraum, nicht weit von der Schleuse des Nordflügels.« Sein Vortrag wurde langsam, stockend. »Es kam aus den Schatten … Williamson schrie … es sprang ihn an … er stolperte rückwärts auf eine Starkstromkupplung … es gab einen blendend grellen Funkenregen, und alles war voll Rauch und Gestank … ich rannte davon, so schnell ich konnte. Ich floh aus dem Nordflügel.«

Eine lange Pause entstand. Niemand sagte ein Wort.

»Colonel Rose schickte ein Spezialkommando«, fuhr Usuguk nach einer Weile fort. »Als wir in den Nordflügel zurückkehrten, lag *kurrshuq* immer noch auf Williamsons Leiche. Es rührte sich nicht mehr.«

»Tot …«, hauchte Sully.

Usuguk schüttelte den Kopf. »Nein. Es entschied sich, weiterzuziehen. Seine körperliche Existenz hinter sich zu lassen.«

»Was geschah mit seinem Kadaver?«, fragte Marshall.

»Er verschwand.«

»Was?«, fragte Sully.

»Sie kehrten später mit einem Leichensack zurück. Da war der Kadaver verschwunden.« Der Tuniq sah von einem zum anderen. »Es ist so, wie ich gesagt habe. *Kurrshuq* beschloss, zu seiner spirituellen Gestalt zurückzukehren.«

Sully schüttelte den Kopf. »Wahrscheinlich hat es sich irgendwohin verkrochen, um zu sterben. Sie hatten es eilig, den Flügel zu versiegeln und den Zwischenfall zu vertuschen … Jede Wette, dass sie nicht besonders angestrengt nach diesem Ding gesucht haben.«

Marshall sah den alten Schamanen an. »Und du? Was hast du getan?«

»Ich verließ das Militär. Ich nahm ein paar aus meinem Dorf mit, die auf mich hörten, und gründete eine neue Gemeinschaft draußen auf dem Eis. Wir strebten danach, auf die alte, wahre Weise meines Volkes zu leben, wie unsere Vorfahren es seit Tausenden von Jahren getan hatten, bevor die *kidlatet* kamen. Ich ließ die materielle Welt hinter mir zurück.«

Sully hörte nicht mehr zu. »Seht ihr denn nicht?«, fragte er. »Es reagiert auf *elektrische Energie*! Das ist seine Achillesferse! Wir müssen uns sofort mit Gonzalez in Verbindung setzen. Er muss das erfahren!«

Der Tuniq sah rasch auf. »Hast du nichts von dem verstanden, was ich gesagt habe? *Kurrshuq* ist kein Tier. Es kommt aus der spirituellen Welt. Ihr könnt es nicht töten. Das ist der Grund, warum ich zurückgekommen bin – um euch das zu sagen. Ihr habt beim ersten Mal schon nicht auf mich gehört. Diesmal müsst ihr hören! Weil ich die Wahrheit sage. Weil ich *der einzige Überlebende* bin von damals!«

Sully antwortete nicht. Er durchquerte den Raum und nahm das Funkgerät zur Hand, das Gonzalez ihm gegeben hatte.

»Es gibt noch einen Grund, warum ich zurückgekommen bin«, sagte Usuguk, und drehte sich zu Marshall um. »Die Kreatur, die ihr gefunden habt … du hast erzählt, sie sei größer gewesen als ein Polarbär, stimmt das?«

Marshall nickte. »Das ist richtig.«

»Das Wesen, das die Wissenschaftler vor fünfzig Jahren aus dem Eis schnitten, war so groß wie ein Polarfuchs.«

Für einen Moment herrschte schockiertes Schweigen. Niemand rührte sich. Dann hob Sully das Funkgerät an die Lippen und drückte den Sendeknopf. »Dr. Sully an Sergeant Gonzalez, können Sie mich hören? Ende.«

Aus dem Lautsprecher drang nur statisches Rauschen.

Sully versuchte es erneut. »Dr. Sully an Sergeant Gonzalez, können Sie mich hören? Ende.«

Statik.

Während Sully einen dritten Versuch unternahm, erhob sich Usuguk von seinem Stuhl und ging zu Marshall und Faraday. »Nachdem ihr hergekommen wart – an dem Tag, als Blut vom Himmel regnete –, hatte ich bereits befürchtet, ihr hättet ein weiteres *kurrshuq* aufgeweckt«, sagte er. »Deswegen habe ich euch gewarnt, von hier wegzugehen. Ich bin ein Schamane. Ich habe einen Fuß in der materiellen Welt und einen in der spirituellen. Ich verstehe etwas von diesen Dingen.«

»Ein weiteres *kurrshuq*«, wiederholte Marshall. Er hatte immer noch Mühe, das Gehörte zu verarbeiten.

»Vielleicht sollten wir nicht überrascht sein«, sagte Faraday. »Die Spieltheorie prognostiziert, dass das am wenigsten optimale Ergebnis stets das mit der größten Wahrscheinlichkeit ist.«

»So groß wie ein Polarfuchs …«, sagte Marshall. »Und es hat sieben Männer getötet.«

Usuguk nickte. »Dieses *kurrshuq* ist noch viel mächtiger. Es wird nicht so einfach verschwinden wie das andere damals. Ihr könnt es nicht besiegen. Ihr könnt es nicht töten. Ihr könnt nur von hier weggehen. Es besteht immer noch die Möglichkeit, dass es euch gehen lässt.«

»Aber wir können nicht von hier weg«, sagte Marshall. »Wir sind zu viele für den Sno-Cat. Wir sitzen hier fest, der Sturm hält uns gefangen.«

Der Tuniq sah ihn aus glänzenden Augen an. »Dann tut es mir sehr leid um euch.«

# 42

»Ist das immer so ungemütlich?«, fragte Penny Barbour zwischen zusammengebissenen Zähnen hindurch. »Die Fahrerei, meine ich?«

»Ganz und gar nicht. Normalerweise sind die Trassen der Winterstraße glatt und von einer Schicht aus Eis bedeckt. Aber wir bahnen uns unseren eigenen Weg. Halten Sie sich einfach am Panikgriff fest.«

»Panikgriff?«

»Der Haltegriff am Holm über der Tür.«

Penny griff nach oben und packte die horizontale Metallstange, dann sah sie Carradine an. Die Kabine des Sattelschleppers war so riesig, dass der Mann buchstäblich außer Reichweite war. Seine Hände waren ununterbrochen in Bewegung – am Lenkrad, dem Schalthebel, den zahllosen Schaltern und Hebeln des Armaturenbretts. Penny war noch nie in einem Sattelschlepper mitgefahren und staunte darüber, wie hoch sie saß – und wie ungemütlich die Fahrt war.

»Wir dürfen nicht schneller als fünfzig fahren«, sagte der Trucker, der sein Kaugummi in eine Backe geschoben hatte. »Wir dürfen nicht riskieren, dass die Anhängerkupplung beschädigt wird. Wir müssen noch langsamer fahren, sobald wir den See erreicht haben, aber wenigstens ist es dann nicht mehr so rau.«

Penny gefiel Carradines Kichern nicht. »Was für einen See?«, fragte sie.

»Wir müssen einen See überqueren auf dem Weg nach Arctic Village. Den Lost Hope Lake. Er ist zu breit, wir können ihn nicht umfahren. Aber das Wetter war kalt – es dürfte keine Probleme geben.«

»Sie machen Witze, oder?«

»Was glauben Sie, warum es Ice Road Trucking heißt? Auf der regulären Winterstraße führen achtzig Prozent der Strecke über Eis. Die Trassen zwischen den Seen machen lediglich zwanzig Prozent der Strecke aus.«

Penny Barbour antwortete nicht. *Der Lost Hope Lake*, dachte sie. *Hoffentlich macht er seinem Namen nicht alle Ehre.*

»Ein Glück, dass wir diesen Wind haben«, fuhr Carradine fort. »Er sorgt dafür, dass die Schneedecke nicht zu hoch wird, und das hilft mir, die ebenste Strecke über den Permafrost zu finden. Wir müssen sehr vorsichtig sein. Wir dürfen keine Reifenpanne riskieren, mit all den Leuten ohne Heizung im Wohnwagen.«

Penny Barbour warf einen Blick in den Rückspiegel. Die stromlinienförmige silberne Silhouette des Anhängers war im Lichtschein der Rückleuchten gerade so zu erkennen. Fünfunddreißig Personen waren in diesem Anhänger. Sie versuchte, sich vorzustellen, wie es bei ihnen aussah. Wahrscheinlich sagte kaum jemand ein Wort, und höchstens ein oder zwei Taschenlampen sorgten für Beleuchtung. Inzwischen war die Wärme verflogen, und es wurde kälter und kälter.

Carradine hatte ihr gezeigt, wie sie den CB-Funk bedienen musste, um mit Fortnum im Anhänger zu sprechen. Sie nahm das Handgerät aus der Halterung, kontrollierte die Frequenz und drückte auf den Sprechknopf. »Fortnum? Können Sie mich hören?«

Ein kurzes Knacken und Rauschen im Lautsprecher, dann antwortete die Stimme des Kameramannes. »Hier.«

»Wie sieht es aus bei Ihnen dahinten?«

»Bis jetzt ist alles okay.«

»Ist es schon kalt?«

»Noch nicht.«

»Ich halte Sie auf dem Laufenden. Lassen Sie mich wissen, wenn Sie etwas brauchen.«

»Mache ich.«

Barbour wusste nicht genau, wie man ein Funkgespräch korrekt beendete, deswegen hängte sie das Handstück einfach zurück. Der letzte Teil der Unterhaltung hatte lediglich die Moral im Anhänger heben sollen – es gab natürlich überhaupt nichts, was sie hätte tun können, um den anderen im Anhänger zu helfen. Sie sah zu Carradine hinter dem Lenkrad. »Wie weit noch?«

»Bis nach Arctic Village? Von Fear Base bis zum nördlichen Vorposten sind es dreihundertvierzig Kilometer. Der Vorposten ist unser Ziel.«

Dreihundertvierzig Kilometer. Sie waren bereits seit fast einer Stunde unterwegs. Penny Barbour rechnete überschlägig nach. Vor ihnen lagen noch gut sechs Stunden Fahrt.

Draußen vor der großen Windschutzscheibe herrschte wildes, blendendes Schneetreiben in schwarzer Nacht. Der Sturm peitschte große Mengen Schnee hoch und legte die eintönige graue Mondlandschaft des darunteliegenden Permafrostbodens frei. Carradine hatte sämtliche Nebelscheinwerfer eingeschaltet. Trotz seines jovialen Tonfalls bemerkte sie, wie konzentriert er die vor ihnen liegende Landschaft beobachtete und jedem möglichen Hindernis in weitem Bogen auswich.

Die Fahrerkabine rüttelte und bockte so sehr, dass Penny das Gefühl hatte, ihre Zähne würden sich lockern. Sie fragte sich, wie Sully und Faraday auf der Basis zurechtkamen und ob Marshall inzwischen zurückgekehrt war. Vielleicht hätte sie sich nicht von Sully überreden lassen sollen, mit den anderen zu fahren. Es war genauso ihre Expedition wie die der anderen – sie war nicht nur die Computerspezialistin, sondern hatte ebenfalls wichtige Forschung betrieben, die man nicht einfach aufgeben sollte, nur weil …

Irgendetwas hatte sich geändert. Sie sah zu Carradine. »Sind wir langsamer geworden?«

»Jepp.«

»Warum?«

»Wir nähern uns dem Lost Hope Lake. Auf dem Eis können wir höchstens fünfundzwanzig Kilometer in der Stunde fahren, auf keinen Fall schneller.«

»Aber der Wohnwagen hinten ist nicht beheizt. Wir dürfen keine Zeit verlieren.«

»Lady, hören Sie mir einen Moment zu, okay? Wenn man mit einem Sattelzug über einen zugefrorenen See fährt, entsteht durch die Erschütterung unter dem Eis eine Welle. Diese Welle folgt uns während der Überquerung. Wenn wir zu schnell fahren, wird sie zu groß und bricht durch das Eis. Wenn das geschieht, versinken wir mit Mann und Maus. Das Eis friert innerhalb von Minuten über uns zusammen, und wir liegen in einem eisigen Grab, das …«

»Schon gut, schon gut, ich habe verstanden.«

Weit voraus glitzerte eine ebene Fläche im Licht der Scheinwerfer. Penny Barbour setzte sich auf und spähte aus zusammengekniffenen Augen nervös nach vorn. Eis. Es erstreckte sich vor ihnen, so weit man im Sturm sehen konnte.

Carradine verlangsamte seine Fahrt noch mehr und schaltete die Gänge herunter, bis der Sattelzug schließlich mit einem Fauchen zum Halten kam. Er griff nach hinten in die Schlafkoje und zog ein Werkzeug heraus, das aussah wie ein schmaler Presslufthammer. »Ich bin gleich wieder da«, sagte er und öffnete seine Tür.

»Aber …«, setzte Penny zu einem Protest an.

Der Trucker sprang auf den Boden hinunter und warf die Tür hinter sich ins Schloss. Penny verstummte. Einen Moment später sah sie ihn wieder, wie er mit dem Presslufthammer über der Schulter ins Licht der Nebelscheinwerfer trat, ein absurder Anblick in seinem dünnen Hawaiihemd. Der Wind hatte nachgelassen, und dichtes Schneetreiben hüllte ihn ein. Sie beobachtete, wie er auf das Eis hinaustrat und sich vielleicht fünfzig Meter vom Ufer entfernte. Dort nahm er das Werkzeug von der Schulter, schaltete es ein und setzte es auf das Eis. Sie erkannte, dass es ein motorbetriebener Eisbohrer war. Es dauerte keine dreißig Sekunden, bis er sich durch die Eisdecke gearbeitet hatte. Carradine schulterte das Werkzeug wieder und kam zum Sattelzug zurück. Er kletterte in die Führerkabine, warf das Werkzeug nach hinten und zog die Tür hinter sich zu. Auf seinen Schultern und in den Haaren klebte eine dünne Schicht Schnee. Aber er grinste breit.

»Sie sind ein verdammter Trottel, wissen Sie das?«, fauchte Penny ihn an. »In so einem dünnen Hemd hinaus in den Sturm zu rennen!«

»Kälte ist eine Geisteshaltung, weiter nichts.« Er rieb sich die Hände – wegen der Kälte oder vor Aufregung vermochte Penny nicht zu sagen. »Das Eis ist etwas mehr als einen halben Meter dick.«

»Ist das gut oder nicht?«

»Das ist gut. Fünfundvierzig Zentimeter sind das Minimum. Dieses Eis hier trägt gut und gerne fünfundzwanzig, wenn nicht dreißig Tonnen.« Er zeigte mit dem Daumen über die Schulter zu dem Werkzeug und kicherte. »Diese Tour ist abenteuerlich, wissen Sie? Richtig primitiv. Kein kontinuierliches Profil, kein Eisradar wie auf der echten Winterstraße. Auf der anderen Seite haben wir auch keine Gewichtsbeschränkungen und keine Dispatcher, die uns auf die Nerven gehen.« Er musterte Penny aufmerksam, dann fuhr er fort.

»Okay. Ich sage Ihnen jetzt was, damit Sie vorbereitet sind. Fahren auf Eis ist nicht wie das Fahren auf einer normalen Straße. Das Eis verbiegt sich unter dem Truck. Und es macht eine Menge Lärm.«

»Was?«

»Sie werden es gleich selbst hören, Lady.« Er löste die Bremse und legte den Gang ein. Der Truck rollte los. »Ich werde uns jetzt auf das Eis bringen. Es ist wichtig, dass wir nicht zu schnell sind, um die Belastung in Grenzen zu halten und es nicht zu überdehnen.«

»Überdehnen? Nein, das wollen wir bestimmt nicht.« Penny Barbour starrte hinaus auf die scheinbar endlose Eisfläche, die vor ihnen lag. Hatte Carradine allen Ernstes vor, mit seinem Sattelzug über diesen zugefrorenen See zu fahren?

»Und los geht's.« Der Truck kroch dem Ufer entgegen. Carradine sah Penny von der Seite an und zwinkerte. »Jetzt dürfen Sie die Daumen drücken, Lady.«

Sie krochen mit wenig mehr als zehn Stundenkilometern hinaus auf das Eis. Penny Barbour versteifte sich, als sie spürte, wie sie den unebenen Untergrund des Permafrostbodens verließen und auf das nachgebende, knackende und knallende Eis fuhren. Carradines Stirn zeigte tiefe Konzentrationsfalten. Eine Hand hatte er am Lenkrad, die andere am Schalthebel, und der Motor heulte laut, während sie in niedrigem Gang vorwärts krochen. »Ich muss die Drehzahl hoch halten«, murmelte er zu Penny. »Dann drehen die Räder nicht so leicht durch.«

Je weiter sie hinaus auf das Eis kamen, desto deutlicher vernahm Penny ein neues Geräusch – ein leises Knacken und Knistern wie von einer Geschenkverpackung, das plötzlich überall ringsumher war. Penny schluckte schmerzhaft. Sie konnte sich denken, was für ein Geräusch das war: das Eis, das unter dem Gewicht des schweren Sattelzugs protestierte.

»Wie weit ist es bis zur anderen Seite?«, erkundigte sie sich mit heiserer Stimme.

»Sechs Kilometer«, antwortete Carradine, ohne den Blick vom Eis abzuwenden.

Sie fuhren im Schneckentempo weiter. Das Knacken und Knirschen wurde lauter und lauter. Schnee stob über die Eisfläche und bildete im Licht der Scheinwerfer kleine Wirbel und phantastische Formen. In unregelmäßigen Abständen knallte es dröhnend. Penny biss sich auf die Lippe und zählte im Geist die Minuten. Unvermittelt gierte der Sattelzug seitlich nach rechts. Penny starrte Carradine erschrocken an.

»Eine Windbö«, sagte er lakonisch und lenkte behutsam gegen. »Wir haben keine Traktion hier draußen auf dem Eis.«

Das Funkgerät zirpte. Penny Barbour nahm das Handstück vom Sender. »Fortnum?«

*»Ja. Was ist das für ein krachender Lärm da draußen? Die Leute hier drin sind ziemlich nervös.«*

Sie überlegte kurz, bevor sie antwortete. »Wir fahren im Moment über eine vereiste Stelle. Es geht in ein paar Minuten wieder vorbei.«

*»Verstanden. Ich sage es weiter.«*

Sie hängte das Handstück wieder auf und wechselte einen Blick mit Carradine.

Fünf Minuten vergingen, dann zehn. Penny wurde bewusst, dass ihre rechte Hand taub geworden war, so fest umklammerte sie den Haltegriff über der Tür. Das sanfte Nachgeben des Eises und das ständige Knacken und Knallen sorgten für eine so hohe Anspannung, dass sie glaubte durchzudrehen. Der Wind pfiff und heulte. Hin und wieder packte eine Bö den Sattelzug und drückte ihn seitwärts vom Weg ab.

Carradine korrigierte immer wieder mit größter Vorsicht das Lenkrad.

Sie spähte durch die Windschutzscheibe und das Schneetreiben nach vorn. War das schon das Ufer dort in der Ferne? Nein, das war eine dunkle Wand aus eisigen Partikeln, die im Wind wie ein wehender Vorhang hin und her wogte.

»Eisnebel«, erklärte Carradine. »Die Luft kann die Feuchtigkeit nicht mehr halten. Sie kristallisiert aus.«

Der eigenartige Nebel hüllte den Truck ein wie eine Wolke aus Watte. Die ohnehin schon schlechte Sicht ging auf null zurück.

»Ich kann überhaupt nichts mehr sehen«, sagte Penny. »Fahren Sie langsamer.«

»Geht nicht«, erwiderte Carradine. »Wir dürfen den Schwung nicht verlieren.«

Völlige Blindheit in Verbindung mit dem Nachgeben des Eises und dem Knallen unter ihnen gaben Penny den Rest. Sie spürte, wie sie vor Angst anfing zu hyperventilieren. *Halt durch, Schätzchen*, sagte sie zu sich selbst. *Nur noch eine oder zwei Minuten, dann ist es vorbei.*

Und dann waren sie durch die Eiswolke hindurch, und Penny konnte die Felsen am anderen Ufer sehen, undeutlich und ganz am Rand der Reichweite der Scheinwerfer. Erleichterung durchflutete sie. *Gott sei Dank!*

Carradine nahm den Blick gerade lange genug vom Eis, um sie anzusehen. »Und?«, fragte er mit breitem Grinsen. »So schlimm war das doch gar nicht, oder?«

Unvermittelt machte der Truck einen wilden Satz vorwärts. Gleichzeitig ertönte direkt hinter ihnen ein lauter Knall wie ein Gewehrschuss. »Eine schwache Stelle«, sagte Carradine und trat das Gaspedal durch. »Weiches Eis.«

Der Sattelzug beschleunigte mit laut heulender Maschine. Ein weiterer Knall, noch lauter als der erste, diesmal direkt unter ihnen. Voller Entsetzen bemerkte Penny, dass sich vor ihnen ein Riss gebildet hatte, der sich mit zunehmender Geschwindigkeit von ihrer gegenwärtigen Position nach vorn ausbreitete, während die Spalte direkt unter ihnen breiter wurde. Carradine reagierte augenblicklich und lenkte den Truck so, dass der Riss zwischen den Rädern blieb. Doch dann verästelte sich der Riss, einmal, zweimal, und breitete sich in verrückten Zickzacklinien über das Eis aus. Carradine kurbelte wild am Lenkrad und steuerte den Sattelzug seitwärts über das Gewirr aus Rissen. Das Knacken und Knallen wurde ohrenbetäubend. Dann erfasste eine brutale Windbö den Truck. Penny Barbour schrie auf, als sie spürte, wie das Heck des Sattelzugs ausscherte und die Zugmaschine zu überholen drohte.

»Festhalten!«, brüllte Carradine.

Penny klammerte sich verzweifelt am Haltegriff fest, während der Ice Road Trucker sich verzweifelt bemühte, das schwere Gefährt am Umkippen zu hindern. Ganz behutsam brachte er alle Räder zurück auf das Eis. Das Ufer war nur noch fünfzig Meter entfernt, doch der Truck drehte sich weiterhin schlitternd um die eigene Achse. Dann kollidierte er mit einem der Felsen am Ufer. Es gab ein gewaltiges Krachen, und der gesamte Sattelzug erzitterte, bevor er sich endgültig stabilisierte. Carradine trat erneut das Gaspedal durch, und der Truck raste mit aufbrüllendem Motor vom Eis auf das waschbrettharte Ufer und den Permafrost.

Penny Barbour stieß zitternd den Atem aus. Dann griff sie nach dem Handstück des Funkgeräts. »Fortnum? Hier Penny Barbour. Ist alles in Ordnung bei Ihnen dahinten?«

Nach einem Moment antwortete Fortnums krächzende Stimme. *»Wir wurden ein wenig durchgeschüttelt, aber ansonsten ist alles okay. Was ist passiert?«*

»Eine Windbö hat uns erwischt. Aber wir sind jetzt wieder

runter vom Eis und erwarten für den Rest der Fahrt keine Probleme mehr.«

Als sie das Handstück zurück an den Haken hängte, fiel ihr Blick zufällig auf Carradine. Er spähte angestrengt in seinen Rückspiegel. Als sie seinen Gesichtsausdruck bemerkte, kehrte ihre Unruhe sofort zurück.

»Was ist los?«, fragte sie.

»Der Felsen, gegen den wir geprallt sind«, sagte er. »Sieht ganz danach aus, als hätte er ein Loch in den linken Tank geschlagen.«

»Den Dieseltank? Aber haben wir nicht zwei?«

»Der linke Tank war voll. Der rechte nicht. Er ist nur noch zu einem Drittel voll.«

Panik stieg in Penny auf. »Wir haben aber noch genug Diesel, um bis nach Arctic Village zu kommen – oder?«

Carradine sah sie nicht an. »Nein, Ma'am. Ich glaube nicht.«

# 43

Sie hatten so schnell gearbeitet wie nur irgend möglich. Gonzalez wusste nicht, wie stark diese Bestie sich auf ihre Augen verließ – aber warum sollten sie es dem gottverdammten Ding einfacher machen als unbedingt nötig?

Er tippte Phillips auf die Schulter, dann deutete er auf die schwach erleuchtete Sektion vor ihnen. »Sie decken diese Ecke«, flüsterte er. »Ich verbinde die letzten Anschlüsse.«

»Verstanden, Sir.«

»Geben Sie augenblicklich Alarm, wenn Sie etwas sehen oder hören.«

»Jawohl, Sir.«

Er sah Phillips hinterher, als dieser den Gang hinunterhuschte – ein Schatten unter Schatten – und in der Nähe der Kreuzung in Stellung ging, bevor er sich wieder der hastig konstruierten Falle zuwandte: einem halben Dutzend dicker blanker Kupferdrähte, die von der Decke herabhingen und dreißig Zentimeter über einer flachen Wasserlache endeten. Primitiv, aber absolut tödlich.

Er schlüpfte durch die Tür in die dahinterliegende Antriebsstation.

Dort hielt er inne und musterte die komplizierte Anordnung von Hydraulik, Zahnrädern, Wellen, Rotoren und Kupplungen. Die Antriebsstation beherbergte die gigantische Maschinerie, die früher erforderlich gewesen war, um die Radarschüsseln zu drehen. Gonzalez hatte sich aus drei Gründen für diesen speziellen Raum entschieden: Er war in der Nähe, er verfügte über genügend Starkstrom, und er lag an dem langen Gang, der aus dieser Sektion der B-Ebene führte. Früher oder später *musste* die Kreatur hier entlangkommen.

Sein Blick ging zur anderen Seite des Raums, wo Corporal Marcelin stand, die Waffe zu seinen Füßen, zitternd, mit gesenktem Blick. Dann packte er die losen Enden der Kupferdrähte, die er zusammen mit Phillips über die Rohre in der Gangdecke und das Oberlicht über der Tür geführt hatte und ging damit zu dem elektrischen Anschlusspaneel. Obwohl die Radarschüsseln seit einem halben Jahrhundert nicht mehr in Betrieb gewesen waren, funktionierten die elektrischen Zuleitungen noch. Er hatte sie eben erst selbst getestet. Die Sicherungen waren ein wenig schwach, die Kontakte korrodiert, doch sie waren immer noch imstande, reichlich Strom zu liefern. Abgesehen davon brauchte er das Radar nicht – er brauchte lediglich den Strom, der die Schüssel rotieren ließ.

Warum und weshalb Sully und die anderen im Biolabor dachten, dass Strom die größte Schwachstelle der Bestie sei, wusste Gonzalez nicht, und es war ihm auch egal. Er war einfach nur erleichtert, höllisch erleichtert angesichts der Tatsache, dass sie überhaupt eine hatte.

Sie hatten fünfzehn Minuten gebraucht, um sich einen Plan auszudenken und ihn in die Tat umzusetzen. Und während dieser fünfzehn Minuten war er glücklicherweise so beschäftigt gewesen, dass er nicht zum Nachdenken gekommen war.

Das Hauptpaneel befand sich an der nächsten Wand. Es war mit vier Keramikisolatoren auf dem Metall befestigt. Gonzalez öffnete die Abdeckung und leuchtete mit der Taschenlampe hinein. Vier Reihen von Panzersicherungen glitzerten ihm entgegen. Er kontrollierte noch einmal, ob die Hauptschalter umgelegt waren, dann benutzte er sein Taschenmesser, um die dicke Isolierung vom Ende der anderthalb Millimeter starken Drähte zu entfernen. So schnell er konnte, befestigte er die Drähte direkt an einer der Stromschienen. Er ließ den Blick über das Paneel schweifen, um sich zu überzeugen, dass sämtliche Sicherungen abgeschaltet waren, dann packte er den Haupthebel neben dem Paneel und legte ihn um. Ein leises Summen verkündete, dass die Drähte unter Strom standen.

Genauer gesagt, unter sechstausend Volt Spannung bei zwanzig Ampere. Dreimal so viel wie bei einem elektrischen Stuhl. Das sollte ausreichen, um bei jeder Kreatur die Herzkammern zum Flimmern zu bringen, ganz gleich wie groß sie war. Und Gonzalez ging keinerlei Risiko ein – die zwanzig Ampere würden die Bestie darüber hinaus hübsch grillen. Sicherheitshalber.

Er legte den Hebel wieder in die Ausgangsposition und drehte sich zu Marcelin um. »Kommen Sie her, Corporal!«

Es dauerte eine geschlagene Minute, bis Marcelin die Worte zu hören schien. Er packte sein M-16 und näherte sich mit hölzernen Schritten.

»Warten Sie hier. Sobald ich das Zeichen gebe, werfen Sie diesen Hebel um, und zwar *schnell*. Haben Sie das verstanden?«

Der Corporal nickte.

»Anschließend gehen Sie an der Tür in Stellung. Warten Sie, bis das Ding im Wasser ist und die Drähte berührt. Dann eröffnen Sie das Feuer. Decken Sie es ein und *hören Sie nicht auf* zu schießen, bis es zu Boden gegangen ist.«

Marcelin ging zu dem Anschlusspaneel. Gonzalez warf einen letzten Kontrollblick auf die improvisierte Konstruktion, bevor er in den Gang hinaustrat und selbst in Stellung ging, sorgsam darauf bedacht, genügend Abstand von den Drähten zu halten. Er überprüfte seine Waffe, nahm das Magazin heraus, klopfte es behutsam gegen den Boden und schob es wieder hinein. Jetzt gab es nichts mehr zu tun außer warten.

Rasch ging er seinen Plan in Gedanken noch einmal durch. Seine technische Grundausbildung lag mehr als dreißig Jahre zurück, doch er erinnerte sich recht gut an die Einzelheiten. Wasser leitet elektrischen Strom. Organismen bestehen größtenteils aus Wasser und sind demzufolge ebenfalls gute Stromleiter. Man muss also lediglich genügend Drähte von der Decke hängen lassen, dass die Bestie wenigstens einen davon berührt, wenn sie vorbei will, und sie müssen weit genug nach unten reichen, damit sie nicht darunter hinweg kriechen kann. Anschließend schüttet man genügend Wasser aus, um eine von Wand zu Wand reichende Pfütze zu erzeugen. Hernach müssen nur noch die Drähte unter Strom gesetzt werden. Wenn die Kreatur zwischen ihnen hindurch will, schließt sie damit den Stromkreis – und *gute Nacht, Ladys.*

Es schien narrensicher. Jetzt mussten sie nur noch warten, bis sich die Bestie zeigte.

Er duckte sich tiefer und machte sich so klein wie möglich. Weiter vorn, kurz vor der Kreuzung, sah er undeutlich die Gestalt von Phillips. Phillips war der Köder. Der Soldat hatte einen guten Blick in beide Gänge – er würde die Kreatur sehen, wenn sie noch weit entfernt wäre. Sobald er sicher war, dass sie ihn ebenfalls gesehen hatte, würde er sich durch den Gang zurückziehen, an den Drähten vorbei und durch die Wasserlache zu der Stelle, wo Gonzalez bereits wartete. Wenn die Kreatur sich näherte, würden sie Marcelin das Signal geben, den Hebel umzulegen – und das verdammte Ding würde gegrillt werden.

Gonzalez hob das M-16 an die Schulter und zielte über den Lauf hinweg. Als er den Schaltkasten kontrolliert und die Drähte verlegt hatte, war ihm allzu bewusst gewesen, dass die Kreatur sie jeden Moment überraschen konnte. Jetzt, da alles vorbereitet war, fand er Zeit zum Denken. Und genau das wollte er nicht. Weil er wusste, wohin seine Gedanken schweifen würden: zum Anblick von Creel, wie er von der Bestie zerrissen wurde, zu jenen grauenvollen Momenten der wilden, besinnungslosen Flucht aus den Räumen der Radarunterstützung, ohne zu wissen, ob sich nicht schon im nächsten Moment Zähne in seinen Hals senkten oder Klauen die Gliedmaßen von seinem Rumpf rissen …

Er veränderte seine Position. Es bestand kein Grund mehr, leise zu sein, jetzt, da die Falle fertig war. »Phillips!«, rief er nach vorn. »Schon irgendwas zu sehen?«

Im Lichtkegel vorn an der Kreuzung schüttelte Phillips den Kopf und legte die Unterarme zu einem X übereinander.

Gonzalez reckte sich in der Dunkelheit. Creels Granate war ziemlich weit danebengegangen, deswegen war es nicht weiter überraschend, dass sie die Kreatur nicht gestoppt hatte. Doch der Kugelhagel im Anschluss daran … war es möglich, dass die Kugeln *alle vorbeigegangen* waren? Wenn sie nämlich nicht vorbeigegangen waren, dann bedeutete das …

Gonzalez wollte nicht darüber nachdenken, was es bedeutete.

Vielleicht war das Wesen ja schon tot. Vielleicht war es tödlich verwundet, und sein Kadaver lag irgendwo weiter hinten in den dunklen Gängen. Oder es hatte sich nach unten auf die C-Ebene zurückgezogen. Vielleicht würden sie noch stundenlang hier sitzen, in der Dunkelheit, und warten …

Gonzalez schüttelte wild den Kopf, um diese Gedanken zu vertreiben. Er warf einen Blick in den Antriebsraum und zu der reglosen Gestalt von Marcelin. Der Corporal war in einem schlimmen Zustand. Gonzalez war zuversichtlich – einigermaßen zuversichtlich –, dass Marcelin den Hebel umlegte, wenn das Kommando kam. Es war ein Risiko, das Gonzalez eingehen *musste*. Er konnte nicht an zwei Orten gleichzeitig sein, und er musste Phillips Deckung geben …

Eine Bewegung in den Augenwinkeln ließ ihn aufblicken. Phillips gestikulierte hektisch, einen zutiefst erschrockenen Ausdruck im Gesicht.

»Kommt es?«, rief Gonzalez ihm zu. »Können Sie es sehen?«

Phillips fuchtelte einhändig mit seiner Waffe, ließ sie fallen, hob sie hektisch wieder auf, hielt die andere Hand über den Kopf und winkte. Er sah aus wie jemand, der am Silvesterabend einen Heuler an einer Schnur im Kreis wirbelt.

»Kommen Sie zurück, verdammt!«, rief Gonzalez ihm zu. »Marcelin, bereithalten! Auf mein Kommando legen Sie den Hebel um!«

Doch Phillips rührte sich nicht. Er stand einfach da, und

sein Mund bewegte sich lautlos. Nacktes Entsetzen hatte ihm die Sprache geraubt.

Gonzalez blinzelte in die Dunkelheit, runzelte die Stirn, starrte verwirrt zu ihm hin. Er sah die erhobene Hand … und dann erkannte er, dass sie nicht winkte. Sie *zeigte.* Sie zeigte auf eine Stelle *hinter Gonzalez.*

Panik stieg in Gonzalez auf. Hastig wandte er den Kopf und sah in den Gang hinter sich.

Dort war es: Schwarz vor schwarzem Hintergrund, vielleicht fünfzig Meter entfernt, bewegte es sich mit einer Lautlosigkeit, die Gonzalez bei einer so riesigen Kreatur niemals für möglich gehalten hätte. Voller Entsetzen stand er reglos da. Einen Moment drohte sein Herz auszusetzen. Dann raste es mit erneuter Wucht los, hämmerte schmerzhaft in seiner Brust. Gonzalez stolperte rückwärts, platschte durch das Wasser, zwischen den wild tanzenden, von der Decke baumelnden elektrischen Drähten hindurch, als er auf Phillips zu halb durch den Korridor rannte, halb stolperte. *Das ist unmöglich*, sagte eine Stimme in irgendeinem abgelegenen Winkel seines Kopfes. *Dieser Korridor ist der einzige Weg nach draußen. Es kann unmöglich an uns vorbei geschlichen sein.* Und doch hatte es genau das getan. Während Gonzalez keuchend neben Phillips in Stellung ging, beobachtete er, wie das Ding kurz innehielt und sie aus gelben Augen kalt und erbarmungslos anstarrte, bevor es sich wieder in Bewegung setzte und lautlos näher kam.

»Marcelin!«, rief Gonzalez. »Jetzt! Hören Sie, Mann? *Jetzt!*«

Keine Antwortet aus dem Antriebsraum.

»Marcelin, *legen Sie den gottverdammten Hebel um!*«

War das das leise Summen des Transformators, als der Strom zu fließen anfing? Es war schwer zu sagen. Sein Atem hechelte wild, und der schmerzhafte Druck füllte schon wieder seinen Schädel aus. Die Kreatur kroch weiter auf sie zu. Gonzalez ging in die Knie, und der Kolben seines M-16 schlug ihm gegen die Wange. Er versuchte zu zielen, doch der Lauf der Waffe hob und senkte sich mit seinem Herzschlag. Die Kreatur bewegte sich jetzt schneller.

»Oh mein Gott«, sagte Phillips leise mit einer Stimme, die halb Gebet, halb Wimmern war. »Mein Gott. Mein Gott …«

Ein weiterer Schritt. Noch einer. Die Kreatur wandte nicht einmal den Bruchteil einer Sekunde den Blick von den beiden Männern. Sie blinzelte nicht, sie zögerte nicht. Dieser Blick hatte etwas so Entsetzliches, Grauenvolles, dass Gonzalez spürte, wie er vor Angst erschlaffte. Es gelang ihm nur mit Mühe, die Waffe festzuhalten und sie nicht aus den kraftlos gewordenen Fingern zu Boden poltern zu lassen.

Dann erreichte das Wesen die Wasserlache. Es zögerte kurz, doch dann schob es sich zwischen den herunterbaumelnden Drähten hindurch.

Für einen Moment geschah nichts. Dann hallte ein gewaltiges, ohrenbetäubendes Krachen durch den Gang. Grelle Blitze zuckten von einem Draht zum nächsten, tanzten über die massiven Hüften der Kreatur, und Hunderte sich verzweigender Ausläufer leckten über die Decke. Die Luft stank nach Ozon. Gonzalez spürte, wie sich seine Nackenhaare aufrichteten. Grauer Qualm stieg in wütenden Wolken zur Decke, füllte den Korridor aus, hüllte die Kreatur ein, bis sie nicht mehr zu sehen war. Ein schrilles Heulen ertönte, als der Transformator mehr und mehr Strom zu ziehen versuchte. Die Beleuchtung flackerte einmal, zweimal, gefolgt von einem hohlen Knall, als der Transformator durchbrannte. Auf einen Schlag lag der Korridor in pechschwarzer Dunkelheit.

»Mein Gott«, wiederholte Phillips noch immer tonlos wie ein Mantra. »Mein Gott.«

Die Beleuchtung flammte wieder auf. Ein zweiter Transformator hatte sich automatisch eingeschaltet. Die Drähte zuckten und tanzten und versprühten einen Funkenregen. Gonzalez spähte aus zusammengekniffenen Augen in den Vorhang aus Rauch, suchte verzweifelt einen Blick auf das Ding zu erhaschen. Es musste tot sein, es *musste* einfach. Nichts konnte so etwas überleben ...

Der Kopf der Kreatur schob sich durch den Rauchvorhang. Gonzalez keuchte erschrocken, packte seine Waffe fester. Allmählich lichtete sich der Rauch, und mehr und mehr von ihr wurde sichtbar. Schwarze Brandspuren bedeckten ihren hohen Widerrist. Für einen Moment verharrte sie so still wie der Tod.

Und dann öffnete sie das Maul.

Im Antriebsraum begann Marcelin zu schreien.

Der Kopf der Kreatur schwenkte herum in Richtung des Geräuschs. Für einen kurzen Moment stieg sie auf die kraftvollen Hinterläufe wie ein scheuendes Pferd, dann wandte sie sich zur Tür und verschwand langsam, zielstrebig in den Raum dahinter. Gonzalez sah hilflos zu, außerstande, sich zu rühren, außerstande zu handeln, während sein Herzschlag im Gleichtakt mit Marcelins schriller und schriller werdenden Schreien raste.

# 44

»Was war das?« Conti wirbelte herum, und die Kamera wackelte bedrohlich auf seiner Schulter.

Wieder hielten alle drei inne und lauschten.

Wolff neigte den Kopf zur Seite. »Ich kann nichts hören«,

sagte er. »Das ist jetzt das dritte Mal, dass Sie das getan haben.«

»Ich sage doch, ich habe etwas gehört! Jemand hat gerufen, glaube ich. Oder geschrien.« Conti deutete den Gang hinunter. »Es kam aus dieser Richtung.«

Kari Ekbergs Blick folgte dem ausgestreckten Finger des Regisseurs. Das Ende des Korridors verschwand in tiefschwarzer Dunkelheit. Sie erschauerte in der feuchtwarmen Luft.

Seit einer halben Stunde suchten sie nach Gonzalez und den Soldaten – bisher wenig erfolgreich. Zuerst hatten sie es oben im Bereitstellungsraum versucht – und ihn verlassen vorgefunden. Anschließend waren sie in immer weiteren Kreisen durch den zentralen Abschnitt gestreift. Je mehr Zeit vergangen war, desto unruhiger war Conti geworden. Er hatte sich bitterlich beklagt, dass er so viel Zeit verschwendet hätte, um die anderen zu überzeugen, ihm zu helfen, und ärgerte sich unablässig darüber, dass er im Begriff stand, seine »einzigartige Gelegenheit«, wie er es nannte, zu verpassen. Je weiter sie ihre Suche in den südlichen Abschnitt der Basis verlagerten, desto größer wurde Kari Ekbergs innere Unruhe. Die Wahrscheinlichkeit, dass sie auf die Kreatur stießen, statt auf Gonzalez' Truppe, erschien ihr genauso hoch.

»Sehen wir zu, dass wir weiterkommen«, sagte Conti. »Das Krankenrevier liegt genau vor uns.«

»Ich weiß«, antwortete Wolff. »Ich war ebenfalls dort, schon vergessen? Was bringt Sie auf die Idee, dass der Sergeant hier entlanggegangen ist?«

»Ich habe gehört, wie sie darüber geredet haben, dass Ashleigh und dieser andere Soldat nicht weit von dort umgebracht wurden«, antwortete der Regisseur.

»In meinen Augen ein guter Grund, sich von dort fernzuhalten«, sagte Kari.

Conti würdigte sie keiner Antwort. Stattdessen schaltete er den Scheinwerfer der Kamera ein. Gelbes Licht flutete in den Korridor, und die alten Apparate an den Wänden warfen scharf umrissene Schatten.

»Wenn Sie es so eilig haben, Gonzalez und seine Soldaten zu finden, warum benutzen Sie nicht einfach das Funkgerät?«, schlug Wolff vor.

»Geht nicht«, erwiderte Conti. »Der Sergeant hält nichts von meiner Arbeit. Keiner von ihnen hält etwas davon. Sie würden uns womöglich eine falsche Wegbeschreibung geben, um uns loszuwerden. Oder schlimmer noch, die Kamera konfiszieren. Wir dürfen dieses Risiko nicht eingehen.«

Er führte die anderen den Gang hinunter. Die meisten Türen, an denen sie vorüberkamen, waren verschlossen. Die wenigen unverschlossenen führten in Räume voll mit nicht identifizierbaren Apparaten und Maschinen. Sie stiegen eine Treppe hinunter und bogen um eine Ecke. »Das ist sie, richtig?«, fragte der Regisseur. »Die linke Tür?«

Wolff nickte.

Kari folgte den beiden Männern in ein kleines Wartezimmer. Sie war noch nie in dieser Sektion der Basis gewesen. Trotz ihrer Nervosität nahm sie die antiquierten medizinischen Apparate und Instrumente und die verblassenden Etiketten auf den Flaschen in den Glasvitrinen neugierig in Augenschein. Conti war bereits in den nächsten Raum weitergegangen. Sie hörte ihn überrascht keuchen und wusste, dass er etwas gefunden hatte. Sie folgte ihm und spähte in das andere Zimmer, wo auf Untersuchungstischen zwei in Plastik eingeschlagene Leichen lagen. Eine davon war unnormal kurz, als bestünde der Inhalt der Plane aus Teilen und nicht aus einem vollständigen Körper. Die Innenseiten der transparenten Planen waren so mit Blut und anderen Flüssigkeiten verschmiert, dass man nichts erkennen konnte. Hastig wandte Kari den Blick zur Seite.

»Kari«, sagte Conti.

Sie war von Entsetzen übermannt und antwortete nicht.

»Kari«, wiederholte er. »Schalten Sie die Tonaufnahme ein.«

Es gelang ihr mit Mühe und Not, das Mischpult einzuschalten und das Mikrophon einzustöpseln. Conti stand vor den Leichen und filmte gnadenlos weiter. »Hier liegen sie«, sagte er in sein Ansteckmikrophon, die Stimme belegt angesichts der feierlichen Bedeutsamkeit des Augenblicks. »Die jüngsten Opfer. Eines war ein einfacher Soldat, der seinen Dienst bei den Streitkräften unseres Vaterlands abgeleistet und sein Leben gegeben hat in dem Versuch, andere zu schützen. Das andere war eine von uns: Ashleigh Davis, die auf ihre Weise ebenfalls im Dienst der Öffentlichkeit stand, einem Dienst, der ebenso wichtig ist. Sie kam zu diesem gottverlassenen Ort, um ein großes Rätsel zu lösen. Sie war eine unerschrockene Journalistin, die vor keiner Gefahr zurückscheute und niemals zögerte, für andere ihr Leben aufs Spiel zu setzen, sei es, um die Menschen aufzuklären oder sie zu unterhalten. Das Ding, das sie getötet hat, ist immer noch dort draußen – genau wie die Soldaten, die fest entschlossen sind, es zu vernichten.«

Er verstummte, doch die Kamera verharrte auf den Leichen, schwenkte hin und her, zoomte heran, zoomte heraus.

»Man wird niemals zulassen, dass Sie das ausstrahlen«, bemerkte Wolff.

»Ich denke an die DVD, die auf die Sendung folgt«, entgegnete Conti. »Der Director's Cut.« Er senkte die Kamera. »Das war ein glücklicher Zufall«, sagte er.

»Ein glücklicher Zufall?«, fragte Kari Ekberg. »Wovon reden Sie da?«

»Die Leichen hier zu finden. Ich hatte befürchtet, sie wären bereits in die Kältekammer gebracht worden.«

*Die beiden Toten haben das bestimmt nicht als glücklichen Zufall empfunden*, dachte Kari. Sie wollte Conti widersprechen, doch dann überlegte sie es sich anders. Es hätte ja doch nichts genutzt.

Sie kehrten in den Gang zurück und setzten ihre Suche fort. Ihre Schritte hallten hohl von den Wänden wider. Hin und wieder blieb Conti stehen und lauschte reglos. Auf seinem Gesicht erschien ein Ausdruck, wie Kari ihn noch nie zuvor gesehen hatte: kaum verhüllte Begierde. Seine Augen leuchteten. Sie blickte unruhig zu Wolff, der das Geschehen mit einem zweifelnden Stirnrunzeln verfolgte.

Eine weitere Kreuzung, ein weiterer scheinbar endloser Gang. Erneut blieb Conti stehen. »Sehen Sie!«, sagte er und richtete die Kamera wie eine überdimensionierte Taschenlampe auf eine Stelle im Gang. »Ist das Blut auf dem Boden?«

Karis Blick folgte dem Lichtkegel. Conti hatte recht: Vielleicht zwanzig Meter vor ihnen war der Boden voller Blutspritzer. Sie schienen aus einem offenen Raum zu kommen. Eine verwirrende Vielfalt von blutigen Fußstapfen führte hinein und hinaus und den Korridor hinunter. Kari spürte ängstliche Beklommenheit in sich aufsteigen.

Conti trottete weiter, den Sucher der Kamera am Auge. Er richtete das Objektiv auf das Blut und schwenkte langsam von rechts nach links. Dann trat er zur Tür, wobei er seine eigenen Schuhe mit Blut besudelte, und begann das Innere des dahinterliegenden Raums zu filmen. Er bedeutete Kari, die Tonaufzeichnung wieder einzuschalten.

»Hier hat sich die Gräueltat ereignet«, begann er wieder zu sprechen. »Hier wurden die beiden von der unaussprechlichen Endgültigkeit des Todes eingeholt. Des Todes von der

Hand einer Kreatur, die sich nur als Monster beschreiben lässt – als ein Monster, dessen Geheimnisse zu lüften wir fest entschlossen sind … und dem wir ein Ende bereiten werden.«

Er bedeutete Kari, die Tonaufzeichnung zu beenden. Dann senkte er die Kamera und deutete aufgeregt vor sich auf den Boden. »Sehen Sie nur – diese Spuren! Es sind wenigstens drei Paar! Das müssen Gonzalez und seine Leute gewesen sein!« Er stockte und analysierte die Spuren eingehender. »Mein Gott. Sind das die Abdrücke dieses Monsters?« Er hob die Kamera erneut ans Auge und folgte dem Verlauf der Spuren in den Gang.

So gut sie konnte vermied Kari, sich in dem Raum umzusehen, in dem Ashleigh Davis und Private Fluke gestorben waren. Sie konzentrierte sich angestrengt auf den blutigen Abdruck, den Conti entdeckt hatte. Es konnte kein Fußabdruck sein, vollkommen unmöglich. Er war viel zu groß und die Form zu unnatürlich. Irgendetwas an diesem Abdruck verstörte sie zutiefst, und sie wandte den Blick ab.

»Wunderbar«, murmelte Conti, während er unablässig filmte. »Einfach phantastisch. Besser ginge es nur noch, wenn …« Er verstummte gerade noch rechtzeitig, als ihm bewusst wurde, dass er nicht allein war. Er senkte die Kamera und warf einen verstohlenen Blick in Richtung Wolff.

Die schwache Beleuchtung im Korridor wurde dunkler, heller, dann wieder dunkler. Dann erlosch sie komplett, und Kari fand sich in absoluter Dunkelheit wieder. Sie vernahm ein überraschtes Fauchen von Wolff. Einige Sekunden später flammte die Beleuchtung wieder auf, deutlich schwächer als zuvor.

Conti wuchtete die Kamera zurück auf die Schulter. »Fertig?«, fragte er.

»Ich bin nicht sicher, ob das eine gute Idee ist«, gab Wolff zu bedenken.

»Was reden Sie denn da? Wir wissen jetzt, in welche Richtung die Soldaten gegangen sind. Das ist ganz genau der Grund, aus dem wir hergekommen sind – wir müssen uns beeilen.« Er trottete los. Einen Moment später setzte sich Wolff in Bewegung und folgte ihm. Kari schloss sich ihnen äußerst widerwillig an.

Der Korridor endete an einer Kreuzung, wo die blutigen Fußspuren nach rechts abbogen. Die kleine Gruppe passierte mehrere Türen und eine Treppe, die nach unten auf die C-Ebene führte, bevor sich die Spuren verloren. Conti blieb beim letzten, gerade eben noch erkennbaren Blutfleck stehen.

»Nun?«, fragte Wolff.

Conti deutete nach vorn. »Der Gang endet dort, vor diesem Raum.« Mit diesen Worten hob er die Kamera ans Auge und setzte sich in Bewegung.

Kari blieb reglos stehen und sah ihm hinterher. Conti näherte sich einer Doppeltür mit der Aufschrift RADARUNTERSTÜTZUNG. Die Türen waren offen, und dahinter brannte – überraschenderweise – schwaches Licht. Conti trat ein. Er sah zuerst nach rechts, dann nach links. Und dann erstarrte er. Für einen langen Moment rührte er sich nicht, dann schaltete er die Kamera ein und filmte vielleicht fünfzehn Sekunden lang, bevor er sich zu den beiden anderen im Korridor umwandte.

»Kari?«, fragte er mit merkwürdig schwerer Stimme. »Könnten Sie vielleicht für einen Moment herkommen?«

Sie setzte sich in Bewegung und trat durch die Tür. Direkt vor ihr stand ein riesiges Regal voll mit alter, verstaubter Elektronik. Als sie sich zu Conti wandte und ihn fragend ansah, deutete er wortlos an ihr vorbei nach hinten. Sie drehte sich um und sah in die angezeigte Richtung. Zuerst sah sie nichts. Dann senkte sie den Blick nach unten in die Ecke, wo die Wände und der Boden zusammenliefen. Dort lag ein menschlicher Kopf, das Gesicht nach oben, und starrte sie aus toten Augen beinahe anklagend an. Schock und Entsetzen ließen Kari rückwärts torkeln. Ein Teil ihres Verstandes registrierte, dass es der Kopf von Creel war, dem Vorarbeiter des Handlanger-Teams aus Anchorage. Der Kopf war mit brutaler Gewalt von den Schultern gerissen worden und lag in einer großen Blutlache. Vielleicht einen Meter davon entfernt lugten zwei Stiefel hinter dem Metallregal hervor.

Kari stöhnte auf und wich hastig weiter zurück, bis sie unsanft gegen etwas prallte. Sie wirbelte herum und starrte direkt in das Objektiv von Contis Kamera. Er hatte sie die ganze Zeit über gefilmt. Sie sah die Spiegelung ihres Gesichts in der Linse – ein kleines, blasses Gesicht, verletzlich, angstvoll.

»Hören Sie auf damit!«, hörte sie sich kreischen. »Hören Sie sofort auf damit, sie verdammter Mistkerl! Hören Sie auf! *Hören Sie auf!*«

# 45

»Ich bin mit der Blutuntersuchung fertig«, sagte Faraday leise.

Marshall sah zu ihm herüber. Der Biologe war in den letzten Minuten geschäftig zwischen Stereomikroskop und Zentrifuge hin und her geeilt. Die Abdrücke der Okulare zeichneten sich um seine Augen herum ab und ließen ihn ein wenig wie ein Waschbär aussehen.

»Und?«, fragte Marshall.

»Es ist anders als alles, was ich je gesehen habe.«

Sully seufzte ungeduldig. Gonzalez hatte sich immer noch nicht zurückgemeldet, und das Warten zerrte mächtig an seinen Nerven. »Es wäre hilfreich, wenn Sie etwas spezifischer werden könnten, Wright.«

Faraday setzte seine Brille wieder auf und blinzelte Sully an. »Es betrifft die weißen Blutkörperchen … hauptsächlich.«

Sully machte eine Bewegung mit der Hand, als wollte er sagen, *wir warten.*

»Sie wissen, dass die weißen Blutkörperchen der Abwehr dienen – Infektionen, Entzündungen und so weiter. Die neutrophilen und basophilen Granulozyten, die Lymphozyten und so weiter – ihre Aufgabe ist die Abwehr von schädlichen Einflüssen und die Wundheilung. Nun, dieser Organismus besitzt ein hyperentwickeltes System weißer Blutkörperchen. Quasi eine Heilmaschine mit Nachbrenner. Es gibt eine unglaublich hohe Konzentration an Monozyten. Und sie sind absolut nicht typisch – sie sind *riesig.* Zweifellos imstande, sich in Makrophagen zu verwandeln und eine Tonne Zytokine und andere Substanzen in den Kreislauf zu entlassen und damit praktisch eine Instantheilung hervorzurufen.«

Als niemand etwas sagte, fuhr Faraday fort: »Da ist noch etwas. Die Tests deuten auf eine chemische Komponente im Blut und im Gewebe hin, die ganz ähnliche Eigenschaften besitzt wie Arylcyclohexylamin.«

»Wie bitte?«, fragte Marshall.

»Phenylcyclohexylpiperidin, auch PCP genannt. Angel Dust. Die Substanz ist in bemerkenswert hoher Konzentration im Blut dieser Kreatur vorhanden – mehr als hundert Nanogramm pro Milliliter. PCP ist ein NMDA-Blocker, der sowohl als Stimulans als auch als Anästhetikum wirkt. Ich verstehe nicht, wie dieses Wesen solch eine Substanz produzieren kann – ich habe so etwas noch nie zuvor in der Natur gesehen – ganz gewiss nicht in solch hoher Konzentration.

Angenommen, es ist nicht körperfremd, dann wird es vielleicht vom Hypophysenvorderlappen als Reaktion auf Stress in den Blutstrom ausgeschüttet. Wie dem auch sei, eine derartige Flut von exotischen Chemikalien im Blutkreislauf würde die Unempfindlichkeit dieses Wesens gegen Kugeln und andere Verletzungen erklären. Es spürt die Wunden einfach nicht, und …«

»Das ist alles sehr interessant«, unterbrach Sully den Biologen. »Aber es bringt uns keinen Schritt näher an unser eigentliches Ziel: die Achillesferse dieses gottverdammten Dings zu finden.«

»Er hat recht«, pflichtete Logan ihm bei. »Das Wichtigste im Augenblick ist, herauszufinden, wie wir es aufhalten können.«

»Vielleicht wurde es bereits aufgehalten«, sagte Marshall. Er sah sich mit von der langen Fahrt durch den Schneesturm müden, geröteten Augen im Biolabor um. »Vielleicht ist es bereits tot. Beim letzten Mal hat Elektrizität ebenfalls funktioniert.«

»Beim letzten Mal war es eine sehr viel kleinere Kreatur«, erwiderte Sully. »Abgesehen davon wissen wir nicht einmal, ob es die gleiche Spezies war.«

»Es war die gleiche«, meldete sich Usuguk zu Wort. »*Kurrshuq* ist *kurrshuq*. Die Unterschiede sind lediglich Größe, Kraft und Bösartigkeit.«

Marshall blickte zu dem Tuniq, der mit gekreuzten Beinen auf dem Boden des Labors saß. Er hatte mehrere Fetische aus seinem Medizinbeutel genommen und vor sich hingelegt. Nun nahm er jeden der Reihe nach in die Hand und besprach ihn in einem leisen, drängenden, flehenden Singsang, bevor er ihn behutsam wieder zurücklegte und sich dem nächsten zuwandte.

»Was tust du da?«, fragte Marshall.

»Ich halte eine Zeremonie ab«, antwortete der Tuniq.

»So viel dachte ich mir. Was für eine Zeremonie?«

»Dies ist ein Ort der Unruhe geworden. Ein Ort des Bösen. Ich flehe meine Schutzgeister um Hilfe an.«

»Warum flehst du nicht um ein paar Bazookas, wenn du schon dabei bist?«, fragte Sully. »Vorzugsweise M-20s.«

Draußen auf dem Gang ertönte ein Geräusch. Die Geschwindigkeit, mit der sich alle – außer Usuguk – zur Tür wandten, zeigte deutlich, wie viel Nervosität und Anspannung in der Luft lagen. Der Türknauf drehte sich, und die Tür wurde aufgestoßen. Sergeant Gonzalez und Unteroffizier Phillips standen draußen. Die Soldaten traten ein und schlossen die Tür hinter sich.

»Nun?«, fragte Sully.

Gonzalez ging steifbeinig bis in die Mitte des Labors, wo er sein M-16 von der Schulter nahm und zu Boden gleiten ließ. Phillips blieb mit aschfahlem Gesicht stehen, wo er war.

»Ist es tot?«, fragte Marshall.

Gonzalez schüttelte müde den Kopf.

»Und die Falle?«, fragte Logan. »Der Strom?«

»Der Strom hat es erst richtig wütend gemacht«, antwortete Gonzalez.

»Warum erzählen Sie uns nicht, was passiert ist?«, schlug Marshall leise vor.

Der Blick des Sergeant ging zur Tür. Nahezu eine Minute lang sagte er überhaupt nichts, bevor er zitternd tief durchatmete. »Wir haben die Falle genauso eingerichtet, wie Sie gesagt haben. Stehendes Wasser über einer Metallplatte am Boden. Ein Vorhang nackter, von der Decke baumelnder Drähte, an Starkstrom angeschlossen. In einem Korridor, den die Bestie auf dem Weg zurück in die Basis passieren musste.«

»Und?«, fragte Marshall.

»Irgendwie konnte uns die Bestie umgehen. Sie kam von hinten. Ich weiß nicht, wie sie unbemerkt um unsere Position herumgekommen ist, aber sie hat es geschafft. Wir konnten uns zurückziehen. Sie kam uns hinterher und berührte die Drähte. Sie bekam die volle Ladung ab.« Bei der Erinnerung schüttelte Gonzalez den Kopf.

»Wie hoch war die Spannung?«, fragte Logan.

»Sechstausend Volt.«

»Das ist unmöglich«, sagte Faraday. »Sie müssen die Drähte irgendwie falsch angeschlossen haben. Kein Lebewesen der Welt übersteht eine derartige Ladung.«

»Ich habe nichts falsch angeschlossen. Es ging hoch wie eine gottverdammte Explosion.«

»Und die Kreatur?«, fragte Marshall.

»Hat sich hier und da den Pelz versengt. Das war aber auch alles.«

Eine kurze Stille folgte.

»Wie sind Sie zurückgekommen?«, fragte Sully.

»Marcelin war im Antriebsraum und hat den Strom kontrolliert. Er fing an zu schreien. Die Bestie hat sich gegen ihn gewandt ... Wir konnten vorbeirennen, während sie ...« Gonzalez brachte den Satz nicht zu Ende.

Erneut senkte sich Schweigen über das Labor. Marshall blickte in die Runde und sah die ernüchterten Gesichter. Erst in diesem Moment – im Angesicht der Niederlage – wurde ihm bewusst, wie sehr er sich darauf verlassen hatte, dass Gonzalez und sein Team erfolgreich sein würden. Er hatte so viel Vertrauen in die Geschichte des alten Schamanen gehabt und darauf, dass Elektrizität der richtige Weg war, die Kreatur zu bekämpfen, dass dieser Rückschlag beinahe unerträglich erschien. Und doch begann etwas von dem, was Gonzalez berichtet hatte, in ihm zu arbeiten. Er zermarterte sich den Kopf auf der Suche nach einer Verbindung.

Und dann war sie da.

»Einen Augenblick ...«, sagte er laut.

Die anderen sahen ihn an.

»Vielleicht war es gar nicht die Elektrizität, die das Wesen wütend gemacht hat.«

»Was wollen Sie damit sagen?«, fragte Logan.

»Diese Kreatur ist ein komplettes Rätsel für uns, richtig? Sie ist eine Laune der Natur, eine genetische Anomalie. Ihr Blut ist vollkommen unnormal. Konventionelle Waffen scheinen ihr nicht viel auszumachen. Was bringt uns auf den Gedanken, dass wir ihre Motive verstehen – oder ihre Emotionen – oder sonst irgendetwas an ihr?«

»Worauf wollen Sie hinaus?«, fragte Sully.

»Ich will auf Folgendes hinaus. Die ganze Zeit sind wir davon ausgegangen, dass diese Kreatur nichts anderes will als uns alle ermorden. Aber was, wenn es nicht von Anfang an so gewesen ist? Erinnern Sie sich, was Toussaint gesagt hat? Dass es mit uns spielt? Vielleicht tut es das tatsächlich: Spielen.«

»Usuguk hat das Gleiche gesagt«, fügte Logan hinzu. »Von der Kreatur von damals. Sie hat gespielt wie ein Fuchsjunges mit einer Feldmaus.«

»Gespielt?«, wiederholte Sully. »Hat dieses Ding vielleicht auch gespielt, als es Peters getötet hat, den Produktionsassistenten?«

»Vielleicht wusste es nicht, was es tat. Oder es war ihm egal. Das kann ebenfalls zum Spielen gehören – eine Katze empfindet schließlich auch nicht den Schmerz einer Maus. Was ich damit sagen will: Die Kreatur hat *nicht zielstrebig* versucht, uns zu töten. Jedenfalls nicht zu Anfang. Als Peters' Leichnam in die Krankenstation gebracht wurde, kam sie und holte ihn sich zurück – wie ein Spielzeug. Und sehen Sie, was sie mit Toussaint gemacht hat. Er wurde aufgehängt wie ein Spielzeug. Und noch etwas. Sie hat Menschen getötet, sie hat Menschen in Stücke gerissen – aber sie hat bis jetzt nicht einen einzigen gefressen. Nicht einen von uns.«

»Wir müssen irgendetwas getan haben, das sie wütend gemacht hat«, sagte Logan.

Marshall nickte. »Und ich glaube, ich weiß jetzt auch, was das war. Was haben alle Opfer bis zum jetzigen Zeitpunkt gemeinsam? Sie haben alle *geschrien.*«

»Eine ziemlich normale Reaktion, würde ich sagen, wenn man plötzlich einem blutrünstigen Monster gegenübersteht«, brummte Sully.

»Marcelin hat geschrien«, fuhr Marshall fort. »Hat Sergeant Gonzalez hier nicht angedeutet, dass die Kreatur sich in diesem Augenblick gegen Marcelin gewandt hat anstatt gegen ihn?«

»Und Ashleigh Davis hat geschrien«, pflichtete Logan ihm bei. »Die Soldaten haben ihre Schreie gehört.«

»Und Creel hat ebenfalls geschrien«, sagte Gonzalez. »Die Kreatur hat mich praktisch über den Haufen gerannt, als sie sich auf Creel gestürzt hat.«

Marshall drehte sich zu Usuguk um. »Und du hast gesagt, dass die erste Kreatur, die kleinere von beiden, erst wütend reagiert hat, als die Wissenschaftler ihr die Aufnahmen von Tieren in Not vorgespielt haben, von quiekenden Kaninchen. Toussaint hat nicht geschrien. Wir haben ihn auf der Tonspur der Kamera gehört. Er hat nur immer wieder leise ›*nein, nein, nein*‹ vor sich hin gemurmelt.«

»Das ist nichts als wilde Spekulation«, sagte Sully.

»Wenn sämtliche bekannten Tatsachen ein bestimmtes Schema bestätigen, dann ist es keine Spekulation mehr«, entgegnete Logan.

»Soweit wir wissen, haben die Schreie die Aufmerksamkeit der Bestie erweckt, weiter nichts«, fuhr Sully fort.

»Die Sinnesorgane der Kreatur sind eindeutig sehr scharf«, entgegnete Marshall. »Man muss nicht erst schreien, um sie auf sich aufmerksam zu machen.«

Im Raum wurde es still. Aller Augen waren auf Marshall gerichtet. Selbst Usuguk hatte sein Totem beiseitegelegt und blickte ihn erwartungsvoll an.

»Ich glaube, dass Lärm dieser Kreatur Schmerz bereitet. Vielleicht sogar ganz außerordentlichen Schmerz«, sagte Marshall. »Ganz besonders Lärm von einer bestimmten Frequenz und Amplitude – beispielsweise ein Schrei. Denken Sie an die Ohren dieses Wesens, wie stark sie denen einer Fledermaus ähneln. Lärm hat möglicherweise völlig andere Auswirkungen auf dieses Wesen als auf uns. Ich denke, diese Kreatur empfindet Lärm als eine Bedrohung, einen Akt der Aggression – und genauso reagiert sie darauf.«

»Und nachdem sie inzwischen oft genug angeschrien wurde …«, fuhr Logan fort, »… nimmt sie an, dass wir ihr gegenüber feindselig eingestellt sind, und geht auf uns los.«

Marshall nickte. »Sie tötet uns nicht mehr als Folge ihres Spieltriebs, sondern fängt an, uns ernsthaft zu jagen. Aus Selbstschutz.«

»Das ist zu viel!«, sagte Sully. »Was schlagen Sie vor – dass wir sie totbrüllen?«

»Ich schlage vor, dass wir uns mit dieser Möglichkeit befassen, ganz recht«, entgegnete Marshall. »Oder diesem Wesen zumindest genügend Schmerz zufügen, um es zu vertreiben.«

»Selbst wenn wir es könnten – wie sollen wir das Ihrer Meinung nach anstellen?«, fuhr Sully fort. »Das hier ist eine Radaranlage. Radar benutzt elektromagnetische Wellen, keinen Schall.«

Einen Moment schwiegen alle. Dann meldete sich Logan wieder zu Wort. »Da wäre der Nordflügel.«

»Was soll mit dem Nordflügel sein?«, fragte Sully.

»Aus diesem alten Journal weiß ich, dass er ursprünglich installiert wurde, um Experimente durchzuführen, die mit Sonartechnik zu tun hatten«, antwortete Logan. »Ich weiß nicht genau, was es war, und Usuguk kann wahrscheinlich auch nichts Genaueres dazu sagen, außer es zu bestätigen. Vielleicht war es eine neue U-Boot-Technik, und sie wollten sie ungestört an einem abgelegenen Ort erforschen. Vielleicht sollte die neue Technik das Radar ablösen, ich weiß es nicht. Aber vergessen Sie nicht – diese Forschung wurde nach der Entdeckung der Kreatur aufgegeben, und der Nordflügel wurde umfunktioniert.«

»Soweit wir wissen, war die ursprüngliche Ausstattung bereits an Ort und Stelle, bevor die Kreatur entdeckt wurde.« Marshall drehte sich zu Usuguk um: »Erinnerst du dich an irgendwelche Werkzeuge, Instrumente oder Apparate im Nordflügel?«

Der Tuniq nickte. »Vieles war mit Planen zugedeckt. Anderes war immer noch in Kisten verpackt. Und es gab einen großen, runden Saal mit einer weichen Polsterung an den Wänden.«

»Möglicherweise eine Schallkammer«, vermutete Faraday.

»Selbst wenn diese Instrumente noch hier lagern, wer verfügt über das Wissen, sie zusammenzubauen und einzusetzen?«, fragte Logan.

»Das ist nicht das Problem«, sagte Sully. »Jeder hier hat im Grundstudium Physikvorlesungen und Praktika besucht.«

»Sie haben mein Keyboard gesehen«, sagte Marshall. »Ich habe am College einen Analogsynthesizer gebaut.«

»Ich war Amateurfunker«, sagte Faraday. »Meine Lizenz ist heute noch gültig.«

Logan drehte sich zu Gonzalez um. »Wie sieht es aus, Sergeant? Lassen Sie uns jetzt rein?«

»Seit fünfzig Jahren war niemand mehr im Nordflügel«, erwiderte der Sergeant.

»Das ist keine Antwort.«

Einen Moment lang schwieg Gonzalez. Dann nickte er. »Also schön.«

»Was ist mit Kari Ekberg und den anderen?«, fragte Marshall.

Gonzalez nahm sein Funkgerät vom Gürtel und hob es an den Mund. »Gonzalez an Conti, ich wiederhole, Gonzalez an Conti. Kommen Sie zurück.«

Keine Antwort. Nichts als statisches Rauschen.

»Warten Sie einen Augenblick bitte«, sagte Sully. »Das alles ist nur eine Theorie. Wir wissen nicht, ob diese Mutmaßungen zutreffen.«

»Möchten Sie lieber hier sitzen und abwarten, bis dieses Ding uns alle erledigt hat?«, fragte Marshall. »Uns gehen allmählich die Möglichkeiten aus.« Er erhob sich. »Gehen wir. Die Zeit wird knapp.«

# 46

Sie standen im schummerigen Gang draußen vor der Radarunterstützung. Kari hatte den Kopf abgewandt und die Hände ineinander verschränkt. Trotz der warmen Luft zitterte sie am ganzen Leib. Wolff musterte sie flüchtig, bevor er wieder zu Conti sah. Der Regisseur stand ein Stück abseits und kontrollierte auf dem winzigen Schirm der Kamera das Material, das er bisher gefilmt hatte.

»Warum durfte ich nicht auf Gonzalez' Funkspruch antworten?«, fragte sie.

»Weil er uns nur von hier weghaben will«, murmelte der Regisseur. »Er hat sich offensichtlich nach dem Angriff zurückgezogen, und jetzt will er, dass wir ebenfalls von hier verschwinden.«

»Er hat sich wahrscheinlich in das Biolabor zurückgezogen«, sagte Wolff. »Wo die anderen sind. Wenn er schlau ist, hat er sich zu den anderen zurückgezogen.«

»Das bezweifle ich. Gonzalez ist Soldat, schon vergessen? Er würde sich nicht von einem Rückschlag aufhalten lassen.«

»So nennen Sie das?«, fragte Wolff. »Einen *Rückschlag*? Diese Kreatur hat einen seiner Männer zerrissen!«

Conti legte einen Schalter an der Kamera um, und der kleine Bildschirm wurde dunkel. »Gonzalez lässt sich davon nicht entmutigen. Er ist wahrscheinlich stinksauer. Er hat aus seinem Fehler gelernt – die Bestie zu jagen war ein schlechter Schachzug. Besser, man erwartet sie in einer vorbereiteten Stellung. Soll der Feind kommen.«

Wolff starrte Conti ungläubig an. »Emilio, was glauben Sie, was das hier ist? Irgendein Film, dessen Drehbuch Sie umschreiben können, bis Sie damit zufrieden sind?«

Doch Conti schien ihn gar nicht zu hören. »Kommen Sie, kontrollieren wir die Treppe, an der wir eben vorbeigekommen sind. Vielleicht hat Gonzalez seine Leute nach unten geführt, um der Bestie eine Falle zu stellen.« Er schulterte die Kamera erneut und setzte sich den Korridor hinunter in Bewegung. Wolff folgte ihm leise protestierend.

Kari sah den beiden hinterher. Der Gang lag in schummrigem Licht, und die ineinander übergehenden Schatten erschienen von Sekunde zu Sekunde bedrückender. Es gelang ihr nicht, das Bild von Creels abgerissenem Kopf mit den toten, weit aufgerissenen Augen in der großen Blutlache aus ihren Gedanken zu verdrängen. Steifbeinig folgte sie den beiden.

»Entweder wir setzen uns über Funk mit Gonzalez in Verbindung, oder wir kehren zum Biolabor zurück«, sagte Wolff zu Conti. »Allein hier draußen herumzulaufen, während diese Mordmaschine auf freiem Fuß ist, ist Wahnsinn.«

»Das sagen Sie ganz bestimmt nicht mehr, wenn wir erst die Oscars für die beste Dokumentation entgegennehmen. Abgesehen davon haben Sie eine Waffe.«

»Creel hatte auch eine Waffe. Mehrere sogar. Richtig große, fette Waffen. Und sehen Sie, was es ihm genutzt hat.«

»Wir wissen nicht, was passiert ist. Vielleicht hat er die Nerven verloren und ist weggerannt – direkt in die Klauen dieser Bestie.«

Sie näherten sich der Treppe. Der Schacht lag in tiefer Dunkelheit, und einzig ein winziger Lichtschimmer von unten erhellte die Stufen und das Geländer. Voraus mündete der Korridor in den Gang, der zur Krankenabteilung führte. Conti blieb auf dem obersten Treppenabsatz stehen, um das Kameraobjektiv zu justieren und den Filmscheinwerfer einzuschalten.

»Ich werde nicht zulassen, dass Sie dort hinuntergehen«, sagte Wolff.

Conti fummelte an der Kamera herum. »Haben Sie denn nichts von dem begriffen, was ich vorhin gesagt habe? Das hier ist viel zu wichtig. Ich kann nicht von hier weg, ohne nachzusehen. Wenn sie dort unten sind, muss ich sie filmen. Was für ein erbärmlicher Regisseur wäre ich denn sonst?«

»Wir hätten die Offiziersmesse nie verlassen sollen.« Wolff sah Kari Ekberg an, als verlangte er ihre Zustimmung.

Kari sagte nichts. Es schien ein Menschenalter her, dass sie in der Messe erklärt hatte, die Tonaufzeichnung für Conti zu übernehmen. Die Vorstellung, dass die Dokumentation wichtiger sein sollte als alles andere, erfüllte sie inzwischen mit Abscheu.

»Ich brauche nicht lange, um nachzusehen«, sagte Conti in diesem Moment. Er legte sich die Kamera auf die Schulter. »Warten Sie hier oben, wenn Sie wollen. Kari – ich brauche Ihre Hilfe.«

Kari schüttelte den Kopf. »Tut mir leid, Emilio. Ich komme nicht mit.«

Wolff legte die Hand auf die Kamera. »Sie werden mit uns zusammen zurückkehren. Auf der Stelle.«

»Sie können mich nicht so herumkommandieren!«, widersprach Conti mit unerwartet schriller Stimme und riss sich los. »Das hier ist mein Film.«

»Ich bin der Vertreter von Blackpool …«

Mit einem Mal verstummte Wolff. Er stieß einen dumpfen Schmerzenslaut aus und schlug sich die Hände über die Ohren. Eine Sekunde später spürte es Kari ebenfalls: ein schmerzhaftes Druckgefühl, das von der Mitte ihres Kopfes nach außen zu strahlen schien.

»Das gefällt mir nicht«, sagte sie.

»Wir müssen weg von hier«, wiederholte Wolff. »Und zwar schnell, bevor …«

Wieder unterbrach er sich mitten im Satz. Diesmal fiel sein Unterkiefer herab, und er schien zu schrumpfen. Er starrte an Conti vorbei den Korridor hinunter. Kari folgte seinem Blick mit äußerstem Widerwillen. Angst ließ ihre Knie weich werden, Angst davor hinzusehen – doch sie hatte noch viel mehr Angst, es nicht zu tun.

Dort vorn, an der Einmündung des Korridors, bewegte sich die Dunkelheit.

# 47

Sie wanderten in nahezu völliger Stille durch die Ebenen nach unten. Gonzalez führte die Gruppe an. Er hatte sein M-16 über die Schulter geschlungen, und das Licht aus seiner starken Taschenlampe wies ihnen den Weg durch das Durcheinander. An der Stoffschlaufe seiner Hosen baumelte ein schwerer Schraubenschlüssel.

Als Nächstes kamen Logan und die Wissenschaftler: Sully mit einer Waffe in jeder Hand, Marshall und Faraday mit Khaki-Seesäcken voll hastig zusammengeraffter Werkzeuge und Instrumente, die vielleicht, vielleicht auch nicht nützlich werden konnten. Dann kam Usuguk, das tätowierte Gesicht eine ausdruckslose Maske, und Phillips bildete den Abschluss. Er warf immer wieder nervöse Blicke hinter sich.

Sie bewegten sich an den Lagerräumen der D-Ebene vorbei, an Regalen voll veralteter Sensor-Arrays und anderer Instrumente, die im Strahl von Gonzalez' Taschenlampe auftauchten und tiefe, seltsam lebendige Schatten warfen.

Die Stille und Dunkelheit zerrten mehr und mehr an Marshalls Nerven. Er hatte Kari, und Woeff eigentlich nicht zurücklassen wollen, doch die Aussicht, eine Waffe zu bauen, mit der sie die Kreatur vertreiben konnten, ließ das Risiko vertretbar erscheinen. Er verlangsamte seine Schritte und ließ sich ein wenig zurückfallen, bis er neben dem alten Schamanen ging. »Usuguk«, begann er, um sich auf andere Gedanken zu bringen, »warum nennt ihr diesen Berg hier einen Ort des Bösen?«

Der Tuniq überlegte eine Weile, bevor er antwortete. »Es

ist eine sehr, sehr alte Geschichte. Sie wurde von Vater zu Sohn weitergegeben, über viele Generationen hinweg, länger, als sich irgendjemand aus meinem Volk erinnern kann.«

»Ich würde sie gerne hören.«

Usuguk zögerte erneut, bevor er antwortete. »Mein Volk glaubt an zwei Arten von Göttern. Die Götter des Lichts und die Götter der Finsternis. Genau wie jedes Ding sein Gegenteil besitzt – für Glück gibt es Sorge, für den Tag die Nacht –, so bedurfte es beider Arten von Göttern, um die Welt zu erschaffen. Die Götter des Lichts sind die höchsten Götter. Sie sind zugleich die ältesten: die Götter der Weisheit und der Güte. Sie segnen unsere Jagd, sie füllen das Meer mit Fisch. Sie wachen über die natürliche Ordnung. Die Götter der Dunkelheit sind anders. Sie kontrollieren Krankheit und Tod und die menschlichen Leidenschaften. Sie hausen in den Albträumen. Mit der Zeit vergiftete sie ihr eigener Schleier aus Dunkelheit. Sie wurden neidisch auf die Götter des Lichts. Das Böse war ihr Werkzeug, ihre Quelle der Macht, und es verführte sie. Sie wurden selbst zu etwas Bösem.«

Sie bogen um eine Ecke im Gang und kamen an einer Reihe von Werkstätten vorbei.

»Die Götter der Finsternis versuchten die Götter des Lichts zu stürzen, ihre Taten in das Böse zu verkehren, das Land zu vergiften und die heilende Sonne zu verdunkeln. Als dies nicht gelang, versuchten sie, die Götter des Lichts zu bestechen und gegeneinander auszuspielen. Obwohl die Götter des Lichts gütig waren, versetzte sie dies in Zorn. Das war der Moment, in dem Anatag erwachte.«

»Anatag?«

»Der Schwindler-Gott. Er ist weder Licht noch Finsternis, sondern trachtet nach einem Gleichgewicht zwischen beidem. Er hatte gesehen, was die dunklen Götter getan hatten, und er wusste, dass sie eine Gefahr waren für die Ordnung der Natur. Also erbot er sich zu helfen. Er ging zu den Göttern der Finsternis und erzählte ihnen von einer geheimen Höhle der Tunit, einem Ort, sagte er, wo sie die fünfzig schönsten und makellosesten Frauen ihres Stammes versteckten. Ihre Schönheit, so erzählte er ihnen, sei von solch großer Seltenheit, dass sie nur zum Ansehen und Bewundern gemacht seien und nicht dafür, von Männern besessen zu werden. Die Höhle lag tief in einem Berg. Die Geschichte erweckte das lüsterne Interesse der dunklen Götter, und ihr Blut geriet in heiße Wallung.«

Sie folgten Gonzalez eine Treppe hinunter zur E-Ebene, der untersten im zentralen Abschnitt. Ihre Schritte hallten leise von den Metallstufen wider.

»Die Götter der Finsternis wollten von Anatag wissen, wo denn dieser Berg sei. Doch der Schwindler-Gott weigerte sich, es ihnen zu verraten, und sagte nur, er würde den Berg einmal im Jahr besuchen, an jedem Mittsommerabend, wenn die Bewacher der Frauen zur Reinigungszeremonie gegangen wären. In jenem Jahr ging er am Mittsommerabend zu dem hohlen Berg. Die Götter der Finsternis folgten ihm heimlich, genau wie er es geplant hatte. Sobald sie in der tiefsten Kaverne des Berges angekommen waren, goss Anatag flüssiges Feuer auf sie hinab und sperrte sie im Innern des Berges ein.«

»Lava«, murmelte Marshall.

»Der Zorn der Götter der Finsternis war furchtbar. Sie kreischten und brüllten, und der Berg spie Feuer, wieder und wieder. Ihre Wut war so groß, dass der Himmel von Horizont zu Horizont aufriss und die Himmel bluteten. Sie tobten tausend Jahre lang, doch Anatag hatte sie zu gut eingesperrt, und zu guter Letzt wurden sie müde. Der Berg spie nicht länger Feuer. Der Himmel hörte auf zu bluten.«

*Bis heute*, dachte Marshall. Mit einer solchen Legende als

Bestandteil seiner Religion war es kein Wunder, dass Usuguk Angst gehabt hatte, als er das unheimliche, blutigrote Nordlicht gesehen hatte. Es war bemerkenswert, dass Usuguk überhaupt imstande gewesen war, auf dieser Basis zu arbeiten – insbesondere mit einer so furchteinflößenden, gefährlichen Kreatur. Andererseits, sinnierte Marshall, war Usuguk damals noch ein junger Mann gewesen und voller Zweifel, was die Traditionen seines Volkes anging. Es hatte eines über alle Maßen schockierenden Erlebnisses bedurft, um ihn zu läutern.

»Und *kurrshuq*?«, fragte er. »Du nennst es den Wächter des verbotenen Berges.«

»Als die Götter der Finsternis im Berg eingesperrt waren, berief Anatag *kurrshuq* als Wächter. *Kurrshuq* sollte sicherstellen, dass es kein Entkommen gab. Die *kurrshuq* sind Kreaturen aus der Geisterwelt. Keine Götter, aber machtvolle Wesen, die sich für gewöhnlich nicht in das Leben und die Wege der Menschen einmischen. Viele, viele Jahre hat eine Gruppe von *kurrshuq* den Berg bewacht, doch ganz allmählich hat die Finsternis der gefangenen Götter auch *kurrshuq* korrumpiert. Nach und nach wurden *kurrshuq* zu Werkzeugen des Bösen.«

»Verschlinger der Seelen«, sagte Marshall.

Der Blick des alten Schamanen zuckte zu ihm, bevor er sich wieder abwandte.

Die E-Ebene war noch mehr zugestellt mit ausgesondertem Elektronikmüll als die darüber gelegenen Etagen und lag in völliger Dunkelheit, was ihr Vorankommen stark behinderte. Gonzalez führte die kleine Gruppe vorbei an einem Hilfs-Kontrollzentrum und weiteren Werkstätten, bevor er vor einer elektrischen Schaltzentrale stehen blieb. Er bedeutete den anderen zu warten, und betrat den Raum. Marshall beobachtete, wie er einen Schaltkasten öffnete, eine Serie von Starkstromsicherungen einschraubte und schließlich einen Hebel umlegte. Schließlich grunzte er zufrieden und kehrte nach draußen in den Korridor zurück.

»Jetzt müsste es im Nordflügel Strom geben«, sagte er.

Er führte sie an einer Reihe kleinerer Räume vorbei und bog an einer Kreuzung nach rechts ab. Ein Stück voraus endete der Gang vor einer stählernen, mit Vorhängeschloss und Klampen gesicherten Luke. Ein wenig nervös starrte Marshall auf die unbeleuchtete rote Lampe über dem Eingang und auf das Warnschild, das jeglichen unautorisierten Zutritt untersagte.

»Sie halten uns den Rücken frei, während ich versuche, die Luke zu öffnen«, sagte Gonzalez mit einem Blick zu Phillips.

Marshall beobachtete, wie der Sergeant seinen Maulschlüssel benutzte, um die massiven Klampen zu lösen. Sie knarrten und quietschten protestierend nach einem halben Jahrhundert der Ruhe. Als Gonzalez alle Klampen gelöst hatte, zog er einen großen Schlüsselbund aus der Tasche. Er benötigte ein halbes Dutzend Versuche, bis er den richtigen Schlüssel gefunden hatte, um das Vorhängeschloss zu öffnen. Dann erst packte Gonzalez das Handrad, drehte es und zog die Luke auf. Sie gab mit einem leisen, schmatzenden Geräusch nach. Reste von der nahezu zerbröselten umlaufenden Gummidichtung regneten zu Boden, und abgestandene, schale Luft schlug ihnen entgegen.

Dahinter erstreckte sich absolute Schwärze. »Sieht aus wie das Grab von König Tut«, murmelte Sully. Marshall verstand, was er meinte: Niemand hatte während des vergangenen halben Jahrhunderts auch nur einen Blick hinter diese Schleuse geworfen.

Gonzalez tastete an der Wand nach einem Schalter, und eine Reihe von Glühbirnen flammte auf und zerbarst sogleich wieder. Es blieben genügend Lichter übrig, um einen schmalen Korridor zu erhellen, der ein Stück voraus in eine dunkle Kaverne mündete. Gonzalez wartete, bis alle den Gang betreten hatten, dann schloss er die Luke wieder, indem er das Handrad drehte und die Sperrklampen mit seinem Maulschlüssel umlegte.

»Sieht nach einer sicheren Zuflucht aus, wenn Sie mich fragen«, bemerkte Sully mit einem Nicken in Richtung der massiven Luke.

Gonzalez schüttelte den Kopf. »Dieses Ding hat sich schon einmal an uns vorbeigeschlichen – ich weiß immer noch nicht, wie es das angestellt hat. Und dieser Sektor verfügt über Ventilationsschächte und Wartungsluken, genau wie die anderen auch.«

Sie bewegten sich den Korridor entlang zu den ersten, weit offen stehenden Türen. Die Luft roch nach Staub, durchsetzt von einem metallischen, an Kupfer erinnernden Beigeschmack.

Gonzalez blieb vor der ersten Tür stehen und leuchtete mit seiner Taschenlampe in den Raum dahinter. Der Lichtkegel enthüllte zwei Schreibtische aus Holz mit altmodischen, mechanischen Schreibmaschinen: eine Art Empfangsraum. In einer der Schreibmaschinen steckte noch ein vergilbtes Blatt Papier, das sich über die Walze gelegt hatte. Der Lichtkegel wanderte zurück in den Korridor, und Gonzalez ging weiter zur nächsten Tür. Er leuchtete in den Raum, und Marshall hörte, wie der Sergeant scharf die Luft einsog.

Er trat hinter Gonzalez, um selbst nachzusehen. Alte, eingetrocknete Blutspritzer bedeckten Boden und Wände und Reihen von elektrischer Ausrüstung. In einer Ecke stand ein schwarz verschmorter, halb geschmolzener Schaltkasten.

»Der Sicherungsraum«, sagte Usuguk mit tonloser Stimme.

»Sie haben sich nicht einmal die Mühe gemacht, die Blutflecken zu beseitigen«, sagte Sully.

Der Sergeant schaltete seine Taschenlampe aus. »Kann man es ihnen verdenken?«

Sie setzten ihren Weg durch den schmalen Gang fort und schalteten im Gehen überall die Beleuchtung ein. Es gab Labors voller Oszilloskope und kastenförmiger schwarzer Apparate, Geräte in Regalen und unausgepackter Gegenstände in Holzkisten.

»Das muss das Sonarequipment sein«, murmelte Faraday.

Der nächste Raum war eine Art Kontrollzentrale mit einem Mischpult und einer Reihe von Verstärkern. Die Rückwand bestand aus einer großen Scheibe; dahinter sah man ein kleines Tonstudio.

Sie gelangten zu einer Kreuzung. Dahinter endete der Gang vor einer weiteren schweren Luke. Gonzalez öffnete sie, leuchtete mit der Taschenlampe hinein und stieß ein überraschtes Schnauben aus. Er schaltete die Beleuchtung ein. Marshall folgte den anderen durch die Luke und hielt atemlos inne.

Sie standen auf einem schmalen Laufsteg, der eine große, runde Kaverne überspannte. Am anderen Ende der Brücke befand sich eine große Plattform von drei mal drei Metern, umschlossen von Glaswänden. Die gesamte innere Oberfläche der Kaverne war ausgekleidet mit einem dunklen, weichen Material. Gebilde ragten in den Raum, die aussahen wie überdimensionale Stachel.

»Mein Gott«, hauchte Faraday. »Es *ist* eine Echokammer. Zur Durchführung von Sonarexperimenten, ohne Zweifel. Hier haben sie das neue Gerät getestet.«

»Wenn sie so weit gekommen sind«, entgegnete Sully.

»Zugegeben. Ich nehme an, die Experimente wurden irgendwo anders fortgeführt, nachdem dieser Flügel versiegelt wurde.«

Logan beugte sich zu Marshall vor. »Es gibt nur einen Ausgang.«

Marshall blickte sich um. »Das ist richtig.«

»Eine Echokammer. Sieht es für Sie danach aus?«

»Ja.« Marshall drehte sich zu dem Historiker um. »Warum? Sind Sie anderer Meinung?«

Logan zögerte. »Offen gestanden – ja. In meinen Augen sieht es eher aus wie Custers letzte Zuflucht.«

# 48

Ganz, ganz langsam schälte sich das Monster aus der Dunkelheit. Schatten gerieten in Bewegung und formten muskulöse Flanken. Voller Entsetzen beobachtete Kari Ekberg, wie die unfassbare, abartige Kreatur Gestalt annahm. Der riesige Schädel mit dem gewaltigen Oberkiefer und den Zahnreihen darin, die mörderischen Fänge rechts und links der tückischen Schneidezähne, und dahinter Hunderte von kleinen wurmartigen Gebilden, die aussahen wie die Tasthaare von Walrossen, der Unterkiefer, vergleichsweise klein und dennoch durch massive Gelenke mit dem Schädel verbunden, und am schockierendsten von allem, weil sie sie schon einmal gesehen hatte, vor einem ganzen Leben, wie es schien, eingeschlossen im ewigen Eis – die starren Augen, die, ohne zu blinzeln, in einer Mischung aus Lust und Bosheit auf sie starrten.

»Gütiger Himmel«, murmelte Conti neben ihr. »Gütiger Himmel. Es ist überwältigend ...« Langsam, ganz langsam hob er die Kamera, drückte die Aufnahmetaste und begann zu filmen.

Wolff stand direkt hinter ihm. Er hob die Waffe und zielte, doch er zitterte so stark, dass Kari die Zähne in seinem Schädel klappern hörte. »Emilio«, sagte er mit erstickter Stimme. »Um Himmels willen …«

»Schnell, Kari«, flüsterte Conti drängend. »Die Tonaufzeichnung.«

Doch Kari war außerstande, sich zu bewegen. Sie stand nur wie angewurzelt da und starrte.

Das Ding näherte sich so unendlich langsam, dass sie nicht sicher war, ob es sich überhaupt rührte. Die massiven Vorderbeine waren leicht nach innen gebogen wie die einer Bulldogge und endeten in gewaltigen Pfoten mit entsetzlichen Klauen. Das Wesen war jetzt zur Gänze sichtbar, und es war mindestens so lang wie ein junges Pferd. Die Rückenlinie verjüngte sich von massigen Schultern zu stämmigen, kraftvollen und derb behaarten Hüften. Beinahe unwillig richtete Kari den Blick wieder auf das Maul mit den furchteinflößenden Fängen und den zahllosen, unaussprechlich grauenhaften Barten dahinter. Sie drohte vor Angst ohnmächtig zu werden, als sie bemerkte, dass die Barten sich bewegten, als hätten sie ein Eigenleben.

Der Schmerz in Karis Schädel nahm ungeahnte Dimensionen an, und das Herz schlug ihr bis zum Hals. Trotzdem vermochte sie nicht zu fliehen. Sie konnte sich nicht einmal rühren. Sie war wie vom Donner gerührt.

Die Kreatur hielt erneut inne, in geduckter Haltung, höchstens zehn oder zwölf Meter von ihnen entfernt. Während der ganzen Zeit blinzelte sie nicht ein einziges Mal und drehte auch den Kopf nicht eine Sekunde zur Seite. Die Augen des Wesens wirkten hart wie Stein, und sie brannten in einem unergründlichen, wilden Feuer.

Das Monster verharrte vielleicht eine Minute lang vollkommen reglos. Das einzige Geräusch war das leise Surren von Contis Kamera, zusammen mit Karis gepresstem Atmen. Dann setzte sich das Wesen erneut in Bewegung und kroch weiter auf die drei Menschen zu.

Das war zu viel für Wolff. Sein Gewehr fiel scheppernd zu Boden, als er mit einem leisen Stöhnen herumwirbelte und Hals über Kopf durch den Korridor flüchtete.

Die Kreatur stockte ein weiteres Mal, diesmal nicht ganz so lang. Eine schmale, gespaltene Zunge schnellte unter den Barten hervor aus dem Maul. Sie wurde länger und länger und leckte zuerst über den einen, dann über den andern Hauer.

In diesem Moment schienen Conti die Nerven durchzugehen. Er begann zu lachen, ganz leise zuerst, dann lauter. Zumindest dachte Kari in ihrer entsetzten Angststarre, dass es ein Lachen sein musste: ein hohes, eigenartig schrilles Geräusch.

*»Eeeeeee …«*, gurrte Conti, lauter und lauter werdend, und die Kamera neigte sich nach vorn, während seine Schultern bebten. *»Eeeeeee …«*

»Emilio!«, flüsterte Kari.

»Ich hab's!«, jauchzte Conti beinahe hysterisch. »Ich hab's im Kasten! *Ich hab's im Kasten! Eeeeeee …«*

Mit zwei Sätzen war die Kreatur über ihm und schleuderte ihn mit einem wuchtigen Kopfstoß in die Luft. Die Kamera segelte davon, prallte gegen eine Wand und zerbarst in tausend Teile. Die Kreatur fing Conti zwischen den gewaltigen Tatzen auf und begann ihn um die eigene Längsachse zu drehen wie ein in eine Drehbank eingespanntes Werkstück, während die zuckenden, messerscharfen, spitzen Barten ihn von oben bis unten bearbeiteten wie einen gegrillten Maiskolben. Blut und Gewebefetzen spritzten in alle Richtungen und sprenkelten die Wände in hellem Rot. Die getroffenen Glühlampen brannten zischend durch. Contis irres Lachen verwandelte sich in einen schriller werdenden, überraschten und dann panischen Schmerzensschrei, der abrupt endete, als die Kreatur den Kopf des Regisseurs in ihr Maul nahm und zubiss. Es gab ein dumpfes, knirschendes Geräusch, und dann öffnete die Bestie das Maul wieder. Conti fiel schlaff und reglos zu Boden. Das war der Augenblick, in dem Kari ihre Beine wieder fand. Sie rannte los, vorbei an Conti und der albtraumhaften, über dem Regisseur kauernden Kreatur, ungeachtet der Dunkelheit, ungeachtet irgendwelcher Hindernisse in ihrem Weg. Und während sie durch den langen, von Schatten heimgesuchten Korridor davonrannte, weg von dem irren Wahnsinn, begann Conti wieder Geräusche zu machen: kein irres Lachen und keine Schreie mehr, sondern laute, berstende Geräusche, das Knacken brechender Knochen …

# 49

Als Marshall mit der schwarzen Metallbox in der Hand den Kontrollraum betrat, sah er Logan und Sully hinter der Glaswand im Studio über einem kleinen Karren aus rostfreiem Edelstahl. Der Apparat darauf ließ seinen Optimismus schwinden. Er sah mehr nach einer Konstruktion aus einem Metallbaukasten aus als nach einer Waffe, mit der man ein Zwei-Tonnen-Monster erlegen konnte. Auf der oberen Platine befand sich ein kleiner Wald von primitiven Bauteilen: Potenziometer, Spannungsfilter, Niederfrequenz-Oszillatoren, Schieberegler und Transistoren, alle miteinander verbunden durch ein Wirrwarr vielfarbener Drähte. Auf der unteren Platine saß ein antiker Röhrenverstärker, der durch dicke Kupferkabel mit einem Bass- und einem Hochtonlautsprecher verbunden war.

Die Gruppe hatte die letzten dreißig Minuten damit verbracht, Kisten aufzubrechen und ungenutzte Instrumente auseinanderzureißen in dem hektischen Bemühen, einen Apparat zusammenzubauen, der imstande war, eine große Vielfalt von hochfrequenten Schallwellen mit maximaler Amplitude, sprich Lautstärke zu erzeugen. Der Hochtöner war sehr viel stärker als der Basslautsprecher, weil sie davon ausgingen, dass hohe Töne der Kreatur mit großer Wahrscheinlichkeit mehr schadeten. Obwohl Marshall den Plan befürwortet hatte – hauptsächlich, weil es der einzige Plan war, der eine Chance versprach –, war ihm sehr wohl bewusst, dass es ein Vabanquespiel war. Niemand konnte vorhersagen, ob der Apparat überhaupt funktionierte, und falls ja, ob er die Kreatur aufhalten konnte. Sie bauten das Gerät auf einem Karren zusammen, sodass es überall aufgestellt werden konnte – idealerweise draußen, außerhalb des wissenschaftlichen Flügels, sodass sie eine Rückzugsmöglichkeit hatten für den Fall, dass ihr Plan nicht funktionierte.

Er reichte Sully die Metallbox. »Hier ist der Schallgeber. Faraday hat ihn aus einem aktiven Sonaremitter ausgebaut.«

Sully platzierte ihn auf der oberen Platine, verband ihn mit zwei Drähten und grunzte zufrieden. Mit dem voranschreitenden Bau der Schallwaffe waren Sullys Zweifel mehr und mehr einer wachsenden Aufregung angesichts der sich ergebenden Möglichkeiten gewichen. »Wir sollten zuerst White Noise aussenden«, sagte er. »Ein Signal von gleicher Stärke über einen vorgegebenen Bandbreitenbereich – damit hätten wir den effizientesten Schalldruck.« Er sah Marshall an. »Wo ist Faraday jetzt?«

»Im Lager. Er sammelt Ersatzteile ein.«

»Nun, damit bleiben nur noch die Batterien. Sie haben nicht zufällig irgendwo welche gesehen?«

»Nein, aber ich habe auch nicht danach gesucht. Ich war zu sehr damit beschäftigt, den Signalumformer auseinanderzu nehmen.«

»Ich gehe und suche welche.« Der Klimatologe richtete sich auf und verließ den Kontrollraum. Draußen im Korridor warf er einen schnellen Blick über die Schulter nach rechts, bevor er sich nach links wandte.

Marshall wusste, warum Sully nach rechts gesehen hatte. Rechts lag die Luke, die vom Nordflügel nach draußen in die Basis führte. Dort standen Gonzalez und Phillips mit schussbereiten Maschinenpistolen Wache für den Fall, dass die Kreatur auftauchte.

Marshall spürte, dass Logan ihn ansah. »Irgendeine Ahnung, was für eine geheime Forschung hier stattfinden sollte?«, fragte der Historiker.

Marshall zuckte die Schultern. »Da so wenig Apparate aufgebaut wurden – der größte Teil steht immer noch in Holzkisten verpackt herum –, ist es nicht leicht, das zu sagen. Nach der Vielzahl der verschiedenen passiven Sonargeräte zu urteilen – ich habe bis jetzt kaum aktive Geräte gesehen –, würde ich sagen, dass sie gehofft hatten, das Frühwarnradar mit einem Tarnkappen-Sonarempfänger zu komplementieren.«

»Tarnkappe …«, sagte Logan. »Was so viel heißt wie: *viel dichter an Russland.*«

Marshall nickte. »Möglicherweise sogar *in* Russland. Aktives Sonar verrät die exakte Position eines Objekts. Eine Anlage wie Fear Base benötigt jedoch keine exakte Position. Viel wichtiger ist es, zu erfahren, ob ein Objekt in Richtung der Basis kommt, und das kann ein passives Sonar vollkommen lautlos bewerkstelligen und zugleich mit Hilfe von TMA die Flugbahn anfliegender Raketen aufzeichnen.«

»TMA?«

»Target Motion Analysis, Zielbewegungsanalyse. Eine komplizierte Formel, die Entfernung, Geschwindigkeit und selbst den Kurs eines Objekts liefert, lange bevor das Radar die Position bestimmt hat.«

»Und alles in einem Paket, das klein genug ist, um nicht aufzufallen. Sehr interessant.« Logan stockte. »Die eigentliche Frage lautet allerdings, ob es dabei hilft, uns den Hintern zu retten.«

Marshall starrte hinunter auf das Gerät auf dem Karren. Es sah aus wie das Hirngespinst eines irren Wissenschaftlers. »Ich denke, wir haben eine Chance. Ich muss Ihnen sicher nicht sagen, dass unser Gehör der einzige unserer Sinne ist, der vollkommen mechanisch funktioniert. Eine Schallwelle ändert den Luftdruck und verursacht Vibrationen. Mit der richtigen Frequenz können Schallwellen alles und jeden penetrieren. Extrem niedrige Frequenzen können bei Menschen Atemnot, Depressionen und sogar Angstzustände auslösen. Hochfrequenter Lärm hingegen wird von einigen Wissenschaftlern mit gestörtem Herzrhythmus in Verbindung gebracht und soll sogar Krebs hervorrufen. Es gibt alle möglichen Gerüchte über Ultra- und Infraschallwaffen, die imstande sind, Menschen zu betäuben, zu verletzen oder gar zu töten.« Er zuckte die Schultern. »Wer weiß? Vielleicht war diese Art von Forschung der eigentliche Zweck der gesamten Anlage.«

»Das wäre eine Ironie des Schicksals.« Logan tätschelte den Karren. »Und ist der Apparat jetzt fertig?«

»Bis auf die Batterien. Sully ist losgezogen, um welche zu holen.«

»Dann hätten wir also unsere Waffe. Fehlt nur noch das Ziel.«

»Es gibt keine Garantie, dass es hierherkommt – möglicherweise müssen wir einen Köder finden.«

»Einen Köder also. Sie meinen, einen von uns.« Logan hielt inne. »Da wäre noch etwas, worüber ich nachgedacht habe. Diese beiden Kreaturen – die, die Sie gefunden haben, und die andere von vor fünfzig Jahren. Halten Sie es für möglich, dass sie verwandt waren?«

»Gute Frage. Ich habe bis jetzt nur ein kleines Stück von ihr gesehen, durch einen Block trüben Eises. Nach Gonzalez' Beschreibung scheint es die gleiche Kreatur zu sein wie die von damals, und ...«

»Das meinte ich nicht. Ich meinte, ob sie *Verwandte* waren.«

Marshall sah den Historiker an. »Sie meinen wie Vater und Kind?«

Logan nickte. »Oder Mutter und Kind. Voneinander getrennt, dann schockgefroren beim gleichen meteorologischen Ereignis.«

»Jesses ...«, murmelte Marshall und schluckte. »Wenn das der Fall ist, können wir nur hoffen, dass das Muttertier nicht herausfindet, was Junior zugestoßen ist.«

Logan rieb sich mit der Hand über das Kinn. »Wo wir gerade von Junior reden – haben Sie sich eigentlich je gefragt, was genau ihn umgebracht hat?«

»Sie meinen, es war nicht Elektrizität?«

»Ganz recht.«

»Ja. Und ich habe keine Antwort. Sie?«

»Nein. Allerdings finde ich die Tatsache sehr interessant, dass keine der beiden Kreaturen eines ihrer Opfer gefressen hat.«

»Wie ich bereits sagte, es ist nicht gestorben. Es beschloss, diese Welt zu verlassen.«

Das war Usuguk. Er hatte mit untergeschlagenen Beinen in einer Ecke des Studios gesessen, die Rückseite der Hände auf den Knien, und sich so still und reglos verhalten, dass

Marshall seine Gegenwart nicht wahrgenommen hatte. Der Tuniq strahlte so viel gelassene, eherne Überzeugung aus, dass Marshall beinahe bereit war, ihm zu glauben.

»Diese Geschichte, die du mir erzählt hast«, sagte er zu dem alten Schamanen. »Über Anatag und die Götter der Dunkelheit. Es war eine sehr beunruhigende Geschichte, selbst für einen Außenseiter wie mich. Deswegen muss ich dich fragen: Wenn du wirklich glaubst, dass wir es hier mit *kurrshuq* zu tun haben – mit einem Verschlinger der Seelen –, warum hast du dich dann einverstanden erklärt, mit mir zurück zur Basis zu kommen?«

Usuguk sah Marshall an. »Mein Volk glaubt, dass nichts auf der Welt ohne einen Grund geschieht. Die Götter haben ein Schicksal für mich geplant, das bereits am Tag meiner Geburt festgestanden hat. Als ich ein junger Mann war, führten sie mich weg von meinem Volk – sie führten mich zu diesem Ort in dem Wissen, dass ich mich besinnen und stärker und entschlossener zurückkehren würde als zuvor. Indem ich der Geisterwelt den Rücken zuwandte, nahm ich sie für mich an.«

Marshall erwiderte den Blick nachdenklich. Dann begriff er. All die Jahre, die der alte Schamane selbst nach traditionellsten Maßstäben seines eigenen Volkes dieses asketische, mönchische, spirituelle Leben gelebt hatte, waren eine Buße dafür, dass er vorübergehend von seinem Glauben abgefallen war. Und die Rückkehr an diesen Ort – an den Ort, an dem er diese Abkehr vollzogen hatte – war Usuguks finaler Akt der Wiedergutmachung.

»Es tut mir sehr leid, dass es so weit gekommen ist«, sagte Marshall. »Ich wollte dich nicht in diese extreme Gefahr bringen.«

Der alte Tuniq schüttelte den Kopf. »Ich will dir eine Geschichte erzählen. Als ich noch sehr jung war, ein kleines

Kind, damals, als mein Volk noch auf die Jagd ging, kam mein Großvater immer mit dem größten Walross nach Hause. Die Menschen wollten sein Geheimnis erfahren, doch er verriet es nie. Eines Tages schließlich, als er ein alter, alter Mann geworden war, weihte er mich ein. Er war auf der Jagd mit seinem Kajak durch die von Eis gesäumten Kanäle nach draußen in den Ozean gepaddelt, erklärte er, dorthin, wo es die tiefen Strömungen gibt. Ich fragte ihn, warum er das getan hätte – warum er sich einer solch extremen Gefahr ausgesetzt hätte, wie du es nennen würdest –, nur um den größten Fang zu machen. Er antwortete, dass die Jagd selbst gefährlich sei. Und dann sagte er noch: ›Wenn man schon vorhat, über dünnes Eis zu laufen, dann kann man genauso gut tanzen.‹«

Hinter der Glaswand erklang ein Geräusch, und dann trat Faraday ein, voll beladen mit elektrischen und mechanischen Bauteilen. »Hier sind Reserveoszillatoren und Potenziometer und so weiter«, sagte er mit einem Seitenblick auf den Karren mit der Schallwaffe. »Wo sind die Batterien?«

»Sully ist losgezogen, um welche zu finden«, antwortete Marshall.

»Gut. Sobald wir sie haben, können wir mit den Testläufen anfangen und …«

In diesem Moment ertönte im Kontrollraum ein scharfes Knacken und Rauschen. Marshall sah durch die Scheibe. Es war das Funkgerät, das Gonzalez ihnen gegeben hatte. Es stand eingeschaltet auf dem Mischpult.

Das Knacken ertönte erneut. *»Hallo?«* Es war die Stimme von Kari Ekberg. *»Hallo? Kann mich jemand hören?«*

Marshall ging rasch in den Kontrollraum, packte das Gerät und drückte den Sendeknopf. »Kari? Hier ist Marshall. Schießen Sie los, was gibt's?«

*»O Gott, helfen Sie mir!«* Ihre Stimme klang abgehackt und schrill, am Rande einer Hysterie. *»Helfen Sie mir, bitte! Dieses*

*Ding … es hat Emilio erwischt. Es hat ihn hochgeworfen und … und … und es …«*

»Kari! Beruhigen Sie sich!« Marshall versuchte, in vernünftigem, beruhigendem Tonfall zu sprechen. »Als Erstes möchte ich, dass Sie mir sagen, wo Sie jetzt sind.«

Er hörte eine Reihe panischer Atemzüge. *»Ich bin … o Gott … ich bin in der Eingangshalle, neben der Wachstation.«*

Logan und Faraday kamen aus dem Tonstudio herbeigerannt und stellten sich rechts und links neben Marshall, um mitzuhören. »Okay«, sagte Marshall in das Mikrophon. »Haben Sie eine Taschenlampe?«

*»Nein.«*

»Dann gehen Sie die Treppe hinunter zur Offiziersmesse. Dort finden Sie Taschenlampen und Waffen. Wissen Sie, wie man eine Pistole benutzt?«

*»Nein.«*

»Keine Sorge, das ist nicht weiter schlimm. Gut. Ich möchte, dass Sie sofort losgehen. Melden Sie sich wieder bei mir, sobald Sie dort sind.«

*»Es wird mich holen. Es wird mich holen, ich weiß, dass es mich holen wird. Sobald es fertig ist mit Emilio. Es wird mich holen, und es wird … es wird … es wird …«*

»Kari, ich komme zu Ihnen. Ich komme Sie holen. Bleiben Sie ruhig. Verlieren Sie nicht den Kopf. Und verlieren Sie vor allen Dingen nicht dieses Funkgerät!«

Ein weiteres Knacken ertönte, dann verstummte das Gerät.

Marshall sah Faraday an. »Suchen Sie Sully. Helfen Sie ihm mit den Batterien. Sobald Sie fertig sind, rollen Sie die Schallwaffe nach draußen, in den Korridor der E-Ebene. Wir brauchen den wissenschaftlichen Flügel als Rückzugsort, falls unser Plan nicht funktioniert.«

Faraday nickte und verließ den Kontrollraum. Marshall

sah zu Logan. »Erinnern Sie sich, was ich vorhin gesagt habe? Sieht so aus, als würde ich selbst den Köder abgeben.« Ohne ein weiteres Wort schob er sich das Funkgerät in die Tasche und rannte nach draußen und in Richtung der massiven Luke, die in die zentrale Sektion der Station führte.

# 50

Kari stolperte durch den Korridor der C-Ebene. Die Taschenlampe in ihrer Hand war glitschig vom Schweiß. Ihre Schienbeine schmerzten von den heftigen Zusammenstößen mit Vorsprüngen und im Weg stehenden Kisten; ihre Knie waren aufgeschrammt von einem halben Dutzend Stürzen auf harten Beton und Linoleumböden. Gott sei Dank funktionierten das Funkgerät und die Taschenlampe noch. Immer wieder drängten die furchtbaren Bilder in ihre Gedanken: der schreiende Conti, Blut, das in alle Richtungen spritzte wie Wasser aus einem rotierenden Sprinkler. Wieder und wieder musste sie es sich befehlen, wie ein Mantra: Sieh nicht nach hinten. Sieh nicht nach hinten. Sieh dich nicht um.

Sie hatte eine Viertelstunde benötigt, um von der Offiziersmesse hierher zu gelangen. Fünfzehn Minuten reinsten Horrors. Jetzt passierte sie die Wäscherei. Altmodische Waschmaschinen und Trockner standen in schweigenden Reihen unter welligen, zur Reinlichkeit ermahnenden Postern. Als Nächstes kam die Schneiderei: eine Kammer, die kaum groß genug war für einen Arbeitstisch, eine Nähmaschine und eine Schneiderpuppe. Hinter der Schneiderei gabelte sich der Korridor. Kari blieb stehen und hob das Funkgerät an die Lippen. Ihre Hände zitterten so stark, dass sie drei Versuche brauchte, bis sie den Sendeknopf gedrückt hatte.

»Ich bin an der Gabelung bei der Schneiderei«, sagte sie mit bebender Stimme.

*»Ich bin gerade erst auf der D-Ebene angekommen«*, antwortete Marshall. *»Warten Sie dort, ich frage Gonzalez nach dem richtigen Weg.«*

Sie stand in der engen Dunkelheit der Schneiderei und rang nach Atem. Das war das Schlimmste von allem: nicht weiterrennen zu können, warten zu müssen auf weitere Instruktionen – und auf jenes unheimliche Gefühl in den Ohren und Stirnhöhlen, diese leise Bewegung, die das Herannahen des Albtraums signalisierte …

*»An der Gabelung links«*, kam Marshalls Stimme in diesem Moment aus dem kleinen Lautsprecher des Funkgeräts. *»Bis zum Ende des Gangs, dann wieder links, bis Sie zu einer Treppe kommen. Die Treppe runter. Ich müsste dort sein und warten. Falls nicht, melden Sie sich über Funk.«*

Kari Ekberg schob das Funkgerät in die Tasche ihrer Jeans, wandte sich nach links und leuchtete kurz in den Gang, um eventuelle Hindernisse auszuspähen, bevor sie erneut lostrottete. Sie passierte den Küchenbereich mit seinen riesigen Keramikspülbecken und den großen Dampfgarbehältern und Öfen. Sie huschte an einem Dutzend Türen vorbei mit schwarzen, mysteriösen Räumen dahinter. Ihre Beine und Knie pochten schmerzhaft, doch sie verdrängte den Schmerz, so gut es ging. Weiter vorn, im schwachen Licht einer einzelnen Glühlampe, gabelte sich der Korridor erneut. *An der Gabelung links*, hatte er gesagt. *Dann wieder links, bis Sie zu einer Treppe kommen …*

In diesem Moment blieb sie mit dem Fuß an einem Hindernis hängen und schlug der Länge nach hin. Das Funkgerät segelte über den Boden, die Taschenlampe krachte gegen die Wand und erlosch. *O Gott, nein ...* Sie kroch auf Händen und Füßen weiter und tastete nach der Taschenlampe. Ihre Hand schloss sich über dem metallenen Zylinder. Das Herz schlug ihr bis zum Hals, als sie die Lampe einschaltete. Sie flackerte, erlosch, flammte wieder auf und brannte. *Danke, Gott. Danke. Danke.* Sie mühte sich auf die Beine und leuchtete voraus, suchte ihr Funkgerät. Dort lag es, auf dem Boden, drei oder vier Meter vor ihr. Sie rannte hin, kniete, riss es an sich.

»Hallo?«, sagte sie und kämpfte mit dem Sendeknopf. »Hallo, Evan? Können Sie mich hören?«

Nichts. Absolut nichts, nicht einmal ein statisches Rauschen antwortete ihr.

»Evan, hallo!« Ihre Stimme überschlug sich, als Angst und Bestürzung in ihr aufkeimten. »Hallo ...!«

Plötzlich verstummte sie. Irgendetwas hatte ihren Instinkt zur Selbsterhaltung geweckt, volle Alarmstufe. War das das Tappen von Pfoten in der Dunkelheit hinter ihr, schwer und trotzdem unwahrscheinlich leise? War es das Blut, das in ihren Ohren rauschte, oder war es ein schwaches, eigenartiges, beinahe unirdisches *Singen?* Erneut wallte Panik in ihr hoch, und mit einem Schluchzen, das der Verzweiflung sehr nahe war, rammte sie das defekte Funkgerät in ihre Jeans und zwang sich zum Weiterrennen. Das Licht am Ende des Ganges winkte, und plötzlich war sie an der Gabelung, bog nach links, leuchtete wild nach vorn auf der Suche nach der Treppe.

Dort war sie – ein schwarzer Schacht. Mit laut gegen das metallene Geländer klappernder Taschenlampe rannte sie die Stufen hinunter, ohne jeden Versuch, ihre Panik zu kontollieren.

Am unteren Absatz hielt sie inne und sah sich um. Vor ihr erstreckte sich ein weiterer schummriger Korridor, die Seitenwände vollgestapelt mit alten Schreibtischen und Schränken und Apparaten. Niemand war zu sehen.

Sie blinzelte, wischte sich mit dem Handrücken über die Augen, blinzelte erneut. Nichts.

»Evan?«, rief sie leise in die Leere hinein.

Keine Antwort. Sie spürte, wie ihr Atem flacher wurde. *Nein, nein, nein …*

Da war es erneut: das leise, singende Geräusch, kaum mehr als ein Flüstern in ihren Ohren. Leise wimmernd machte sie einen Schritt nach vorn, entfernte sich von der Treppe, trat in den Korridor hinaus. Sie spürte ein überwältigendes Bedürfnis, über die Schulter nach hinten zu sehen, die Treppe hinauf. Die Taschenlampe in ihrer Hand zuckte …

»Kari!«

Sie starrte den Korridor hinunter. Ganz am anderen Ende war eine Gestalt in Sicht gekommen, eine dunkle Silhouette im schwachen Licht. Mit einem Aufschrei rannte sie darauf zu. Als sie näher kam, erkannte sie Evan Marshall, der ihr mit besorgter Miene und einer automatischen Waffe über der Schulter entgegenkam.

»Kari«, sagte er, als sie bei ihm war. »Gott sei Dank. Sind Sie verletzt?«

»Nein. Aber das Monster ist hinter mir her. Ich habe es gerade eben gehört …«

»Beeilen Sie sich.« Er nahm sie an der Hand und zog sie hinter sich her den Gang hinunter in die Richtung, aus der er gekommen war.

Trotz ihrer zunehmenden Erschöpfung folgte Kari ihm dicht auf den Fersen. Marshall schlug einen verwirrenden Weg ein, der an Lagerräumen und Werkstätten und anderen Einrichtungen der Basis vorbeiführte. Einmal blieben sie an einer Kreuzung stehen, als Marshall überlegen musste, welcher Weg der richtige war. Ein anderes Mal meldeten sie sich über Funk bei Gonzalez und ließen sich von dem Sergeant durch das Labyrinth dirigieren.

»Wohin gehen wir überhaupt?«, keuchte sie atemlos.

»In die wissenschaftliche Sektion. Sie liegt eine Ebene tiefer und ist durch eine massive Stahltür geschützt, viel sicherer als die oberen Ebenen. Außerdem haben wir eine Waffe konstruiert – eine Schallwaffe, die wir gegen diese Kreatur einsetzen wollen. Aber zuerst bringen wir Sie in Sicherheit.«

Sie erreichten einen weiteren Treppenschacht, und Marshall rannte hinunter, immer drei Stufen auf einmal nehmend. Kari folgte ihm, so schnell sie konnte. Die E-Ebene war eine Gruft. Entlang der niedrigen Decken liefen dicke Kabelstränge und Rohre. Sie trabten an mehreren Räumen vorbei und bogen an einer Gabelung nach rechts, und dann blieb Marshall so abrupt stehen, dass Kari beinahe in ihn hineingerannt wäre.

Der Korridor endete vor einer massiven, weit offenen Schleuse, hinter der helles Licht brannte. Unmittelbar dahinter stand ein Karren im Gang, auf dem eine merkwürdige Konstruktion aus Drähten, Antennen und Röhren montiert war, die aussah wie aus einem Science-Fiction-Film der 1950er-Jahre. Zwei der Wissenschaftler – Faraday und Sully – arbeiteten daran. Sergeant Gonzalez stand neben ihnen, die Maschinenpistole im Anschlag, und zielte auf den Durchgang.

»Was ist los?«, fragte Marshall. »Warum steht der Wagen nicht draußen, vor der Luke?«

»Wir haben keine Batterien«, antwortete Faraday. »Wir müssen mit dem Strom aus den Steckdosen vorliebnehmen, und mehr Kabel haben wir nicht.«

»Herrgott noch mal, dann suchen Sie eben eine Steckdose draußen!«, brummte Marshall.

»Keine Zeit«, erwiderte Sully.

»Da haben Sie verdammt recht! Das Ding ist hinter uns her, und wir dürfen die Sicherheit dieses Flügels nicht durch eine offene Schleuse …«

Marshall unterbrach sich mitten im Satz. Dann spürte Kari es ebenfalls: eine schleichende Ahnung, die sich zur Gewissheit verdichtete. Als hätten sie einen sechsten Sinn. Ihre Nackenhaare richteten sich auf, und Wogen der Panik jagten durch ihre Gliedmaßen. Wieder schrie ihr Instinkt, sich umzudrehen und hinzusehen. Diesmal gab sie ihm nach und warf einen Blick über die Schulter.

Dort, ganz am Ende des Korridors, schob sich ein dunkler, lautloser Schatten die Treppe hinunter und näherte sich. Unerbittlich.

# 51

»Bewegung, Bewegung!« Marshall stieß Kari den Gang entlang und durch die gepanzerte Schleuse. Das M-16 in seinem Rücken war ein merkwürdig vertrautes und dennoch nach all den Jahren ungewohntes Gewicht. Gleich hinter der Schleuse bezog Sully – mit weißem Gesicht, aber wild entschlossen – an den Kontrollen der Schallwaffe Stellung. Ein langes, straff gespanntes Stromkabel führte vom Karren zurück in den Schaltraum. Weiter reichte es wirklich nicht. Die großen Lautsprecher auf der unteren Platine summten und knisterten, und die Membran des Basstreibers bebte leicht. Direkt hinter Sully standen Faraday und Logan und starrten nervös nach draußen. Gonzalez und Phillips flankierten die drei Wissenschaftler. Beide knieten und zielten mit ihren automatischen Waffen durch die Luke den Korridor entlang.

Usuguk stand mit dem Medizinbeutel in beiden Händen hinter ihnen und intonierte einen leisen Sprechgesang.

Marshall blickte sich hastig um. Das war genau die Situation, die er um jeden Preis hatte vermeiden wollen: die Luke weit offen, die Waffe auf ihrer Seite, ungetestet und unerprobt, und alle vollkommen exponiert und verletzlich. »Wir sollten die Luke lieber schließen«, schlug er vor. »Einfach verriegeln, jetzt sofort.«

»Uns bleibt genügend Zeit«, entgegnete Sully. »Falls die Schallwaffe nicht funktioniert oder falls sie die Kreatur nicht aufhält, haben wir noch genügend Zeit, die Luke zu verriegeln.«

Marshall öffnete den Mund und wollte widersprechen, doch in diesem Moment bewegte sich etwas an der Gabelung.

Aller Augen richteten sich auf die schummrig beleuchtete Stelle im Gang jenseits der Luke. Langsam, ganz langsam kam eine riesenhafte Gestalt in Sicht. Marshall starrte das Wesen ungläubig an: den breiten, massigen Schädel, die bösartig glitzernden Zähne, die rasiermesserscharfen Barten im Oberkiefer. Es war die Kreatur seiner Albträume, nur noch schlimmer. Er hatte die obere Hälfte des Kopfes durch das Eis hindurch gesehen, doch die Trübungen hatten die untere Hälfte vor seinen Blicken verborgen. Obwohl das vielleicht gar nicht so gut gewesen war – hätte er diese grauenerregenden Zähne sehen können, diese messerscharfen Tasthaare, die sich bewegten wie ein Schlangennest, er hätte niemals, unter gar keinen Umständen zugelassen, dass eine solch furchtbare Kreatur aufgetaut würde. Einen Moment starrte er das Wesen voller Entsetzen und Staunen einfach nur an.

Dann schlang er die Waffe von der Schulter und schob Kari zu Faraday hin.

»Bringen Sie sie ganz weit nach hinten«, sagte er. »Finden Sie den sichersten Ort, den es im gesamten Flügel gibt. Und schließen Sie sich mit ihr dort ein.«

»Aber ...«, wollte Faraday protestieren.

»Tun Sie es, Dwight. Bitte.«

Der Biologe zögerte einen Moment, dann nickte er, ergriff Karis Ellbogen und zog sie mit sich an den Soldaten und dem leise singenden Schamanen vorbei den Gang hinunter. Sie bogen um eine Ecke und verschwanden außer Sicht.

Marshall wandte sich wieder dem Albtraum zu, der nun zum ersten Mal gänzlich sichtbar an der Gabelung kauerte. Hinter sich hörte er jemanden leise röchelnd atmen. »Nein«, sagte Phillips mit schriller, verzweifelter Stimme. »Nein, lieber Gott, bitte nicht. Nicht schon wieder!«

»Ganz ruhig, Soldat«, knurrte Gonzalez.

Sully, dessen Atem ebenfalls unüberhörbar laut ging, wischte sich die verschwitzten Hände am Hemd trocken und legte sie auf die Potenziometer und Oszillatoren. Marshall schob sich ein paar Schritte nach vorn zur inneren Schürze der Luke und duckte sich hinter die Metalllippe. Er schlug einmal kräftig von unten gegen das Magazin seiner Waffe, um sicherzustellen, dass es richtig im Schacht saß, dann lud er die erste Patrone in die Kammer, tastete nach dem Sicherungshebel und legte ihn um.

Die Kreatur machte einen Schritt vorwärts. Sie musterte jeden Einzelnen von ihnen aus ihren starren Augen.

»Wir sind fertig, sobald Sie fertig sind, Doktor«, sagte Gonzalez.

Die Kreatur machte einen weiteren lautlosen Schritt nach vorn. Hier und da befanden sich in ihrem Fell über den mächtigen Schultern nackte Streifen, die wahrscheinlich von Kugeln herrührten. Die Haut darunter war geschuppt und glänzte stumpf wie ein Chitinpanzer.

Sullys Hände zitterten unkontrolliert. »Ich … ich versuche es zuerst mit White Noise.«

Einen Augenblick lang war nichts zu hören außer Phillips' gehetztem Atem und dem leisen, metallischen Klicken einer Waffe, die entsichert wurde. Dann kam unvermittelt ein durchdringendes Rauschen aus den Lautsprechern: White Noise.

Die Kreatur machte einen weiteren Schritt.

Sullys Stimme klang schrill und angespannt. »Ich erhöhe die Lautstärke auf sechzig Dezibel und schalte einen Tiefpassfilter hinzu.«

Die Lautstärke stieg abrupt, und das Rauschen hallte von den Wänden wider. Die Kreatur rückte unbeeindruckt weiter vor.

»Keine Reaktion«, rief Sully über den Lärm hinweg. »Ich versuche es mit einer einfachen Wellenform. Sägezahn, Grundfrequenz einhundert Hertz.«

Das Rauschen verhallte und wich einem tiefen Brummen, das rasch lauter wurde.

Die Kreatur im Korridor hielt inne.

»Als Nächstes eine Rechteckwelle«, sagte Sully. »Ich erhöhe die Frequenz auf dreihundertneunzig Hertz. Schalldruck einhundert Dezibel.«

Der Lärm schwoll an, wurde komplexer – und während dies geschah, meinte Marshall ein eigenartiges, leises Singen zu hören, wie von einer fernen Orgel oder von einem tobenden Sturm, ein komplexes, exotisches, geheimnisvolles Geräusch, das absolut nichts mit den Wellenformen des Schallgenerators zu tun hatte. Marshalls Kopf fühlte sich merkwürdig voll an, wie unter innerem Druck.

Die Kreatur schien zu zögern und verharrte mitten im Schritt, eine seiner massiven Vorderpfoten in der Luft.

»Jetzt mische ich die Sinuswelle hinein«, kam Sullys be-

bende Stimme. »Ich hebe die Frequenz auf achthundertachtzig Hertz.«

»Drehen Sie lauter!«, rief Marshall über die Schulter.

Die Lautstärke schwoll an, bis die Metallwände des Korridors zu vibrieren schienen. »Ich gehe über die Schmerzgrenze. Hundertzwanzig Dezibel«, rief Sully zurück.

Der Mahlstrom aus Lärm zusammen mit dem Druckgefühl im Kopf trieb Marshall fast in den Wahnsinn. Die Kreatur wich einen Schritt zurück. Ihre Hinterläufe zuckten leicht, wie von unwillkürlichen Nervenimpulsen. Sie schüttelte den zottigen Schädel einmal, zweimal in offensichtlichem, schmerzerfülltem Unbehagen.

»Jetzt nur die Sinuswelle!«, rief Sully. *»Es funktioniert! Es funktioniert!«*

Und dann – urplötzlich – duckte sich die Kreatur und spannte sich zum Sprung.

Ein Dutzend Dinge geschahen gleichzeitig. Phillips und Sully schrien gleichzeitig in angstvollem Entsetzen auf. Die Lautstärke aus der Apparatur stieg noch weiter an, während das Frequenzband breiter wurde. Gonzalez' Feuerbefehl war kaum zu hören, und dann zischten plötzlich Kugeln über Marshalls Kopf hinweg und den Korridor entlang, prallten als Querschläger von den Wänden und den alten Maschinen. Marshall hob sein eigenes M-16 und drückte ab. Er sah, wie seine Kugeln einschlugen, wie sie die Kreatur durchbohrten, wie frische Chitinstreifen unter dem zottigen Pelz der Bestie erschienen, je mehr Fell die Geschosse wegrissen. Die Zeit selbst schien sich zu verlangsamen und die Realität zu verblassen. Marshall hatte das Gefühl, als könnte er jede einzelne Kugel sehen auf ihrem ebenso brachialen wie vergeblichen Flug den Korridor hinunter.

Dann griff die Bestie an.

Ungeachtet des wütenden Sperrfeuers aus den Waffen von

Phillips und Gonzalez warf sich Marshall in einer verzweifelten Anstrengung, den Eingang zu verschließen, auf die Lukentür, doch die Kreatur bewegte sich mit schier unglaublicher Geschwindigkeit. In einem Herzschlag war sie durch die Luke hindurch und schleuderte Marshall achtlos beiseite. Er prallte schwer gegen die Wand und sank schlaff daran herab, Sterne vor den Augen. Der Schallgenerator kippte um, als die Kreatur darüber hinwegsetzte, Sully mit zielstrebiger Wildheit zwischen den Vorderpfoten packte und ihm mit zwei wilden Bissen die Arme aus den Schultern riss.

# 52

Marshall stützte sich, benommen von der Wucht des Aufpralls, auf einen Ellbogen und sah hoch. Der zentrale Korridor des wissenschaftlichen Flügels hatte sich in ein Tollhaus aus Lärm und Gewalt verwandelt: die grässliche Bestie, die den wie besessen kreischenden Sully bei lebendigem Leib zerriss, Blut, das aus den zerfetzten Schultern des Klimatologen spritzte und Wände, Decke und Boden besudelte, Gonzalez und Phillips, die hastig zurückwichen in dem Bemühen, freies Schussfeld zu erhalten, der umgestürzte, auf der Seite liegende Karren mit der Schallwaffe, und der alte Schamane, der mit in ausgestreckten Händen vor sich einen Talisman hielt und mit drängender, schriller Stimme beschwörend auf die Kreatur einsang.

Marshall beobachtete mit klingelnden Ohren, wie die Bestie den immer noch schreienden Sully in die Höhe schleuderte und ihm noch in der Luft mit einer Pfote einen Schlag versetzte, der den Wissenschaftler durch die Tür in das Empfangsbüro segeln ließ. Die Kreatur sprang ihm hinterher und verschwand aus dem Blick. Einen Sekundenbruchteil später brach im Büro ein gewaltiger Tumult los – das Krachen und Bersten von Mobiliar, der dumpfe Aufprall eines Körpers, der gegen Wände geworfen wurde. Sullys Schreie klangen abgehackt.

Marshall versuchte, sich auf die Beine zu stemmen. Stolpernd kam er hoch. Es war zu spät für Sully – er würde sterben. Sie würden alle sterben. Einen Moment lang fragte er sich, ob die Zeit reichte, um aus dem wissenschaftlichen Flügel zu fliehen, die Luke zu verschließen, bevor das Monster hinterherkam, doch er wischte den Gedanken schnell wieder beiseite. Die Zeit reichte nicht. Es war vorbei. Das Ding würde Sully töten, und dann würde es sich den Rest von ihnen schnappen, einen nach dem anderen, und …

Sein Blick fiel auf die Schallwaffe, die in ihre Bestandteile zerfallen unordentlich auf dem Boden lag. *Und sie hat funktioniert, trotz allem*, dachte er. Die letzte Wellenform, die Sully ausprobiert hatte – die Sinuswelle – sie hatte der Kreatur eindeutig wehgetan.

Er versuchte, den wilden Lärm aus seinen Gedanken zu verdrängen, die Schreie der Soldaten, den schmerzenden Druck in seinem Kopf, und sich zu konzentrieren, zu überlegen in den wenigen Sekunden, die ihm noch blieben. Warum hatte eine Sinuswelle funktioniert und eine Sägezahn- und eine Rechteckwelle nicht?

Er hielt inne. Vielleicht … vielleicht war es gar nicht die Wellenform gewesen. Vielleicht war es etwas völlig anderes …

Er sprang zu dem Karren, richtete ihn auf und begann hastig, die verstreut liegenden elektronischen Bauteile einzusammeln, die sich von den Platinen gelöst hatten, und sie wieder einzustecken.

»Was machen Sie da?«, rief Logan. Sullys Schreie waren verstummt, doch die grauenvollen dumpfen, hämmernden Geräusche im Empfangsbüro hielten an.

»Ich starte einen neuen Versuch.« Marshall kontrollierte die Verbindungen vom Verstärker zu den Lautsprechern und drückte ein Potenziometer fest, das sich gelockert hatte. »Es sind die Oberschwingungen. Das muss es sein. Das ist die einzige Möglichkeit. Aber wir brauchen die entsprechende Akustik, wenn wir die maximale ...« Er blickte sich wild um. »Kommen Sie, helfen Sie mir. Dieses Ding kommt jeden Augenblick wieder in den Gang zurück. Wir müssen den Karren in die Echokammer schaffen!«

»Für diesen Unsinn ist keine Zeit!«, sagte Gonzalez. »Was für einen Sinn soll das haben, den Apparat zu bewegen?«

»Es ist wie das Gift auf einer Pfeilspitze. Wir maximieren die Wirkung.«

Mit Logans Hilfe rollte Marshall den Karren den Gang hinunter, wobei er immer wieder fast auf dem von Sullys Blut glitschigen Boden ausglitt. Usuguk folgte ihnen, ohne seinen Singsang zu unterbrechen, in der einen Hand eine Schamanenrassel, in der anderen einen Knochenfetisch. Mühsam schoben die beiden Männer den Karren am Kontrollraum vorbei, über die Kreuzung und schließlich durch die hintere Luke in die Echokammer.

»Gonzalez!«, rief Marshall nach draußen. »Ich verlasse mich darauf, dass Sie uns Zeit verschaffen!«

Gonzalez gab Phillips einen Wink, und die beiden Soldaten blieben vor der Echokammer zurück, wo sie in Verteidigungsstellung gingen.

In diesem Moment verstummten die dumpfen Geräusche aus dem Empfangsbüro.

»Wir müssen genau ins Zentrum, um die größte Wirkung zu erreichen«, sagte Marshall zu Logan. Gemeinsam schoben sie den Karren über den Laufsteg zur Mitte hin. Die Stromkabel spannten sich, und einen beängstigenden Augenblick lang dachte Marshall bereits, sie wären vielleicht nicht lang genug. Doch das Spiel reichte aus, um den Wagen präzise im Zentrum der Kammer zu positionieren, über einem auf dem Boden eingezeichneten X und der Kennzeichnung »0 dB«, null Dezibel.

Marshall blickte zu Usuguk. »In der Kontrollkammer wärst du sicherer«, sagte er und deutete auf den Glaskasten am hinteren Ende des Laufstegs.

Der Tuniq hielt mit seinem Singsang inne und schüttelte den Kopf. »Hast du schon vergessen, was ich dich gelehrt habe?«, fragte er. »Wenn du über dünnes Eis gehen musst, dann kannst du genauso gut tanzen.«

»Ganz wie du meinst.« Marshall drehte den Wagen so, dass die Lautsprecher zum Korridor gerichtet waren, kontrollierte die Kontakte und schaltete die Vorrichtung wieder ein. Hektisch richtete er Vakuumröhren, prüfte Drähte und versuchte es erneut. Ein dunkles Brummen ertönte aus dem massiven Basslautsprecher. Er musterte die Apparatur und rief sich die Grundlagen der Klangmodulation mit Synthesizern ins Gedächtnis zurück, suchte nach den Kontrollen für Amplitude, Frequenz, Wellenformgenerator und Filtern. Dann packte er den Drehknopf für die Amplitude und drehte ihn bis zum Anschlag nach rechts. Der Karren begann zu vibrieren.

Er bemerkte, dass Logan ihn ansah. »Ich schätze, ich habe noch drei Minuten zu leben«, sagte der Historiker. »Wenn ich Glück habe, ist es schnell vorbei. In diesem Fall bleiben mir wahrscheinlich nur zwei Minuten. Ich würde gerne vor meinem Tod wissen, was Sie ausprobieren wollten.«

»Die letzte Wellenform, die Sully generiert hat«, antwortete Marshall, ohne den Blick von den Kontrollen zu nehmen. »Sie hat der Kreatur Schmerz verursacht. Es war eine Sinuswelle – die reinste Schallwelle, die überhaupt möglich ist. Keine Harmonien, keine Oberschwingungen. Ich will dort weitermachen, wo Sully aufgehört hat – ich benutze Fouriertransformationen, um das Muster komplexer zu gestalten. Vielleicht gelingt es uns, die Kreatur zu vertreiben, sie so zu verletzen, dass sie sich zurückzieht. Und wenn wir sie auf diese Weise lange genug in Schach halten können, haben wir vielleicht eine Chance, tragbare Generatoren …«

Er verstummte. Die Kreatur war aus dem Büro in den Gang gekommen. Jetzt drehte sie sich langsam um und blickte zu ihnen herüber. Ihre Vorderbeine und Pfoten waren durchnässt von Blut, die Fänge und Barthaare besudelt mit Eingeweiden.

Marshall atmete tief durch und versuchte, seine zitternden Hände zu beruhigen.

Die Kreatur unternahm einen Schritt in ihre Richtung. Rasch setzte Marshall die Wellenform des ersten Oszillators auf Sägezahn, die Frequenz auf dreißig Hertz und überzeugte sich, dass der Verstärker auf einhundert Dezibel eingestellt war. Dann drückte er den Tonknopf. Der gesamte Raum rumpelte von einem Basston knapp oberhalb der Hörschwelle.

Die Kreatur machte einen Satz nach vorn.

Marshall stellte eine hektische Kopfrechnung an. *Ein zweiter Ton, ohne Oberschwingung, mehrere Oktaven höher* … noch während er den Schallgenerator einstellte, beschleunigte die Kreatur ihre Schritte und kam mit großen Sprüngen den Korridor herunter. Marshall stellte die Frequenz auf achthundert Hertz, die Wellenform auf Sägezahn.

»Himmel!«, rief Logan.

Gonzalez und Phillips eröffneten das Feuer. Über das Heulen aus den Lautsprechern hinweg vernahm Marshall den abgehackten Schrei von Phillips, der den letzten Rest seiner zum Zerreißen angespannten Nerven verlor und seine Maschinenpistole unablässig feuernd nach rechts und links schwenkte. Die Kreatur erreichte die Soldaten und hielt inne, um den Kopf zu schütteln. Phillips ließ die Waffe fallen, sprang auf und rannte heulend den Gang hinunter. Die Kreatur senkte den Kopf, hob ihn wieder und versetzte Gonzalez, der immer noch aus kürzester Entfernung Schuss um Schuss auf die Bestie abfeuerte, einen furchtbaren Schlag mit der Vorderpfote, der den Sergeant über die Köpfe von Marshall und Logan hinweg durch die Luft in die Echokammer schleuderte. Gonzalez prallte mit lautem Krachen gegen die rückwärtige Wand und sank an der Rundung entlang sechs Meter nach unten, wo er bewusstlos in einem Haufen aus Isolation und Schaum liegen blieb.

Marshalls Hände zitterten unkontrollierbar, und er hatte alle Mühe, den dritten und letzten Oszillator einzustellen: Sinuswellenform, diesmal mit einer extrem hohen Frequenz – sechzigtausend Hertz, oberhalb der menschlichen Hörschwelle. Ein schneller, kontrollierender Blick auf die Einstellungen, dann zog er den Master-Fader ganz nach unten. Das unheimliche *Iiiiiii* der Sinuswellen wurde leiser und verstummte ganz.

»Was machen Sie denn?«, fragte Logan zwischen zusammengebissenen Zähnen hindurch. »Sie haben es abgeschaltet – und wir sitzen in der Falle!«

»Ich will, dass die Bestie in die Kammer kommt«, antwortete Marshall leise. »Wir haben nur eine einzige Chance, und ich will, dass es funktioniert.«

Mit einer präzisen, beinahe affektierten Bewegung, merkwürdig unpassend bei einer so furchterregenden Bestie, hob die Kreatur ein Vorderbein über die Lippe der Zugangsluke. Das zweite Bein folgte. Das Wesen drehte den Kopf nach links, dann nach rechts und nahm die kugelrunde Kammer in sich auf. Das merkwürdige, singende Geräusch in Marshalls Ohren wurde intensiver und das Druckgefühl in seinem Kopf beinahe unerträglich. Dann war die Kreatur ganz in der Kammer und bewegte sich über den Laufsteg auf die beiden Männer zu. Die Metallkonstruktion ächzte unter dem Gewicht. Ein Schritt, zwei … die Kreatur hockte sich auf die Hinterbeine, duckte sich zu einem weiteren – finalen – Sprung.

*… dann kannst du genauso gut tanzen.* Mit einer schnellen Bewegung packte Marshall den Amplitudenknopf, drehte ihn auf hundertzwanzig Dezibel und schob den Fader nach oben.

Augenblicklich füllte sich die Echokammer mit einem Lärm wie von einer Milliarde summender Wespen. Die Bestie war abgesprungen und zuckte in der Luft zusammen. Marshall drehte den Knopf, erhöhte die Lautstärke auf einhundertvierzig Dezibel. Die Kreatur wand sich konvulsivisch, rollte sich mitten in der Luft zusammen und krachte schwer zu Boden. Der Laufsteg erzitterte beängstigend unter dem mächtigen Aufprall. Marshalls gesamtes Universum verengte sich auf das rasende, ungeheuerliche Summen, das, sich selbst verstärkend, durch die Kammer hallte und von ganz allein zu einem gewaltigen Crescendo steigerte, das jede Pore zu durchdringen schien. Die Kreatur scharrte auf dem Laufsteg, kämpfte sich vorwärts, eine Pfote nach der anderen, und scharrte mit blutigen Krallen über das Metall. Marshall wappnete sich innerlich, packte den Knopf und drehte den Verstärker voll auf. Einhundertfünfundsechzig Dezibel, der Geräuschpegel eines startenden Jets. Neben ihm schlug sich Logan die Hände über die Ohren und riss den Mund weit auf, doch wenn er einen Schrei ausstieß, so ging er vollkommen unter in dem unaussprechlichen Sperrfeuer aus Lärm. Auch Marshall schlug instinktiv die Hände über die Ohren zu einer ungenügenden Verteidigung gegen den alles durchdringenden Schall. Vor seinen Augen tanzten Flecken, und er spürte, wie er das Bewusstsein zu verlieren begann.

Die Bestie versteifte sich. Ein weiteres heftiges Zittern durchlief ihren Körper von den Vorderpfoten bis zu den Hinterläufen. Sie hob den Kopf, riss das furchtbare Maul weit auf und bleckte die noch von Sullys Blut triefenden Fänge. Dann drehte sie den Kopf zur Seite, und ihre Kiefer krachten einmal, zweimal mit furchtbarer Wucht gegen das Geländer des Laufstegs. Ein Ruck ging durch die Kreatur, so als mache sie Anstalten, sich zurückzuziehen.

Und dann explodierte ihr Schädel direkt vor Marshalls Augen. Es war eine Eruption von Hirn und Blut, die sie von oben bis unten besudelte. Funkensprühend und rauchend stotterte der Schallgenerator und verstummte schließlich ganz.

Einen langen Moment stand Marshall einfach da. Er zitterte am ganzen Leib. Dann sah er zu Logan. Der Historiker erwiderte seinen Blick. Blut sickerte aus seinen Ohren. Er sagte etwas, doch Marshall konnte nichts hören. Er konnte überhaupt nichts hören. Er wandte sich ab, stieg über die reglose Kreatur, aus deren geplatztem Schädel immer noch schwarzes Blut sickerte, und ging mit bleiernen Gliedern nach draußen, den langen Korridor hinunter in Richtung der Luke, die den wissenschaftlichen Bereich von der restlichen Basis trennte. Mit einem Mal verspürte er einen gewaltigen Drang, diesen dunklen, entsetzlichen Ort hinter sich zu lassen und saubere, klare Luft zu atmen. Er spürte mehr, als dass er hörte, wie sich ihm Logan und Usuguk anschlossen.

Langsam und bedächtig bahnten sie sich ihren Weg hinauf zur Oberfläche, durch die D-Ebene, die vertrauteren Bereiche der B-Ebene bis zur dunklen, verlassenen Eingangshalle. Noch immer taub und getränkt vom Blut der Kreatur, durchquerte Marshall die Wetterkammer, ohne sich die Mühe zu machen, einen Parka anzulegen. Er stieß die Doppeltür des Vorraums auf und trat hinaus auf den betonierten Vorplatz.

Es war dunkel, doch am Horizont verkündete ein erster blauer Lichtschein, dass es nicht mehr lange dauern würde bis zur Morgendämmerung. Der Sturm hatte sich gelegt, und am Himmel waren die Sterne aufgegangen und tauchten den Schnee in einen gespenstisch glitzernden Lichtschein. Marshall erinnerte sich vage an ein Sprichwort der Inuit, nach dem die Lichter am Himmel keine Sterne waren, sondern Öffnungen, durch die ihre Vorfahren auf sie herunterlächelten, um ihnen zu zeigen, dass sie glücklich waren. Er fragte sich, ob Usuguk diesen Glauben teilte.

Wie zur Antwort berührte der alte Schamane Marshalls Arm. Als Marshall ihn fragend ansah, deutete Usuguk wortlos mit dem Finger himmelwärts.

Marshall blickte nach oben. Das tiefe, unirdische Rot der Nordlichter, jener Lichter, die sie seit Beginn des Albtraums heimgesucht hatten, verblasste. Noch während Marshall hinsah, erlosch es vollständig, und nur der schwarze Sternenhimmel blieb zurück. Nicht der kleinste Hinweis verriet, dass es je existiert hatte.

# 53

»Mr. Fortnum? Ich bin es, Penny. Wie sieht es aus bei Ihnen dahinten?«

Diesmal dauerte es eine Weile, bis die Antwort kam. *»Wir frieren. Es ist sehr kalt geworden.«*

»Halten Sie durch«, sagte sie in das Funkgerät. »Wir sind nur noch …«, sie warf einen fragenden Blick zu Carradine.

»Dreißig Kilometer«, murmelte der Trucker. »Falls wir es schaffen.«

»Dreißig Kilometer«, sagte Penny Barbour in das Funkgerät, dann hängte sie das Handstück wieder zurück. »Wir müssen es schaffen. Wie viel Sprit haben wir noch?«

»Der linke Tank ist sehr schnell leer geworden.« Carradine tippte auf das Anzeigeinstrument. »Fünfzehn Kilometer müssten wir noch schaffen.«

»Selbst wenn wir liegen bleiben, die restlichen fünfzehn können wir laufen.«

»In dem *da draußen*?« Er zeigte durch die Windschutzscheibe auf das vor ihnen liegende Ödland. »Tut mir leid, Ma'am, aber so durchgefroren, wie die dahinten jetzt schon sind, halten sie keine zweihundert Meter durch.«

Penny Barbour sah durch die Scheibe nach draußen. Am Horizont zeigte sich ein erster roter Lichtschimmer. Der Sturm klang rasch ab, der Wind war praktisch zum Erliegen gekommen, und die umgebende Landschaft lag unter einer Decke von frischem Pulverschnee. Gleichzeitig waren die Temperaturen in den Keller gefallen: Das Thermometer auf dem Armaturenbrett zeigte minus zweiundzwanzig Grad an.

Der Sattelzug erzitterte, und sie packte den Handgriff über der Tür. Dreißig Kilometer. Bei ihrer gegenwärtigen Geschwindigkeit noch mehr als eine halbe Stunde.

Sie starrte auf das GPS auf dem Armaturenbrett. Sie war an das Navigationsgerät in ihrem eigenen Wagen gewöhnt, auf dessen Bildschirm es vor Straßen, Highways und Orientierungspunkten nur so wimmelte, wenn sie in der Gegend von Lexington, Woburn und Boston unterwegs war. Doch das GPS in Carradines Sattelschlepper war vollkommen leer: ein Bildschirm mit nichts darauf als einer Richtungsangabe und einer sich ständig ändernden Koordinatenanzeige, der einzige Hinweis, dass sie überhaupt vom Fleck kamen.

»Sie sehen müde aus«, sagte Carradine. »Warum versuchen Sie nicht, ein wenig zu schlafen?«

»Das soll wohl ein Witz sein«, entgegnete sie. Und doch – die angespannte, scheinbar endlose Wachsamkeit – gleich im Anschluss an die zahlreichen schlaflosen Stunden in Fear Base – hatten sie erschöpft. Sie schloss die Augen, um für einen Moment – nur einen kurzen Moment – auszuruhen. Als sie sie wieder öffnete, hatte sich alles verändert. Der Himmel war heller, der Schnee ringsum funkelte im ersten Sonnenlicht, und das Geräusch des Motors klang anders: Die Drehzahl war geringer, die Geschwindigkeit merklich gefallen.

»Wie lange war ich weg?«, fragte sie.

»Eine Viertelstunde.«

»Wie viel Sprit noch?«

Carradine sah auf das Instrument. »Wir fahren trocken.«

Der Sattelzug wurde immer langsamer. Penny warf einen Blick auf das GPS, und auch dort hatte sich etwas verändert: Ein Band aus gleichförmigem Blau nahm die gesamte obere Hälfte des Bildschirms ein.

»Ist das etwa noch ein …?«, begann sie und verstummte.

»Jepp. Gunner Lake.«

Die Angst, die zwischenzeitlich zu einem dumpfen Gefühl von nervöser Besorgnis abgeklungen war, erwachte von Neuem. »Hatten Sie nicht gesagt, wir müssten nur einen See überqueren?«

»Hab ich. Aber wir haben nicht mehr genügend Treibstoff, um diesen hier zu umfahren.«

Penny schwieg. Sie schluckte mühsam und leckte sich die Lippen. Ihr Mund fühlte sich sehr trocken an.

»Keine Sorge«, sagte Carradine. »Der Gunner Lake ist zwar sehr lang, aber nicht besonders breit.«

Sie sah ihn an. »Warum hatten Sie dann zuerst vor, ihn zu umfahren?«

Carradine zögerte kurz. »Der See ist nur zehn, fünfzehn Meter tief, aber er ist übersät mit großen Felsbrocken, Findlingen aus der Eiszeit und dergleichen, die unter der Schneedecke manchmal schwer zu erkennen sind. Wenn wir einen übersehen und dagegen krachen …«

Er beendete den Satz nicht. Das war auch nicht nötig.

Sie sah durch die Windschutzscheibe nach vorn. Der See war jetzt deutlich zu erkennen. Er lag genau vor ihnen. Carradine schaltete die Gänge herunter, als sie sich dem Ufer näherten.

»Wollen Sie nicht anhalten?«, fragte Penny. »Kontrollieren, wie dick das Eis ist?«

»Keine Zeit«, entgegnete der Trucker. »Nicht genug Sprit.«

Sie krochen auf das Eis hinaus. Wieder einmal umklammerte Penny den Haltegriff über der Tür, so fest sie konnte, als sie spürte, wie sich das Eis unter dem Gewicht des Sattelzugs durchbog und wie das furchtbare Knacken einsetzte und sich von den Rädern aus in alle Richtungen ausbreitete. Einige Felsbrocken waren deutlich zu erkennen; sie ragten wie Fänge aus der ebenen Schneedecke. Ihre schwarzen Oberseiten glänzten in der Morgensonne. Andere Felsen waren unter Schneewehen verborgen. Der Sturm hatte phantastische Gebilde aufgehäuft: Kämme und Hügel und kleine Berge. Carradine steuerte den Sattelzug behutsam über das Eis und wich sämtlichen sichtbaren und vermuteten Hindernissen in weitem Bogen aus. Penny starrte abwechselnd auf das GPS und die gefrorene Landschaft draußen. Sie sehnte den Moment herbei, an dem das andere Ufer wieder in Sicht kam.

Drei Minuten vergingen, dann fünf. Das Knacken und Knistern wurde lauter, und Risse jagten in spastischem Zickzack vor ihnen her. Der Motor stotterte. Carradine ging behutsam vom Gas, und die Drehzahl normalisierte sich wieder. Penny Barbour malte sich aus, was passieren würde, falls der Motor hier draußen auf dem Eis ausging.

»Wir sind fast da«, sagte Carradine, als hätte er ihre Gedanken gelesen.

Vielleicht vierzig Meter voraus tauchte ein niedriger Kamm auf. Der Wind hatte den Schnee so lange geformt, bis er aussah wie eine brechende Welle. »Das ist nichts als Schnee«, sagte Carradine. »Ich kann nicht riskieren auszuweichen – möglicherweise würden wir dann erneut ins Schleudern geraten. Wir brechen durch. Halten Sie sich fest.«

Penny umklammerte den Haltegriff bereits so fest, dass ihre Knöchel weiß hervortraten. Sie hielt den Atem an, als Carradine direkt auf den Kamm zusteuerte. Der Truck erzitterte unter dem Aufprall, und Carradine trat das Gaspedal durch, um nicht an Geschwindigkeit zu verlieren.

Plötzlich machte die Zugmaschine einen wilden Satz, und die Vorderachse hing in der Luft. Penny wurde nach vorn geschleudert und wäre trotz des Sicherheitsgurts fast mit dem Kopf auf das Armaturenbrett geschlagen. »Verdammt!«, fluchte Carradine und kurbelte wild am Lenkrad. »Da muss ein Felsen gewesen sein unter dem Schnee!«

Ein zweiter wüster Schlag, als die hinteren Räder der Zugmaschine über den Felsen rumpelten und der Vorderwagen schwer auf das Eis zurückkrachte. Es gab ein Geräusch wie von einer abgefeuerten Kanone, und plötzlich wurde der schwere Sattelzug langsamer. Penny fiel in den Sitz.

»Wir sind hinten eingebrochen!«, rief Carradine. »Gehen Sie an den Funk, sagen Sie denen dahinten, sie sollen alle nach vorne gehen, schnell!«

Penny Barbour kramte nach dem Handstück, ließ es fallen, hob es wieder auf. »Fortnum, wir sind ins Eis eingebrochen!

Schaffen Sie alle in den vorderen Teil des Anhängers, schnell!«

Sie hängte das Handstück zurück, als Carradine wie wahnsinnig das Gaspedal durchtrat. Der Diesel heulte auf, und die Zugmaschine drängte vor, während das Heck des Anhängers durch das Eis brach. Penny spürte, wie sie sich weiter und weiter neigten und der Winkel größer wurde. »Nein!«, hörte sie sich selbst aufstöhnen. »Gütiger Himmel, *nein*!«

Carradine wechselte die Gänge und trat das Gaspedal bis zum Anschlag durch. Es gab ein weiteres lautes Krachen, fast so laut wie das erste, und ganz langsam und unter metallischem Kreischen befreite sich der Sattelzug aus dem Loch im Eis, dann machte er einen Satz nach vorn. Hastig nahm Carradine das Gas zurück, um auf der spiegelglatten Eisfläche nicht die Kontrolle über das Fahrzeug zu verlieren. Penny Barbour sank in ihrem Sitz zusammen. Die Erleichterung war überwältigend.

»Das war knapp«, sagte Carradine. Er warf einen Blick auf die Tankanzeige. »Die Tanks sind knochentrocken. Keine Ahnung, womit wir jetzt fahren.«

Penny sah auf die Anzeige des GPS-Empfängers. Endlich war Land zu sehen, ein schmaler Streifen Weiß vierhundert Meter direkt voraus.

Der Sattelzug umrundete die letzten Felsbrocken, dann rumpelte er die Uferböschung hinauf und beschleunigte. Carradine atmete einmal tief und zitternd durch, dann zupfte er an seinem Blumenhemd und fächelte sich damit Luft zu. Unvermittelt setzte er sich auf und zeigte nach vorn. »Sehen Sie!«

Penny Barbour spähte durch die Scheibe. In der Ferne, wo Himmel und Horizont sich berührten, erkannte sie eine niedrige Ansammlung dunkler Umrisse und ein blinkendes rotes Licht.

»Ist das …?«, begann sie.

Der Trucker nickte. Auf seinem Gesicht war ein breites Grinsen erschienen. »Arctic Village.«

Rasch nahm Penny das Handstück des Funkgeräts aus der Halterung. »Penny Barbour an Fortnum. Wir haben es geschafft. Arctic Village liegt direkt vor uns.«

Als sie das Handstück zurückhängte, meinte sie über dem Brummen des Diesels von hinten aus dem Anhänger Jubelrufe zu hören.

# Epilog

Der Tag war hell und klar wie Kristall, als schämten sich die Elemente für ihre eigene Wildheit – als wollten sie Buße leisten für den vorangegangenen Sturm. Die Luft war vollkommen still, ohne jeden Windhauch, und wäre nicht die Basis gewesen, man hätte glauben können, dass die Natur an diesem abgelegenen Ort nur zwei Farben kannte: blendendes Weiß und strahlendes Blau.

Am Morgen war ein stetiges Kommen und Gehen gewesen: Sanitätshubschrauber, Leichentransporter, eine verwirrende Vielfalt verschiedenster Militärhelikopter sowie ein kleiner Jet voll mit Männern in dunklen Anzügen, die Marshall aus irgendeinem Grund äußerst nervös gemacht hatten. Nun stand er zusammen mit Faraday, Logan und Kari Ekberg auf dem Feld vor dem Eingang zur Basis. Sie hatten sich dort eingefunden, um Usuguk Lebewohl zu sagen, der im Begriff stand, die Rückreise zu seinem verlassenen Dorf anzutreten.

»Du bist sicher, dass du nicht gefahren werden möchtest?«, fragte Marshall.

Der Tuniq schüttelte den Kopf. »Mein Volk hat ein Sprichwort: Die Reise ist ihr eigenes Ziel.«

»Ein chinesischer Philosoph hat etwas sehr Ähnliches geschrieben«, sagte Logan.

»Ich möchte dir noch einmal danken«, sagte Marshall.

»Dafür, dass du mit zurückgekommen bist, trotz allem. Dafür, dass du dein Wissen und deine Erkenntnisse mit uns geteilt hast.« Er streckte Usuguk die Hand hin, doch anstatt sie zu ergreifen, nahm Usuguk Marshall an den Armen.

»Mögest du den Frieden finden, den du suchst«, sagte er. Dann nickte er den anderen zu, hob den kleinen Seesack mit Wasser und Proviant auf, den sie für ihn vorbereitet hatten, zog sich die fellgesäumte Kapuze über den Kopf und wandte sich zum Gehen.

Sie sahen ihm schweigend hinterher, als er durch den Schnee nach Norden stapfte. Marshall fragte sich, ob die Frauen in sein Dorf zurückkehren oder ob Usuguk den Rest seines Lebens allein, in mönchischer Einsamkeit verbringen würde. Er wusste, dass der alte Mann beide Möglichkeiten mit stoischer Gelassenheit akzeptieren würde.

»Sie suchen also nach Frieden?«, fragte Kari ihn.

Marshall dachte kurz nach. »Ja. Ich schätze, das tue ich.«

»Tun wir das nicht alle?«, erwiderte sie und zögerte kurz. »Ich denke, ich gehe besser rein. Der Repräsentant von Blackpool und die Versicherungsleute treffen nach dem Essen ein. Ich habe eine Menge vorzubereiten.«

»Ich komme später vorbei«, sagte Marshall.

Sie lächelte. »Tun Sie das.« Sie wandte sich um und schlüpfte durch die Tür ins Innere der Basis.

Logan sah ihr hinterher. »Ist das etwa ein Verhältnis, das Sie da gerade anfangen?«

»Wenn ich einen Vorwand finden kann«, antwortete Marshall vergnügt.

»Es gibt immer einen Vorwand.« Logan blickte auf seine Uhr. »Nun, ich schätze, ich bin der Nächste, der sich verabschiedet. Mein Helikopter ist jeden Augenblick hier.«

»Wir brechen morgen auf«, sagte Marshall. »Sie hätten

noch einen Tag warten und sich eine Menge Geld sparen können.«

»Ich habe einen Anruf von meinem Büro. Irgendetwas hat sich ergeben.«

»Was denn, eine neue Geisterjagd?«

»In der Art. Abgesehen davon wissen die Typen, die uns heute Morgen verhört haben, wo ich wohne. Ich bezweifle, dass ich sie zum letzten Mal gesehen habe.« Er zögerte. »Was haben Sie ihnen erzählt?«

»Genau das, was passiert ist. So gut ich mich erinnern konnte«, antwortete Marshall. »Ich hatte allerdings das merkwürdige Gefühl, dass jede meiner Antworten neue Fragen von ihrer Seite hervorrief, deswegen hielt ich irgendwann einfach den Mund.«

»Und? Haben sie Ihnen geglaubt?«

»Ich denke schon. Wir waren schließlich alle Augenzeugen. Ich wüsste nicht, warum sie an unseren Worten zweifeln sollten.« Er sah Logan an. »Sind Sie anderer Meinung?«

»Es hätte sicher geholfen, wenn wir einen Kadaver hätten vorweisen können.«

»Ja. Das ist wirklich eigenartig. Jedenfalls ist eine Menge Blut zurückgeblieben. Ich hätte Stein und Bein schwören können, dass die Bestie mausetot ist, mit dem aufgeplatzten Schädel und allem.«

»Sie hat sich zum Sterben in eine Ecke zurückgezogen«, sagte Faraday. »Genau wie die erste.«

»Sie wissen, was Usuguk dazu sagen würde«, entgegnete Marshall. Er blickte zum Horizont, wo der Tuniq inzwischen bereits zu einem kleinen braunen Fleck in all dem Weiß und Blau geschrumpft war.

»Ich bin jedenfalls verdammt froh, dass sie tot ist«, sagte Logan. »Wenngleich ich das Prinzip immer noch nicht verstanden habe. Wie die Schallwellen sie töten konnten, meine ich.«

»Ohne einen Kadaver werden wir das wohl niemals mit Bestimmtheit wissen«, antwortete Marshall. »Ich habe eine Mutmaßung. Es ist offensichtlich, dass hohe Frequenzen eine irritierende Wirkung auf sie hatten. Eine reine Sinuswelle, ein Geräusch ohne jede Oberschwingung, schien am schmerzhaftesten für die Kreatur zu sein.«

»Aber … erzeugen nicht die meisten Geräusche Oberschwingungen?«

»Das ist richtig«, sagte Faraday. »Sogenannte unvollkommene Instrumente wie Violinen oder Oboen oder menschliche Stimmen – sie alle erzeugen Oberschwingungen. Es ist eigentlich ironisch, weil genau diese Oberschwingungen den Klang eines Instruments reich und komplex machen.«

»Aber bestimmte Sinuswellen tun es *nicht*«, sagte Marshall. »Ich hatte den Schallgenerator so eingestellt, dass er drei solcher Wellen erzeugte, jede ein Mehrfaches einer perfekten Quinte von der anderen entfernt – und damit den fundamentalen Oberton verstärkte. Ich hatte gehofft, dass wir auf diese Weise ein genügend schmerzhaftes Klangmuster fänden, um die Kreatur aus der Basis zu vertreiben.«

»Die Wirkung war viel stärker als erwartet«, sagte Logan.

Marshall nickte. »Es ist interessant. Fische und Wale haben Schwimmblasen, die durch Sonar zum Platzen gebracht werden können. Manche Wissenschaftler glauben, dass Dinosaurier über Organe verfügten, die ihnen ermöglichten, unglaublich laute, trompetenartige Geräusche auszustoßen, die über viele Kilometer zu hören waren. Ich wäre nicht überrascht, wenn diese Kreatur auch so ein Organ in der Schädelhöhle hatte – zur Kommunikation mit Artgenossen, für Paarungsrufe oder was weiß ich. Ich denke, die hohen Frequenzen, in unserem Fall eine Kaskade perfekter Quinten, haben eine sich selbst aufschaukelnde Resonanz in diesem Organ erzeugt und es letzten Endes zum Platzen gebracht.«

»Ich bin Historiker, kein Naturwissenschaftler«, sagte Logan. »Ich habe noch nie von so etwas wie einer sich selbst aufschaukelnden Resonanz gehört.«

»Denken Sie an ein Glas, das zersplittert, wenn eine Sopranistin einen hohen Ton singt. Es gibt eine natürliche Frequenz, in der dieses Glas vibriert. Wenn die Sopranistin diesen Ton trifft, addiert sie quasi ständig Energie zu dieser Vibration. Irgendwann ist ein Punkt erreicht, an dem das Glas die Energie nicht mehr schnell genug verteilen kann, und es zerbricht.« Marshall drehte sich um und sah zum Eingang der Basis. »Ich glaube allerdings nicht, dass wir es je erfahren werden.«

»Zu schade.« Logan wandte sich an Faraday. »Und was haben Sie unseren uniformierten Freunden erzählt?«

Faraday sah ihn mit seinem ewig verblüfften Gesichtsausdruck an. »Ich habe versucht, eine rein biologisch-wissenschaftliche Erklärung zu liefern. Wie die beiden Wesen beim gleichen Naturereignis, einer atmosphärischen Inversion mit einer superkalten Luftströmung, unabhängig voneinander schockgefroren wurden, bevor sich Eiskristalle in ihren Zellen bilden konnten, wodurch sie in eine Art Kälteschlaf fielen. Wie das Eis, Eis-XV, aufgrund seines einzigartigen Aggregatzustandes ein paar Grad unterhalb des Gefrierpunkts schmelzen konnte. Ich habe das zweite verursachende Phänomen erklärt, die ungewöhnlich warme Luftströmung, die dazu geführt hat, dass die Kreatur aus ihrem Kälteschlaf erwachte, und dass diese Luftströmung möglicherweise der Auslöser für die bizarren roten Nordlichter war, die Usuguk so sehr in Angst und Schrecken versetzt haben. Ich habe das Beresowka-Mammut als Beispiel genannt.«

»Was haben Sie über die Kreatur selbst gesagt?«, wollte Logan wissen.

»Ich habe vom Callisto-Effekt gesprochen und davon, dass es sich bei den beiden Wesen möglicherweise um genetische Mutationen handelte – oder möglicherweise auch einfach um eine bis dahin unbekannte Spezies. Ich habe ihnen von den unglaublich hoch entwickelten weißen Blutkörperchen erzählt, die quasi Instantheilung bewirken können, ich habe ihnen von dem schlangenartig geschuppten Exoskelett unter dem Fell erzählt, das ihr schnelle und geschmeidige Bewegungen ermöglichte ... und Kugeln abgelenkt hat. Und von ihrer einzigartigen neurologischen Beschaffenheit – selbst Starkstrom war nicht imstande, ihr Nervensystem zu stören oder ihre Herzkammern zum Flimmern zu bringen. Und ich habe ihnen erzählt, dass ausgerechnet Schall – von einer bestimmten Amplitude und Frequenz – tödlich war, möglicherweise unterstützt durch eine gewisse Schwäche als Folge des jahrtausendelangen Hungerns.«

»Damit wäre also alles erklärt«, sagte Logan.

»Alles – und nichts«, entgegnete Faraday.

Logan runzelte die Stirn. »Wie meinen Sie das?«

»Alles, was ich Ihnen soeben erzählt habe – bis auf die Sache mit den Blutkörperchen –, ist nichts als Spekulation und Theorie. Tatsache ist, dass ein so seltener Aggregatzustand wie Eis-XV einen sehr hohen Druck zu seiner Entstehung benötigt. Tatsache ist, die Kreatur hat, eingefroren in Eis, jahrtausendelang überlebt. Sie war unfassbar stark. Sie war unempfindlich selbst gegen stärkste Stromschläge ...« Faraday zuckte die Schultern.

Marshall sah ihn gedankenverloren an. Der Biologe hatte soeben eine plausible Erklärung für alles abgeliefert – nur um ihr im nächsten Moment den Teppich unter den Füßen wegzuzerren. »Vielleicht hatte Usuguk am Ende doch recht«, sinnierte er.

Die beiden Männer sahen ihn an.

»Meinen Sie das ernst?«, fragte Faraday.

»Selbstverständlich – das heißt, zumindest teilweise. Ich

bin Wissenschaftler, aber ich bin der Erste, der einräumt, dass die Wissenschaft noch längst nicht alles zu erklären vermag. Wir sind weit weg von der Zivilisation, quasi am Ende der Welt. Hier gelten andere Regeln, Regeln, von denen wir nicht den Hauch einer Ahnung haben. Das hier ist nicht die Welt der Menschen, und die wenigen Menschen, die hier leben, haben eine Menge mehr gesehen als wir. Wir sollten auf das hören, was sie uns sagen. Wenn es ein Land der Geister gibt, wäre dann nicht diese abgelegene, fremdartige, unwirkliche Welt wie geschaffen dafür? Glauben Sie wirklich, es war absoluter Zufall, dass die Nordlichter genau in dem Moment erloschen, als die Kreatur starb?«

Die Frage hing unbeantwortet in der eisigen Luft. In die Stille hinein ließ sich plötzlich das Schlagen von Rotorblättern vernehmen. Ein Helikopter näherte sich.

»Das ist wahrscheinlich mein Flug«, murmelte Logan. Er warf sich den Seesack über die Schulter, der zu seinen Füßen gestanden hatte.

»Wie sieht es mit Ihnen aus?«, fragte Marshall.

»Wie soll es aussehen mit mir?« Logan hängte sich den Laptop um. »Sollte einer von Ihnen je in die Nähe von New Haven kommen, schauen Sie mal rein.«

»Das ist keine Antwort auf meine Frage. Welche Theorie halten Sie für wahrscheinlicher – die wissenschaftliche oder die spirituelle?«

Logans Augen verengten sich ein wenig, und er sah Marshall an. Statt zu antworten, stellte er seinerseits eine Frage: »Wo sind Sie aufgewachsen, Dr. Marshall?«

»Rapid City, South Dakota«, antwortete Marshall. Er fühlte sich überrumpelt. Damit hatte er nicht gerechnet.

»Hatten Sie Haustiere?«

»Sicher. Drei Dackel.«

»Waren Sie je als Kind auf langen Touren mit dem Wagen?«

Marshall nickte verblüfft. »Praktisch jeden Sommer.«

»Haben Sie je einen Ihrer Dackel bei einem Halt am Straßenrand verloren?«

»Nein.«

»Ich schon«, sagte Logan. »Barkley, meinen Irischen Setter. Ich habe diesen Hund mehr geliebt als alles andere. Es war auf einem Picknickplatz in Oklahoma, mitten im Nichts. Er rannte davon, und wir haben ihn drei Stunden lang gesucht. Wir haben ihn nie wiedergesehen. Irgendwann mussten wir weiter. Ich war am Boden zerstört.«

Der Helikopter landete außerhalb der Einzäunung und wirbelte Unmassen von pulvrigem Schnee auf. Marshall sah Logan stirnrunzelnd an. »Ich verstehe nicht, was der Verlust eines Haustiers mit ...«

Dann blinzelte er überrascht. Plötzlich war ihm klar geworden, was Logan hatte sagen wollen. »Allerdings kommen die Reisenden, von denen Sie hier reden, von viel weiter her als Rapid City, South Dakota«, antwortete er.

Logan nickte. »Viel, viel weiter.«

Marshall schüttelte den Kopf. »Und Sie glauben ...?«

»Ich bin Enigmaloge. Es gehört zu meinem Job, meiner Phantasie freien Lauf zu lassen. Wie Freund Faraday hier so schön gesagt hat – nichts als Spekulation und Theorie.« Er grinste, schüttelte Marshall und Faraday die Hände und ging zu dem wartenden Helikopter. Als der Pilot die Tür in der Kanzel öffnete, drehte er sich ein letztes Mal um.

»Es ist eine abenteuerliche Spekulation, nicht wahr?«, rief er über das Jaulen der Turbinen hinweg. Dann kletterte er an Bord und schloss hinter sich die Tür. Der Helikopter stieg in die Höhe, kurvte ein letztes Mal über den Fear-Gletscher – blau vor blauem Himmel – und ging auf Südkurs in Richtung Zivilisation, fort vom Land der Geister.

## Danksagung

Während seiner langen Reise vom Konzept bis zur gedruckten Wirklichkeit haben viele Menschen diesem Roman ihre Zeit und ihr Fachwissen gewidmet. J. Bret Bennington, Ph. D., vom Department of Geology bei der Hofstra University verhalf mir zu einem besseren Verständnis praktischer paläoökologischer Forschungsarbeit und Prinzipien. Timothy Robbins lieferte mir einen Einblick in die Grundlagen des Dokumentarfilmens. (Ich möchte ausdrücklich anmerken, dass ich mir die Fehler und das Vorgehen von Terra Prime, Emilio Conti und anderen selbst ausgedacht habe.) William Cors, M. D., hat mir bei den medizinischen Aspekten der Geschichte geholfen. Mein Vater William Child, Ph. D., ehemaliger Professor für Chemie und Associate Dean am Carleton College, ermöglichte mir unbezahlbare Einblicke in Kristallstrukturen und andere chemische Vorgänge. Special Agent Douglas Margini half erneut mit seinem Fachwissen über Feuerwaffen. Und mein Cousin Greg Tear hörte geduldig zu und bot mir seinen exzellenten Ratschlag.

Außerdem möchte ich meinem Lektor und Freund Jason Kaufman danken dafür, dass er wie üblich ein unentbehrliches Orientierungslicht während der Erschaffung dieses Romans war, genau wie Rob Bloom und den vielen anderen bei Doubleday, die sich so gut um mich gekümmert haben. Dank auch an meine Agenten Eric Simonoff und Matthew Snyder dafür, dass sie sich für mich ins Zeug gelegt haben. Dank an Claudia Rulke, Nadine Waddell und Diane Matson für ihren häufigen Beistand. Einen trockenen Martini, ohne Eis, auf meinen Schreibpartner Douglas Preston für die vielen Jahre der Freundschaft. Und last, but not least meine tiefe Dankbarkeit an meine Familie für ihre Liebe und ihre Unterstützung.